單 讀

小说的细节

从简·奥斯丁到石黑一雄

黄昱宁 著

GUANGXI NORMAL UNIVERSITY PRESS
广西师范大学出版社
·桂林·

小说的细节

XIAOSHUO DE XIJIE

责任编辑：张玉琴

特约编辑：李　栋　王家胜

封面设计：周伟伟

内文制作：刘一芸

图书在版编目(CIP)数据

小说的细节：从简·奥斯丁到石黑一雄 / 黄昱宁著
. -- 桂林：广西师范大学出版社，2023.1
　ISBN 978-7-5598-5454-4

　Ⅰ.①小… Ⅱ.①黄… Ⅲ.①世界文学—文学评论—
文集 Ⅳ.①I106-53

　中国版本图书馆CIP数据核字(2022)第182590号

广西师范大学出版社出版发行

　广西桂林市五里店路9号　邮政编码：541004
　网址：www.bbtpress.com

出版人：黄轩庄

全国新华书店经销

发行热线：010-64284815

山东临沂新华印刷物流集团有限责任公司印刷

　山东临沂高新技术产业开发区工业北路东段　邮政编码：276017

开本：880mm×1092mm　1/32

印张：13.75　字数：253千字

2023年1月第1版　2023年1月第1次印刷

定价：58.00元

如发现印装质量问题，影响阅读，请与出版社发行部门联系调换。

序言

那些随手在小说里夹入的书签，在手机备忘录上做的笔记，在电脑中摘录的片段，那些在一篇书评谋篇布局时先用来"定位"的关键词，那些限于篇幅无法见诸正文的"边角料"，是这本书真正的起点。当这些碎片集中在一起，呈现出一定的规模时，方法本身也呈现出某种趣味。很多情况下，它们就像是我在写作过程中有意无意撒下的路标。沿着这些标记逆向而行，当时的思考路径渐渐在回忆中重现。顺着这条路，我最终回到文本，回到那些曾经刺激我动笔的段落和句子里。

这其实并没有什么新鲜之处。文本细读似乎是一种已经过时的方法，因而我们现在常常读到的是另一种：有趣，游离甚至独立于文本之外，弦外之音远比题中之义用了更多力气——或许我自己也写过。有时候，把评论与评论的对象放在一起看，我们读到的是奇特的落差、动人的误解，以及方向偏转时产生的类似于折射的奇妙效果。只不过，我能确定的是，在这一本集子里，我想暂时排除这样的作品。

收入这本小书的篇目，大多与我近年写过的外国小说评论有关，但几乎全都经过了重新编排和改写。我选择其中与小说细节有关的内容加以扩充，再把那些原本只留在笔记中的词语一个个打捞出来，归拢，黏合，抛光。然后，我在小说中寻找相应的段落，摘几句出来，与评论放置在一起，形成对照。我希望这样的对照有实在的意义。如果说，评论是对原文的咀嚼与反刍，那么原文对评论也构成了某种无声的审视与追问。阅读的多重意义，就是在这样的循环中得以延伸。

另有少量篇目，在结构上与前者略有差别。比如写《包法利夫人》和《了不起的盖茨比》的旧文，再比如那篇名叫《歇斯底里简史》的新作，以及与两位英国文学大师的对谈，都没有偏离"文本细读"的主旨。这些文字，由始至终，都从细节中来，往细节中去。

如是，二十六篇文章，上百个小说细节以及被这些细节激发的文字，就构成了这本四百多页的文集。在我个人的写作生涯中，还从来没有哪一次结集耗时如此之长，改写幅度如此之大，但是过程又是如此之快乐的。没有什么深邃的命题（文学之奥义，小说技术之演进，写作之于人生）——即便有，也隐没在昏暗背景中，等待被细节的光芒照亮。这就像我们对于小说的记忆：若干年后，故事会淡忘，人物关系会误植，文本意图会模糊，唯有那些无法磨灭的细节——伊丽莎白的马车或者基督山伯爵的小刀——在记忆的暗处，熠熠闪光。

黄昱宁

二〇二二年二月

目　录

简·奥斯丁：预祝天气变坏

　　他放低了声音，"我已经说过，我觉得在这个问题上，我们永远也不会一致。也许，任何男人和女人也都不会的。不过，请允许我指出，种种史实都说女人不好；所有的故事、散文和诗歌都是如此。要是我有本威克那样的记忆力，我马上就可以引出五十条论据来证明我的观点。我觉得，我一生中很少看过有哪一本书不讲到女人是反复无常的。歌词和谚语都说女人水性杨花。不过，你也许会说，这些都是男人写的"。

　　"也许我会这样说的。是的，是的，请你不要从书本中找例子了。男人在叙述他们的奇闻轶事方面比我们强多了。他们受的教育比我们多，笔杆子握在他们手里。我认为书本并不能说明任何问题。"

——《劝导》第十一章

"哦！就一本小说！"年轻的小姐一面答话，一面放下手中的书，装作没事儿似的，或者一时表现出不好意思的样子。"不过是《塞西丽亚》，或《卡米拉》或《比琳达》罢了"；或者简而言之，只不过是一部表现了思想的巨大力量的作品，一部用最贴切的语言，向世人传达对人性的最彻底的认识、并对人性的种种表现作最恰当的刻画，传达洋溢着最生动的才智与幽默的作品。相反，假如同一个年轻小姐是在阅读一卷《旁观者》，而不是在看一部这样的作品，她便会非常自豪地展示这本杂志，说出它的名称！尽管她肯定不可能被那本大部头刊物里的什么文章所吸引，但这刊物无论内容还是风格亦都不会使一个具有高尚情趣的年轻人感到厌恶：这个刊物上的文章常常是陈述荒谬的事情、别扭的人物以及活人不再关心的话题；而语言也常常粗糙得使人对容忍这种语言的那个年代不会有很好的看法。

——《诺桑觉寺》第五章

重读奥斯丁，记下了这两段与情节主线并没有多大关系的闲笔。就像是写累了，突然借着人物的口吐个槽，浇胸中郁积已久的块垒——小说家都有这样难得的放飞自我的时刻。无论是叙事权的性别之争——"笔杆子握在男人手里"（请注意上文，这里指的是"歌词或谚语"，而不是小说），还是年轻小姐对于小说的矛盾态度，都需要做一点时代注解才能领会奥斯丁的深意。

那时的英国，"小说"这种题材还处于青春期，虽然前面有斯威夫特、笛福和菲尔丁开道，但是它还登不上大雅之堂，在文学的整个生态系统里还处在相对底层的地位。后人一般把那一段称为浪漫主义时期，可是当时台面上主打的基本上都是华兹华斯那样的诗人。那时的小说家有点像我们这个时代网络小说草创时期的样子，海量的作品，强大的流传度，作者虽然能获得一些实际收益，但作家地位基本上处在"妾身未分明"的状态。更有尊严更有追求的男作家、男读者往往羞于混迹其中，这就促成了一个很特殊的现象：读小说的是女人，写小说的也往往是女人。引文中提到的"《塞西丽亚》，或《卡米拉》或《比琳达》"全都是这一类作品。

奥斯丁时代最流行的小说通常比较狗血，简小姐肯定在很多哥特小说里读到闹鬼的城堡，或者在感伤小说里遭遇千篇一律的脆弱女性的形象，她们总是眼泪汪汪，动不动就要昏过去。日常生活里是不是隐藏着更为复杂的戏剧性？这种戏剧性有没有可能比古墓荒野、比传奇故事更有趣？这样的问题，简小姐也许在昏暗的烛光下翻来覆去想过很多回。实际上，当奥斯丁决定要突破套路、写点不一样的东西时，她就真正地改变了文学史。因为后来的评论家发现，如果没有她的推陈出新，那段时间就拿不出一个像样的名字、一部像样的作品可以起到承前启后的作用。深藏在闺阁之中的老姑娘简·奥斯丁是一个耐人寻味的个案。这种情况跟后来集群式轰炸的19世纪大不相同。奥斯丁所有的作品都是匿名发表，所有的文坛声誉都来自几十年甚至上百年之后的追认。她几乎是单枪匹马、悄无声息地填上了这个空白。

* * *

"我可以乘着车子去吗？"吉英问。

"不行，亲爱的，你最好骑着马去。天好像要下雨的样子，下了雨你就可以在那儿过夜。"

"这倒是个好办法，"伊丽莎白说，"只要你拿得准他们不会送她回来。"

"噢，彬格莱先生的马车要送他的朋友们到麦里屯去，赫斯脱夫妇又是有车无马。"

"我倒还是愿意乘着马车去。"

"可是，乖孩子，我包管你爸爸匀不出几匹马来拖车——农庄上正要马用，我的好老爷，是不是？"

"农庄上常常要马用，可惜到我手里的时候并不多。"

伊丽莎白说："可是，如果今天到得你的手里，就如了妈妈的愿了。"

她终于逼得父亲不得不承认 —— 那几匹拉车子的马已经有了别的用处。于是吉英只得骑着另外一匹马去，母亲送她到门口，高高兴兴地说了许多预祝天气会变坏的话。她果真如愿了；吉英走了不久，就下起大雨来。妹妹们都替她担忧，只有她老人家反而高兴。大雨整个黄昏没有住点。吉英当然无法回来了。

——《傲慢与偏见》第七章

一段不到四百字的对话，调遣四个人物，四种情绪，实现情节的转折。文本前提是这个姓班内特的英格兰乡绅家庭膝下无子，一共有五个待字闺中的女儿，而隔壁庄园刚搬来的新住户正好有个阔少爷。班太太一收到他们家发给大女儿吉英的请柬，算盘就开始打起来。天眼看着要下雨，吉英只有单人骑马去才有可能被留在彬格莱家里过夜。我们不得不感叹班太太的细密心思，她甚至考虑到此时彬格莱家的马车正好也有别的用处，没有可能及时送吉英回来。所以班太太只需要做两件事：第一，阻止丈夫把马车给女儿。第二，祈祷下雨。前一件在她的控制范围内，后一件只能看天意。因此，班太太对大女儿说，预祝天气变坏。

这一计果然奏效，并且替班太太超额完成了任务。吉英非但留在那里过夜，而且因为骑马淋雨生了病。伊丽莎白不放心，可她不会骑马，只能步行三英里去富家庄园探望姐姐，路上溅了一身泥，于是她们都给留在那里过了不止一夜。经此一病，青年男女们得以近距离相处，傲慢与偏见得以互相碰撞。

如此具有功能性的段落，同时还能用最简洁的笔触为四个人物塑形，这正是奥斯丁在象牙上微雕的绝技。班太太的迫不及待和精于算计，班先生顺水推舟之余的暗含揶揄，伊丽莎白的"看热闹不嫌事大"和吉英虽然不无羞怯却终究掩藏不住的憧憬，全都跃然纸上。

* * *

古典小说的情节线，往往构成一个完美的闭环。不过，一旦隔了上百年的时光，离开当年的时空环境太远，就不太容易体会人物的逻辑。早已习惯现代交通工具的我们，在阅读奥斯丁之前，需要先想象一个速度更慢的世界。那时，农村里的圈地运动已经发展了好几轮，向海外开辟新航路的事业方兴未艾；工业革命已经开始，但离高潮尚远，还要再过十几年蒸汽机才能被搬上铁路。所以我们看奥斯丁小说里所有的交通方式都得通过马和马车，各位女士的活动范围、出行规划都得受制于马匹的速度。奥斯丁在这些问题上非常精确，以至于你读完小说之后差不多能在脑子里勾勒出那几个郡县、村庄的线路图，标出在它们之间往返的时间。你还能发现，奥斯丁很善于利用这种精确的时间概念推动小说的情节。一辆看似无心、实则有意顺路捎上女主角的马车，一场拥挤的、被人流冲撞得忽而遭遇忽而分开的音乐会，那些欲说还休的片言只语，只可意会不可言传的眼神和心跳，如同吉光片羽，常常出现在奥斯丁的故事里。

比马和马车更难理解的，也许是英国18世纪的财产继承法。从现在的眼光看，这个法相当奇葩，既复杂又不近情理，它造成的大量纠纷正是过渡历史时期的产物，也几乎出现在奥斯丁的每一部小说中。

18世纪的英国采用复式继承制，动产和不动产的继承奉行的是不同的规则。动产相对合理一点，通常分为三份，妻子、儿女和教会各得一份。按照这个规则，班先生如果去世，则班太太和她的五个女儿一共可以在动产部分得到五千英镑，另外班太太自己也有一笔从娘家带来的嫁妆共计四千英镑。然而，和我们今天一样，家庭的主要财产是不动产。我们从奥斯丁小说的很多细节也可以看出，当时的房地产交易和租赁市场相当活跃，房价总体上涨势喜人。在《傲慢与偏见》中，班家的小日子之所以过得凑合，就是因为他们家有一处地产，每年可以给他们带来两千英镑的稳定收入。然而，根据不动产继承的游戏规则，这笔钱只能领到班先生去世为止，因为当时英国的土地承袭中世纪的封建宗法传统，把长子继承制作为第一原则。长子继承制的好处是保持土地和房产的完整性，有利于国家管理，长子在继承基业的同时也得承担教养其他家庭成员的责任。但这种从政府角度看一劳永逸的办法，在实行起来常常碰到问题。好比班太太，一直生到第五个女孩之后，才发现不动产没有长子可以继承。她早年从未担心过这一点，吃穿用度从不省俭，如今却为此日夜焦虑。丈夫只能这样安慰她：过一天算一天吧，没准你还有幸死得比我早呢。

比长子继承制更糟心的是限定继承权。英国的土地权属错综复杂，很多地产在相当长时间里都附带着古老的封地义务。这种义务来源于距今一千年前的诺曼王朝，非常复杂，说得简单一点就是：这种土地是国王的，一层层往下分封，但是你不能白拿这块地，得有男人服役。从小说的情节看，班家的地正是这一种。尽管让男丁到军队服役的行为实际上早就被废除了，但由此产生的限定继承制度却没有被废除。限定继承地产不能空置，必须有形式上的男性服役者，如果你家里没有男性，那对不起，有关部门就会按照亲缘关系指定男性继承人。如果班太太不幸比班先生死得晚，班先生的表侄柯林斯就随时能把她和五个女儿赶出门。

这样不公平的继承法延续了很多年，让大大小小的班太太们气火攻心，引发了不少伦理公案，直到1925年才彻底废除。所以我们在英剧《唐顿庄园》的第一集里就能看到，20世纪初的贵族庄园仍然要面对和《傲慢与偏见》一

模一样的问题 —— 爵爷同样膝下无子，同样只能把家业传给表亲，同样为这事搞得鸡飞狗跳。可想而知，从《傲慢与偏见》到《唐顿庄园》，这块骨头在英国人喉咙口鲠了一百多年还没有消停。

因此，班太太虽然性格不那么讨人喜欢，但她的焦虑是实实在在的，也是情有可原的。那个时代的女性没有工作，婚姻非但是头等大事，而且，用奥斯丁的说法，是"唯一的大事"，关乎生计甚至生存。她们通过社交手段求爱、相亲，就相当于我们现在的女性把高考、求职和恋爱结婚打包在一起，一战定生死，以后基本没有翻盘的可能。这样的命运其实颇为凄凉，这里头的明争暗斗也肯定十分激烈，但是奥斯丁并不打算凄凉地写凄凉，激烈地写激烈，她更愿意把整个事件当成一个笑话。所以从一开始，她就坚定地为她所有的小说都铺上喜剧的基调。

* * *

"也许，"埃莉诺微笑道，"咱们说的其实是一回事。我敢说，你说的生活必需和我说的财富是非常接近的；我们都承认，以现在的世道，如果少了它们，就不会有各种生活上的舒适。只不过你的说法比我的更清高些罢了。你倒是说说，到底多少算是你所谓足以过上温饱生活的收入？"

"一年大概一千八或者两千镑，不超过这个数。"

埃莉诺笑了。"一年两千镑！我所谓的财富不过才一年一千镑！我猜就是这么回事。"

——《理智与情感》第十七章

《理智与情感》出版于1811年，比《傲慢与偏见》还要早两年。不过，这两部作品分别改写自奥斯丁在1797年左右写的两部书信体小说，无论是它们的雏形，还是大幅度改写之后的成品，都诞生在同样的时段里。显然，两者在故事走向、写作风格和人物设置上，都不乏相似之处。最直观的一点表现在书名上。"傲慢"（pride）与"偏见"（prejudice），"理智"（sense）与"情感"（sensibility），这两组词汇不仅在意义上构成对仗，而且都巧妙地押了头韵——而后者，在翻译成中文时是无法完整呈现的。

《理智与情感》的情节线要比《傲慢与偏见》简单，喜剧基调也要略微淡一些。同时，作为这部小说前身的书信体的痕迹，在《理智与情感》中倒是更明显——不仅关键情节总是用书信在推动，而且对话在小说文本中占比更大。某些大段对话，你甚至能大致想见它原来在书信里的样子。所以，乍一眼看上去，《理智与情感》可能不像《傲慢与偏见》那么热闹。

但《理智与情感》并不是缩水版的《傲慢与偏见》，它的好看，需要更长的时间来回味。在人物塑造的深度上，《理智与情感》显然花了更大的心思。由始至终，埃莉诺和玛丽安的性格都在互相对照中愈显鲜明。

玛丽安一心追求浪漫脱俗的情感，她的日常行为和价值标准，都深受浪漫主义时代的文学艺术作品的影响。对于"容貌不动人"、无法"优美地朗读库柏诗句"、"不喜欢绘画"的男人，玛丽安毫无兴趣。在社交场合，她天生丽质，敏感热情，毫不掩饰自己对于威洛比的爱慕——如此不设防的坦诚，既是玛丽安的可爱之处，也是她容易受到伤害的软肋。不过，需要指出的是，玛丽安的情感也并没到完全失控的地步，在每个关键时刻都会在埃莉诺的劝说下回到正常轨道上来。同时，我们也可以在很多细节里看到，玛丽安对于婚姻的现实基础有基本认知，她固然认为婚姻不能"只是一种商品交换，双方都想损人利己"，而"财富除了能提供充裕的生活条件之外，并不能给人类带来真正的幸福"，但她仍然表示自己的基本需求是"每年1800英镑到2000英镑"，而这个标准比埃莉诺认定的基本需求要高得多。这些溢出既定"人设"之外的细节，大大增加了玛丽安这个人物的丰富性。

反观埃莉诺，表层的性格特征是冷静、耐心、心平如镜，但仔细分析她的言行，就会发现埃莉诺的"理智"并非一味的隐忍，更不是懦弱无能。在很多细节中，我们都能发现她的冷静中蕴含着世事洞明和人情练达，她的自我克制里往往具有一定的策略导向。在处理与露西之间的关系时，埃莉诺的判断力显得尤为出色。她迅速而准确地分析出露西唯利是图的本色，也很快坚定了对爱德华人品的信任——在此基础上，后来埃莉诺静观其变的态度和暗中帮助爱德华寻觅职位的行为，才显得既得体又明智。

时至今日，我们在研究奥斯丁的价值观时，仍然很难将她纳入任何一种现成的体系。研究经济史的专家们可以从她的细节里得到很多一手材料，女权主义者可以通过分析埃丽诺和玛丽安的思想活动测量18世纪女性意识的温度和活性，但任何意识形态都不能很有把握地说，奥斯丁就站在他们这一边。她的笔下有最尖锐最深刻的社会批评，但我们也能发现她把人物局限在一个很小的圈子里，那些乡绅家庭的仆佣好像从来不在她的视野范围里。她鼓励个人价值，提倡精神自由，但几乎以同样坚定的态度否定私奔、质疑鲁莽的浪漫，强调没有经济基础的爱情毫无出路。她对于社会经济状况异常敏感，对上流社会冷嘲热讽，对新兴的中产者时不时犯的幼稚病和自我意识陷阱，也不会放过任何一个开玩笑的机会。但是，与此同时，她又对社会福利的基本保证和合理的个人幸福的可能性，抱有相当积极的态度。她是洞察秋毫的批判者，但从来不是大张旗鼓的叛逆者。换另一个人来统一这些互相矛盾的元素，很可能自乱阵脚，最终变成一个精神分裂的文本。但奥斯丁不会。她下笔，那种戏谑的口吻，那种半真不假的调笑，都会提醒你辩证地看待眼前的一切，提醒你，看一枚硬币的正面时永远要想到它的反面。

　　我们在奥斯丁之后的很多英国作家身上，都能看到这样基于经验主义的平衡之道，这个特点深深地烙在了英国文化的基因中。很难说奥斯丁是不是这一脉的开创者，但至少是绕不过去的代表人物。如果我们试图理解英国文学，理解英国人的国民性，那么奥斯丁和她的《理智与情感》是一面很有用的镜子。即便只是出于功利心，想学会一点处世哲学，那么《理智与情感》也有独一无二的价值。小说中出现过多次姐妹俩深谈的场面。奥斯丁借她们之口，让"理智"与"情感"不仅作为情节的一部分，而且衍生出超越情节之外的具有哲学意味的思考。在她看来，处于弱势地位的女性，唯有通过这种不断自我完善的手段，才有可能得到完整的幸福。也许，把埃莉诺和玛丽安拼接在一起，才是奥斯丁心目中的理想女性。

　　值得注意的是，将两位女性（她们可以是姐妹俩，也可以是关系密切的好朋友）的成长历史交缠在一起叙述，也构成了女性文学的一个经典故事类型。从这个意义上说，奥斯丁的《理智与情感》具有开创性。在这些故事中，两位女性的性格和经历往往构成鲜明的对比，个体在强化某种特质的时候往往也造成另一方面的缺失（这种始终陷于缺失感的状态，本身也是女性困境的一部分），她们拼接起来才能构成女性完整的理想人格。她们成长的过程往往悲喜交集，充满艰辛、激情和悖谬，因此格外具有震撼力。在近年的文学作品中，玛格丽特·阿特伍德的布克奖获奖作品《盲刺客》，意大利现象级畅销小说《那不勒斯四部曲》，都可以视为这种故事类型的延伸和变体。

* * *

> 埃莉诺已经把自己真实的看法告诉了妹妹。她不相信她对于爱德华的倾心会像玛丽安所想的那样一片光明。有时候他会显得没情没绪的，如果这并非表示他态度冷淡的话，那也说明他们的未来当中有什么几乎同样不容乐观的障碍。如果说他是因为感觉到她的情义还有些靠不住的话，那至多也只会让他有些焦虑不安。没道理会让他的情绪经常表现得那么灰心沮丧的。更合理的原因或许能在他的经济地位尚未独立中找到，这一点不容许他放任自己的情感喜好。
>
> ——《理智与情感》第四章

在这段文字中，从第三句开始都是用第三人称叙述，但显然反映的是埃莉诺的观察心得和主观分析，而非上帝视角，更不代表作者奥斯丁本人的立场。在去掉了双引号和"她想："之后，自由间接引语与前后文融为一体，叙述简洁灵动地在主客观视角之间来回穿梭，就好像摄像机机位频繁变化，表达效果自然要比通篇呆板的一问一答好得多。别小看这种仿佛信手拈来的省略——略去引号的一小步，是小说技术的一大步。

文学研究者认为，奥斯丁是最早在文本中使用自由间接引语技术的小说家。所谓自由间接引语，是一种第三人称叙述方式，它结合了第一人称直接引语的本质，具有第三人称的某些特征。在《理智与情感》中，这样典型的自由间接引语确实已不少见。要知道，18世纪末、19世纪初的小说技术，基本上是作家自我修行的产物，没有文学理论，也没有写作创意班。因此，在面对这样的文本时，我们不能不感叹奥斯丁对于技术创新的自觉性和与生俱来的分寸感。

奥斯丁在短短四十二年的人生中创作的六部长篇小说，处理的题材都是日常生活。如何在流水账式的生活中制造悬念，引导读者在琐碎家常中体会惊心动魄，奥斯丁自有一套行之有效的办法。《理智与情感》虽然始终都用第三人称，但上帝视角用得相当节制，大部分恪守着埃莉诺的个人视角展开。我们往往是在跟着埃莉诺的眼睛洞明世事，体会她在复杂局面中如何应对。体面人家的社交圈里充满了虚与委蛇的套路，年轻男女对彼此心事的拿捏，对婚姻前景的揣摩，往往都得通过分析各种流言蜚语来操作。由埃丽诺的视角展开的叙述，同样会被扑朔迷离的传言干扰情绪，同样会产生一定程度的错觉。于是，我们时而跟着埃丽诺提心吊胆，时而又代入她带有反讽意味的自我排解，时而识破机关、解开谜团 —— 借此，原本琐碎平淡的日常生活在奥斯丁笔下变得险象环生、回味悠长，那正是小说这种文体最迷人的时刻。

艾米莉·勃朗特：纳莉的眼睛

　　像这样的屋子和陈设原是一点也没有特别的地方——假使主人是一个普通的北方庄稼汉，长着一张倔强的脸儿、一双粗壮的腿（如果穿着短裤和绑腿，那双腿才出色呢）。只要你拣的是正好吃过了饭的那一段时间，那么在这山区周围五六英里内，随处都可以看到这样一类人物，坐好在交椅里，一大杯浮着泡沫的麦酒放在他面前的圆桌上。

　　可是希克厉先生跟他的居处和生活方式，形成了一个奇怪的对比。从模样来说，他是一个皮肤黝黑的吉卜赛人；从服装、举止来说，又像一位绅士——那是说，就像乡间那许多地主那样的绅士，也许很可以说是衣冠不整，但并不见得就叫人看不入眼，因为他的身材挺直、很有样儿。他那张脸是够阴沉的；难免有人会猜想，他多少带点儿教养不够的傲慢。

——《呼啸山庄》第一章

奇怪的对比。极度不和谐。打开《呼啸山庄》，迎面砸过来的就是这样处处形成矛盾的画面。时间地点人物事情，每一个元素都在拽着你往下看，但你总觉得它们被错位放置，终于彼此交缠，难以分割。

整个故事涉及两个山庄的两户人家的两代成员，真正的时间跨度有三十多年。不过，这个故事并没有从头讲起。实际上，在小说文本的起点——1801年，两个山庄已经经历过生死剧变。我们首先碰上的是这个故事的最外层的叙述者洛克乌，他自称是一个郁郁寡欢的"厌世者"，在英国境内挑到一个与世隔绝的地方，名叫画眉田庄，他想去把那里租下来。他来到这个田庄附近的另一个山庄，找到业主。这个山庄就叫呼啸山庄，业主的名字叫希克厉。我们很快就会发现，无论是画眉田庄还是呼啸山庄，目前都归希克厉所有。

小说完全没有交代两座山庄的具体位置，你只是依稀知道这是两个英格兰的乡间农场，从环境描写看多半在北部，离利物浦不远。哪怕读完全书，你也很难找到与外部世界的联系，或与时代风俗、历史变迁直接相关的细节。甚至，你对这两个地方的面积、人口、结构的概念都会比较模糊，规模似乎可大可小。也就是说，这样一个时空是抽象的，是高度虚构化的，所以有人把《呼啸山庄》当成寓言甚至幻想小说看，虽然并不准确，却也有一定的道理。总之，在小说开头，我们跟着外来客洛克乌，闯进呼啸山庄，被宅子里的恶劣的环境和肃杀的气氛吓了一跳。房子里看不到温馨家常的生活气息，倒是有六七条恶狗扑上来围攻。主人希克厉一出场，就"跟他的居所和生活方式，形成了一个奇怪的对比"。

用现在的话讲，这是一个很酷的形象，不修边幅，但气质不俗，并不输给乡间的地主绅士。从书里的描写看，英国古典文学的另两个重要的男性形象，无论是《傲慢与偏见》里的达西也好，还是《简·爱》里的罗切斯特也好，在傲慢和矜持上或许与希克厉有一点相通之处，但显然远远不及希克厉阴郁和暴戾。对此，洛克乌的评价很生动："他爱，他恨，全都搁在他心里，而且认为假使再要让人家爱他，恨他，那就分明是一件很不体面的事儿。"周边环境也在不断烘托着这个自闭的暴君形象，山庄里总是风雪交加。

某个晚上，洛克乌借宿在呼啸山庄，晚上伸手去关窗的时候，突然握住了一只冰冷的小手。一个宛若幽魂的超现实形象出现在这里，自称是卡瑟琳，也就是洛克乌先前在房间里找到的一篇日记的女主人。紧接着，希克厉下楼来，听洛克乌讲述了这番奇遇之后，情感突然崩溃。他跳上床，猛力开窗，泪流满面地大声请求卡瑟琳进来。然而幽魂再也不肯露面。

呼啸山庄里还有其他几个人物，彼此的关系也显得奇特而紧张，比如：两个在外形和气质上形成鲜明对比但都被周围的压抑环境苦苦折磨的青年男女，一个粗鲁无情的老男仆。截至此时，诡异的气氛全面铺开，巨大的悬念推着洛克乌和读者往前走。洛克乌发现，唯一可以成为突破口的是女管家纳莉，她从卡瑟琳和希克厉的童年开始就在这家里帮佣。在洛克乌的追问下，她终于从第四章开始，原原本本地叙述这两个山庄的故事。

由此，小说的第一人称叙述由外围旁观者洛克乌转到了贴身见证者纳莉。在纳莉的叙述中，不时根据需要插入故事中人物的叙述，或者他们的来往书信，所有这些信息拼接之后，才构成这个故事的完整面貌。因此，《呼啸山庄》的整个叙事系统采取了三重框架，在很多段落都宛若多声部合唱一般丰富。这种繁复的结构在后现代文学中比较普遍，但是在古典小说里显得很超前，以至于小说发表之后，除了主题离经叛道之外，结构也成了很多评论者诟病的理由。他们提出的罪名是小说写得"七拼八凑，不成体统"。

* * *

在艾米莉·勃朗特生前受到的批评中，"不成体统"可能是最温和的。1847年，艾米莉和姐姐夏洛蒂同时以化名各出版了一部长篇小说，与夏洛蒂的《简·爱》大获好评形成鲜明对照的是，《呼啸山庄》几乎被差评淹没，有相当一部分读者将阅读《呼啸山庄》形容为"恐怖的、可怕的、令人作呕的"体验。还有人猜想，这只是《简·爱》作者的一次早期的、不成功的尝试。

艾米莉没有任何渠道为自己辩护——更没有时间。在《呼啸山庄》问世的一年之后，她便在疾病缠身中痛苦离世，年仅三十岁。而且，以现有的少量历史资料看，即便艾米莉能活得更长一些，以她的性情和行事风格，也一定会选择默默地承受非议。艾米莉一生寡言少语。在姐姐夏洛蒂的眼里，她的性格"比男人还坚强，比孩子还单纯，对别人充满同情而对自己毫无怜悯，无论在精神上还是在肉体上都对自己毫不宽容"。在生命的最后时刻，家人只能看着她坚定地像在健康时一样工作。尽管夏洛蒂认为艾米莉是她在这个世界上"最心爱的人"，尽管在妹妹离世之后，她亲自重新校订出版《呼啸山庄》，并为之作序，但对于这部作品本身的价值，似乎也并没有真正理解。在给第二版《呼啸山庄》撰写的序言里，夏洛蒂含蓄地指出，妹妹本来就不合群，缺乏真正的乡间生活经验，手头的材料只能依靠聆听乡野村夫的聊天来获取，她收集到的荒村秘史往往局限于悲剧性和恐怖性的故事，再加上她个人的想象通常阴暗而不明朗，所以才会创作出这样极端的人物和情节。

将近半个世纪之后，随着《呼啸山庄》在评论界受到的推崇越来越多——甚至大有超过《简·爱》的趋势——小说问世之初面临的尴尬境地，也因此有了戏剧性的反转。当初对艾米莉的非议和误解，如今成了将她的经历和天分神秘化的依据。人们很难想象，一个"除了上教堂或者到山上去散步"之外很少跨出门槛的年轻女子，哪来的如此丰富和狂野的想象力；一部在结构、手法、风格上完全找不到其他作品可以比附、可以借鉴的作品，究竟是怎样横空出世的。甚至，时至今日，当我们重新盘点文学史，在《呼啸山庄》之后都很难找到在任何方面模仿它的作品。在很多人看来，《呼啸山庄》是文学史上的一个神迹，一座奇妙的孤峰，它的风格是如此特别，以至于你找不到化用于其他文本的方式，你连一丁点皮毛都学不到。

* * *

可是他们最大的乐趣就是两人一块儿一清早就奔到荒原上去玩一整天，至于事后的惩罚变得无非是让他们好笑的事儿罢了。副牧师尽可以任意规定卡瑟琳必须背诵多少章《圣经》，约瑟夫尽可以把希克厉抽打到自己的胳膊都酸痛了；可是只消两个人聚到了一块儿，他们便立刻把什么都忘了——至少当他们想出了一个什么调皮捣蛋的报复的计划时，就什么都记不得了。

——《呼啸山庄》第六章

女管家纳莉的叙述从多年前的呼啸山庄讲起。那时的主人还是欧肖家族，总体来说这个山庄经营不善，从主人到仆人，都过着粗糙凋敝的生活。老欧肖有一个儿子叫亨德莱，脾气莽撞，智商不高。欧肖还有个女儿卡瑟琳，倒是生得聪明漂亮，还有那么一点类似于假小子的野性。她刚满六岁，马房里的马就没有哪一匹是她骑不上去的了。有一天，老欧肖出门去利物浦，卡瑟琳要求他带条马鞭子回来当礼物。没想到天黑以后，老欧肖带回来的是浑身破破烂烂的野小子希克厉，说是在利物浦的街头捡来的流浪儿。

这个来历不明的男孩很快就成为欧肖家隐含的不安定因素。老欧肖越是照顾他宠爱他，就越是激起大儿子亨德莱对他的敌意。而且，希克厉和亨德莱每每短兵相接时，希克厉从来没有在反应上、气势上输给亨德莱。他似乎有一种天生的傲气，全然无视自己寄人篱下的身份，哪怕亨德莱气急败坏地抓起铁秤砣砸中他的胸口，他也马上摇摇晃晃地站起来，逼得亨德莱只能暂时就范。

然而，老欧肖的身体急转直下，希克厉的保护伞没过几年就轰然倒塌。老欧肖发丧之际，亨德莱带了他新婚的妻子回来。可想而知，希克厉接下来的处境有多么糟糕。他被赶到仆人的住处，有事没事就要挨一顿鞭子，饿两顿饭。不过，那时的希克厉，似乎并没有受到太大的影响。他的所有热情，都寄托在卡瑟琳身上。老欧肖的辞世，亨德莱夫妇的薄情，倒是让这两个年纪相仿的孩子成了相依为命的伙伴，最大的乐趣就是大清早一起奔到荒原里玩一整天，跟荒原上的野草一起野蛮生长。在某种程度上，卡瑟琳带给希克厉的，是超越现实处境的平等自由的幻象。卡瑟琳左右了希克厉所有的喜怒哀乐。在希克厉看来，征服卡瑟琳就是征服全世界，反过来，失去卡瑟琳就意味着万劫不复。

* * *

不用说，卡瑟琳一眼看出了她这两个朋友间的差别，当一个从这边进来，另一个从那边出去的时候。那鲜明的对比就像是一个触目凄凉、荒山起伏的产煤区，一霎时换成了一片青翠、肥沃的山谷；他的声音和问候的语调，就跟他的容貌一样，也是截然不同。他说起话来，自有一种和润、低沉的音调，讲的口音就跟你差不多——比我们这儿的乡音来得柔和，没有那么生硬。

——《呼啸山庄》第八章

"他要一切都沉浸在一种恬静的喜悦中；而我呢，要一切都在欢乐的脑海中闪耀着，舞蹈着。"我说我在他的天堂里一定会昏昏欲睡，他却说在我的天堂里，他会喘不过气来——于是他变得非常不痛快。最后，我们俩讲和了，等到气候回暖之后，两种天堂都试一试；于是我们互相亲吻，又是好朋友了。

——《呼啸山庄》第二十四章

前一段，是卡瑟琳初见林敦；后一段，发生在卡瑟琳成为林敦的妻子之后。人们通常会惊叹《呼啸山庄》里卡瑟琳和希克厉的情感联结是如此强韧不息，却往往会忽略，在相反方向，林敦以及他代表的生活方式，对于卡瑟琳同样有着强大的诱惑力。而这种诱惑，早在希克厉与卡瑟琳少年时代一起误闯画眉田庄就开始了。

那一夜，展现在两个少年眼前的是跟呼啸山庄迥然不同的面貌：房间里铺着地毯，天花板上有玻璃吊灯，环境洁净、宁谧、富有，没有"奇怪的对比"，唯有高度和谐——近乎无趣的和谐。值得注意的是，这一段的插叙是通过希克厉的视角展开的，他看到了屋里的兄妹俩在为无聊的事情温和地争吵，就好像代入某种千篇一律的公式。他一眼就在这温馨祥和的画面中看到了他们的精致、脆弱和缺乏生气，于是发出了这样的感叹：哪怕给我一千条生命，我都不愿意跟埃德加·林敦在画眉田庄的境况交换。埃德加·林敦是画眉田庄少爷，跟他在一起的是他的妹妹伊莎蓓拉。我们从情节后来的走向可以得知，刚才这一幕，如果视角换成卡瑟琳，那一定是另一种样子。在她眼里，画眉田庄代表着安全、文明、井然有序，他们的生活方式让她突然意识到自己的未来还有另一种可能，一扇看起来更美好更宽阔的大门在向她徐徐打开。在那天晚上，卡瑟琳被画眉田庄的狗咬伤，因而留在田庄里休养，打发希克厉一个人回去。五个礼拜以后，卡瑟琳的脚踝痊愈，在圣诞节回到呼啸山庄时，至少在表面上已经成了一个淑女。画眉田庄和呼啸山庄开始频繁交往，林敦少爷按部就班地以绅士礼仪向卡瑟琳献殷勤，而卡瑟琳的哥哥亨德莱觉得这是个光耀门楣的机会，当然全力怂恿妹妹与他在一起。我们可想而知，面对这样的变化，希克厉的整个世界都摇摇欲坠，矛盾一触即发。在一次与林敦的正面冲突中，希克厉把一盆热苹果酱汁倒在他脸上，但随即被亨德莱关进了阁楼，饱受侮辱。希克厉当时跟纳莉说，这个仇我一定会报，但是我会找到合适的方式再报。

我们再来看看在这场冲突中，林敦和卡瑟琳是什么表现。起初，林敦温文尔雅，但因为在温室里待久了，显然对于希克厉这样的人缺乏同理心。被酱汁浇到之后，林敦全无还手之力，只能抽抽噎噎地哭。对于这个局面，就连此时跟林敦已经渐生情愫的卡瑟琳，也相当不屑。她先是"埋怨"，再是"轻蔑"，最后直接呛了他一句 ——"你又没给人杀掉"。从这些细节中，我们可以感知，在卡瑟琳心中，两股力量、两种人生、两个"天堂"已经开始撕扯她。一场惊心动魄的拉锯战才刚刚拉开帷幕。

此后的时间线，在纳莉的叙述中显得比较模糊。总的来说，大约前后有五年，发生了一系列事件。首先，我们可以粗略估算，几个孩子用这些时间跨过了青春期，卡瑟琳出落成"这山村一带独一无二的女王"。接着，亨德莱夫人难产，留下一个叫哈里顿的儿子以后去世。她的死给了亨德莱沉重的打击，从此他沉湎于酒精，连孩子都疏于照顾，有一回在喝得酩酊大醉时还差点把怀里的孩子从楼梯上摔下去，幸好被希克厉接住才免于一死。山庄的经济状况也每况愈下。而一直在旁边观察的希克厉，暗自高兴，耐心地等待报仇的机会。

然而，林敦的求婚打乱了希克厉的复仇计划。卡瑟琳同意了这桩婚事，但转过身就跑到厨房里跟纳莉促膝长谈，把自己的情感详细解剖了一番。这一段写得像诗歌一般，经常被后人引用。按照卡瑟琳的说法，对于林敦，她爱他的年轻俊俏、富有体面，但是在她的内心深处，她知道自己做错了，因为她对于希克厉的感情，才真正穿透了灵魂。她再次提到了天堂，说林敦给她许诺的，是一个天堂一样完美的环境，但是她说，在梦里，"天堂不像是我的家，我哭碎了心，闹着要回到人世来，惹得天使们大怒，把我摔下来，直掉在荒原中心，掉在呼啸山庄的高顶上，于是我就在那儿快乐得哭醒了"。归根结底，卡瑟琳认定 ——"希克厉比我自己更像我自己，他就是我自身的存在"。所以，外界的一切，不管是婚姻还是别的什么，都无法将他们俩真正分开。

从这里我们就可以看出，《呼啸山庄》里的情感冲突，从一开始就没有停留在世俗层面。卡瑟琳的选择困境并不仅仅是阶层差距或者现实需求，同时也包含着她对自我、对本性的认识。究竟是顺应还是压抑这种本性，她在不同时期有不同的选择。为了接受林敦的求婚，卡瑟琳也编织了可以自圆其说的理由。她告诉纳莉，如果自己嫁给希克厉，那么他们两个只能去讨饭；但是，如果嫁给林敦，那她就可以用丈夫的钱帮助希克厉抬起头来，安排他从此再不受她哥哥的欺负。

这种幼稚的、自欺欺人的说法当即遭到纳莉的反对，同时也深深伤害了正在厨房门外偷听的希克厉。他立刻离家出走，消失得无影无踪。卡瑟琳为此生了一场大病，而林敦家也确实不负他们良善仁慈的美名 —— 林敦的父母为了照料病中的卡瑟琳，甚至染上热病，相继撒手人寰。

不得不说，在塑造小说中具有"天使性"的林敦家人物群像时，艾米莉·勃朗特下笔带着某种散漫的、"自己也无法确信"的语气，仿佛这种简单到透明的形象，并不值得耗费太多力气。

* * *

无论如何，截至此时，风波似乎暂时平息，卡瑟琳嫁给林敦，带着纳莉一起住进画眉田庄，岁月一度静好。但是，希克厉终究还是回来了，而且似乎这些年混得还行。小说没有交代他有过怎样的经历，只是通过洛克乌的提问设想了几种可能：或是到欧洲大陆念书，或是在大学里考到了免费生的名额，或是逃到了美洲，赚到钱以后衣锦还乡，或是干脆通过拦路打劫之类的勾当发家致富。在《呼啸山庄》出版的年代，类似的路径在英国的传奇故事里很常见，纳莉推测也许这些行当希克厉都干过一阵子。在整部小说里，希克厉几乎就是这个封闭空间里唯一与外界保持接触的人，他身上的那种野蛮的生气，与林敦的温良仁厚但精致而无趣，形成鲜明的对比。

希克厉一回来，就闯进画眉田庄，让此时已经怀孕的卡瑟琳又惊又喜。然而，希克厉是带着全盘复仇计划来的，他追求林敦十八岁的妹妹伊莎蓓拉，既图谋林敦的家产，也要逼得卡瑟琳失控。卡瑟琳果然魂不守舍，她跟希克厉的几次相遇的场面，都显得无比激烈。展示在读者面前的，是一对爱恨纠缠的情侣，他们之间的结越打越死，最终难逃绷断的结局。病中的卡瑟琳受到强烈刺激，在见过希克厉最后一面之后近乎疯癫，产下女儿小卡瑟琳之后就去世。可想而知，希克厉的心也跟着死了，但他的复仇计划并没有停止——在剩下的几十年时间里，在别人眼里，他成了一个徒有躯壳的魔鬼。

报复计划层层加码：希克厉先是将伊莎蓓拉诱骗私奔，到了呼啸山庄以后又对她极其冷淡，几乎到了虐待的程度。伊莎蓓拉逃走以后，生下她和希克厉的儿子小林敦，此后没过多久，便在抑郁中客死他乡。伊莎蓓拉的哥哥林敦想把外甥接回画眉田庄，却被希克厉阻挠。小林敦跟着希克厉回到呼啸山庄以后，同样受尽冷遇。在他的亲生父亲希克厉看来，小林敦从名字到长相到性格，都更像林敦家的人，温和羸弱，不堪一击。而此时的山庄里，酒鬼亨德莱早已病逝，他的儿子哈里顿天资聪慧，希克厉却故意不让他受教育，以此来报复他父亲当年的所作所为。接着，希克厉又利用小林敦与小卡瑟琳在荒野上偶遇的机会，诱骗小卡瑟琳到呼啸山庄，然后逼迫她嫁给已经病入膏肓的小林敦。此后的局面就相当明朗了：林敦去世，由于女儿已经嫁给小林敦，所以画眉田庄和呼啸山庄的财产事实上都落到了希克厉手里。但是希克厉并没有因此就快乐起来。在复仇中，他一天天老去，也越来越热切地等待死去之后到地下与卡瑟琳相会。这些情节都发生在小说的后半部分，节奏很快，似乎时易世变、生死更迭都在转瞬之间。

* * *

我打定主意要留意他的行动。我的心始终偏向东家这一边，而不是偏向卡瑟琳那一边。我自以为是有理由的，因为他和善，正派，信任别人；而她呢——虽然不能说截然相反，可是她的行动未免太随心所欲，叫我难以相信她立身处世有什么准则，更难于对她的一喜一怒产生同感。

我巴不得会发生一件什么事情，暗中替呼啸山庄和画眉田庄的人们摆脱了希克厉先生，让我们重又像他没有来到之前那样过日子。他上门来作客，对于我是没完没了的梦魇，我怕对于我那东家也是这样吧。他在呼啸山庄住下来，给人一种说不出来的压迫感。我觉得上帝已丢下了那迷途的羔羊，由它去彷徨，一只恶兽来到它和羊栏中间巡行着，看准机会就要扑过来吃掉小羊儿了。

——《呼啸山庄》第十章

是时候特别注意一下小说的主要叙述者——女管家

纳莉了。她在叙述中的情感倾向很有意思，有点像墙头草，时而同情希克厉，时而站在林敦的立场上把希克厉谴责为恶魔，时而又站在旁观者的角度对卡瑟琳的做法评头论足，时而还作为两个山庄之间的中介改变事情的进程。她的态度不仅始终处在摇摆不定的状态中，而且其见识和口吻似乎也不太像一个从没受过什么教育的女仆。

也许我们可以把纳莉看成是一个集体视角，集世俗观点之大成。在这个充满极端人物的小说中，唯有纳莉是我们比较熟悉的那种普通人，是凡尘俗世的中间色调。纳莉在某种程度上，是代替读者发声，我们通过她对于整个故事的议论，通过她的反复改变立场，也能审视我们自己的态度，进而体会到世俗的评判与小说所展示的灵魂冲撞之间，存在着意味深长的落差。当小说让我们产生越来越强烈的代入感时，我们会忘记，其实我们和纳莉一样，既无权也无力作出评判。

通过纳莉的眼睛（以及她所代表的集体视角），我们看到，两个山庄的两代成员的名字、亲缘关系以及性格特征，都紧紧缠绕在一起。希克厉的儿子以他的情敌林敦的姓氏来命名，林敦的女儿则与母亲卡瑟琳的名字完全相同，而亨德莱的儿子哈里顿的性格和境遇，明显让人联想到当年的希克厉。所有这些爱人、仇人，其实彼此之间都是亲戚。如此重叠和错位，显然是作者刻意为之的结果，这样写的直接效果是：这仿佛成了一个循环发生的故事，两个山庄的第二代，似乎在某种程度上重演上一代的故事。将近百年之后，我们在加西亚·马尔克斯的《百年孤独》里也看到了类似的安排，家族里几代人物的名字犬牙交错，家族宿命反复循环。当然，《百年孤独》的规模比《呼啸山庄》大大扩展，但表达效果多少有一点异曲同工。

从这里也可以看出，《呼啸山庄》并不是一个可以用严格的现实主义规则去度量的作品。推敲其与现实对应的细节是否符合生活逻辑，并不是阅读这部小说的正确方式。同样，《呼啸山庄》的故事框架很容易被概括成穷小子与富家女的爱情悲剧——穷小子因爱生恨，进而报复社会。因此，如果我们在其中看到尖锐的阶级矛盾，是顺理成章的。但是，仅仅看到这一点，也是远远不够的。

弗吉尼亚·伍尔夫认为，促使艾米莉创作《呼啸山庄》的灵感并非来自她自身的痛苦，而是一种更为笼统更为宏大的概念。她看到一个杂乱无章的世界，却觉得有能力在书中把它统一起来。如果我们顺着伍尔夫指出的路径，就会发现艾米莉·勃朗特实际上是大刀阔斧地砍掉生活中很多折中的、暧昧的、半真半假的部分，留下色彩最鲜明的部分，形成最为强烈的对照。我们知道，日常生活中的人物关系也好，行事逻辑也好，通常是不会"把话说绝、把事做绝"的——但在《呼啸山庄》中，艾米莉就要把人、事、物推到绝境，就是要展示给读者看，撕掉那些伪装之后，这个世界上存在的那些对立和冲突，比如爱与恨，贫与富，文明与自然，它们的本来面目，究竟是什么样子。书里反复出现希克厉与林敦的比较，呼啸山庄和画眉田庄的比较。伍尔夫所谓的"更为笼统"的概念，实际上正是这种简洁的二元对立的架构——小说凭借着这样的架构，在荒原上搭建起了人类情感的微缩景观。

然而，比这种对照更为惊心动魄的，是挣扎在其中的人和人性。卡瑟琳的理智完全屈服于社会秩序的同时，始终意识到自己的灵魂和情感与希克厉同在，与荒原同在，最终不惜用生命呼应了来自它们的召唤。她在一个世界里越是清醒，在另一个世界里就越是疯狂，两个截然相反的世界不仅存在于她身外，更常驻在她的内心。

* * *

对我说来，还有什么是不跟她联系在一起的呢？有什么不叫我想起她来的呢？我低头看着这屋内的石板地，她的面容就出现在石板上面。在每一朵云里，在每一株树上——充满在夜晚的空气里，在白天，我的眼光无论落在什么东西上，总看得见她——她的形象总是围绕着我。普普通通的男人和女人的脸——连我自己的这张脸——都在嘲弄我，说是跟她多么相像呀。整个世界成了一个可怕的纪念馆，处处提醒我她存在过，而我却失去了她！

——《呼啸山庄》第三十三章

无论呼啸山庄里是多么压抑痛苦，时间终究在缓慢流逝，新旧更替无可阻挡。小林敦病重不治，守寡的小卡瑟琳却在与哈里顿的交往中发现了他的过人天分和善良本质。小卡瑟琳教哈里顿读书识字，哈里顿则视小卡瑟琳为女神。就这样，在阴郁的希克厉的眼皮底下，当年希克厉与卡瑟琳之间的情感模式在哈里顿与小卡瑟琳之间重演，历史在呼啸山庄里又完成了一个轮回。只不过，这一次，外部条件不像当年那样严酷，希克厉也已经心如止水，没有欲望兴风作浪，而林敦的基因似乎在小卡瑟琳身上也赋予了某种更为理智的元素。所以这段感情在小说结尾顺利开花结果，两个家族的血脉似乎终于找到了与这个世界妥协的方式，能够健康正常地延续发展了。

安排一个传奇在将近收尾处终于滑进现实的轨道里，这或许可以视为作者对世态人心的把握。但是，小说真正的结尾并不是人间伊甸园，而是坚定地落在希克厉身上。他对卡瑟琳的思念不为俗世所容，却能够穿越时空，卡瑟琳的脸出现在他视野里的所有东西上，无论是石板、云朵还是空气，都是他的卡瑟琳。他甚至撬开过卡瑟琳的棺材，看看卡瑟琳是否还在那里等待他，然后把卡瑟琳挨着林敦那一边的棺木完全封死，在另一边为自己留下一个墓穴。当末日越来越近时，希克厉干脆绝食，迫不及待地拥抱死亡。在小说的最后一章，希克厉去世，小说最外层的叙述者洛克乌来到他和卡瑟琳以及林敦三人的墓地。他说，怎么能想象，在这么一片安静的土地下面，长眠者竟会不得安睡呢？

如此强烈的情感，从地下溢出到地上，从文字里散发到文字外，成为《呼啸山庄》最为鲜明的特色。与情感表达的饱和度相比，与洋溢在字里行间的那种无可言说的神性与诗性之美相比，文本的结构、技术上的特点反而显得无足轻重了。

大仲马：纸团，小刀与坟场

"只要一想到用这些东西杀人比守候在树林边上暗杀更为可靠，"卡德鲁斯手按在纸上说，"我就觉得一支笔、一瓶墨水、一张纸比一柄剑或是一把手枪更可怕。"

"这个傻瓜还不像他外表上醉得那么厉害，"唐格拉尔说道，"那么再灌他一下，费尔南。"

费尔南又把卡德鲁斯的酒杯斟满了，后者真是个道地的酒鬼，所以又从纸上抬起手，抓起酒杯。

加泰罗尼亚人眼盯着看他喝酒，直到卡德鲁斯在这个新的攻势下几乎全无招架之力，把酒杯搁在，或者更确切地说，让酒杯跌落在桌上为止。

"行了吧？"加泰罗尼亚人见卡德鲁斯喝完最后一杯酒几乎不省人事后，便说道。

"行了！我想，譬如说，"唐格拉尔接口说道，"唐泰斯刚刚在海上转了一圈，途中到过那不勒斯和厄尔巴岛，如果有某个人向检察官揭发他是波拿巴分子的眼线的话……"

"我来揭发他，我！"年轻人立刻说道。

"好的，不过别人就要让您在您写的揭发书上签字，而且要与您所揭发的人对质，我可以向您提供一些材料作为证据，这个我能做到；可是，唐泰斯不会一辈子坐牢，总有一天他会出狱，那么自他出狱的这一天起，把他投入监狱的这个人就该倒霉啦！"

"啊，我求之不得，"费尔南说，"我就等他来找我打架呢。"

"是啊，那么梅尔塞苔丝呢？只要您不当心擦破她心爱的爱德蒙一层皮，梅尔塞苔丝就恨你入骨了！"

"是这样。"费尔南说。

"不行，不能这样，"唐格拉尔立即说道，"如果想这样干，瞧，还不如简简单单像我做的那样，拿起一支笔，在墨水里蘸一下，用左手写一封这样内容的短短的告密信，这样字迹就不会被人认出来了。"

——《基督山伯爵》第四章

整个故事的起点，缘于大仲马在报上看到的一条新闻：一个修鞋匠即将迎娶美丽富有的寡妇，招来朋友的妒忌，于是被诬陷为保王党间谍，锒铛入狱。出狱之后，他用了十年伺机复仇，数次得手之后，修鞋匠最终被仇人一刀捅死。这是八卦，也是历史。而在大仲马眼里，八卦和历史都是"那枚能让我把小说挂上去的钉子"。

怎么挂是作者要解决的核心问题。历史背景要足够大足够乱，一个随时可以让人直上青云或者死于非命的时代最适合施展命运的魔法。大仲马选择了1814年。在那段时间里，拿破仑·波拿巴第一次遭到流放，波旁王朝复辟，路易十八重新掌权。保王党、拿破仑、革命党，各方势力在巴黎上空形成一股股翻涌的暗流。修鞋匠被改造成一个"长着一对漂亮的黑眼睛和一头乌黑的头发"的水手唐泰斯。他是那么意气风发，对危险是那么浑然不觉，这个起点为后面悠长而跌宕的成长曲线预留空间。唐泰斯十九岁那年就当上了大副，职业前途一片光明，安心接受命运的礼物：船东待他如亲生子，美人儿梅尔塞苔丝刚刚答应了他的求婚。

最复杂的阴谋往往始于最简单的原动力：妒忌。大仲马只用了四章，就把动机铺陈完整。会计唐格拉尔在历史的缝隙中找到了插进一枚钉子的位置：他记起唐泰斯在商船返回的路上绕道厄尔巴岛，将一封信交给了拿破仑皇帝，并受托要将另一封信带往巴黎，送到拿破仑亲信的手上。为了将阴谋构建完整，他物色了一组各有擅场、各怀鬼胎的人马。大局由唐格拉尔掌控，唐泰斯的情敌、"加泰罗尼亚人"费尔南最适合扮演被爱情冲昏头脑的执行者的角色——唐格拉尔的种种虚虚实实的说法，一大半是为了诱导他而设计的。在上面那场对话中，有正向的鼓励，有反向的激将，送完梯子递刀子，递了一半又作势要抽回来。等这些套路全都表演完毕之后，他又话锋一转，表示自己不能胡乱冤枉人，随手把信揉成一团，扔进了角落，然后抬脚便走。他知道，到了这一步，没有什么再能救回陷阱里的费尔南了。于是：

> 唐格拉尔走了二十来步，回过头来，看见费尔南正扑过去捡起那封信，把它揣在口袋里。

至于邻居卡德鲁斯，他并没有明确的诉求，只是眼红身边的人过上了好日子。起初，这只是"平庸之恶"的一部分。他对阴谋的后果并没有足够的预计，直到发现自己被深度卷入阴谋的旋涡时，他才意识到，除了推波助澜之外，他已经失去了别的选项。

大仲马还需要一枚关键的棋子：代理检察官德·维尔福。维尔福并没有加害唐泰斯的动机，大仲马及时补上一笔——维尔福突然发现这宗案子里晃过一个熟悉的身影，唐泰斯在巴黎的接头人竟然是自己的父亲。如果事情败露，让别人知道父亲还在为前皇帝拿破仑效力，那他的政治生涯也将前功尽弃。

阴谋就此形成坚实的逻辑闭环。维尔福一边假模假式地安抚唐泰斯，一边下令将他投入伊夫堡监狱。

那些炫目的现代叙事概念，故事弧光也好，人物设定也好，都要记着大仲马的情。人设不是为了设而设，事件不是凭空起的高楼。人物与人物得互相牵制，人物与事件要彼此成全，钉子要结结实实地敲进最合适的位置。

* * *

大仲马很会花钱。据说出现过他被一百五十名债主追债的盛况。对文学史而言，这也许并不是一件坏事，因为大仲马直接把入不敷出变成了将写作产业化的动力。他在报上连载《基督山伯爵》，精确计算悬念出现的频率与分寸，享受掌控读者肾上腺素与故事节奏的快感。他训练自己把对话写长，写到字字掷地有声，一半为了让故事更有现场感，一半为了稿费——当时的稿费是按照行数来计算的，别人的价码是一行三十苏，顶流大仲马是三法郎（一法郎＝二十苏）。

顶流大仲马还发明了相当超前的创作方式。他有雇佣助手的习惯，不是干抄抄写写的秘书活，而是真正意义上的合作伙伴。其中最有名的一位叫作奥古斯特·马凯，据说《三个火枪手》和《基督山伯爵》都有马凯的功劳。这份功劳到底有多大，如今已经很难确凿查考，可能性较大的工作模式是大仲马负责确定主题和故事大纲，由马凯负责找材料、写初稿，最后再由人仲马润色打磨，付梓出版。大仲马的角色，与当代文化创意——尤其是流行文学和影视工业的操盘手兼灵魂人物，并没有什么本质的区别。当然，马凯并不甘心如此，他跟大仲马为了版权纠纷闹上过法庭，最后大仲马支付了十四万法郎，才买断了马凯的劳动，后者因此放弃了在所有作品上署名的权利。这个价格实在不能算公道，因为单单一本《基督山伯爵》的稿费就远远超过这个数字，以至于大仲马能从这笔钱里随手拿出五十万法郎来造了一座"基督山城堡"，并且把自己的工作间命名为"伊夫堡"，那是唐泰斯被监禁了十四年的地方。

* * *

与此同时，唐泰斯果真感到被抛到无边的空中，尔后就像一只在坠落的受伤的小鸟，穿越空间一直往下坠，他的心恐惧得都发凉了。虽说有一样沉重的东西在脚下拖住他加速往下坠落，他还是觉得坠落的时间长得没完没了。最后，只听得一声可怕的巨响，他像一支离弦的箭直钻进冰凉的水里，不由得惊呼了一声，但这喊声立即被淹没在海水里了。

唐泰斯被抛到海里，绑在他双脚上的一只三十六磅重的铁球在把他拖向海底。

大海就是伊夫堡的坟场。

——《基督山伯爵》第二十章

唐泰斯昏头昏脑的，几乎快要窒息了，不过，他的神志还算清醒，及时屏住了呼吸；我们前面说过，他为了以备不时之需，右手拿着一把打开的小刀，于是他迅速划开了麻袋，伸出胳膊，接着是脑袋；他虽然竭力想把铁球托起来，但仍然被拖着直往下沉；于是他弯下身子，寻找捆住他两只脚踝的绳索；他尽了最大努力，在即将窒息之际，准确地割断了绳索，同时用脚使劲一蹬，便自然而然地浮上了海面，而铁球拖着那块差一点成了他的裹尸布的粗麻布，沉向那深不可测的海底。

唐泰斯吸了一口气，就又潜入水里，因为他应该采取的第一个预防措施，就是避免让人看见。

当他再度浮出海面时，他距离坠落处至少有五十步光景了；他在头顶上方看见一片黑压压的天空，预示风暴即将来临，天空中，狂风劲吹着飞驰的浮云，不时露出一方点缀着一颗颗星星的蔚蓝色的天；在他前面，伸展开一片灰暗而咆哮着的海面，暴风雨就要来了，浊浪汹涌，滚滚而来；在他的背后，巨大的山崖就像一个青面獠牙的怪物高高耸起，比大海、比天空更加黑暗，其黑漆漆的顶端仿佛像一条伸开的手臂想要擒获它的猎物；在那块最高的岩石上，一盏风灯照亮了两个人影。

——《基督山伯爵》第二十一章

小时候站在读者的立场上，只顾跟着大仲马的情节线往前冲。重读时，我试着站在作者的立场，揣摩着大仲马在唐泰斯好不容易假扮成尸体，被狱卒抬出监狱，即将获得自由的那一刻，突然玩了个花招，把他也把我们这些读者的心又提到了嗓子眼。写到这里，大仲马只用了短短一句话：大海就是伊夫堡的坟场。

先前，作者故意让主人公，也让读者误以为，尸体将被埋进狱卒口中的"坟场"。我们以为，坟场就是真的坟场，没想到，在伊夫堡，大海就是坟场。也就是说，唐泰斯刚刚越狱成功，就要被绑上一只三十六磅重的铁球抛进大海。他得在海中求生，同时还要计算狱卒发现真相的时间，逃离他们的再次追捕。当我们站到作者这边的时候，我们会发现，这是一个好故事的决定性时刻。我们的同情、焦虑，加快分泌的肾上腺素，格外强烈的代入感、宿命感、荒诞感，都跟随着唐泰斯被狱卒扔进大海的一刹那，达到了峰值。一代又一代的小说家，那些编故事的手艺人，搭建框架、推敲细节，上穷碧落下黄泉，苦苦寻找的，也就是唐泰斯突然要面对茫茫大海的，那一刻。

为了这个决定性的时刻，大仲马需要及早埋伏一些东西。一、他得先漫不经心地交代监狱建造在一座岛上，但是这个信息并不与坟场产生任何直接的关联。二、他得让唐泰斯反复演练的周密计划里偏偏忽略了这个可能性，却又在扮演尸体时本能地在右手上握好一把刀，能够帮助他在海中割断脚上的绳索。三、在更早前的情节里，我们不要忘记，唐泰斯出身就是一个水手，这为他能最终在海中脱险，奠定了最坚实的基础。

在整部《基督山伯爵》里，唐泰斯的越狱，其实比后面的复仇分量更重。它不仅构成了整部小说最大的情节转折，而且设置了最高的技术难度（封闭空间的密室逃脱需要缜密的逻辑推演）。更重要的是，一旦跨越了这些难度，人物就扎扎实实地立起来了，他的性格蜕变（纯真年代死去，冷酷伯爵重生）水到渠成，他与读者的情感联结也就变得牢不可破。你在想象中跟着唐泰斯一起飞越樊笼、逃出生天，从此他的喜怒哀乐就没有你代入不了的了。

"越狱"的故事类型从未过时。尽管在技术上不断推陈出新，套路却保持得相当稳定。大仲马发现的地道，到了美剧《越狱》里，也还是得再挖一次。至于钻进裹尸布里"借尸还魂"的桥段，哪一代的故事手艺人也不曾厌倦过。斯蒂芬·金在写《肖申克的救赎》时，没有提《基督山伯爵》，于是改编的电影剧本里替他补上了这一笔：安迪和瑞德在监狱图书馆理书，瑞德拿《基督山伯爵》开了个玩笑，声称这本书应该归在"教育"类别下面，两人由此达成了心照不宣的默契。他们之间的同盟情谊与师生关系，一如当年的唐泰斯与法里亚神甫。

* * *

一个热爱故事的人，不会仅仅满足于被动接受故事。他会探索故事生成的奥秘，研究一个完美故事类型在不同时代的演变，他甚至会跟作者在想象中交手、较量，看看谁先骗过对方，或者拆穿对方的戏法。读者与作者之间的关系，在某种程度上，是道高一尺魔高一丈的关系。小说的叙事艺术也正是通过读者和作者不停地互相刺激，才发展起来的。一部小说发展史，就是这场游戏的升级史。

* * *

唐泰斯的复仇是个大项目。仇人有好几个，而且个个发达。有的富甲一方，有的权倾一时，而唐泰斯的个人情感纠缠在其中，构成了一个关键的变量。从前期调查，到各个击破，唐泰斯每一步都得走对才有胜算：

一、耐心。越狱之后他获得了宝藏，奠定了复仇的物质基础。但唐泰斯仍然按兵不动，直到九年以后时机成熟才出手。大仲马需要为这九年安排充实的内容，让唐泰斯把所有的人际关系——尤其是他们各自的软肋、那些互相牵制的关节，理清摸透。

二、在几乎密不透风的关系网上找到适合撕开的口子。四个仇人里罪责最轻的是当年的邻居、如今的客栈老板卡德鲁斯，很适合被唐泰斯用来打探消息、调查背景；唐格拉尔夫人与德·维尔福有过私情，还生下了私生子。这样牵扯了两个仇家的隐私当然成了唐泰斯手里的一张牌，就等关键时刻打出去。后来唐泰斯买下他们俩曾经幽会的别墅，在其中大摆宴席，上演了小说后半部分最重要的群戏之一。单单这个地点的选择，就足以让当事人胆战心惊。埋藏更深的口子在阿尔贝身上。这是唐泰斯旧情人梅尔塞苔丝与他的仇人费尔南结婚后生下的孩子。这个口子一旦撕开，不仅能一举奠定入局，直接进入宿敌们的关系网，而且——从一个比较微妙的层面考量——也是唐泰斯对自我心理的某种压力测试。毕竟，事关梅尔塞苔丝，这个口子一旦撕开，前景难免有血肉模糊的可能。于是，唐泰斯自导自演了一番，先命人绑架阿尔贝，再深入虎穴支付赎金，赢得了阿尔贝毫无保留的信任，同时也付出了某种远期的代价。唐泰斯意识到，这个真诚可爱、哪怕被人绑架了也能呼呼大睡的男孩，身上有太多梅尔塞苔丝的影子，有太多危险的、足以融化他钢铁意志的东西在画面上摇晃。对于一个合格的复仇者而言，这个倾向显然有点多余。

三、入局之前，唐泰斯还需要先将自己的新角色构建完整。他砸钱，买下唐格拉尔家的两匹马，反手就回赠给唐格拉尔夫人，还加上一颗钻石。这个动作，巧妙地伤了唐格拉尔的面子，同时还在巴黎的社交圈里埋下了伏笔，基督山伯爵神秘莫测、富可敌国的名气开始广为传扬。接着，他为这形象及时添上了义薄云天的一笔，命令仆人拦下失控狂奔的马，救了当年的检察官德·维尔福的妻儿。这样一来，整个巴黎都为伯爵的传奇而神魂颠倒。至此，一切都在唐泰斯掌控之中，他此后在一幕幕华丽场景中的收网、清算乃至迟到的审判，都已经稳稳地站在了坚实的逻辑基础上。

* * *

伯爵夫人把手从基督山的胳臂上拿下来，走过去在藤上摘下一串麝香葡萄。

"瞧，伯爵先生，"她带着凄然的笑容说，让人只觉得她的眼睛里已经噙满了泪水似的，"瞧，我知道法国的葡萄没法跟你们西西里和塞浦路斯的葡萄相比，但您想必可以体恤我们北方阳光的不足吧。"

伯爵鞠躬，往后退下一步。

"您不肯要？"梅尔塞苔丝声音发颤地说。

"夫人，"基督山回答说，"我谦恭地请求您原谅，我从来不吃麝香葡萄。"

梅尔塞苔丝叹口气，手里的葡萄落到了地上。邻近的架梯上边，悬着些沉甸甸的桃子，它们跟葡萄一样都是靠人工调节的室温焙熟的。梅尔塞苔丝凑近这些毛茸茸的桃子，摘下一只来。

"那么请把这只桃子吃了吧。"她说。

但伯爵做了个同样的拒绝的表示。

"哦！还是不肯要！"她说这话的语气是那么凄婉，让人感到她是强忍住呜咽才说出来的，"我真是太不幸了。"

接着是一阵长时间的沉默；那只桃子，也跟那串葡萄一样，滚落到了沙土上。

"伯爵先生，"终于，梅尔塞苔丝以哀求的目光注视着基督山说，"阿拉伯有一种动人的风俗，只要在同一个屋顶下面分享过面包和盐，就成了永久的朋友。"

"这我知道，夫人，"伯爵回答说，"但我们是在法国而不是在阿拉伯，而在法国，永恒的友谊是跟分享盐和面包的习俗同样罕见的。"

"可是无论如何，"伯爵夫人双手近乎痉挛地抓紧伯爵的手臂，两眼直盯住他的眼睛，异常激动地说道，"我们是朋友，对吗？"

伯爵脸色白得像死人，他浑身的血都在往心房涌上来，然后又从心房升到喉头，流向双颊，他只觉得自己泪眼模糊，就像快要晕眩的人一样。

——《基督山伯爵》第七十一章

然而还有一个必要条件：唐泰斯与梅尔塞苔丝的重逢时机，要选得刚刚好。他们当然不能不相遇，这是小说的张力达到巅峰状态、戏剧冲突最强烈的时刻；他们不能碰面太晚——彼时已经在巴黎社交界呼风唤雨且深入局中的基督山伯爵没有理由次次都能避开费尔南的太太、阿尔贝的母亲；他们更不能见得太早。唐泰斯的改头换面，有把握骗得过昔日的仇家，却不可能逃过梅尔塞苔丝的眼睛。因此大仲马把这段重场戏安排在小说篇幅将近三分之二处，显然也是经过了一番周密的计算。

这场戏的细腻程度远远超过了大仲马作品的平均水准，为这类在虚实、今昔、情感与利益之间剧烈摇摆的"遭遇战"提供了漂亮的台词范式。往事并不如烟，却成为两人心照不宣的禁忌，唐泰斯不愿意当众暴露身份，而梅尔塞苔丝害怕唐泰斯的复仇之火危及她现在的家庭。他们只能小心翼翼地旁敲侧击，身边触手可及的道具是葡萄、桃子、盐与面包。唐泰斯以坚硬的姿态拒绝了梅尔塞苔丝化干戈为玉帛的努力，但他苍白的脸色、浑身的血、渐渐模糊的眼睛，也为后面的人设再次转换留下了余地。在严酷的环境中，唐泰斯先是从人变成神，有那么一时半会甚至宛若幽灵；但从这里开始，神（鬼）身上的人性开始缓缓复苏。

接下来，人物和事件的走向果然将基督山伯爵的人设维护得格外完美。他的复仇计划天衣无缝，每一步都在意料之中。更重要的是，唐泰斯并没有直接手刃仇家。他最主要的复仇手段，就是利用这张关系网的结点，洞悉对方的不可告人的污点和他们彼此之间的矛盾，如此环环相扣地将他们一个个逼进作茧自缚的境地。而卷入其中的无辜者，唐泰斯基本上也都做出了妥善的安置，差点要替父决斗的阿尔贝也在最后关头被母亲的斡旋化解。大仲马制定的"善恶终有报"的通俗故事法则，直到今天还被好莱坞奉为金科玉律——超级英雄所到之处，哪怕上天入地、枪林弹雨，你也不可能看到一个伤及无辜的镜头。不过，比起那些生硬而粗糙的回避来，大仲马坚持所有的意图都要用谋略来实现，不屑滥用巧合，手段实在是高明得多了。

福楼拜：两难

外省 / 巴黎

居斯塔夫·福楼拜说：就在此刻，同时在二十二个村庄中，我可怜的包法利夫人正在忍受苦难，伤心饮泣。

永镇，以及鲁昂是这二十二个村庄的活化的标本。标本放大延伸，便交织成了《包法利夫人》的经纬和血脉，或者，更准确地说，是小说的那个让亨利·詹姆斯深深着迷的副题——外省风俗。

读那个时代的法国小说，经常惶惑于"外省"作为一个抽象概念所凸现的多元性：是地域上的，是经济上的，是美学概念上的，也是情感归属上的。

一个"外"字，先就露出几分隔绝与怯意，披着既脆且薄的外衣，只消轻轻摇曳，便抖落下一生的嗟叹、几世的风尘。与"外省"在地理及情感上相对应的，自然是可望而不可及的巴黎，香榭丽舍的浮华笙歌，是外省人胸中永远的隐痛。

从外省出发，通向巴黎的路径，究竟承载过多少时代变迁、人生沉浮，根本无可历数。巴尔扎克是善于把自己钟爱的人物往这条路上打发的，雨果也是。然而，单就这一个人物系列而言，其中的翘楚却是于连，那个不仅属于司汤达，更属于整个法国、整个世界的于连。

福楼拜从来不喜欢司汤达，然而，命运注定，他的爱玛也是一个徘徊在外省与巴黎之间并且最终在挣扎中幻灭的人物，因而就无可逃遁地必须行走在于连的阴霾之下：如何避免各个层面上的雷同，甚至完成某种程度上的超越，是福楼拜不得不解决的问题。

性别差异是有效而安全的切入点。女性在当时所受到的种种客观条件的制约，决定了爱玛的巴黎梦只能是被动的、狭隘的，甚至是猥琐的、变形的。

> 他俩先是慢慢移步，随后愈跳愈快。两人转起圈来：周围的一切都在旋转，烛灯，家具，墙壁，地板，犹如一张圆盘绕轴不停地转。跳到门边，爱玛的裙裾擦过他的裤腿；两人的小腿碰上了；他低头注视着她，她仰脸迎着他的目光；她一阵晕乎，停了一下。两人重又起舞；子爵猛地一下子，拉着

她离开大厅，转进过道的一端，她气喘吁吁，险些跌倒，有一小会儿把头靠在了他的胸前。随后，两人依然转着圈，但跳得慢下来，跳着跳着，他把她送回了原处；她仰身倚墙，举手蒙在眼睛上。

——《包法利夫人》第一部第八章

巴黎，浩瀚胜于大洋，因而在爱玛眼里仿佛在朱红的氤氲里闪闪发光。可是，那儿充满喧闹的躁动纷繁的生活，又是各有地界，分成若干不同场景的。爱玛只瞥见了其中的两三种场景，它们却遮蔽了其他的场景，让她觉着这就是整个人生。大使府邸的客厅，四处都是镜子，中央那张椭圆形长桌，铺着有金色流苏的丝绒台毯，宾客在晶亮的镶木地板上款款而行。那儿有垂尾挺括的礼服，有事关重大的机密，有掩饰在微笑背后的焦灼不安。接着浮现的是公爵夫人们的社交圈：那儿人人脸色苍白，都要到下午四点才起床；那些女人真是惹人爱怜的天使！裙子上都镶着英国的针钩花边，而那些男士，看似热衷于琐事，实则怀着一腔才具，他们不惜累垮自己的骏马，以逞一时之快，他们每年要到巴登-巴登去消夏，临了到四十头上，便娶个有钱的女继承人。

——《包法利夫人》第一部第九章

同于连在德·拉木尔小姐面前欲擒故纵的伎俩相比，爱玛与子爵共舞时那番近乎晕厥的惊慕，显然更让人心酸。在爱玛的心目中，子爵便是巴黎，巴黎只有子爵。

于连是要去征服巴黎的，爱玛只求被巴黎征服。于连的一路高歌猛进走的是螺旋形上升的轨迹，将至顶点时方才被重重地摔到了谷底；爱玛却自始至终都只在原地打转，甚至从未真正踏上过从外省通往巴黎的迢迢长路，最多只是在路口张望了几眼。对于"巴黎"，她的所有概念不过是与情人幽会的旅馆和子爵府邸的幻象的某种叠加。福楼拜着力塑造的，是一种冷冰冰的、无可救药的下沉感、幻灭感——悲剧是从一开始就注定了的，作者从来没有给过爱玛一点逃脱的机会，或者说，从来没有给过读者以任何哪怕是渺茫的希望。

爱玛／夏尔

钥匙在锁眼里转动，她进门就凭当初的印象，直奔第三格搁板，取下那只大口瓶，拔去瓶塞，伸手进去，抓起一大把白色粉末，往嘴里塞去。

"不能吃！"他边嚷边朝她扑去。

"别出声！要不有人会来的……"

他不知所措，想喊人帮忙。

"什么也别说，否则干系就全落在你主人身上了！"

说完她转身回家，心头陡然感到非常平静，几乎就像履行了一项职责那般从容。

　　　　　　　　——《包法利夫人》第三部第八章

绝望的爱玛到了小说的尾声，歇斯底里到了近乎面目狰狞的地步，就连服砒霜也是不由分说地"抓起一大把白色粉末，就往嘴里塞"——全无美感可言。

这样的安排其实不无冒险，很容易诱发读者对于文本的某种无可名状的愠怒——一方面晕眩于小说的严酷与逼真，另一方面却又被这种逼真压迫得不得不追问一句：为什么？

"作为他要描写的生活的特殊渠道，福楼拜为什么要选择这样低劣的，甚至是卑鄙的人来作为人类的标本呢？"亨利·詹姆斯在《论福楼拜》一文里毫不客气地提出了这样的质问，而且认为那是"作者才智上的缺陷所造成的"。事实上，詹姆斯对《包法利夫人》的褒奖大多停留在其"完美无缺"的艺术表现层面，至于作品的主题，或所谓灵魂，詹姆斯似乎一向颇有微词。

果真如此吗？

说到底，爱玛是个不知道该拿自己怎么办的女人，天生丽质难自弃，是她一生的宿命。幼时在修道院里种种近乎神秘的记忆，借由爱玛无限夸张且无比坚韧的想象力，密密匝匝地织就了一张大网，爱玛身陷其中，如何动弹得了？

罩在这样一张网里的女人，永远也不可能有满足的时候：她曾如此快乐地以为自己可以一生一世爱夏尔，并为之付出了不可谓不认真的努力。然而，子爵的一场舞会，便让这些努力全都散成了碎片，勉强捡起来，也只能拼接成一幅十二万分可笑的漫画来，如果为这幅画命名，便只有两个字：鄙夷。

爱玛对夏尔的鄙夷到了寒彻入骨的地步。当爱玛穷途末路，最终击溃她的，其实并不是倾家荡产或者情人的始乱终弃，而是无法忍受将被夏尔抓住把柄的可能性——"包法利居然会占她上风的这种想法，使她大为恼怒……看来她是非得等着这幕可怕的场景，非得承受他的宽宏大量这份重负不可了……"爱玛偏偏不愿意承受这份重负，哪怕不承受便意味着死亡。

至于夏尔，又何尝不是个被命运牵着鼻子走的角色？对于爱玛的放浪形骸，夏尔与其说是不能知晓，倒不如说不愿知晓——一辈子局囿在他个人的狭小空间里，活生生乃至血淋淋的现实是他不堪忍受的。其实，爱玛和夏尔都是与现实绝缘的人，前者习惯于把琐屑、细小的东西想象得无比宏大，而后者呢，却可以对所有清晰可辨的脉络视而不见，事实一进入他的视野，便失去了立场，只顾搅在一处，模糊成一片。与现实绝缘的人，一旦被迫面对真相，便只有选择死亡：爱玛如是，夏尔亦如是。

窗／马车

卡尔维诺曾有过一段著名的"轻重论"：几个世纪以来，文学中有两种对立的倾向。一种致力于把语言变为一种云朵一样，或者说得更好一点，像纤细的尘埃一样，或者说得再好一点，磁场中磁力线一样盘旋于物外的某种毫无重量的因素；另外一种倾向则致力于给予语言以沉重感、密度以及事物、躯体和感受的具体性。

若以这种标准衡量，则《包法利夫人》理应较多地属于后者：凝重，沉着，密不透风，对每一个人物的刻画都用足了气力，以至于你可以从字里行间触摸到作者刀刻斧凿的印痕。

也并非全无例外。作为活化的道具，窗与马车便是书中轻捷而洗练的亮点。

夏尔通过鲁奥老爹向爱玛求婚，相约事若成，则老爹会推开窗户挡板，让门外树篱边的夏尔看个真切。结果，"蓦然间只听得墙壁上一声响，窗挡板推了开来，撑杆还直晃荡"。这一折类似中国戏曲"挑帘裁衣"、欲说还休的样子，人物的面目暧昧难辨，心跳与呼吸却清晰可闻。

爱玛最初与莱昂互通款曲，那一扇窗是做足了文章的。"她叫人在窗前搭了个有栏杆的搁架，把盆栽放在上面。书记员也在窗口弄了个花架；两人凭窗伺弄花草，正好可以四目相对。"这或许可以算是爱玛最后的纯真年代了。

及至与罗多尔夫暗度陈仓，爱玛已然褪去了最后一丝青涩。"她和罗多尔夫有过约定，遇到事情就在百叶窗上挂一小片白纸……爱玛挂了信号，足足等了三刻钟，突然瞥见罗多尔夫就在菜场边上。她想开窗喊他，可是他又不见了……"罗多尔夫终于出走，不啻从反方向加剧了爱玛心理失衡的进程。凭窗弄花的纯情早已云散雾收，于是，她把对着花园的百叶窗牢牢关严。然而，百叶窗关住的，并非心如止水，反倒有某些更为危险的情愫在悄悄蛰伏，是一旦释放出来便会覆水难收的那一种。

这种释放必是无限张扬的，其象征意义已远非静态的窗可以承受。于是作者又不动声色地推出（或者说强化）了马车的功用：车轮滚滚，骤然加快了文章的叙事节奏，驰骋出一幅幅纯动态的画面。

　　车子掉头往回走；而这一回，既无目标又无方向，只是在随意游荡。只见它先是驶过圣波尔教堂，勒斯居尔，加尔刚山，红墉镇，快活林广场；随后是马拉德尔里街，迪南德里街，圣罗曼塔楼，圣维维安教堂，圣马克洛教堂，圣尼凯兹教堂，——再驶过海关；——旧城楼，三管道和纪念公墓。车夫不时从车座上朝那些小酒店投去绝望的目光。他不明白车厢里的那二位究竟着了什么魔，居然就是不肯让车停下。他试过好几次，每回都即刻听见身后传来怒气冲冲的喊声。于是他只得狠下心来鞭打那两匹汗涔涔的驽马，任凭车子怎么颠簸，怎么东磕西碰，全都置之度外，他蓬头耷脑，又渴又倦又伤心，差点儿哭了出来。

在码头，在货车与车桶之间，在街上，在界石拐角处，城里的那些男男女女都睁大眼睛，惊愕地望着这幕外省难得一见的场景——一辆遮着帘子、比坟墓还密不透风的马车，不停地在眼前晃来晃去，颠簸得像条海船。

有一回，中午时分在旷野上，阳光射得镀银旧车灯锃锃发亮的当口，从黄布小窗帘里探出只裸露的手来，把一团碎纸扔出窗外，纸屑像白蝴蝶似的随风飘散，落入远处开满紫红花朵的苜蓿地里。

——《包法利夫人》第三部第一章

"马车里的沦落"足以成为经典中的经典。那样细致而周到地记录下马车飞驰而过的路线，车夫鞭打驽马时的绝望目光，连起来便是一幅包罗万象的导游图。这画面，这速度，恐怕即便用上最先进的跟摄手段，也未必能把那股子一气呵成的邪乎劲尽数传达出来。更绝的是从"黄布小窗帘"里探出的那只"裸露的手",散落下"白蝴蝶般"的纸屑,落入"远处开满紫红色花朵的苜蓿地里"——又是窗,又是白纸,是动态中的静物,豪放中的婉约。

自然还有那个闯上马车的瞎子,还有接近尾声处在爱玛眼前飞驰而过的马车以及马车里的"子爵"——都是一闪而过,不容爱玛也不容读者细细思量的。这样的处理是对情节的某种推进,也是对前文的某种照应,好形成一定范围内的对称。古典主义是最讲究起承转合的,前面悬了一把剑,后文就必要见血。福氏深谙个中三昧,又加进了自己的巧思,是断不肯露一处破绽的。

从静态的窗到动态的马车,文字一步步迈向高潮,至于爱玛,肉体和欲望终于得到了释放,心灵却步入了自己亲手打造的囚牢。

反浪漫,或者浪漫

都说《包法利夫人》是对浪漫主义的某种解构和清算。心里怀着这样的印象去细读,却常常被书中某些真正堪称"浪漫经典"的片断攫住了视线。比如:

> 她总把他送到门口的台阶上。仆人还没把马牵来,她就留在那儿。两人已经说过再见,都不再开

口；风儿吹乱她颈后的细发，或者拂动小旗也似翻卷的围裙系带，让它们在她的髋部飘来飘去。有一次碰上融雪天气，院子里的树往外渗水，屋顶的积雪在融化。她到了门口，回去拿把伞，撑了开来。阳光透过闪光波纹绸的小伞，把摇曳不定的亮斑映在她白皙的脸蛋上。她在暖融融的光影中笑盈盈的；只听得水珠一滴一滴落在波纹绸的伞面上。

——《包法利夫人》第一部第二章

意象是东方式的，安静、圆满，像一幅明亮的日本画。

爱玛病重，请神甫来主持领圣体仪式，终是本性难移，一番虔诚末了竟又成了想入非非的材料：

床幔轻柔地鼓起，围裹住她，仿佛天上的云朵，五斗橱上两支蜡烛放射的光亮，在她眼里宛如炫目的光轮。于是她不由得低下头去，觉得耳边远远传来天使弹奏竖琴的乐声，眼前依稀看见蔚蓝的天际，在手执绿色棕榈叶的诸神中间，天父坐在金灿灿的宝座上，通体发出威严的光芒，做手势命令翅翼熠熠闪光的天使们降临尘世，托起她飞上天去。

——《包法利夫人》第二部第十四章

没有嘲讽，没有冷笑，更无所谓清算或解构，你听到的，分明是福楼拜一声紧接着一声的叹息。

浪漫或许是福楼拜一生从来都没有真正战胜过的敌人。李健吾在《福楼拜评传》中形容他"在滚滚而下的时代潮流中随浪起伏，漂浮着，体验着，摸索着，最后在一块屹然不动的崖石上站住"。

这是属于现实的崖石。稳居其上，福楼拜要观照、解析脚下的浊流，自然就有了一个相对高明的立足点。问题是，怀疑、多变的天性时时牵引、诱导着福楼拜，让他在否定某种文化的同时又往往立足于此去批判另一种文化。最终的结果，便是没有结果。

立于崖石之上，却又经常被各个方向涌来的浪花打湿了脚，这也许是福楼拜一生的主旋律。

这样的旋律自始至终都回荡在《包法利夫人》的字里行间：既怀疑浪漫主义（爱玛），又否定世俗婚姻（夏尔）；既鄙夷物质，又绝望于精神的虚无。没有出路，亦无须出路——正如他一生对写作的态度，多炼字，常苦吟，简直是怀着一种仇恨的态度惨淡经营他的千古文章。写的人用力，读的人心疼。

每读一次《包法利夫人》，我们就在心疼中重新认识了一遍福楼拜，注视着他在外省与巴黎间徘徊，在厚重与轻盈间取舍，在浪漫与现实间苦苦抉择。他毕生都在追求作者的所谓"消失"，决不允许自己的好恶跳出来评判人物的命运。而事实上，一旦这种要求到了绝对化的地步，作者的身不由己便愈显突出 —— 他愈是作那样的努力，我们愈是无比清晰地看到他痛楚的背影在文字间摇曳、隐没，在无限接近完美而终于不能完美的状态中沉浮。我们会不无意外地发现，他的痛楚，他的两难，原本就是我们共有的宿命，或者说，财富。

欧·亨利：故事从圣诞节开始

如果没有圣诞节，没有圣诞故事，也许欧·亨利的写作生涯会是另一种样子。

要说清楚这件事，我们先得从他的生平讲起。欧·亨利1862年生于美国北卡罗来纳，原名叫威廉·西德尼·波特(William Sydney Porter)。小威廉的童年过得颇为惨淡，父亲是个贪杯的医师，母亲病魔缠身。在他三岁那年，母亲就死于当时的流行病肺结核。翻翻他的履历，我们知道，这位未来的小说家在拿起笔之前，经受了各种各样的人生考验：他被父系家族抚养长大，虽然从小就很爱读《一千零一夜》，却并没有机会接受良好而系统的教育，十九岁就领了执照当上一名药剂师，早早开始混世界。在药店里，为了打发时间，他给进进出出的市民画速写，算是多少挥洒了一点儿艺术天分。

此后，威廉搬到得克萨斯州的奥斯汀，到牧场放过羊，当过厨师，在烟草店打工，零敲碎打地学过一点德语和西班牙语，还自学了一点古典文学，交到了三教九流的朋友。机智幽默和多才多艺让威廉在当地小有名气，当他弹着吉他或者曼陀铃在聚会中唱小夜曲的时候，喝彩的人群中既有男人，也有女人。

十七岁的富家女阿索尔也在人群中。他们像小说里那样热恋，像小说里那样遭到女方家庭的激烈反对。他们反对，不仅仅因为门第悬殊，也因为阿索尔当时身体不好，也染上了肺结核。但是一切障碍在爱情面前不值一提，两个年轻人很快私奔，家里只好屈服，参加了他们的婚礼。婚后一度祥和美满，他们非但有了自己的女儿，而且阿索尔鼓励威廉在工作的同时给报刊杂志写点文章。

真正的转折点发生在1895年。威廉在银行工作期间惹上了麻烦，甚至在辞职以后仍然被指控挪用公款。至于这笔有嫌疑的账目究竟是威廉的疏忽大意，还是真的被他挪去办了一本很快就倒闭的杂志，现在已经无从查考。总之，威廉要吃官司了，更麻烦的是，在出庭受审之前的一天，出于一念之差，威廉远走他乡，开始了长达三年的流亡生涯。

威廉先是跑到新奥尔良，再是逃往洪都拉斯，在中美洲的阳光下跟飞车大盗称兄道弟。这样隐姓埋名的生活本来还可能继续很长一段时间，但是他听到家乡传来了坏消息：妻子阿索尔病重，已经到了弥留之际。于是，威廉赶回家，向警方自首，要求让他与妻子告别之后再服刑。法庭批准了他的要求。

之所以把这些故事讲得这么详细，是因为我们在他日后的小说里可以清晰地看到这些经历给作品打上的烙印。我们看到，那些鲜活的人物和故事后来成为作家非常重要的写作素材；我们同样能看到，作家本人的冒险家气质、善良本性和艺术天分也成为日后构筑其作品的世界观的基石。

截至此时，威廉蜕变成欧·亨利的条件已经具备，只缺少一个契机。他被判五年徒刑，但因为表现好，最后减到了三年。即便在这三年里，他也因为多方面的才能而免予关进小隔间里受苦。他有药剂师执照，所以有资格在监狱里的医院帮忙，余下的时间，他用好几种假名写短篇小说，托一个新奥尔良的朋友送到监狱外面的杂志上发表，读者并不知道他的真实身份。

1899年圣诞节，美国大大小小的杂志照例要刊登圣诞故事。其中有一本杂志上的圣诞故事广受好评，标题叫作《口哨大王迪克的圣诞袜》，作者栏署着一个陌生的名字：欧·亨利。这是欧·亨利这个名字第一次出现在世人眼前，据说出处是法国一个著名药剂师的名字的缩写。这个圣诞故事收到的良好反馈，不仅让他的笔名就此固定，而且为他即将出狱后的人生指明了方向。

与其他圣诞故事一样,《口哨大王迪克的圣诞袜》当然也是以劝恶扬善为主题的,并没有跳出前人的套路。欧·亨利此后的小说越写越成熟,所以这一篇对于欧·亨利个人意义重大的小说,往往被选家忽略,如今我们已经很难在欧·亨利的作品集中文译本里找到了。

* * *

欧·亨利知名度最广的小说,是一个不折不扣的圣诞故事,但大部分中国人,都把这个故事的标题给搞错了。

这个故事发表在1905年12月,与他的第一个圣诞故事已经相距六年之久。它最初发表在12月份的《纽约星期日世界报》上,此后收入欧·亨利所有的作品集,被改编成各种各样的形式,流传至今。这个故事的标题是Magi's Gift,译成中文以后,绝大部分译本都写成"麦琪的礼物"。但是大部分中国读者都没有意识到,这个耳熟能详的标题,实际上是出于文化差异的误解。

首先,这个标题里的Magi,与我们熟悉的英语人名Maggi,发音相同,拼法却不一样,后者要比前者多一个字母g,完全不是一回事。其次,标题里的Magi,对应的中文意思是"贤人"。这并不指世俗意义上的品德高尚之人,而是专指《圣经》里头由东方来朝见新生的耶稣的三个贤人,又称为"东方三博士"。所以,这个词与基督教大有渊源，无论如何也不能望文生义地理解成小说中女主人公的名字，翻译成"麦琪"只能说是以讹传讹。

其实，如果我们翻到这个故事的结尾，就能看到直接点题的句子："那些贤人是智者，了不起的智者。他们给马槽里的婴儿带来了礼物，开创了赠送圣诞礼物的艺术。"这一段显然就是套上了圣诞故事的常见格式，跟宗教典故挂上了钩，特别适合一家人围炉夜话时，给孩子们灌输点做人的道理。由此可见，这个故事的标题，译成中文应该是"贤人的礼物"。当然，如果把这个题目干脆译成"圣诞礼物"，也是大致贴切的。

* * *

吉姆和德拉是一对年轻夫妻，情投意合，但是日子过得紧巴巴，买不起自己心仪的圣诞礼物。圣诞夜，妻子德拉只能卖掉自己的一头长发，凑足钱给吉姆的金表配了一条白金表链。事情办完以后，德拉不由得暗自得意，一路小跑回家烧排骨，准备他们俩的圣诞大餐。

七点钟，吉姆回到家，一眼看到德拉，居然大吃一惊，整个人都呆住了。两人一番误会之后，终于双双恍然大悟：原来，让吉姆震惊的并不是剪了头发的德拉没有原来漂亮，而是因为，他给德拉准备的礼物是一套精美的梳子，为了筹这笔钱，他卖掉了自己的表。

夫妻俩都为了给对方最珍爱的物件配一份礼物，而卖掉了自己最珍爱的东西。所以现在这两份礼物都没有了实际的用处。但他们因此感受到了彼此的情意，因此这个圣诞节过得很满足。最后，正如前面所说，作者把这对夫妻的这种自我牺牲升华到《圣经》里的"贤人"的高度。

不过，这个故事之所以脍炙人口，跟基督教的教义，并没有多大关系。贫寒生活里闪现的人性光芒，情景喜剧中折射的朴素爱情，早就超越了一个圣诞故事的范畴，在任何时代读，在任何季节读，都不会过时。事实上，正因为这个感人的小故事常常被人拿来颂扬爱情，所以我们反而忘记它的情节跟圣诞节密切相关，忘记它最初是一个合乎规范的圣诞故事。

* * *

重读这个故事，我跟着欧·亨利的思路，算了一笔上个世纪初的经济账。

一开场，勤俭持家的主妇德拉一连数了三遍，还是只有一块八毛七分钱，其中有六毛还是分币。这是她死乞白赖地从杂货商、菜贩子那里连哄带求地抠出来的，积攒了整整一年。紧接着，我们知道，对于这个家来说，这其实已经不算是一笔小钱，因为德拉坐着的沙发是破旧的，而他们住的这套带家具的公寓房，一周的房租八块钱，而她的丈夫吉姆每周的薪水，也只有二十块钱。

然而，买一件体面的、能配上她丈夫的圣诞礼物，需要二十一块钱。如此反复权衡之下，德拉才终于在镜子前面站定，让她那一头长发如瀑布般坠落下来，估算它能换来多少钱。卖掉头发以后，我们注意一个细节：德拉觉得自己的颜值直线下降，但她并没有去理发店里做一个发型，而是回到家，拿出烫发钳，点上煤气，开始"修补慷慨和爱情造成的损失"。显然，德拉为了省下一点钱，宁可自己DIY一个发型。最后她把一头短发烫成了细密的小发卷，"活像一个逃学的男孩"。

对于作者而言，在如此短小的篇幅里展示那么多细节，尤其是，将账目算得那么清清楚楚，主要是为了揭示人物选择之艰难。但相隔一百多年之后再读，我们从中得到了更多的讯息：当时的普通人，大致是怎样的经济状况；当时，过一个体面的圣诞节，大致是怎样的标准；当时流行的礼物，又反映了怎样的时尚潮流。这些问题都能在这个小小的故事里找到线索。圣诞节在西方成为第一大节日，是直到19世纪中叶之后才逐步确立的。到了《贤人的礼物》发表的20世纪初，"圣诞经济"已经渗透到所有人的日常生活，圣诞礼物成为一年到头的期盼和人们情感的寄托 ——这些发展和变化，我们也都能在这个小故事里寻到蛛丝马迹。

* * *

在《贤人的礼物》里，夫妻俩先是想给对方制造惊喜，却在结尾发现他们的努力出现了错位，然而这种错位恰恰又带给彼此更大的惊喜。这种巧妙的安排成为反转式结尾的经典案例。实际上，如果我们读过十篇以上欧·亨利的其他小说，会发现类似的套路是他最常用的技术，是他的作品的标志性特色。在欧·亨利之后，我们也能看到很多微型小说、短剧、励志鸡汤故事都在仿效这种写法，欧·亨利式的反转，成为运用极为广泛也极为有效的技术手段。我们可以试想一下每年春节晚会上看到的小品，有多少是沿袭这样的套路，就知道有多少艺术工作者，都欠着欧·亨利一份人情了。

不过，当我们回到文本，就会发现，大部分平庸的模仿者，往往只学到一些表象的东西。在通往反转的路上，欧·亨利仿佛对细节信手拈来，其实是在扎扎实实地做基础性的铺垫工作。他尽可能延宕谜底揭晓的时刻，把小夫妻的日常生活的小情调，硬是处理得曲折起伏、惊心动魄。门打开的那一刻，德拉在丈夫脸上看到无以名状的表情，这画面一下子就把读者的疑问悬到了高处。然后两人挨个拆礼物，恍然大悟，百感交集，戏剧节奏精准有效。把这些因素放在一起考量，才能真正解释这个故事独一无二的魅力。

撇开所有受到这个故事影响的文艺作品，仅仅明确向《贤人的礼物》致敬的作品，就举不胜举。十多部世界各国的影视剧直接改编自这个短小的故事，编导当然少不了要给男女主人公加戏，为他们编写出来龙去脉，前世今生。2014年，一位希腊编剧，把这故事移植到了希腊的经济危机期间，拍了一部故事片。迄今最豪华的阵容出现在1952年，20世纪福克斯推出电影《满屋都是欧·亨利》，将欧·亨利的五个短篇汇编在一起，片中群星荟萃，当时崭露头角的玛丽莲·梦露只能露一小脸儿，演一个站街拉客的妓女。在这部电影里饰演德拉的，是好莱坞女星珍妮·克雷恩。我们还能在不计其数的舞台剧、广播剧、动画片里看到《贤人的礼物》。最有意思的变形出现在1999年圣诞节，迪士尼在《米奇的圣诞节》里，让米老鼠和他的女朋友也交换了一下他们最珍贵的圣诞礼物。

* * *

欧·亨利一生共写过将近四百个短篇小说，绝大部分都是区区几页纸的超短篇，刚够一个杂志专栏的篇幅。当时各种杂志对于这样短小精悍的故事，需求量很大。为了谋生，欧·亨利出狱之后的时间都花在应付这样的专栏上，每个礼拜都至少要写一个。除此之外，他没有多余的时间和精力在其他文学样式上探索，也从来没有考虑过进入所谓更高级的文学殿堂。

不过，即便局限在这狭窄的方寸之地里，欧·亨利也尽可能地拓宽题材。美国社会生活的方方面面、各行各业里的人物都在他笔下栩栩如生。他的小说，有的刻画世间百态，有的阐述哲理，有的歌颂爱情。除此以外，还有两类作品极富特色。

一类是以城市盲流、边缘人物为主角的小说。当时有一份报纸的社论说，在纽约举足轻重的只有四百个上流人物，欧·亨利对此不以为然。1906年，他在出版最新的短篇小说集时，将它命名为《四百万》，其用意就是讽刺那所谓的"四百人"。欧·亨利的意思是，当时纽约总人口约为四百万，都是普普通通的小人物，他们才是这座城市真正的中坚力量，而他的小说就是写他们的生活，给他们看的。当时，种种混迹于城市阴暗角落的小人物，比如流浪汉、小偷、骗子，都是城市化进程提速之后的副产品，他们的流离失所构成了显著的社会问题。欧·亨利没有将这些人物脸谱化，在他们身上也寄予了理解和同情，既写他们的狡黠无赖，也写他们的天良未泯。在欧·亨利的这类作品中，我们往往能找到有力的讽刺、深刻的思考、对艰难时世的感同身受，以及对复杂人性的细致观察。

另一类与推理悬疑有关。不过，也许是既限于篇幅，也出于趣味，欧·亨利的写法与当时流行的推理小说并不相同。他曾经戏仿歇洛克·福尔摩斯的故事，写过一篇

《萨姆洛克·乔尔尼斯历险记》，对福尔摩斯的套路极尽讽刺。这位乔尔尼斯先生就像福尔摩斯一样凡事都能推理一番，听起来严丝合缝，最后揭示的真相却与他的分析截然相反。事实上，我们在欧·亨利的其他探案小品中也能发现，他对柯南·道尔那种凌空虚蹈、脱离实际的推理方式不以为然，反而力图把警探和罪犯都还原成凡人，因此他的这类作品具有更浓厚的生活气息。

* * *

《最后一片叶子》的故事，发生在青霉素尚未发明的时代。那时候，一个冬天、一场肺炎就可以夺去很多人的生命。一个正在学画画的女学生重病卧床，精神比肉体垮得更快。唯一给她精神鼓励的是窗外在风雨飘摇中依然不曾凋落的一片常青藤叶子。她对同伴说，如果这片叶子掉下来，她也就活不成了。欧·亨利照例把悬念保持到最后一秒：最后，女学生跟这片叶子一起活了下来，捱过了肺炎最危险的时期。但是，当她病愈之后才知道，楼下的老画师连夜跑到女学生的窗外，在风雨中画上了一片永远不会落下的叶子，自己却染上肺炎，不治身亡。这个催人泪下的故事，就此戛然而止。

同样是出人意料的结尾，《警察与赞美诗》走的完全是另一种风格，属于我们前面讲到的描写城市边缘人物的小说。一个流浪汉徘徊在初冬的街头，他穷得叮当响，想随便犯点事儿被抓进监狱去，至少能有基本生活保障，不至于给活活冻死。于是，他又是到饭店吃白食，又是在橱窗边调戏妇女，却总是引不起警察的兴趣。路过教堂，里面响起了赞美诗，居然一下子触动了他的心弦，让他抚今追昔，觉得自己不应该一直沉沦。正当他打算重新做人的时候，警察却注意到这个无所事事的流浪汉，毫无理由地把他抓进了监狱。

在欧·亨利所有的作品中，《警察与赞美诗》通常被认为是思想最深刻、艺术成就最高的短篇。从社会学的角度，批评家可以从中分析出阶级矛盾和社会问题，把它看成是批判现实主义的浓缩精华。我们也可以把角度进一步收窄，审视个人命运与外部世界之间的关系，体会小说里的这种"双向误解"是怎么产生的。欧·亨利以极富戏剧性的设计，让我们看到两者之间的荒诞的反差。而这种荒诞，是小说这种文体发展到比较高级的阶段时，绽放的最迷人的火花。

* * *

纵观小说发展史，出了好几位几乎只写中短篇、从不涉及长篇的小说家。除了欧·亨利之外，至少还有俄国的契诃夫、美国的雷蒙德·卡佛、阿根廷的博尔赫斯、加拿大的爱丽丝·门罗等。与他们相比，欧·亨利的作品，属于较为早期也较为通俗的品种，带有鲜明的草根性。

说到这里，我们需要简单介绍一下短篇小说这个类别的发展历史。中文里，"长篇小说"和"短篇小说"似乎属于一母同胞，只有篇幅上的差别，但他们对应的英文单词novel和story却是完全不同的两个词。英语更清晰地表明，这两种体裁其实有着迥然相异的基因，各自遵循着不同的法则和发展轨迹。总的来说，虚构艺术从古代的口口相传演变到现代的印刷出版，人们从"听故事"发展成"读故事"，现代意义上的小说都是适应现代出版业发展要求的产物。在19世纪，许多成功的长篇都在日报上连载，所以长篇小说必须放长线撒大网，情节线必须连绵起伏，一个悬念接一个悬念。

到了欧·亨利生活的年代，杂志迎来黄金时代，这些月刊或者周刊的栏目篇幅有限，两期之间间隔时间长，显然不适合连载，更欢迎在有限篇幅内就能迅速完成故事的起承转合的文体。短篇小说因此大行其道。不过，此后不久，那些杂志的创办者们开始细分受众市场，某些更高级的、迎合知识分子趣味的杂志也在悄悄酝酿登场。到了20世纪20年代，像《纽约客》这样的高端中产读物的兴起，对于20世纪短篇小说的发展，就起到了至关重要的作用。知识分子逐渐形成了固定的趣味：他们不喜欢故事的脉络太过清晰，他们热衷于玩味故事的暧昧主题和结构上刻意的留白，他们期待看到层出不穷的技术创新。这种趣味在20世纪下半叶，随着美国高等学府里大量开设创意写作班，得到了更大程度的强化和扩展。在文学专家看来，短篇小说，成了检验作家写作技术的最直观的文体。

在这样的语境下，欧·亨利一百多年前使用的套路就显得有点陈旧和单调了。我们甚至很难在任何一本学院派编写的《美国文学史》里找到欧·亨利的名字，尽管他的作品至今仍在世界各国的文学市场上保持着稳定的销售量和改编率。作家王安忆的说法或许很能代表主流文坛对于欧·亨利的看法，她说："要读短篇小说，是绕不开欧·亨利的，他的故事，都是圆满的，似乎太过圆满，也就是太过负责任，不会让人的期望有落空，满足是满足，终究缺乏回味。这就是美国人，新大陆的移民。根基有些浅，从家乡带了上路的东西里面，就有讲故事的这一本子'老娘土'，轻便灵巧，又可因地制宜。还有些集市上杂耍人的心气，要将手艺活练好了，暗藏技巧，不露破绽。好比俗话所说：戏法人人会变，各有巧妙不同。欧·亨利的戏法是甜美的伤感的戏法，围坐火盆边上的听客都会掉几滴眼泪，发几声叹息，难得有他这颗善心和聪明。"

这番话不可谓不中肯，不可谓不形象。不过，我们也不妨反过来想一想，以当年欧·亨利大量创造故事的劳动强度，他能在几乎每个文本中都照顾到读者的期望，把故事讲圆满，并且在其中产生相当数量的、至今仍然被反复改编的名篇，这种旺盛的虚构能力委实令人惊叹。如今，当我们在各种各样的短篇小说里看到似曾相识的、明显带着写作班烙印的叙事技巧，当"突破套路"本身也成为套路时，欧·亨利那熟极而流的手艺、甜美而伤感的戏法，或许正是在很多当代作家中早已失传的特质。

* * *

欧·亨利讲故事，一直秉持着"必须把故事讲完整"的"职业道德"。那既然如此，写到这里，我也得把欧·亨利本人的故事讲完。

出狱之后，欧·亨利搬到纽约生活、写作。这时候，离他最终辞世的1910年，仅仅剩下八年时间。在这八年里，欧·亨利主要干了这么几件事：首先，疯狂地写作，他一生中大部分作品都是在这段时间里完成的；其次，1907年，他跟初恋情人莎拉重逢，此时莎拉也成了一个作家，还把他们俩的恋情写进了一个中篇小说。欧·亨利很快与莎拉结婚；最后，欧·亨利从父亲那里继承的好酒基因，在他年轻时就常常发作，到了成名之后愈演愈烈。莎拉因此不堪忍受，很快就与他离婚。一年之后，欧·亨利死于酗酒引发的肝硬化和糖尿病并发症。

终其一生，欧·亨利本人似乎从未进入所谓的严肃文学殿堂。但在他死后，以他的名字命名的"欧·亨利奖"却成为一个历史悠久、影响力深远的文学奖项。1918年，美国艺术科学协会设立"欧·亨利奖"，每年颁发一次，每年先从美加地区的各类期刊杂志上选出二十个短篇小说，汇编成书。每年协会指定三名评委，从这二十篇作品里再选出最优秀的作品——以前只选出一篇，近年发展到每年选出一二三等奖各一篇。

迄今，在这个奖项长达九十九年的名单上，我们看到了无数文学明星的名字：海明威、福克纳、贝娄、厄普代克、门罗，都曾在这张名单上留下印记。"欧·亨利奖"成为很多大作家最初令文坛惊艳的平台。毫不夸张地说，在这张名单上，我们看到了一份完整的百年美国文学史。对于欧·亨利本人而言，如此甜美而伤感的结局，倒也是恰如其分的。

亨利·詹姆斯：地毯上的花纹

　　　　到了第四个晚上，就在同一个地点，当着我们这一小拨鸦雀无声的听众，他开始朗读，感染力惊人。那些曾经口口声声要留下的女士当然都没留下，感谢上帝：毕竟此前早有安排，所以她们纷纷离去，临走时还表示自己的好奇心简直势不可挡——这全是因为他施展了种种手段，将我们的胃口一层层吊高。然而，这样反而使得坚持到最后的那一小拨听众更紧凑更齐整，使得围炉而坐的人们一律笼罩在毛骨悚然的气氛中。

　　　　　　　　　　　　　　——《螺丝在拧紧》引子

　　这个总字数不过八万字的中篇小说有一个看起来颇为冗长的开头。小说自始至终都用第一人称叙述，但叙述者却在开头的"引子"部分转换了三个层次。最表层的那个"我"，大体上是一个普通的绅士。在平安夜的聚会上，"我"按照节日习俗，在一栋老旧的古宅里，跟一伙朋友围炉而坐，互相交换恐怖故事。"我"的朋友道格拉斯宣称，他有一个压箱底的"骇人听闻"的故事，却又不愿意当场说出来。故事是早就写好了的，锁在一只抽屉里，藏了好多年。道格拉斯声称这个故事涉及两个孩子与鬼魂，听众顿时激动起来——在他们看来，让天真的孩子遭遇鬼魂的骚扰，那种紧张得让人透不过气来的氛围，就相当于把螺丝骤然拧紧了两圈。小说最终定名为《螺丝在拧紧》的出处就在这里：拧紧螺丝与具体的故事情节并无关联，它形容、铺陈的是整个故事的气氛。

在朋友们的软磨硬缠之下，道格拉斯终于同意，由他把钥匙寄给仆人，让仆人把那手稿取出，再寄过来。两天后，手稿如期而至，大家再度围炉而坐。道格拉斯展开朗诵，"仿佛将作者提笔手书的优美声响，径直传到听者的耳畔"。然而，接下来呈现在我们面前的故事，并非出自道格拉斯之口，而是"我"根据道格拉斯在临终前托付的这份手稿抄录的副本。

这样接力式的三层叙事转换，从今天的眼光看，最重要的功能是模糊了情节的确定性，形成了所谓的"不可靠叙事"。从一开始，具有警惕心的读者，就会意识到在字面意思的背后，也许存在着截然相反的另一种可能。不过，如果我们回到当年的文本环境，那么，对于大多数读者而言，它的最直接的效果是吊胃口。詹姆斯娴熟运用的，实际上是哥特式小说的常用套路。

"哥特"这个词原来是指生活在罗马帝国边界的一个日耳曼部落，在战乱中逐步建立起"野蛮、骁勇、烧杀抢掠"的形象。而哥特式小说大约起源于18世纪后期的英国，借用"哥特"这个词来概括当时的一批流行小说的美学标准。哥特式小说后来发展出很多分支，尤其在通俗文学层面。它通常被认为是恐怖小说和恐怖电影的正牌鼻祖。我们在西方现代很多样式的类型小说里——比如言情、幻想、灵异——也都能看到哥特式小说的影子。即便是严肃文学界，无论是勃朗特三姐妹的小说，还是英国所谓的"墓园派"诗歌，都离不开哥特式文学元素的渗透。我们很难给哥特式小说下一个精确的定义，但大体上，这类小说里常常包含诸如此类的元素：恐怖、神秘、超自然、厄运、死亡，住着幽灵的老房子，家族诅咒，等等。

至少在表面上，《螺丝在拧紧》的情节走向、叙述模式、人物设置乃至气氛铺陈，大体上能被圈进哥特式小说的范畴。也正是因为如此，一百多年前的大多数读者，虽然能隐隐感觉到异样，大致上还是把这个故事当成一个特别惊悚的哥特式小说来欣赏。这个故事最有趣的地方就在于，外层的哥特元素与常常从内核溢出的叙事野心互不干扰，两个层面的读者都能得到审美上的满足。

＊＊＊

那份被接力叙述的手稿，其早已作古的叙述者"我"，正是亲历骇世奇闻的女教师本人。这个表层的哥特式故事，以最简单的文字叙述大约是这样的：

维多利亚时代。英国埃塞克斯郡的庄园。阴湿的天气和情绪。

女教师的雇主远在伦敦，她只见过他两次。这份工作薪资优厚，唯条件苛刻奇诡：服务对象是雇主的两个双亲早逝的侄儿侄女，十岁的迈尔斯和八岁的弗罗拉。无论庄园里发生什么，女教师都无权诉请雇主，也就是说，这是一副压上了肩便卸不下来的担子。

起初一切完满，迈尔斯和弗罗拉聪颖俊美，宛然一双不长翅膀的天使。然而，一封来自迈尔斯学校的暧昧的劝退信，像抽走了积木架构里最敏感的那一根，山雨欲来，周遭的一切热热地在微醺中震颤。照女教师的说法，她在散步的时候看到了鬼。她认定是彼得·昆特，那个传说中曾与庄园里的前任女教师有染且与之双双死于非命的男仆。鬼的面貌愈来愈狰狞，现身愈来愈频繁，渐渐地又牵扯出他情人的影子来，萦回在迈尔斯和弗罗拉身边——要知道，这一双苦命鸳鸯与两个孩子的关系曾亲密得非同寻常。整个庄园只有女教师一个人能感觉到鬼的存在，她坚信，他们是冲着两个孩子来的。

一场静默的战争在女教师与幽灵之间展开。女教师护犊心切，先是草木皆兵，终至歇斯底里。两个孩子不胜其扰，渐渐地露出反骨来，有意无意地要挣脱。绝望一寸寸攫住了女教师的咽喉——终于，凄风苦雨之夜，她，迈尔斯，彼得·昆特正面交锋，女教师以玉石俱焚的勇气"夺回"了迈尔斯；然而，迈尔斯那颗"小小的，流离失所的心脏"，已经"停止了跳动"。

* * *

某天下午，恰好在我那段"自娱时光"里，事情突然冒出来：当时孩子们上了床，我便出门散步。如今想来，我已经一丁点也不怕提起，当时在诸如此类的信步闲游中，我会冒出这样的念头：设若倏忽间邂逅某君，倒也正如一则迷人的故事一般迷人啊。

……

对于一个从小便没见过什么世面的年轻女子而言，看到一名陌生男子出现在一个人迹罕至的地方，自然会心生惶恐；而那个与我面面相觑的男人——几秒钟之后我对此愈发确信无疑——绝非我先前念念不忘之人，而且也从未与我谋过面。这张面孔我并没在哈雷街见过——我在哪里都没见过。非但如此，就连这地方，也仅仅因为这身影的出现，刹那间，无比诡异地成了一片荒野。至少，在我看来，此时此刻，当我凭着前所未有的深思熟虑来叙述这件事时，那一刻所有的感觉又再度袭来。那感觉就好比，一旦我发觉自己看到的究竟是什么时，周围其余的一切，顷刻间归于死灭。此刻我一边写，一边仿佛能听到，在一片出奇的宁静中，傍晚的种种声音皆为之沉寂。金色的天空中，秃鼻乌鸦不再聒噪，原本惬意宜人的时光就在这无可名状的一刻失去了它所有的声音。天空中仍有几抹金色，空气依旧清朗澄澈，越过城垛注视着我的男人仿如框中之画一般清晰确凿。

——《螺丝在拧紧》第三章

女教师的初次"见鬼"，被詹姆斯写得如同游园惊梦般绚烂。在幻想着男主人出现时，女教师的心情"似这般姹紫嫣红开遍"；当"鬼影"现身，她慢慢意识到那并非日思夜想之人时，倏忽间，周遭的景物便"都付于这断壁残垣"了。无论中外，空旷而幽深的庭院，都是适合年轻女性邂逅"幽灵"、思春惊梦的所在。在这个问题上，汤显祖和詹姆斯悄悄地隔空击了个掌。

从头至尾，我们不知道女教师叫什么名字。其实也无须知道。詹姆斯更愿意让我们注意她的身份，一个浓缩了太多微妙关系、注定容易迷失的角色。家庭女教师在庄园里的地位是悬在半空的，主人眼里的仆从，仆从眼里的半主子。前任女教师与男仆昆特的私情为人所不齿，主要就是因为地位的差异。通常，女教师的经济地位贫寒，但学识教养不俗，未必貌美，但至少有青春，对于男主人是无时不在的诱惑，对于孩子是能产生所谓"母亲形象"的人物。她们往往在庄园里虚掷了韶华，把自己代入歌特式小说的浪漫情境里，在潜意识里以为，自己总有当上女主人的那一天；而欲念的支票愈是无从兑现，便愈是尖锐。在《螺丝》中，女教师初入庄园就生出了这样不同寻常的感觉："置身于其中，我幻想着自己几乎像是坐在一艘漂流不定的大船上的一小拨乘客一样茫然无措。好吧，我竟然莫名其妙地掌着舵！"

希望"掌舵"的念头有没有最终吞噬了她的理性？这是詹姆斯在那时就埋下的问题。我们沿着这条路径再问下去：为什么幽灵要出现在她心灵最空寂、思绪最迷幻的时刻？为什么他的面容转瞬即变？是他的脸在变，还是女教师内心的自我否定、自我压抑掐灭了刚刚闪现的、微暗的火？

男主人是让女教师在心里作下病的罪魁，这一点似无异议。他的英俊富有固然是一个原因，但更让她欲罢不能的是他的神秘而苛刻的要求。他的同样干脆利落的亮相与抽身而退，反倒让女教师在想象中为他镀的光环愈发夺目。

我总在想，所有的他的推卸，究竟意味着什么？按照格罗斯太太的说法，曾经，男主人对庄园里的一切多少是有些纵容的，甚至，彼得·昆特穿他的衣服"沐猴而冠"，亦不以为忤。另外，故事发展到高潮，迈尔斯宣称要写信让叔叔回来，他的语气是充满自信的，仿佛知道，依着叔叔的本性，他一定会站在自己这一边。若果真如此，那么，当初男主人刻意逃避的，究竟是责任，还是自身抵挡不住诱惑而最终"堕落"的可能？

* * *

所以我刚跨过门槛时，非但一眼看见我要找的物件就搁在一把靠近一扇紧闭的宽阔窗户的椅子上，而且猛然意识到窗外有个人正透过窗户直勾勾往里看。我再走一步就能进房间了；我骤然目击；一切尽在眼前。直勾勾往里看的就是那个曾经出现在我眼前的人。他如今再次现身，我觉得他的样貌并未愈加清晰——因为那不可能——倒是显得近了一些，表明我们之间的关系又前进了一步，想到这里，与他遭遇时我不由得屏住呼吸，浑身冰凉。

……

　　我懵懵懂懂，觉得自己应该待在他刚才站立的地方。我确实这么做了；我把脸贴在窗格玻璃上，像他那样透过窗户往屋里看。就在此时，仿佛是为了让我弄清当时他的视野有多大似的，格罗斯太太——就像我刚才在他面前表现的那样——从客厅走进来。这样一来，刚才发生过的那一幕又在我眼前重演了一遍。她看见了我，正如先前我看见了我的客人；她像我那样突然刹住脚步；我也弄得她像我刚才那样吓了一跳。她脸色煞白，我不由问自己是否也脸色发白。

　　　　　　　　　　　　——《螺丝在拧紧》第四章

　　第二次"见鬼"，詹姆斯安排的是一个极其玄妙的"镜像"效果。女教师站到"鬼"刚刚站过的地方，被正好路过的女管家格罗斯太太撞上。透过镜像（詹姆斯在小说《丛林野兽》的结尾也用过相似的手法），某种无声的、没有血迹的恐怖沿着我们的脊柱，爬上来：窥视与被窥视，人与非人，真实与幻象，原本就只有一线之隔，一旦立足点、参照物转换，就可能得出完全相反的结论。詹姆斯是否真的想借此告诉我们，所谓的幽灵，正是女教师自己？

　　格罗斯太太给人的印象始终是唯唯诺诺平庸无能，凡事面上总露着怯。然而，詹姆斯在操控全局的过程中，这始终不是一枚可有可无的棋子。对于性的讳莫如深，使她与女教师之间的对话每一个字都像暗号，迟迟疑疑地吐出话来紧接着便咽回半句去，不敢越雷池半步的样子。但细细地品，你听得出有暗暗的亢奋在里面，那种默契让你不寒而栗。

格罗斯太太拒绝做任何决定，但她善于作有意无意的暗示，总是在关键时刻有力地肯定女教师的假设，如一股潜流，直把女教师心里那个隐秘的角落滋养得越发阴湿，渐渐地生出霉菌来。如果真有心魔，那么，我以为，格罗斯太太至少充当了精神上的同谋。

同样耐人寻味的是受害者迈尔斯。这是一个迷人的、奇怪的、可以教人发疯的孩子，至少，我们通过女教师的视角，只能得出这样的结论。面对女教师的步步紧逼，迈尔斯全然不似弗罗拉一般慌张，反倒有成竹在胸的气势。他是那样善于看穿女教师的心事，每句话都直击女教师的弱点。到后来，女教师与迈尔斯之间的纠葛简直演变成了一场争分夺秒的竞技，以窥视对方的私密、掌握话语的主动权为锦标。这哪里还像一个十一岁的孩子？

迈尔斯无疑是早熟的，如同詹姆斯笔下众多被忽视的孩子。通过对儿童心理的曲径探幽反射混乱虚妄的成人世界，一向是詹氏擅长的题材。无论是《小学生》（*The Pupil*）中的摩根，还是《梅西知道的事》（*What Maisie*

Knew）中的梅西，都是一样的纤弱、敏感、心事重重。但他们内心的力量又总是不可思议的强大，远远超过躯体和年龄能承受的极限——所以，等待他们的，往往是早夭的命运。

* * *

"他没戴帽子。"接着，我在她脸上看出，她从我这句话里捕捉到了一点画面感——这让她陷入更深的沮丧，于是我飞快地补上一笔又一笔。"他头发是红色的，红得很，又密又卷，一张苍白的长面孔，五官线条笔挺，很好看，八字胡稀疏而古怪，颜色跟头发一样红。不知怎么的，他的眉毛颜色更深；眉形看起来拱得特别厉害，好像能肆意挑动似的。他的眼睛锐利，古怪——怪得很；但是我很清楚，它们其实相当小，而且眼神总是直勾勾的。他有一张阔嘴，嘴唇倒是薄的，除了那点稀疏的八字胡，他的脸刮得挺干净。他给我的感觉是，他看起来像个戏子。"

……

她显然想让自己镇定下来。"可是他长得算英俊吧？"

这下我明白该怎么帮她了。"英俊极了！"

"穿的是——"

"穿着别人的衣服。衣服很帅气，可不是他自己的。"

骤然间，她喘息着发出赞同的呻吟。"那是东家的！"

我乘胜追击。"那你确实认识他吧？"

她只是支吾了小会儿。"是昆特！"她叫道。

——《螺丝在拧紧》第五章

女教师能说出彼得·昆特的相貌特征，这是"心魔"说最大的疑点：如果她仅仅是幻觉而不是亲眼所见，又怎么能勾勒得如此到位呢？问题是，判定女教师目击之人为彼得·昆特的只有格罗斯太太，那么，谁能担保，昆特在格罗斯太太心目中就没有被妖魔化（事实上，从她们俩口述的"红鬈发，眉形特别弯曲"来看，他确实不太像个真实的人），她的附和就纯然是客观的呢？从其他章节看，女教师与格罗斯太太之间多有心理暗示，彼此似有灵犀。詹姆斯的文风向来是只肯把话说到三分之一的，此处究竟是破绽还是天机，自然无须点破。只是又苦了评论者，煞费气力地猜测女教师是否有可能在撞鬼之前就掌握了彼得·昆特的蛛丝马迹——书里是没提到啊，可是，谁知道呢？

＊＊＊

　　《螺丝在拧紧》于1898年在杂志上发表之后，詹姆斯
本人曾在给朋友的信里，以及再版的中短篇集的序言里，
对这部小说，做过一点阐释。但詹姆斯的文论素来以晦涩
难懂著称，因此他的自我阐释并没有回答读者最想知道的
问题，既没有揭示迈尔斯的真实死因，也没有解释这个故
事里的"鬼魂"到底是怎么回事。一方面，他宣称这个故
事"纯粹而简单"，另一方面却又意味深长地说，身为作
者，他的乐趣在于"拿捏读者对文学与道德的敏感"。不
过，总体上，在小说刚刚出版的年代里，评论家与读者对
女教师的第一人称叙述予以全盘采信的态度，人们还是
乐意习惯性地躲进"头顶三尺有神明"的避风港。他们认
为，家庭女教师以一己之力捍卫古风盎然的庄园，倡导男
女有别、长幼有序、邪魔不可近身，为此不惜付出惨痛代
价，是个值得同情的正面人物。这样的主流观点持续了将
近五十年。

　　直到1948年，美国著名批评家埃德蒙·威尔逊发表了
一篇著名的论文《对亨利·詹姆斯的多重阐释》，其中对
《螺丝在拧紧》的论述第一个揭开了潘多拉魔匣 —— 由这
篇小说引发的争论和改编，就此正式展开。有趣的是，威
尔逊本人对这小说的兴趣终生不减，因而发言特别谨
慎，几乎每隔十几年就对自己的论点做一番检讨和修正，

一度甚至有全盘推翻的打算，直到最后才回到原点，强调他在当初那篇论文中的说法代表他的最终裁定。

简单地说，威尔逊的观点是：鬼根本就不存在，女教师本人是个被极度压抑的性变态者，英俊的男主人、传说中的彼得·昆特，甚至小迈尔斯，都可能是她在假想中投射的对象。昆特与前任女教师的桃色传闻，迈尔斯受昆特引诱的传闻，都是刺激女教师并使之变态的诱因。而且，那是一种单向的刺激，无从通过正常的渠道释放出来，日积月累之后扭曲变形。可怜的迈尔斯，就是她在神经错乱时，以爱的名义活活掐死的。如果说一定要在这故事里找出"鬼"来，那兴风作浪的就是女教师的"心魔"。也就是说，整个故事是一个逐渐走向崩溃的精神病人的自述，我们只有破解她叙述的干扰，才能发现真相。

威尔逊的观点并非无懈可击，因为人们可以从文本里找出很多无法周全解释的疑点，比如：男主人在这场悲剧中扮演什么角色，他的刻意逃避，究竟在暗示什么；再比如，迈尔斯的早熟，他对所谓不端行为的半遮半掩的供认，究竟应该怎么理解。所以，在威尔逊的基础上，评论家又指出很多种解释的路径，有的在文本中找到一些与性相关的隐喻符号，来证明整个小说对于性心理的刻画是多么含蓄，又是多么细致入微；有的采取折中态度，认为詹姆斯在写作这部小说时并没有那么明确的自觉意识，他故意把故事写得如此暧昧，就是为了告诉你：真正的恐惧，就是你根本拿不准女教师是正是邪，鬼是真是假，它存在于你的内心。

＊ ＊ ＊

　　如此反复无常，使得我愈发相信，关于那个"要诀"的事，其中并无太多玄机。但我还是想法让他回答了几个问题，尽管他显然很不耐烦。在他本人看来，毫无疑问，那个让我们不胜迷惘的东西，明明是清晰可见的。那玩意，我猜想，就藏在最初的规划中；宛若波斯地毯上的一个复杂的纹样。当我使用这个意象时，他表示高度赞赏，而他自己则用了另一种说法。"它就是那根线，"他说，"把我的珍珠串起来的那根！"

——《地毯上的花纹》

　　亨利·詹姆斯的小说，最迷人也最恼人的特质——那个所谓的"要诀"在哪里？也许最合适的答案，就藏在他自己的作品里——他用一篇三万字的短篇小说，用一个奇特的故事，对自己的小说观念，做出了完整的解释。

　　这篇名叫《地毯上的花纹》的小说，其第一人称叙述者是个赚过一点稿费却苦于在圈里寂寂无名的写手。明显比他更为资深、主要以写评论为主的考威克因为来不及完成著名作家维雷克的新作的书评，把这个机会转给了"我"。"我"以为抓到了在文学圈里进阶的机会，不料却像是一头撞进了一座迷宫。维雷克对于这篇评论不屑一顾，并且抛出了一系列炫目的名词和意象，引诱"我"追逐对于其作品的终极破解。上述对话，就发生在这样的语境中。无论是地毯上的纹样，还是串起珍珠的那根线，都是詹姆斯借助人物来阐述的对于小说"要诀"的理解。

此后的情节发展就进入了詹姆斯最善于营造的诡异疯狂的叙事链。"我"对于维雷克（毋宁说是小说这种文体）的"整体意图"的追寻，注定要像《螺丝在拧紧》中那个关于"庄园里有没有鬼"的命题那样，经受百般折磨，经受"真谛"在眼前闪现又幻灭的海市蜃楼般的瞬间。洞悉维雷克的秘密的人（或者说"我"以为洞悉秘密之人）一个接一个遭遇不测。詹姆斯得心应手地折磨着读者的耐心，在人物细节和对话里嵌入可以引发多重理解／误解的隐喻。熟悉詹姆斯套路的读者，几乎在小说看到一半时就能判断：直到结尾，我们也得不到答案。

* * *

《地毯上的花纹》首次发表于1896年1月号的《大都会》月刊（*Cosmopolis*）。这本杂志虽然只存在了三年，却有过不小的排场：总部在伦敦，且在柏林、巴黎和圣彼得堡同时发行当地的版本，很吻合小说中描述的当时报刊杂志日益"国际化"的风潮。同年，这篇小说被收入詹姆斯的中短篇小说集《尴尬种种》(*Embarrassments*)，英国版与美国版同时面市。回过头来看，《地毯上的花纹》是这本书里影响最大的篇目，而标题"地毯上的花纹"(The Figure in the Carpet) 也渐渐成了一个被后世频繁引用的文学典故。英国小说家、评论家福特·马多克斯·福特 (Ford Madox Ford) 曾经说过，自从这篇小说发表之后，詹姆斯的同龄人就开始追求"地毯上的花纹"，希望能将原本复杂难辨的"花纹"变成清晰可鉴的物质实体。在发表于1941年的散文中，T. S. 艾略特几乎把同样的话又说了一遍："如今，我们都在寻找'地毯上的花纹'。"

尽管不会在结局找到答案，但我们还是会一口气读完它。我们知道，像很多具有元小说特质的现代主义作品一样，这是一个用来阐述小说观念的小说。小说里的小说家和评论家的关系，是一种近乎猫捉老鼠的关系。小说文本的"整体意图"被层层包裹，被繁复衍生，被渐渐失去节制地神秘化。批评家疯狂地追逐它，而小说家则似乎一直在使用各种障眼法躲开这种追逐，这样的关系越来越具有奇特的仪式感。地毯上到底有没有花纹，这并不重要；重要的是，作者、批评家和读者的兴趣和精力，在这个过程中被刺激、被撩拨，同时也被消解，被损耗 —— 像表演，像爱情，像生死。作为由古典主义向现代主义过渡的代表人物，詹姆斯对于时代风气的观察，对于小说作为一种叙事游戏的深层思考，都渗透在文本的肌理中。

在这篇小说里先后出现的几个命运多舛的人物，我们无法确认哪一个更能让詹姆斯产生代入感；我们同样无法确认詹姆斯是否要通过《地毯上的花纹》表达现代小说家和批评家的使命和宿命（是使命多一点，还是宿命多一点？）。可以确定的是，詹姆斯之后的写作者，越来越深切地体验到他在这篇小说里传达的那种时而狂喜、时而虚无的复杂感受。二战结束之后陆续涌现的文学名词和小说流派，可能比此前的总和都更多。对于普通读者而言，弄清现代主义究竟在哪个时间点进入后现代主义，"后殖民"与"新历史"分别代表什么意思，或者推理小说究竟分出多少亚类型，并没有太明显的意义。社会现实的动荡和传播方式的剧变，使得小说作者与读者之间的信任感渐趋微妙。叙事套路仿佛已经穷尽，连"生活比小说更精彩"都成了老生常谈。小说家进退两难：时而希望勇往直前，沿着文体实验的道路越走越远；时而又希望重温现实主义的荣光，回归古老的故事传统。

在现代文学的语境中，小说家与批评家，作品的创造者和诠释者，他们之间究竟有没有可能实现真正意义上的默契，密码有没有可能被完美破解？我们从这个既抽象又具体，甚至有时候颇具哥特风格的故事里，看不到詹姆斯对此有任何乐观的表示。故事的荒诞走向甚至让人联想到那个著名的思想实验：两位将军A和B各自盘踞在两座山顶，需要同时攻击山谷处的敌人，但他们之间的通讯只能穿过敌方阵线进行。A给B发了个信息："明天出击？"B回答："可以。"但B不知道自己的回复有没有到达，而A必须给B发送另外一条信息来确认已经收到了B之前的信息，从而确保B会行动——实际上，为了达成完美的共识，他们需要发送无穷无尽的信息。

《地毯上的花纹》就在这种看不见尽头的努力沟通中戛然而止。然而，也许，无论是密码被（简化地）破解，还是因为无法破解而失去对破解的渴望，都会使小说的魔法黯然失色。这真是个绕不出去的悖论，但叙事艺术的奇迹和荣光，也恰恰蕴含在这悖论中。毕竟，詹姆斯狡黠地在绝境中也留着一星微暗的火：

> 如果说，她的秘密（按照她的说法）便是她的生命——这一点，从她越来越容光焕发的样子就能窥见端倪，她那因为意识到自己享有特权而流露的优越感，被她优美而仁厚的举止巧妙化解，使得她的容貌教人过目难忘——那么，迄今为止，它并未对她的作品产生直接影响。那只是让人——一切都只不过让人——越发觊觎它，只是用某种更美好更微妙的神秘感将它打磨得圆润光亮。
>
> ——《地毯上的花纹》

伍尔夫：一个女人想买花

这达洛卫夫人说她自己去买花。

因为露西已经有活儿干了：要脱下铰链，把门打开；伦珀尔梅厄公司要派人来了。况且，克拉丽莎·达洛卫思忖：多好的早晨啊——空气那么清新，仿佛为了让海滩上的孩子们享受似的。

多美好！多痛快！就像以前在布尔顿的时候，当她一下子推开落地窗，奔向户外，她总有这种感觉；此刻耳边依稀还能听到推窗时铰链发出轻微的吱吱声。那儿清晨的空气多新鲜，多宁静，当然比眼下的更为静谧：宛如波浪拍击，或如浪花轻拂；寒意袭人，而且（对她那样年方十八的姑娘来说）又显得气氛肃穆；当时她站在打开的窗口，仿佛预感到有些可怕的事即将发生；她观赏鲜花，眺望树木间雾霭缭绕，白嘴鸦飞上飞下；她伫立着，凝视着，直到彼得·沃尔什的声音传来："在菜地里沉思吗？"——说的是这句话吗？——"我喜欢人，不太喜欢花椰菜。"——还说了这句吗？有一天早晨吃早餐时，当她已走到外面平台上，他——彼得·沃尔什肯定说过这样的话。最近他就要从印度归来了，不是六月就是七月，她记不清了；因为他的信总是写得非常枯燥乏味，倒是他的话能叫她记住，还有他的眼睛、他的小刀、他的微笑，以及他的坏脾气；千万桩往事早已烟消云散，而——说来也怪！——类似关于大白菜的话却会牢记心头。

——《达洛卫夫人》

再过一百年，提起《达洛卫夫人》，恐怕还是得从第一句——一个女人想买花说起。1998年，美国作家迈克尔·坎宁安用伍尔夫的方式，把伍尔夫本人写《达洛卫夫人》的过程，写进了他的长篇小说《时时刻刻》，替所有的当代作家完成了向伍尔夫致敬的仪式。在《时时刻刻》里，《达洛卫夫人》的女主角——伦敦的克拉丽莎被搬到了纽约，时代相距五六十年，但是克拉丽莎一出场，在那个六月的清晨，冒出的第一个念头仍然是：还有花要买。

一个叫克拉丽莎的议员夫人要买花。这个行为之所以构成一个事件，这个事件之所以值得被写进文学史，是因为"买花"的目的被叙述不断插入、延宕。克拉丽莎打开门，扑面而来的新鲜空气就把她的记忆带回了十八岁，初恋情人彼得不由分说地闯进了克拉丽莎的意识的洪流。有时候，当克拉丽莎与别的人物相遇，思绪聚焦到对方身上时，小说的视角又会随着这种意识的流动自然地、不露痕迹地转到这个人物身上，接下来的一大段叙述就是围绕着这个人物的所见、所闻、所思、所想展开，最后再悄悄转回到克拉丽莎这边。在传统小说中，这样的转化要清晰、笨重得多，作者会设置各种显要的标志来提示读者。到了伍尔夫笔下，标志被淡化甚至取消，我们总是不知不觉就被带到了另一个时空，跟着另一个人物的角度看问题，然后再不知不觉地回来，自然得就像我们每天思绪万千的状态一样。

意识在流动，行为也在继续。记忆如水奔流不息，而买花的路线也需要被妥帖安排。重读《达洛卫夫人》，透过那些美丽得让人晕眩的句子，更让我惊叹的还是伍尔夫组织材料、营造结构的能力（尽管作者本人从十四岁开始就跟精神崩溃缠斗了一生）。克拉丽莎的一天，要走怎样的路线，作怎样的安排，才能把这个人物以及周边群体的面貌和心态层次分明地展现出来——换成作者立场去想象小说的原料，才会知道这样写有多难。这一天之前的历史，这一天之后的未来，都被压扁成半透明的薄膜，一层层叠在这一天的截面上。行走在伦敦的并不仅仅是此刻的克拉丽莎，那些薄膜不时飞扬起来，我们随手就能抓住一星半点，窥见她的昨天与明天。伍尔夫的难度在于：表面上，意识的流动和思绪的飞扬必须呈现无序的状态，必须最大程度地呈现思维自由驰骋的"原生态"；但小说的结构不能是无序的，思维的落点必须经过精密的计算，读者随手捡起的，才可能是有价值的、闪闪发光的东西——把它们拼起来，才有可能贯彻伍尔夫的文本意图。

* * *

彼得·沃尔什已站起身来，走到窗前，背向着她，轻轻地挥动着一方印花大手帕。他看上去颇老练，而又乏味、寂寞；他那瘦削的肩胛把上衣微微掀起，他攥着鼻子，发出挺大的响声。把我带走吧，克拉丽莎一阵感情冲动，仿佛彼得即将开始伟大的航行；尔后，过了片刻，恰如异常激动人心、沁人肺腑的五幕剧已演完，她身历其境地度过了一生，曾经离家出走，与彼得一起生活，但此刻，这一切都烟消云散了。

应该行动了。她从沙发上站起来，向彼得走去，就像一个女人把东西整理舒齐，收拾起斗篷、手套、看戏用的望远镜，起身离开剧院，走到街上。

真令人不可思议，他想，当她走近时，带着轻微的叮当声、瑟瑟声，当她穿过房间时，竟然仍有一股魅力，仿佛当年，在夏天晚上，她能使月亮在布尔顿平台上升起，尽管他厌恶月亮。

"告诉我，"他抓住她的肩膀，"你幸福吗，克拉丽莎？理查德——"

门打开了。

"这是我的伊丽莎白。"克拉丽莎激动地说，兴许有点故作姿态。

——《达洛卫夫人》

尽管小说的表层确实呈现出一种灵动的、自由的面貌，似乎想到哪里就可以写到哪里，但实际上所有的细节并不悬空，从这些看似散乱的思绪中我们可以得到很多信息，而这些信息的分布和排列，是经过作者精心选择和设计的。比如，正当我们通过克拉丽莎的回忆，对于彼得的性格越来越了解时，彼得就出现在我们眼前。这一幕发生在克拉丽莎家中。当时，克拉丽莎买完花回来，知道丈夫应邀与布鲁顿女士共进午餐，她自己却未被邀请，感觉到社交场上微妙的关系，难免郁郁不乐。她一边缝制晚宴礼服一边胡思乱想。恰在此时，暌违多年的彼得突然来访。

两人的重逢暗流涌动，种种表面上的欲言又止与心里跑过的千军万马同时展现在读者面前，彼得手中的折刀（这把小刀甚至在开头买花那一段就已经出现）成了反复被使用的道具，他古怪的动作都被克拉丽莎看在眼里。当年，克拉丽莎选择嫁给更为理性的理查德·达洛卫之后，彼得远走他乡，终究一无所成。言谈间，彼得的心理活动通过他自己的主观视角和克拉丽莎的眼睛交替展现。哪怕在同一个句子里，上半句是彼得的心声——"我当然想娶你，那件事几乎叫我心碎"，而下半句就转到克拉丽莎眼前的景象——"他（也就是彼得）沉湎在悲哀的情思里，那痛苦犹如从平台上望去的月亮，冉冉上升，沐浴在暮色中，显出一种苍白的美"。这一段的最后，在克拉丽莎眼里，眼前的彼得又逐渐融入了回忆里或者想象中的情境，时间与空间都发生了位移。于是，她觉得"她仿佛与他并肩坐在平台上"。

为了显得自己并不那么失败，彼得强调他仍然没有放弃恋爱，但他现在爱上的一个印度女子是个有夫之妇，还有两个孩子，如今正在商量着办离婚手续。克拉丽莎以她一贯的理性认定这不过是彼得混乱生活的又一个新麻烦，但情感上仍然被微妙的嫉妒所淹没。在想象中，克拉丽莎甚至一度觉得灵魂从身躯中抽离，意识在片刻中完成了"离家出走、与彼得一起生活"的全过程。彼得感应着克拉丽莎的心理活动，走上前去抓住她的肩膀，"你幸福吗，克拉丽莎？"他问道。恰在此时，门突然打开，克拉丽莎的女儿伊丽莎白出现在两人面前。一场白日梦，一段"意识"的冒险里程，就此走到了终点。彼得告辞走到大街上，大本钟敲响，正好十一点半。在这里，时间的度量衡似乎都在伍尔夫的笔下发生了神奇的变化，一个人仿佛在片刻之间就能走完长长的一生。这是典型的意识流的魔术，遍布整部小说。用伍尔夫自己的话说，这魔术的精髓在于"故事可能会摇晃，情节可能会皱成一团，人物可能被摧毁无遗 —— 总之，小说就有可能变成一件艺术品"。

* * *

姑娘兀自不动地站着，瞅着母亲。门虚掩着，外面是基尔曼小姐；克拉丽莎知道她在那里，穿着雨衣，窃听母女俩谈些什么。

可不是，此刻基尔曼小姐立在楼梯平台上，穿着雨衣，她穿这个是有道理的。首先是便宜，其次，她四十出头了，穿什么，戴什么，毕竟不是为了讨人喜欢。况且，她穷，穷得不像样。要不然，她才不会替达洛卫这号人当差哩，他们是富人，喜欢做出好心的样子。不过，说句公道话，达洛卫先生是真正的好心。达洛卫太太却不，她仅仅恩赐而已。她属于最不值钱的阶级 —— 富人，只有一点儿肤浅的文化。他们家堆满了奢华的东西：图画喽，地毯喽，而且奴仆成群。基尔曼小姐认为，无论达洛卫家给了她什么好处，她都是当之无愧的。

——《达洛卫夫人》

站在彼得的视角上看，阻止克拉丽莎跟他出走的那股力量来自克拉丽莎的家庭。那么，这个家庭的内部是不是真的像表面上看起来那么完美呢？伍尔夫很快通过情节上的调度，将答案由表及里地展现出来。彼得离开克拉丽莎家之后，一路上浮想联翩，我们从他的主观感受中，能看到不少有关克拉丽莎丈夫理查德的信息。即便考虑到彼得对理查德的偏见，我们仍然可以看出理查德是一个保守的、文雅的然而也非常缺乏情趣的人。比如他曾"气势汹汹地大放厥词，说正经人都不应该读莎士比亚的十四行诗，因为念这些诗歌就像凑着小孔偷听（况且他不赞成诗中流露的那种暧昧关系），还说正派人不应当让妻子去拜访一个亡妇的姊妹"。这种或许出于迷信的乖僻，在彼得看来是十足的谬论。他认为，尽管克拉丽莎的才智是理查德的两倍，"她却不得不用他的眼光去看待事物"，而这就是婚姻的悲剧。

理查德·达洛卫的正式出场发生在这一天的一点半。当时他正与别人共进午餐，听说彼得最近已经回到伦敦。理查德深知克拉丽莎与彼得的关系，心里当然略感波动，当即决定午餐之后马上就带一束鲜花（又是花）回去，献给克拉丽莎。无论是小说的叙述者，还是克拉丽莎本人，并没有对理查德这个人物作十分清晰的刻画，有关理查德的篇幅是所有主要人物中最少的。不过我们还是可以根据这些简单的叙述大致印证彼得的看法：理查德的思维相对简单，他从来不曾激起克拉丽莎太多的情感波澜，但是克拉丽莎也一直在强调她并没有后悔跟他结婚，因为她需要嫁给"靠得住的人"。当理查德带着鲜花回到家里时，两人的谈话平淡如水，克拉丽莎甚至告诉理查德，刚才见到彼得时，很想告诉他当年想过嫁给他。然而，这话仍然没有激起理查德的强烈反应，他维持着温文尔雅的态度，非但说不出"我爱你"三个字，反而把话题引到岔路上去。

这条岔路就是达洛卫家的琐碎家务，虽然着墨不多，我们也能从中看出好几组矛盾：首先，在理查德看来，所有家务都是克拉丽莎负责，她只要在这个小小的天地间当一个十足的主妇就应该心满意足，而这样的想法，或者说理查德所代表的传统势力对于女性角色的限制，却让克拉丽莎备受压抑；其次，当天的晚宴让克拉丽莎颇为心烦，因为她不得不邀请一位她所不喜欢的穷亲戚艾丽·汉德森来赴宴；此外，克拉丽莎与家庭教师基尔曼小姐之间形成某种既互相依赖又彼此敌视的关系，作者的笔触深入她们各自的内心世界，细致入微地描写她们之间的带有明显阶级烙印的对峙。基尔曼小姐对女主人的反感和挑衅，通过控制她女儿伊丽莎白来实现，这一点写得尤其触目惊心。

克拉丽莎与女儿在门内聊天,她的第六感却意识到门外偷听的基尔曼,视角随即转到门外楼梯上的基尔曼,此后的叙述由她接棒。这一组镜头的切换,即便是用今天的眼光看,仍然显得异常干净而尖锐。

* * *

实际上,从小说的这个部分,我们已经可以看出,伍尔夫的视野并非局限在中产阶级的小圈子里,她对于当时无处不在的社会矛盾有异常敏感的反应。伍尔夫曾在日记里认真地阐述过《达洛卫夫人》的文本意图。她说:"在这本书里,我要表达的观念多极了,可谓文思泉涌。我要描述生与死,理智与疯狂;我要批判当今的社会制度,揭示其动态,而且是最本质的动态……"与伍尔夫本人年龄、身份、知识背景相仿的克拉丽莎当然可以精确地传达作者对于世界的认知和人生的思考,她与昔日的情人彼得、今日的丈夫理查德之间的微妙关系也能折射出更为复杂的光线。但是,仅仅用这些来实现伍尔夫寄托在这部小说里的野心,似乎有些力不能逮。因此,伍尔夫进一步提升了《达洛卫夫人》的难度系数。从小说一开始,她就引入了另一条重要的故事线。

这条线的主人公名叫赛普蒂默斯,"三十上下、脸色苍白",像一尊奇特的雕像,毫无预警地突然浮现在文本中。赛普蒂默斯出身贫寒，上过一战的战场。这个单纯而敏感的青年热爱莎士比亚，认为参战就是为了保卫莎士比亚的故乡，保卫那位把莎士比亚的作品介绍给他的可敬的女士。在战场上，他眼睁睁看着自己的好友伊万斯惨死，曾经的梦想归于幻灭。从现在的眼光看，他有严重的战争创伤应激综合征。他眼中的世界是晃动的，他的心理独白常常既显得荒诞变形，又神奇地道破人间真相。小说中的这一天，对克拉丽莎而言，意味着重逢旧爱和筹备晚宴，但对于赛普蒂默斯而言，这却是他的精神疾病彻底失控、最终走向死亡的一天。

* * *

因为她再也无法忍受。霍姆斯大夫尽可以说无关紧要。可是，她宁愿他不如死掉！瞧着他那样愣愣地瞪视，连她坐在身边也视而不见，这使周围的一切都变得可怕，无论是天空、树林、嬉戏的孩子，还是拉车，吹哨子，摔跤；一切都显得可怕。她确实不能再和他坐在一块了。但是他不肯自杀，而她又不能向任何人吐露真情。"赛普蒂默斯近来工作太累了……"她只能这样告诉自己的母亲。爱，使人孤独，她想。她不能告诉任何人，现在甚至不能对赛普蒂默斯诉说真情。她回头望去，只见赛普蒂默斯穿着那件旧大衣，拱着背，坐在座位上，茫然凝视。一个男子汉却说要自杀，这是懦弱的表现。然而，赛普蒂默斯曾经打过仗，他以前很勇敢，不像现在这样。她为他套上有花边的衣领，给他戴上新帽子，而他却毫不在意；没有她在身边，他反而更称心。而她呢，如果没有了他，什么也不能让她感到幸福！什么也不能！他是自私的。男人都是如此。他没有病。霍姆斯大夫说他没有病。

——《达洛卫夫人》

赛普蒂默斯的悲剧，不仅仅是战争造成的。他的最后一天的活动主要是由妻子陪同去威廉·布雷德肖爵士的诊所求医。在一战前后，人们对心理学和精神疾患的认识远不如今天成熟，以布雷德肖为代表的"正统人士"对于像赛普蒂默斯这样具有独特人格、受到严重精神创伤的人不仅缺乏同理心，而且满怀偏见。他总是站在道德层面上告诫甚至谴责病人，得意洋洋地要他们保持"平稳感"。评论家们喜欢引用小说里那段著名的对布雷德肖的反讽，说他"崇拜平稳，不仅使自己飞黄腾达，并且使英国欣欣向荣"。在这里，伍尔夫的笔触确乎尖锐，她批判的不仅是布雷德肖们用来沽名钓誉的那些僵化保守的教条，而且指出他们对于人类广阔的精神世界的无知。不过，与此相比，更为隐蔽也更让人细思极恐的描写则是针对赛普蒂默斯的妻子雷西娅的。当赛普蒂默斯第一次在小说中出现时，我们就同时看到了他妻子的呐喊——"她宁愿他不如死掉！""但是他不肯自杀"。

与之形成对比的是赛普蒂默斯那疯狂的、变形的世界里，时常绽放的动人而真挚的火花。他总是产生幻觉，认为自己收到了死去的朋友从天堂带来的信息："告诉首相，不许砍伐树木"（因为树木是有生命的）；"普遍的爱，这就是世界的意义所在"。赛普蒂默斯的梦想是"改变这个世界，再也不要有人出于仇恨而杀人"，他时常听到麻雀用希腊语唱歌，赞颂一个"没有罪恶""没有死亡"的世界。从一开始，雷西娅挽着赛普蒂默斯的臂弯里，就装下了隔绝了两个世界的鸿沟。

那么，这两个世界之间是否需要，或者说，有没有可能存在联结？这是伍尔夫需要解决的下一个问题。

赛普蒂默斯的一天与克拉丽莎的一天构成两个平行世界，他们的地位和环境距离悬殊，但在心理层面上互为倒影——赛普蒂默斯的忧伤映照着克拉丽莎的困扰。在写作这部小说的过程中，伍尔夫最重要的决定是，并没有沿着传统的小说思路，从一开始就安排赛普蒂默斯成为克拉丽莎的人际关系网络上的某个节点（就像安娜·卡列尼娜与列文那样的关系），而是让他们始终不存在真正的"关系"，并且一直在延宕他们相遇的时间。小说中的视角变换十分灵活，大多数时候紧跟着人物的眼睛在地面穿行，但偶尔也会突然升高到空中，像电影中的航拍镜头一样捕捉地面上的芸芸众生。通过这种突然升高的视角，我们看到赛普蒂默斯这条副线其实与达洛卫夫人的主线一直交织在一起。他们在伦敦街头擦肩而过，在同一天想起莎士比亚的同一句诗，由克拉丽莎衍生的人物彼得和理查德也都在公园里、街道上看到过赛普蒂默斯夫妇的身影。但是，小说中的人物意识不到；作为读者，我们读到这些段落时也不太清楚作者这样写究竟出于什么目的。

* * *

无论如何，生命有一个至关紧要的中心，而在她的生命中，它却被无聊的闲谈磨损了，湮没了，每天都在腐败、谎言与闲聊中虚度。那青年却保持了生命的中心。死亡乃是挑战。死亡企图传递信息，人们却觉得难以接近那神秘的中心，它不可捉摸；亲密变为疏远，狂欢会褪色，人是孤独的。死神倒能拥抱人哩。

那青年自尽了——他是怀着宝贵的中心而纵身一跃的吗？"如果现在就死去，正是最幸福的时刻"，有一次她曾自言自语，当时她穿着白衣服，正在下楼。

……

钟声响了。那青年自尽了，她并不怜惜他；大本钟报时了：一下、两下、三下，她并不怜悯他，因为钟声与人声响彻空间。瞧！老太太熄灯了！整个屋子漆黑一团，而声浪不断流荡，她反复自言自语，脱口道：不要再怕火热的太阳。她必须回到宾客中间。这夜晚，多奇妙呵！不知怎的，她觉得自己和他像得很——那自杀了的年轻人。他干了，她觉得高兴；他抛掉了生命，而她们照样活下去。钟声还在响，滞重的音波消逝在空中。

——《达洛卫夫人》

直到结尾，主线与副线才发生了整部小说第一次真正意义上的客观联结——在克拉丽莎的晚宴上，她的客人布雷德肖爵士随口提起，他的病人刚刚跳楼自杀。此时，读者才会恍然大悟，意识到这个"病人"就是赛普蒂默斯。恍惚之间，克拉丽莎突然觉得自己"很像那陌生的年轻人，多奇怪，对他毫无所知却又那么熟悉"。那一刻，倒影与本体重叠在一起，人物与未来的作者也重叠在一起（我们不得不再一次想起伍尔夫本人的结局），这是小说才能办到的事。

生活在美满表象下的克拉丽莎，总是处在怅然若失而又难以言说的状态中，安逸平稳的生活并不能满足她精神上的寂寞，更难以安放她思考的重量，但她自己也说不清缺失的究竟是什么。与她素昧平生的赛普蒂默斯在城市的另一个角落里坠楼身亡，这个与她无关的消息却突然开启了她一天中，也是一生中的"顿悟"时刻。她不怜悯他，正如她不会怜悯自己。她感觉到，"在死亡面前，封闭的外壳打开了，狂喜的激情消退了，人孤零零地面对着人生的真谛。在死亡中包含着一种拥抱"。两个世界在这一刻发生了深刻而普遍的联结，在互相对照中拼接成完整的一战之后的人类精神图景。而书外的我们，和克拉丽莎同时完成了顿悟的过程。

* * *

在20世纪60年代最知名的百老汇舞台剧里，一对纽约中年高知夫妇从头到尾浸泡在酒精里，在滔滔不绝和歇斯底里之间弹跳，时而戏谑时而尖刻时而崩溃地唱起一首被改编的童谣。暗黑童话《三只小猪》里的那首"谁害怕大灰狼"被改成了只有知识分子才能会意的谐音梗——"谁害怕弗吉尼亚·伍尔夫"（wolf/Woolf）。童谣贯穿始终，整出戏就以此命名——《谁害怕弗吉尼亚·伍尔夫》，尽管故事本身跟伍尔夫一点关系都没有。作者阿尔比在解释剧名的时候，说他曾在纽约一家酒吧的洗手间里看到有人用肥皂把这句话写在镜子上。"这显然是在用'伍尔夫'来指涉'大灰狼'……就好像在说，谁害怕度过没有虚假幻象的人生。我突然意识到,这实在是一个典型的、在大学中流传的知识分子笑话。"

那大约是1962年的事,离弗吉尼亚·伍尔夫自杀的1941年,已经过去了二十余年。生命消逝,小说还在闪光,作者本人则渐渐变形成一条知识界的暗语。伍尔夫,约等于大灰狼,约等于"度过没有虚假幻象的人生"。

这种被符号化的宿命,其实早在伍尔夫生前就注定了。20年代,在很多人眼里,伍尔夫约等于布鲁姆斯伯里集团的领袖,远离平民生活的沙龙女主人,匪夷所思的造句高手和不肯好好讲故事的神经质小说家。这样的说法不仅充满偏见,而且显然并没有真正进入文本。

如今已经很少有人像伍尔夫那样,坚持让"意识"从头流到尾,同时不惜工本地搭建文本的内在结构了——无论对于作者还是读者,这样写都太难了。但是,现代作家下笔,谁也不敢说没有受过意识流的影响。意识流的基本技术,渗透到作家们笔下,也渗透到种种影像艺术的元素里,成为现代文艺不言自明的默契。这就是我们现在仍然需要重读伍尔夫的意义所在。

菲茨杰拉德：度量盖茨比

速　度

在《了不起的盖茨比》中，"那个夏天的故事"是从尼克"开着车"从西卵到东卵布坎农夫妇家吃饭的那个晚上，"才真正开始"的。紧接着，尼克见到黛西的第一句俏皮话，就是夸张地形容芝加哥亲友如何想念她："全城都凄凄惨惨，所有的汽车都把左后轮漆上了黑漆当花圈，沿着城北的湖边整夜哀声不绝于耳。"

可以理解尼克何以如此便利修辞：1920年代的美国确实正值汽车工业的高速膨胀期。亨利·福特的汽车装配线上流动着黑色的速度之梦——"只要它是黑色的，人们就可以替它'染'上任何色彩。"福特微笑着说。当时他的流水线已经可以日产汽车4000辆，每辆价格从950美元降到290美元，像尼克这样刚刚从中西部来到纽约学债券生意的年轻人也能负担得起。仅仅在美国，汽车工业每年就直接间接地为370万人提供了就业机会，其中就包括小说里在"灰堆"的加油站中辛苦讨生活、最后直接导致盖茨比血案的威尔逊夫妇。乔治·威尔逊一见到汤姆就追问"你什么时候才能把那部车子卖给我"，可见当时的二手车生意利润丰厚，但凡做成一单便能改善其生存窘境。他不知道的是，这不过是汤姆悬在他鼻尖上的诱饵，他的钓钩早已咬住了乔治那位"胖得很美"的老婆。

汤姆与威尔逊太太的私情，正是在飞驰的车轮上展开的。1920年代，随着公路网的不断扩展和延伸，城市和乡村之间，至少表层意义上的界限正在模糊。人们愈来愈习惯于以一种流动的方式生活，获得流动的快感：你可以轻易从一座城市迁徙到另一座，可以在跟一个情人缠绵之后，飞车去赶另一个的幽会 —— 弗洛伊德的理论深入人心，有一个以上的情人已经成了既时尚又利于身心健康的事。菲茨杰拉德自己（在座驾这件事，他一向是个领风气之先的人物，最著名的事迹是跟妻子泽尔达一起拆掉了雷诺车的顶篷）在随笔《爵士时代的回声》中，就将这一点列为度量"爵士时代"最重要的指标之一："早在1915年，小城市里那些在社交场合上没有年长妇女陪伴的年轻人已经发现，在那种'赠予年满16岁的小比尔、好帮助他'自力更生'的汽车上，藏着某种'运动中的隐私'。起初，即便条件宜人，在车上卿卿我我也算是铤而走险，但是，没过多久，年轻人互相壮胆，昔日的清规戒律轰然倒塌。到了1917年，不管哪一期《耶鲁档案》或《普林斯顿老虎》上，都能找到对这类甜甜蜜蜜、兴之所至的调情有所指涉的内容。"

因此，除了西卵盖茨比和东卵布坎农的两处豪宅，菲茨杰拉德选择将各种各样的汽车作为故事发生最重要的场景，让小规模"隐私"在运动中彼此碰撞，终于酿成大规模悲剧。几个主要人物——盖茨比、黛西、汤姆和乔丹，都是喜欢横冲直撞的司机，作者对此不厌其烦地一一设下伏笔。哪怕是那些看起来与主线无关的角落，都会埋伏着一起起"警示性"车祸，仿佛代替了古典文学作品中"黑猫"的角色，让读者陡然心惊。盖茨比晚宴上有人稀里糊涂地飞走了车轮，更具有象征意味的段落出现在盖茨比用他那辆"瑰丽的奶油色"汽车（镀镍的地方闪光耀眼，车身长得出奇，四处鼓出帽子盒、大饭盒和工具盒，琳琅满目，还有层层叠叠的挡风玻璃反映出十来个太阳的光辉）载着尼克开往纽约的路上。盖茨比将车开得飞快，挡泥板像翅膀一样张开，他沉醉在自己的叙述中——叙述自己的传奇经历，书里的尼克和书外的读者都听得半信半疑。正在此时，"一辆装着死人的灵车从我们身旁经过，车上堆满了鲜花"。

那些光顾着在电影里观赏锦衣华服的观众，很难注意到汽车是怎样使叙述的速度一次次加快，小小的"换车"

细节又是怎样四两拨千斤地导向最终那场致命的车祸；同样，他们也未必注意到（事实上这一段在新版电影里确实被省略了），作者在描述盖茨比出殡时不吝篇幅："第一辆是灵车，又黑又湿，怪难看的……"这辆车刺眼地横在文字间，没有鲜花，什么也没有。

酒精度

整部小说里出现的驾车场面，几乎都发生在酒后。

考虑到彼时正是美国全民禁酒令的高潮，如此频繁的饮酒和酒驾场面出现在小说里，大概会在读者的耳边奏响古怪的复调音乐。玻璃杯与酒瓶碰撞的声音背后衬着禁酒运动领导人之一布赖恩在1920年的庄严宣告："酒像奴隶制一样完蛋了，再也不会有人造酒、卖酒、送酒或用任何东西在地上、地下或空中运酒了。"

事情就是这样，禁酒令实行之后不到半年，就一头撞进了死循环：人们怎么也弄不明白，为什么想要拯救人类，就得放弃喝香槟的权利。于是，州政府开始对中央阳奉阴违，秘密酒店代替了公开酒馆，人们在被禁制的快感中变本加厉地花天酒地，妇女饮酒人数大大增加，贩私酒成了最赚钱的朝阳产业 —— 进而是敲诈、抢劫、治安紊乱、黑帮组织肆虐，好莱坞枪战片的题材越来越惊心动魄。

汤姆一直试图向黛西揭穿，盖茨比就是这种连锁朝阳产业的受益者，他的"富可敌国"，并非像汤姆那样继承"老钱"并用这些资本占领纽约这块新兴的金融高地，而是通过贩卖私酒以及相关的黑帮网络牟取暴利。在小说始终犹抱琵琶的叙述中，读者隐约地见到盖茨比背后的黑帮大佬的侧影（迈耶·沃尔夫山姆），他们的想象空间可以从私酒一直扩展到军火。

有了这样特殊的时代背景，就可以理解，为什么整部小说的人物，大部分都像是长时间浸泡在酒精里。非但那场著名的盛宴是各种醉态的即时展览馆，而且许多人物即便在大白天，对话也像是在微醺中摇摆，时而冲动，时而紊乱，时而如梦呓般言不及义，尤其是黛西。凯瑞·穆里根在2013版的电影里偷换了人物的年龄，得以演出史上最甜美最萝莉的黛西，可整套表演程式还是照搬1974版中徐娘半老的米娅·法罗：夸张，迷离，戏剧化。区别在于，米娅是刻意表现黛西的"装嫩"，而凯瑞是真嫩。

米娅的表演其实有据可循：电影工业史上，1920年代初正是无声片方兴未艾、有声片初试啼声的过渡期，夸张的动作和夸张的嗓音都挤在大银幕上争夺观众。那时不知有多少个百无聊赖的黛西，在电影院里打发空虚、寻求慰藉，学会某种最天真也最世故的表演方式——于是，当她们转身走出影院时，眼神就能似醉非醉，喉咙里就能发出"黄金的声音"，身上就能多一层让人看不透的外壳。

温度

　　但我们在小说里看不到盖茨比一醉方休 —— 从字面上看，他近乎滴酒不沾。

　　所以到了第七章，一干人在汤姆家里推杯换盏、短兵相接，"声音在热浪中挣扎"时，黛西会突然转过来对着盖茨比喊道：You look so cool。即便不去考虑cool这个词在1920年代未必有如今的时髦含义，单单根据"燥热"的语境，也能感觉出此处的词义突出的确实是"温度"的反差。"你看上去真凉快。"巫宁坤译得相当干脆。

　　"你看上去总是那么凉快。"黛西又重复了一遍。我们喜欢用"梦想家气质""孩子气"之类的词儿来形容盖茨比，但它们其实远不如"凉快"更具直感。有了这个词，盖茨比就从混沌燠热的背景板上凸现出来。他爱穿一身白，为黛西布置一屋子白玫瑰，清凉的颜色；他说话落伍悖时，口头禅"老兄"（old sport）是个相当突兀的冷笑话。这个从头至尾未曾剖白心迹、始终处于不透明状态的"扁平人物"，固然可以归入文学史上一系列与周遭环境格格不入的形象（out of place），但有趣的是，盖茨比本人似乎对自己的另类浑然不知。某种程度上，他的存在，是无意识地用"温度差"来反诘环境：有时候他的"凉"衬出周围的狂躁，有时候他又不合时宜地温热起来，让身边的寒意愈显彻骨。时而众人皆醉他独醒，时而众人皆醒他独醉 —— 沉醉于对岸的那盏绿灯。

角 度

"我的第三部小说与我之前的作品截然不同，"菲茨杰拉德告诉他的编辑珀金斯，"在形式上这是一番新尝试，我要竭力避免那种试图'惟妙惟肖再现一切'的做法。"

《了不起的盖茨比》采用第一人称受限视角被后来的文学评论家视为其具备先锋性（即艾略特所谓的"自亨利·詹姆斯之后美国小说走出的第一步"）的关键。作为上世纪初的作家，抵挡"惟妙惟肖再现一切"的现实主义文学黄金法则，并不是一件容易的事。每个读者对于盖茨比的真实身份、经历乃至其心理轨迹都有自己的想象，菲茨杰拉德当然更有。他要努力的方向，不是尽力呈现，而是选择如何遮蔽，精密计算留出多窄的视角供读者窥视。在与珀金斯的来往书信中，他们讨论最多的，就是如何拿捏这把"量角器"。

"（目前的草稿）缺的不是解释，而是对真相大白的暗示，"珀金斯在回信中提出，"盖茨比究竟是干什么的，这点永远不该说得太明，哪怕可以说明。但如果在他的生意上勾出淡淡的轮廓，那就会给这部分故事提供发展的可能。"菲茨杰拉德接受了这建议。最后的成品，该遮的部分遮得更严，该露出的轮廓则分多次一点点展示出来，每一次添上的线条都是对前一次的颠覆或更新。遮蔽并非毫无代价。比方说，菲茨杰拉德一直认为，小说出版后销售成绩不如预期，是因为他没有遵循罗曼司的模式，渲染盖茨比与黛西重逢之后他们之间究竟发生了什么。读者期待看到互诉衷肠、深情回忆、良宵苦短，结果却连一个吻都没有等到。

我们到最后也没有真正看清盖茨比，让我们产生代入感的人是尼克。他的视角左右了我们的视角，当他引导我们注意广告牌上T. J. 埃克尔堡大夫的眼睛时，我们的视线就被悄悄拉高，从那里往下看。（按照珀金斯的说法："因了不经意间你向天，向海，向这个城市投去的一瞥，你已传递了某种永恒之感。"）某种程度上，这本书也是一部标准的以尼克为主角的成长小说。尼克从中西部来到纽约，亲历"盖茨比事变"——如同拉斯蒂涅由外省来到巴黎，介入了"高老头"的家务——进而受到巨大冲击，就此看透世情，仿佛履行了成人礼。不同的是，经此一劫，拉斯蒂涅决定留下来与巴黎继续肉搏，而尼克却心灰意冷地回到了中西部。

从成长小说的角度看，菲茨杰拉德把所有矛盾集中爆发的时间安排在尼克的三十岁生日那天，绝非信手拈来。一行人醉醺醺地上车，准备由纽约驶回长岛，此时尼克方才想起这是他的生日。于是才有了后面那一段尼克的独白，才有了更后面那句异常冷峻的双关：

"于是我们在稍微凉快一点的暮色中向死亡驶去。"

往近处看，接下来便是惨烈的车祸；往远处看，在这种情境下陡然面对"三十而立"，无论是肉体还是精神，都离"死亡"又近了一大步。

密　度

如果不是泽尔达与珀金斯的坚持，这部小说很有可能不叫《了不起的盖茨比》。直到付梓前，作者仍然企图把它改成《西卵的特里马尔乔》。特里马尔乔是传奇小说《萨蒂里孔》中的人物，以热爱大宴宾客著称。菲茨杰拉德对生僻典故的爱好有时候到了偏执的地步，他喜欢在人名地名里加入别人很难发现的符号，比如汤姆宅邸的最初所有者名叫Demaine，在法语里与"明天"一词（demain）的拼法相近，评论家认为此中大有深意：绕了一大圈，拨开美国西部拓荒梦的迷雾，当财富快速向东部金融特大城市聚拢时，汤姆这样既老且新的特权阶层才真正掌握了未来的命脉。

此外，评论家在整个小说的框架里看到艾略特的《荒原》，将它的精神源头追溯到斯宾格勒的《西方的衰落》，在"西卵""东卵""灰堆"等这些作者虚构的实体中看到了纽约城市化的完整轨迹，在零星提到有色人种的段落

（尤其是汤姆津津乐道的那本《有色帝国的兴起》）中嗅到后来指向二战的最初的硝烟，在倒霉的乔治·威尔逊身上依稀看到美国第二十八任总统伍德罗·威尔逊的影子——他们同样被理想的幻灭搞得身心憔悴。总而言之，作为小说，《盖茨比》的"了不起"是在区区五万字的篇幅里浓缩惊人的密度，故事里遍地符号而彼此交织无痕，对话的情感饱和度堪比舞台剧，视角转换却高度影像化，而究其文本实质，则每一句都是手法最老练、铺陈最挥霍的叙事诗。世人往往喜欢把菲茨杰拉德的风格与同时代的海明威放在一起比较，甚至把前者叮当作响的华美长句看作后者"冰山理论"的对立面。实际上，我倒常常有一个偏见：单单《盖茨比》这一部的密度就足以证明菲茨杰拉德同样善于打造"冰山"，而且这座冰山的形态与架构，足以让海明威的那些"冰山"显得过于稀松。

所以，当中国读者发觉这部小说的译本不太好读时，实在用不着诧异。要知道，《了不起的盖茨比》的原文在英语读者眼里也不是块好啃的骨头。如果译文通篇顺溜，不对你构成某些障碍——而你一旦越过这些障碍，便会对新鲜的意象过目难忘——那多半是歪曲或者缩减了那些艰深曲折、信息量巨大的长句。用菲茨杰拉德自己的说法，写《盖茨比》的过程，"举步为缓，审慎而行，甚至每每陷于苦恼，因为这是一部有自觉美学追求的作品"。

我一直认为，真正的所谓城市小说，其最重要的指标是与城市极度丰富的生存状态大抵相称的密度，而真正的密度必须有其字面背后的景深和"自觉美学追求"作为支撑。如果没有这个条件，那么像《小时代》这样一页里亮出十几个名牌，恨不得连标价也一并写上的，岂不是密度最大？

态 度

自从2013版电影带动新一轮的"盖茨比热"之后，还真有不少人把《了不起的盖茨比》和《小时代》放在一起比较。有人说，两者的差异之一在于，"菲茨杰拉德有贵族范儿，吃完肉以后叠好餐巾，矜持地说声just so so。郭敬明吃完肉以后，叭唧着嘴，满脸惊喜地告诉大家：靠，真TMD香啊！"

我大抵明白这句俏皮话的用意，但这样表扬菲茨杰拉德，力气用得不是地方。作为"爵士时代"的第一代言人，菲氏对于财富的态度远比这种得了便宜又卖乖的"贵族范儿"复杂得多。对此，与他同时代的马尔科姆·考利描摹得异常准确：他的一半，沉迷于豪宅中的派对不醉不归；他的另一半，冷冷地站在窗外，派对背后所有的幻灭与失落，他都算得仔仔细细。

就好像，在《了不起的盖茨比》快要写成时，菲茨杰拉德一边修改样稿，一边同时跟几家杂志洽谈连载事宜——很少有作家像他那样善于将利益最大化。菲茨杰拉德的心理价位在一万五到二万美元，这是当时海明威之类的作家想也不敢想的天文数字。然而，最后他还是拒绝了杂志的邀约，因为他知道手中即将诞生的是一部杰作，他担心连载在轻浮的杂志上会让小说跌价："大部分人看到《学院幽默》登出的广告，还以为盖茨比准是个厉害的橄榄球前卫呢。"

几经沉浮，这部小说终于在将近一个世纪之后，被人们牢牢钉在"有史以来最伟大的小说之一"的位置上。菲茨杰拉德的最动人之处，并非漠然置身"世"外，而是像德勒兹说的那样：在最风光的时候，他就有能力感到幸福的核心里已产生巨缝，听到了深处的嘎嘎的开裂声。

纳博科夫：杀人犯总能写出好文章

> 在她之前有过别人吗？有啊，的确有的。实际上，要是有年夏天我没有爱上某个小女孩儿的话，可能根本就没有洛丽塔。那是在海滨的一个小王国里。啊，是什么时候呢？从那年夏天算起，洛丽塔还要过好多年才出世。我当时的年龄大约就相当于那么多年。一个杀人犯总能写出一手绝妙的文章，你对这一点永远可以充满信心。
>
> ——《洛丽塔》第一章

在这部名叫《洛丽塔》的小说里，我们几乎看不到真实、准确的洛丽塔本人。洛丽塔始终如同一颗洋葱，读者一层层剥下去，到最后也得不到一个稳定而实在的形象。在很长时间里，我们都拿不准她的真名究竟是什么，只知道亨伯特对她有各种各样肉麻的昵称；我们完全不明白，洛丽塔的天真与性感是怎样糅合在一起的，她的性格怎样迷失在华丽的修辞中，她对于亨伯特的那种有意无意的"诱惑"究竟出于怎样的动机，或者说，究竟在多大程度上是出于亨伯特的主观投射，真相在多大程度上被亨伯特的叙述扭曲。实际上，早在小说的第三自然段，亨伯特就已经取消了洛丽塔本人的"原创性"——她只是一个杀人犯（根据另一个原型）"总能写出"的一手"绝妙的文章"而已。

洛丽塔的"原型"，那个曾让亨伯特获得初次性体验的小女孩名叫安娜贝尔，名字和爱伦·坡的著名诗作《安娜贝尔·李》完全相同。纳博科夫将这首悲伤的诗歌描写的故事和意境完全移植到小说中：安娜贝尔因伤寒早夭，也将亨伯特所有的情欲想象，永远地定格在一具十三岁少女的躯体上。经过岁月的消磨，这个原本就高度符号化的形象，显得愈发暧昧难辨，成为亨伯特"闭着眼睛，在眼睑的阴暗内部立刻唤起那个目标：纯粹是视觉复制出的一张可爱的脸庞，一个披着自然色彩的小精灵"。亨伯特说，这就是他后来"所见到的洛丽塔的样子"。

我们在这段话里找到了关键词——"复制"。关于安娜贝尔的记忆诗一般地栖居在亨伯特的意识中，铸就了一副"性感少女"的模板。与其说亨伯特试图寻找的猎物是一个特定的女人，倒不如说他寻找的是一种特定的状态——由他的模板"复制"出的对象，是不可能也不应该长大的。在想象力的作用下，虚幻的"复制"产生了相当逼真的效果，以至于亨伯特的指尖第一次掠过洛丽塔"细小的汗毛"时，就认定："洛丽塔已经安安稳稳地唯我存在了。"

当我们读到这样的段落时，其实应该已经意识到亨伯特的心理不是健康正常的，但面对他引经据典、风趣高雅的笔触，面对他超强的艺术感悟力，我们常常会忘记，病态的心智对于他的叙述、对于他眼中观察到的事物，会产生多么严重的影响。

* * *

读者眼下已经对我有所了解，可以很容易地想象出当我极力想瞥见在中央公园玩耍的性感少女时（嗨，总是离得很远），我会变得多么暧昧和激动；而当那些花哨的、除过臭气的职业妇女，给某个办公室里的某个色鬼不断往我身上推卸时，我又感到多么厌恶。让我们跳过这一切吧。我的健康十分糟糕地忽然垮了，于是在一家疗养院里住了一年多。我又回去工作——结果又住进了医院。

⋯⋯

读者会相当遗憾地知道，回到文明世界不久，我的精神错乱（如果必须用这个令人痛苦的名称来指忧郁症和一种难熬的压抑感）又发作了一次。我的彻底康复都亏了我在那家特殊的、费用昂贵的疗养院里接受治疗时发现的一种情况。我发现要弄一下精神病大夫真是其乐无穷：狡猾地领着他们一步步向前；始终不让他们看出你知道这一行中的种种诀窍；为他们编造一些在体裁方面完全算得上杰作的精心构思的梦境（这叫他们，那些勒索好梦的人，自己做梦，而后尖叫着醒来）；用一些捏造的"原始场景"戏弄他们；始终不让他们瞥见一丝半点一个人真正的性的困境。

——《洛丽塔》第九章

　　我丧妻后的第一晚喝得烂醉，睡得就跟以前睡在那张床上的孩子一样香甜。第二天早上，我急忙查看口袋里那三封信的碎片。它们已经完全混杂在一起，根本无法再整理成三封完整的信。"……你最好把它找回来，因为我无法买……"我猜想这是写给洛的一封信上的话。其他一些碎片似乎表明，夏洛特打算带着洛逃到帕金顿去，甚至返回皮斯基，以免这个贪婪的家伙夺去她心爱的小宝贝。另外一些碎片纸条（我从来没有想到我的手指这么强劲有力）显然是一份申请书，不是写往圣阿，而是写往另一所寄宿学校的。据说，那所学校的教学方法非常严厉、陈旧和贫乏（尽管也提供在榆树下的槌球游戏），因而博得了"少女教养院"的绰号。最后，第三封信显然是写给我的。我辨认出了诸如"……经过一年的分居以后，我们可以……""哦，我最最亲爱的人儿，哦，我……""甚至比你另外养个女人还要恶劣……""……或者也许，我会死去……"等这么几条。可是，总的说来，我搜集到的这些零星的材料并没有多少意义；我手掌心里这三封仓促写成的书信形状各不相同的碎片，就跟它们的各条内容在可怜的夏洛特的头脑里一样混乱。

——《洛丽塔》第二十三章

* * *

"不可靠叙事"是作者故意选择在感知视角、理解能力上受到限制的叙述者，用被扭曲、遮蔽的视角去观察、去讲述，由此造成事实真相与叙述文本以及读者实际感受到的内涵之间的多重偏差。严格地说，所有第一人称叙述都带有人物的主观倾向，或多或少地都存在"不可靠"因素；但是，有一些特殊身份的叙述者，比如涉世未深的孩子，比如精神病患者，"不可靠"的变形程度会特别大。对《洛丽塔》的文本加以道德谴责的读者，或粗心或故意地忽略了全书的第九章。在这一章里，亨伯特不仅提到自己"因为备受煎熬的欲望和失眠症"进过"疗养院"（这显然是精神病院的委婉语），回到文明世界之后不久又复发，还对自己的病程、症状以及假装"彻底康复"的伎俩津津乐道。他吞吞吐吐地说到了"精神病"这个词。显然，纳博科夫在这里给读者亮出了明确的不可靠叙事标记。

跟着亨伯特的"不可靠叙述"，我们踏上了追寻洛丽塔的不归路。为了接近猎物，他追求洛丽塔的母亲夏洛特，跟这个他其实相当讨厌的女人结婚。在费尽心机接近洛丽塔的过程中，亨伯特似乎总是堕入怪圈。在他的主观视角中，这个女孩从来都不是沉默的羔羊，反而在举手投足间总是在有意无意地"勾引"他；当他憧憬着与夏洛特和洛丽塔一起去沙漏湖，从而有机会重现当年跟安娜贝尔的海边旧梦时，夏洛特却自说自话地把她送去了夏令营。

亨伯特气得发疯，甚至虚构了一桩完美的谋杀案，想象自己怎样把她拖到湖底淹死。纳博科夫将他的想象描写得栩栩如生，以至于读者可能会猜想亨伯特最终的受审是否与此相关。然而，阴差阳错之间，亨伯特没能下手，现实却提供了比完美谋杀案更"完美"的解决方案：夏洛特遇上了一场莫名其妙的车祸，死于非命。亨伯特当晚喝得酩酊大醉，第二天早上醒来时发现自己撕碎了夏洛特没有发出的三封信。这个不可靠的叙述者，再一次有意或无意地避开了对真相的陈述。但我们从那些碎片上的只言片语中，可以猜测夏洛特生前已经有所察觉，正在试图带着女儿离开亨伯特 —— 进而，我们也能倒推出，在亨伯特遮遮掩掩的叙述中，一定缺失了几块关键的拼图。他究竟做过什么，让夏洛特感觉到了对女儿的威胁？我们并不知情。

读到这里，我们发现，亨伯特的故事在纳博科夫的控制之下，正在沿着一条精巧而险峻的、充满反讽意味的路线行进。亨伯特的如意算盘不断落空，故事的悬念被不断延宕，而叙述者的欲盖弥彰进一步提高了这个叙事游戏的难度。夏洛特死后，亨伯特把洛丽塔从营地里接出来，谎称夏洛特生了病，因此洛丽塔只能跟着继父在外面住一阵子。自此，亨伯特带着洛丽塔上路，几乎走遍了全美国各个州的汽车旅馆。一路上，汽车经过许多典型的北美场景，纳博科夫不时用嘲讽的笔触信手拈来，妙趣横生。小说出版后，这样的描写招来两个截然相反的罪名——有人因此认为这部小说具有"反美"倾向，而另一些人则把这看成含沙射影，暗示"年轻的美国诱奸了古老的欧洲"。对于这些无稽之谈，纳博科夫只能无奈地说，"这样的看法，要比愚蠢地说淫秽不道德，更让我痛苦……我选择美国汽车旅馆而不是选择瑞士饭店或者英国客栈，只是因为我要努力做个美国作家，只要求得到其他美国作家享有的同等权利"。

* * *

在我们这条街的对面，就在我们房子的前边，我发现有一小块杂草丛生的荒地，上面有些富于色彩的矮树丛、一堆砖头和几块散放着的木板，路边还有那片泡沫似的寒伧的紫红和铬黄的秋花；越过那块荒地，你可以看见跟我们塞耶街平行的校园大街上微微发亮的一段路面，路那边就是学校操场。这种总的布局可以使多莉一天都靠我很近。除了这种布局带给我的心理上的安慰外，我还立刻预见到我会有的另一种乐趣。那就是在课间休息时，我可以用高倍数的双筒望远镜从我的书房兼卧室里辨别出在多莉四周玩耍的女孩子中的性感少女，她们从统计学方面来说不可避免会占有一定的百分比。不幸的是，就在开学的头一天，来了一些工人，沿着那块荒地修了一小段围墙，不久，围墙里面便恶毒地耸立起一座黄褐色的木头建筑，完全挡住眼前神奇美妙的景致。

——《洛丽塔》第四章

旅程中，亨伯特的行为和思想，同时在两种身份之间切换。一方面，他无视洛丽塔远未成年，一厢情愿地扮演一个成熟的情人，一步一步将少女引到床上满足私欲，冷酷地将她囚禁，直到洛丽塔从起初的好奇、依赖变得越来越怀疑、厌烦，越来越想挣脱；另一方面，他也不止一次地暗下决心，"要给这个小孤女一种健全的教育，一个健康、幸福的童年"。纳博科夫不吝篇幅，写亨伯特给洛丽塔置办各色行头的购物清单，写他如何测量少女的身高体重三围乃至颈围大腿围小腿围，写他为洛的十三岁生日买了精装本的《小美人鱼》，同时也替自己买了一本《了解你自己的女儿》。他肆无忌惮地告诉洛丽塔，她也许可以告自己强奸幼女，但是，他又说，"当我在牢里紧抓住铁栅栏时，你就成了无人照管的儿童"，他说洛丽塔可能会被送进感化院之类的地方，把小姑娘吓住。潜意识里，亨伯特似乎成功地让自己分裂出了"父亲"的角色——既对"乱伦禁忌"怀着某种恐惧，又盼望女儿永远不要长大，从而把每一个出现在女儿身边的男子都当成了假想敌。

然而洛丽塔毕竟在长大。随着时间的推进，她知道了母亲已经死去，对亨伯特的最后一点信任也渐渐消失。亨伯特把洛丽塔送进附近的私立学校，兴致勃勃地在学生课间休息时"用高倍望远镜辨别出在洛丽塔四周玩耍的女孩子里有多少性感少女"，但他没有意识到，或者拒绝意识到，自己在主观视角里臆造的那个美丽而感伤的、充斥着复制品的天堂其实并不存在。当洛丽塔很快找到从他身边逃走的机会时，书外的我们并不意外，而书里的亨伯特却受到了致命的打击。

* * *

文学不同于社会学，不能用简单的道德评判来干扰文学解读。然而，话说回来，对于《洛丽塔》这样的特殊题材，你也很难用晦涩的文学理论驱散各种层面的读者对其道德责任的疑虑。所以，最直接有效的办法还是回到文本。如果跟着纳博科夫的文本顺序，大致把全书的情节线走了一遍，其实完全可以看出小说讲述的既不是什么跨越年龄或者阶层的爱情故事，也不仅仅是一个黑白分明的刑事案件。关于纳博科夫自己的态度，人们通常喜欢引用的话是这一句："我既不读教诲小说，也不写教诲小说，不管约翰·雷说了什么，《洛丽塔》并不带有道德说教。"不过，其实我们还应该注意到，纳博科夫曾在给文学评论大师埃德蒙·威尔逊的信中指出："当你果真阅读《洛丽塔》时，请注意，它是非常道德的。"对于小说的叙述者亨伯特究竟是一个怎样的人，纳博科夫在访谈录《独抒己见》中也给出了鲜明的定义："亨伯特是一个自负、残忍的恶棍，却努力显得很'动人'。"

"动人"的亨伯特在纳博科夫逼真的塑造下，确实给阅读和分析造成了很大的难度。特里林曾经这样概括过对于这个人物的复杂感受："我们实际上已经准备宽恕这种亵渎行为……我完全无法激起道德义愤……亨伯特心悦诚服地说他自己是一个恶魔，而我们却越来越不愿意同意他的说法。"对此，纳博科夫最重要的传记作家布莱恩·博伊德则针锋相对地说："特里林只是接受了亨伯特版的亨伯特，他回应的是亨伯特的雄辩，而不是纳博科夫的证言。纳博科夫更多地使得'从亨伯特的角度看待亨伯特'成为可能，他要提醒我们认识到心灵在振振有词地推卸它所造成的伤害时能达到怎样的力量：心灵越强大，我们就越要加倍警惕。"博伊德似乎在暗示，我们甚至有理由怀疑，对于精神病态的展示和解释，本身也可能构成亨伯特的伪装，也可能是"不可靠叙述"的一部分。

无论是否同意博伊德的判断，我们对于亨伯特的叙述，确实有无尽的开掘空间。在大量细节中，亨伯特将自我合理化、审美化和诗意化的天赋令人惊叹，其中调用的大量话术的套路既不乏道德感，也具有堪称深远的文化内涵。他的忏悔深切诚恳，既能说服自己，也容易将读者带入他预设的轨道。凡是在阅读过程中掉入叙事陷阱的，要么会被亨伯特的魅力俘获，将他与洛丽塔之间的关系简化为单纯的情感，要么会将作者立场全部或部分等9同于叙述者立场，从而对小说的道德取向产生严重质疑——《洛丽塔》的屡次遭禁，主要出于这个原因。如果我们想抵抗这样简单化的阅读，那就要时刻记住叙事游戏的基本规则：从细节中寻找拨开迷雾、识破套路的钥匙。高明的作者给高明的读者准备了最丰厚的礼物，一旦绕过重重陷阱，抵达作者的文本意图，那么你对人性深度的理解就会比阅读那些一目了然的作品要高明得多。

* * *

　　我们又搏斗起来。我们抱成一团，在地板上到处乱滚，好像两个无依无靠的大孩子。他浴衣里面是赤裸裸的、淫荡的肉体。在他翻到我身上的时候，我觉得要透不过气来了。我又翻到他的上面。我被压在我们下面。他被压在他们下面。我们滚来滚去。

　　我猜等这部书出版被人阅读的时候，总也得是公元两千年的最初几年（一九三五年再加上八十九或九十年，长命百岁，我的情人）；年纪大的读者看到这儿，肯定会回想起他们童年时看过的西部片中那些必然会出现的场面。然而，我们之间的扭打既没有那种一拳把牛击昏的猛烈的拳击，也没有家具横飞的场面。他和我像两个用肮脏的棉花和破布填塞成的假人。那是两个文人之间的一场默默无声、软弱无力、没有任何章法的扭打，其中一个被毒品完全弄垮了身体，另一个患有心脏病，而且杜松子酒喝得太多。等我最终把我那宝贵的武器抓到手里，而那个电影剧本作家又在他低矮的椅子上重新坐下的时候，我们俩都上气不接下气，而刚刚经过一场争斗的牧牛人和放羊人却决不会如此。

　　　　　　　　　　　——《洛丽塔》第三十五章

140

这是走向决定性的时刻——无论是对人物的命运，还是对小说的结构，都砸上了最后一枚坚实的钉子。

在洛丽塔逃走的五年后，亨伯特收到了她用干巴巴的语调写的求救信，说自己已经结婚，即将临产，丈夫在远方找到好工作，但是夫妻俩现在没有钱还债，希望继父能把她自己以前的东西卖掉，换几百美元寄给她。亨伯特带着枪、开着车找到洛丽塔的极具象征意味的住处——杀手街十号。而此时，已经十七岁的姑娘却满怀着对未来的憧憬，对亨伯特并不设防。读者的心再次提到了嗓子眼。在亨伯特的逼问下，洛丽塔说出了五年前诱拐她离开亨伯特的人是谁。亨伯特在给洛丽塔四千美元之前，最后一次以舒适富裕的生活诱惑她跟自己走，被洛丽塔坚决拒绝。故事进行到这里，纳博科夫虚晃了一枪。他写道："接着，我拔出自动手枪——我是说，这是读者可能设想我会干的那种蠢事。其实，我甚至根本没想要这么做。"

直到此时，我们才对《洛丽塔》的文本结构有了全面的认识。某种角度看，《洛丽塔》的情节线就像是一部逆向而行的侦探小说。我们从第一页就知道主人公是一个杀人犯，却直到最末几章才知道受害者是谁，在破解这个谜团的过程中时常产生误解。现在我们知道诱拐洛丽塔的男人才是亨伯特真正的目标。这个男人叫奎尔蒂，是个有一定才华的剧作家，但也具有更为典型、更为外露的恋童癖症状，同时还吸毒成瘾，穷困潦倒。亨伯特的心理逻辑也容易理解，他不伤害洛丽塔是因为女孩早已长大，远远地偏离了被亨伯特"复制"的性感少女的轨道，报复甚或夺回这样一个褪去了光环的赝品变得毫无意义；而追杀当年诱拐洛丽塔的奎尔蒂则变得刻不容缓——在亨伯特看来，正是奎尔蒂，强行打乱了他的"复制"工序，最终使得珍宝沦为赝品。值得注意的是，在小说之前的叙述中，纳博科夫其实已经藏下了很多伏笔，奎尔蒂的名字已经出现了二十多处，但读者很难轻易察觉。纳博科夫善于驾驭结构、营造草蛇灰线的能力由此可见一斑。

只需要寥寥数笔，我们就能看出，奎尔蒂的心理痼疾与亨伯特是高度同构的。在亨伯特的叙述中，这个形象既无比猥琐、不堪一击，又莫名地让他想到自己。在最后与他狭路相逢时，亨伯特注意到奎尔蒂"穿着一件紫色的浴衣，跟我过去的那件很像"。奎尔蒂从亨伯特身旁大摇大摆地走过，亨伯特觉得"他不是没有看到我，就是把我当作什么熟悉、无害的幻觉而不予理会——他让我看到他那毛茸茸的小腿，像个梦游者似的朝前走下楼去"。画面奇诡，就像亨伯特迎面撞上一面镜子，或者在梦中与自己擦肩而过。

亨伯特与奎尔蒂最后的对峙被纳博科夫写成了一出精彩的闹剧。他们喝酒，抽烟，谈论戏剧，朗读用韵文写的判决书，兜着圈子聊着那个"小姑娘"。亨伯特拿出的枪在奎尔蒂看来只不过是一件玩具。在纳博科夫笔下，他们的"搏斗"是一场炫目的人称代词的魔术。他们抱成一团的时候，

"我""他""我们"和"他们"奇特地交织在一起。"我被压在我们下面，他被压在他们下面"是简洁而有力的神来之笔，构成了两个男人两面一体、互相指涉的直观景象。他们扭打在一起的样子，就像是一个人和自己的镜像交战——在这一瞬间，亨伯特与奎尔蒂合二为一，他们也成了对方的复制品。

亨伯特在他的自述最后声明，这部书稿只有"在洛丽塔不再活在世上时才能出版"。读者这才意识到，第一章里雷博士交代了一系列书中人物的结局，其中提到的"死于难产"的理查德·弗·希勒太太（纳博科夫设下的众多文本圈套之一）其实就是洛丽塔。也就是说，虽然亨伯特在写完这本自述时认定洛丽塔还会比他多活很多年，而事实上，她却在亨伯特冠心病发作之后不久也撒手人寰，所以亨伯特原以为"公元两千年"之后才会重见天日的回忆录才能这么快就出版。被复制的洛丽塔并非直接死在亨伯特的枪下，但亨伯特对她的精神和生活状态造成的破坏，无疑间接导致了她的悲剧。由始至终，纳博科夫都在提醒我们，在这个故事里，无论是怎样"绝妙"的文章，它的作者终究是个杀人犯。

多丽丝·莱辛：南非的爱玛

　　譬如说，她从来没想到过：她父亲只是个铁路局小职员，母亲由于经济压力，一生不幸，以致最终憔悴而死，作为这种家庭出来的女儿，现在居然能够过着南部非洲富裕之家的小姐生活，这是多么不容易。她可以随着自己的心意去做事，如果想结婚，也可以随便嫁给什么人。这些事情，她从来没有想到过。"阶级"这个名词在南部非洲是不存在的，而和它意义相当的"种族"这个名词，对她来说，指的是她工作的那个公司里的听差，别的女人们的用人，以及大街上一群群散漫的土人，这些人她都不大去注意。她知道这些土人一天天变得"脸皮厚起来了"（这是当时流行的说法），可是她实在和他们毫无关系。他们和她是两路人。

　　　　　　　　　　　　　——《野草在歌唱》第二章

读《野草在歌唱》，有两条需要提前标注。

其一，《野草在歌唱》的时空背景与莱辛写作时基本一致，故事也发生在1940年代的南罗得西亚。需要指出的是，南罗得西亚当时是英国在非洲的殖民地的一部分，后来几经变迁，直到1980年才彻底独立，成为非洲国家津巴布韦。在小说中多次出现的"南非"（Southern African），与我们现在熟悉的国家南非并不是一个概念，可以理解成笼统地指涉南部非洲的英国殖民地。当然，南罗得西亚的地理位置就是今天的津巴布韦，与今天的南非接壤，当时又同属英国殖民地，所以在1940年代的历史背景中，南罗得西亚和南非在各方面的情况非常相似。

其二，作为莱辛的处女作，《野草在歌唱》的很多素材显然来自莱辛本人及其家庭在非洲的经历，从中梳理一条简约的线索大约是这样的：

莱辛原名多丽丝·梅·泰勒，1919年生于伊朗，父母都是英国殖民者。1925年，多丽丝随父母迁居到英国在南部非洲的殖民地罗得西亚的南部务农。母亲一度雄心勃勃，想用西方文明改造当地的生活方式，当个成功的农场主，但父亲很不适应乡村生活，再加上那块地始终没有好收成，所以多丽丝的童年生活很不宽裕。母亲对多丽丝要求严格，把她送进古板的天主教学校，多丽丝从小饱受与地狱、诅咒有关的惊悚故事的恐吓。十三岁那年，多丽丝因眼疾辍学，她一生所受的正规学校教育到此为止，此后基本上都是在担任电话接线员、保姆、速记员的间歇，依靠阅读来自修，间或投稿给当地的杂志，偶尔获得发表。

同当地很多女人一样，多丽丝十九岁就早早结婚，并且生下两个孩子。但她很快就感觉到，如果想按照自己的意志寻求个人发展，那么就必须摆脱这场错误婚姻的束缚。1943年，多丽丝离婚，在二战期间加入左翼的读书俱乐部，两年后嫁给德国难民戈特弗里德·莱辛。1949年，多丽丝再度离婚，此后便再未结婚。第二任丈夫留给她的是此后沿用终身的姓氏，以及年幼的孩子。同年，多丽丝·莱辛带着儿子只身回到她此前从未踏上的英国国土。当时的莱辛一贫如洗，行李中有一卷刚刚写成的手稿，那就是《野草在歌唱》的雏形。

1950年，三十一岁的莱辛出版了《野草在歌唱》，其突破禁忌的主题迅速引起整个文坛的注目，一举成名。不过，正是因为这本书写得太尖锐了，南部非洲的英国殖民地将她列为不受欢迎的人物。1956年起，南非白人政权禁止莱辛前往南非，直到1990年代才解禁。1995年，阔别故乡四十多年的莱辛才得以重访非洲。

* * *

恩泽西农场主理查德·特纳之妻玛丽·特纳，

146

于昨日清晨被发现受害于住宅阳台上。该宅男仆已被逮捕，对谋杀罪供认不讳，唯谋杀动机尚未侦悉，疑涉谋财害命。

这则报道很简略。全国各地的读者肯定都看到了这篇标题触目惊心的报道，都难免感到有些气愤。气愤之余又夹杂着一种几乎是得意的心情，好像某种想法得到了证实，某件事正如预期的那样发生了。每逢土著黑人犯了盗窃、谋杀或是强奸罪，白人就会有这种感觉。

——《野草在歌唱》第一章

《野草在歌唱》的文本一共分成十一章。小说以一则报纸上的新闻报道开始，短短一句话就将整部小说的核心事件的表面要素交代清楚。小说中的大部分人物都在第一章登场，围绕着这件蹊跷的凶杀案表现出各自的态度。除了表面的信息之外，我们很快从这些人物的言行中，得出几条若隐若现的线索。

首先，当地社群中的白人显然都认为谋杀原因并不是谋财害命，但大家对于真实原因都讳莫如深。其次，在此之前，特纳夫妇在当地并不受欢迎。人们谈到他们时，语气尖刻而随意，原因似乎仅仅是他们生活过得很不富裕，不仅住得寒酸邋遢，而且农场经营得非常失败，同时又不愿意与邻里搞好人际关系，显得"落落寡合"。在当地，特纳夫妇属于所谓的"穷苦白人"阶层——尽管社会地位比土著黑人要高，但经济状况和生活条件却让整个白人社群为此蒙羞。莱辛在这里用了一个近乎新闻报道的旁观者视角，犀利地指出"当地人对待特纳夫妇的态度，原是以南非社会中的首要准则，即所谓'社团精神'为根据的，可是特纳夫妇自己却没有理会这种精神。他们显然没有体会到'社团精神'的必要性；的确，他们之所以遭忌恨，原因正在于此"。

在第一章中出现的几个主要人物，跟读者迅速打了个照面，莱辛仿佛给每个人都画了一幅速写：受害者的丈夫迪克·特纳精神失常，痴痴癫癫地自言自语，警察们注视着他，听任他自行其是。警长匆匆结案，对明显的疑点视而不见，一副深谙当地人情世故的样子，留下一句意味深长的话："等你在这个国家里待久了，你就会明白，我们是不喜欢黑人谋杀白人妇女的。"另一个农场主查理·斯莱特俨然是当地社群的领袖，跑前忙后，有意无意间，既散布着流言，又维持着心照不宣的秩序。在事件发生前，查理已经准备收购特纳家的农场，还派了一个刚来非洲不久的年轻白人托尼到特纳家帮忙。作为整个事件的间接见证人，托尼的心理似乎受到了很大的冲击。他原本对于南非的种族歧视抱有笼统的反感，如今则在感情上对农场主夫妇和凶手都怀着一种"不带个人感情色彩的怜悯"——他觉得，这种怜悯其实是出于对环境的愤恨。

凶手是一个名叫摩西的黑人，第一章里对他的描写只有短短一句话："摩西身穿一套又湿又脏的汗衫短裤，全身乌黑，好像是一块精光闪亮的漆布。"案发后摩西并没有逃走，而是静静地等在原地，向警察自首。我们从摩西这个名字中，多少能看出莱辛在这个人物身上寄寓的理想化色彩。因为摩西是《圣经》里的先知，是以色列人的拯救者。

从第一章出现的所有线索中，读者能隐约感觉到事件和人物的轮廓，但也引发了更多的悬念。最大的悬念来自躺在地板上的僵硬的尸体。这位此时已经没有呼吸和表情，无法为自己说话的农场女主人名叫玛丽，不仅惨遭杀害，而且似乎受到了所有当地白人的鄙夷 ——"好像她是什么令人厌恶的肮脏东西，被人谋杀了正是活该"。

从小说的第二章开始，直到第九章，莱辛虽然仍然使用第三人称，但视角推近，从局外人的距离，渐渐聚焦到一点。同时，莱辛把时钟倒拨了几十年，在第一章里始终躺在地板上的尸体，仿佛重新站起来，在倒叙中重生。接下来的故事，莱辛从玛丽的童年讲起，紧贴着玛丽的视角娓娓道来。

* * *

他实在坐不住了，点着了一根烟，呆望着各个出口处挂着的黑丝绒门帘，然后望望自己坐的这一排，从他头顶上方的什么地方投下一团光亮，照见了一张脸蛋儿和一头亮闪闪的浅棕色头发。那张脸蛋儿好像浮在空中，渴望向上，在那奇怪的绿色灯光之下，显得艳丽非凡。他推推身边那个人，问道："那是谁？"那人望了他一眼，咕哝着回答道："玛丽。"

……

她没有想到就是迪克。一眼看出是他，她好容易才控制住自己，镇静地招呼着他；如果她当时把自己的内心感情流露出来，他一定会把她甩掉的。现在迪克总算拿定了主意，把她看成是一个讲求实际、易于变通和性格镇静的女人，只要在农场上生活几个星期，就会成为他理想中的女人。她要是歇斯底里地哭起来，那他可要大吃一惊，而且会毁了他对她的幻想。

——《野草在歌唱》第二章

这是特纳夫妇的婚姻的开端。这场婚姻自始至终都充满了误解、错位和幻灭。从一开始，站在上帝视角上，我们就很清楚：迪克当然不是玛丽的救星，玛丽也不会成为迪克"理想中的女人"。

与莱辛本人相仿，玛丽的童年生活同样挣扎在贫困线上，但不是在农场，而是在城市里。父母陷在"贫贱夫妻百事哀"的套路里难以自拔。父亲是铁路局的小职员，整日借酒浇愁，母亲总是被债务逼得与父亲打架，而她的哥哥和姐姐，在同一年死于痢疾，家里只剩下她一个孩子。玛丽在寄宿学校念书，毕业之后在一座小城里当个小职员，这一段生活过得平稳舒适，她以为命运终于善待了她。然而，年过三十之后，一种无形的压力渐渐将她越裹越紧，她终于在某次聚会中偷听到别人对她大龄未婚的非议和猜测。这种局面很好理解，因为直到今天，全社会对于所谓"剩女"的刻薄也比较常见，不过，如果我们代入20世纪三四十年代南部非洲的小城，就能发现这种压力比现在要大得多。玛丽试图与一位鳏夫谈恋爱，却在答应他的求婚之后无法克制对这个男人的生理厌恶，临阵脱逃。

此时的玛丽开始陷入怪圈。一方面，她无奈地屈服于社会压力，遮遮掩掩地寻找机会物色可以结婚的对象，每一次失败都成为别人的笑柄；另一方面，她见到男人就会条件反射地厌恶。唯一聊以寄托的是，她看电影的次数比从前更多，每次从影院出来就昏头昏脑。银幕上的虚妄镜头和她自己的现实生活之间没有丝毫的共同点。从玛丽的性格中，我们或许能依稀看到文学史上最著名的小说人物之一——包法利夫人的影子。同样是接受过一点教育和受到浪漫主义影响的小城女青年，玛丽和包法利夫人都无法把自己的主观愿望和客观经历协调起来，也都难以摆脱整个社会对于女性的狭隘设定。

于是，在这样的恶性循环中，玛丽终于走到了"破罐子破摔"的临界点，并且在那个点上巧遇农场主迪克·特纳。迪克难得进城，既讨厌城市，也讨厌电影，那天只是鬼使神差地被朋友拉进了电影院。迪克的卡车上装满了粮食，玛丽从后面窗口望着这些不熟悉的东西，不由得生发出某些浪漫的、关于乡村和草原的联想。迪克是这幅美丽画面的一部分，他的木讷和缺少攻击性，恰巧给她提供了一种新的择偶的可能性。至于迪克，之所以在相遇两次以后就马上向玛丽求婚，是因为她外表看起来温柔沉静、讲求实际，"带有贤妻良母的意味"。他们飞快地结了婚，迪克把玛丽带回了农场。

几乎在农场醒来的第一天，玛丽就被乡村生活的无聊、破败和辛苦击倒了。莱辛儿时曾在农场生活，有厚实的素材基础，因此《野草在歌唱》对于农场生活的描写细致入微，令人信服。玛丽的性格特点，以及她与迪克之间的关系，有一部分直接来自莱辛的母亲。迪克是个厚道有余、胆略和耐心都不足的人，既缺乏审时度势、提高生产力的本领，又没有把任何一项事业坚持到底的毅力。他忽而养猪，忽而养鸡，忽而养蜂，忽而又热衷开店，三分钟热度之后便半途而废，不仅赔上了辛苦积攒的本钱，也让玛丽的生活状态和心理状态时时陷入绝境。小说中有个生动的细节，玛丽提出要在他们的房子里装上可以隔热的天花板，迪克却说那要花很多钱，推到明年再说。于是玛丽坐在屋里发呆，她想：

> （迪克）花在店铺、鸡舍、猪圈和蜂箱上的钱，足够用来安装天花板，装了天花板就用不着害怕炎热的夏季降临了。但是说这些又有什么用呢？她简直要溶化在失望和不祥的泪水中了，可她一句话也没有说，而是帮着迪克把工作做完。

玛丽曾试图逃脱这段既没有情感基础也缺乏物质基础的婚姻。她给迪克留下纸条，偷偷收拾好东西，回到城里。然而，按照当时的风气，已婚妇女没有入职的机会，因此玛丽被原来的公司拒之门外。万念俱灰的玛丽只能跟着赶到城里来挽救婚姻的迪克回到农场，从此陷入一种混沌、麻木的状态。她一度提出要生个孩子来排遣寂寞，却又被迪克断然拒绝，理由是家里的财务状况不能负担生育带来的开支。在迪克身染疟疾的时候，玛丽不得不挑起打理农场的重任，与农场里雇的土著黑人打交道。

此时的玛丽已经处在被环境和观念撕裂的状态中。身为农场主，她并不是人们通常想象中的那种锦衣玉食、颐指气使的"压迫者"，小说的前半部分展示的其实反而是她被压迫的那一面。无论是女性承受的不公，还是城乡之间的差异，抑或"穷白人"与"富白人"之间的阶层矛盾，都纠缠在一起，对玛丽的精神状态施加压力，进而分裂着她的精神和人格。在处理与土著黑人之间的关系时，玛丽的态度极为矛盾。一方面，从小就被"植入"的种族歧视、种族隔离的观念，让她对土著黑人雇工充满敌意与戒备，甚至让她常常借题发挥，把在别处缺失的个人尊严，以及对家庭和环境的不满，发泄在比她地位更低的黑人身上。她这种反复无常甚至经常歇斯底里的态度，就连迪克也觉得惊讶和不安。在他看来，虽然表面上玛丽和自己目前"好像过得相安无事，心平气和，玛丽对他几乎带着母性的关怀，可是她对待土人，简直就是个泼妇"。另一方面，玛丽毕竟受过一定的人文教育，民主平等之类的现代观念作用于她的潜意识，因此往往在无端发过脾气之后陷入更深的沮丧。玛丽尚未泯灭的人性，在日复一日的冲撞中日益迷失。

* * *

她玛丽克制着自己，觉得自己好像站在一条黑暗的隧道中，正逐步走近一个可怕的终点。那个终点她看不见，但实际上却一直在毫不留情地等待着她，她想逃避也逃避不了。而在摩西那方面，只消看看他说话举止总是那样安详自信，又带着几分傲慢和威胁的意味，玛丽便看得出他也在等待着那个可怕的终点的来到。他们两人好像是两个敌手，在暗地里斗法。只不过摩西强大有力，对自己充满自信，而她却被莫名的恐惧、乱梦萦绕的长夜和无法摆脱的妄念折磨得疲惫不堪。

——《野草在歌唱》第九章

摩西的出现，成了压垮骆驼的最后一根稻草。迪克从农场的雇工里挑选出表现最好的摩西，让他到家里帮助玛丽料理家务。然而，玛丽一看到摩西就吓了一跳，因为在此之前她曾经在农场上与摩西发生过冲突。当时摩西的神情淡定、木然，甚至有点傲气，冒犯了正在发火的玛丽，她忍不住挥起攥在手里的鞭子打在摩西身上。鞭子落下来她又马上后悔，因为按照当时的法律，白人雇主是不能打黑人雇工的。但是摩西并没有去告发玛丽，只是用犀利的眼神看看她。对于这一幕，玛丽心有余悸、五味杂陈，所以当她一看到摩西出现在她家里时，起初是十分抗拒的。

莱辛对摩西着墨不多，而且全都是从别人的视角出发的侧面描写，但寥寥数笔已经勾勒出一个十分鲜明的形象。摩西的几乎所有特点都与白人对黑人的刻板印象相反：他干活卖力，态度不卑不亢，念过一点书，曾在教会当差，甚至比他的主人们更了解外面的世界。有一次，他主动问玛丽："夫人看战争是不是快要结束了？"这是这部小说中仅有的一次提到当时正在进行的第二次世界大

战 —— 在南部非洲这个与世隔绝的地方，主人们对此漠不关心，他们觉得"战争完全是谣言，是发生在另外一个世界里的事情"。反而是被主人们鄙视的土著，提出了这样的问题，因而使得这个细节具有强烈的反讽色彩。进而，摩西又提出了一个更为深刻的问题："难道耶稣认为人类互相残杀是正当的吗？"

对于这样少见的、有个性有思想的黑人，迪克并不欣赏，因为他认为"无论如何不该教这些人读书写字，应该教他们懂得劳动的体面以及有利于白人的家常道理"。但是迪克也不能不承认，摩西为人是正派的，工作是靠谱的。面对玛丽的苛刻，摩西曾经提出辞职，另谋出路，但此时的玛丽已经在生活上甚至在心理上离不开摩西的陪伴和帮助，流露出真诚的挽留之意，从而取得了摩西的谅解。

在此之后，玛丽和摩西之间，似乎经历了一段短暂的、理想化的快乐时光。主仆之间、黑白之间的距离被淡化，当玛丽照顾病重的迪克时，摩西帮助她料理家务，进而很快发展到观察她的日常起居与心理需求。小说耐心而又克制地描写玛丽与摩西的关系变化，写一个抽象的"土人"的概念怎样在玛丽的眼里渐渐变得立体起来。摩西的关切是温暖的，他的身影是健硕的，玛丽越来越清晰地意识到与她处于同一屋檐下的男人有血有肉，有令她心跳加快的荷尔蒙气息。

值得注意的是，小说在细致入微地描写玛丽的情感和身体渐渐苏醒的过程时，始终渲染着某种莫名的恐惧感，恐惧与欢乐几乎如影随形。玛丽和摩西之间究竟发生了什么，其实小说从未直接提及，只用若干含蓄的细节暗示玛丽生理和心理的欲望如暗流涌动，时起时伏。她有时会忘却烦恼，沉浸在平生从未体验的甜蜜中，但更多的时候，恐惧感是压倒性的 —— 在玛丽的内心深处，她很清楚背叛种族之间的戒律将会意味着什么。

* * *

第九章是整部小说的转折点。视角从玛丽身上移开，又回到第一章的那种类似于局外人的口吻，冷冷地注视着现场。在第一章中已经见过一面的农场主查理再度出现。我们很快就发现，他之所以会来关心特纳夫妇，真正的原因是想占有迪克的农场。与能力欠佳但对土地怀有感情的迪克不同，查理是个在第一次世界大战里发了一笔战争财的暴发户。他一有多余的钱，就去购买矿业股票。至于他自己的农场，除非为了赚钱而不得下点工本以外，他决不采取任何改良的措施。他一年一年地榨取这些土地，滥砍树木牟利，从不考虑施肥，终于致使自己的五百亩土地逐渐荒芜。于是他把贪婪的目光投向了迪克那个虽然规模小但土质保养得很好的土地。这一处细节信息量比较大，至少说明两点：其一，在殖民地敛财往往是以牺牲环境、毁坏土地为代价的，像迪克那样善待土地的方式反而入不敷出。其二，掠夺与剥削，并不仅仅出现在种族之间。处在不同阶层、不同经济状况的白人殖民者，同样存在着赤裸裸的竞争与压迫。

为了达到目的，查理接近迪克，很快发现他的妻子是他最大的软肋。此时的玛丽，陷在与摩西的情感纠葛中不能自拔，神游天外，被查理一眼看出她"现在这双眼睛里又有了一种新的光彩"。查理为此向迪克旁敲侧击，点中了迪克虽然有所察觉却始终不愿意面对的死穴。在羞愤而无奈的情绪中，他只能听凭查理冠冕堂皇地提出让他卖掉农场、举家离开的建议。小说是这样描写查理的心态和行为的："他甚至一点儿也不可怜迪克，丝毫也不心软。他只是遵循南非白人的第一条行为法则办事，那就是'你不应当使你的白人兄弟败落到不可收拾的地步，否则，黑鬼们就要自认为和你们白人一样高贵了'。在白人那种组织严密的社会里，人对人最深厚的感情，都在他这种声调里表达尽了，这使迪克完全丧失了抗拒的能力……对他来说，农场和农场的所有权就是他的命根子，所以查理的要求无异于要他的命。"

紧接着，查理便雇了托尼来接管农场。就在接管的过渡时期，托尼亲眼看到玛丽在卧室中换衣服，而摩西就站在她身旁服侍。托尼曾经一直以为自己与其他白人殖民者不同，认为人人平等的思想是天经地义的，但直接面对这一幕，还是让他怒不可遏，那些抽象的民主平等概念随之土崩瓦解。他看到"那个土人的神态，宛如一个溺爱妻子的丈夫一般"，顿时觉得白人的尊严受到了玷污，在托尼眼里，"这种关系等于同野兽发生关系一样"。

刹那间，所有的矛盾都翻上了台面。在托尼的逼迫下，玛丽歇斯底里地叫嚷，让摩西滚开，并且告诉他自己就要离开农场，再也不回来了。摩西在确认一切已成定局之后，愤然出走，并且一晚上没再回来。事情到了这一步，无论是玛丽还是读者，都知道最终的悲剧已经无可挽回。

* * *

天空正中的那一团红晕散布开来，染红了草原上空的一片雾霭，把树木也映成一种热烈的硫磺色。这世界成了一个五色缤纷的奇迹，而一切都是为了她，为了她呀！她心里畅快得几乎要哭出来，接着，她听到一种叫她怎么也受不了的声音——那是从树林中什么地方发出的第一声尖锐的蝉鸣。蝉声好像就是太阳发出来的声音，而她是何等地恨太阳呀！太阳升起来了，一弯黯淡的红弧从一块黑色的岩壁后面升起来，接着是一簇炙热的黄色光亮冲上蓝天。

蝉儿一只接一只地尖声叫起来，这一下再也听不到鸟叫了。她仿佛觉得，那一阵阵无休止的低低蝉鸣声，就是那滚烫的、内核不停翻滚的太阳发出的噪声，是那刺眼的黄铜色阳光所发出的声音，是越来越厉害的热气所发出的声音。

——《野草在歌唱》第十一章

对《野草在歌唱》的难忘，很大程度上来自最后一章。

如果站在福楼拜的角度，这个南部非洲的爱玛也许被寄予了作者太深切的同情、太明显的叹息，差一点点就有失去节制的危险。但莱辛在这部处女作的收尾部分，展示了她独特的"开闸放水"的节奏。

莱辛的做法是：一改前十章现实感强烈的写法，把悲剧的结尾处理成一首笔调优美、亦真亦幻的叙事诗。陷入崩溃迷乱状态的玛丽，连恐惧都已经意识不到了。她无助地哭泣，在黑夜中等待命运的审判，看着天一点点亮起来。耐人寻味的是，整部小说中，唯有在这里，作者才让节奏舒缓下来，用大段文字铺陈周遭景物有多么动人心魄。

玛丽知道厄运即将来临，心情反而变得异常平静，对于黎明的天空、树林中的小鸟、非洲草原上的一草一木都无比留恋。她仿佛看见自己的一生在眼前缓缓滑过，"看见那个在沙发角落里用拳头抵住双眼，不断抽泣颤动的玛丽·特纳，也看到了早年那个有些傻气的姑娘玛丽·特纳，怎样在不知不觉中一步步走到现在这个结局"。前十章的惨淡情节线在这里被提炼被回溯，同时叠加上舞台感和影像语言。

我们在第一章里已经读到了这个结局：摩西从树林中出现，手起刀落，杀死了来不及辩白的玛丽，然后放下刀，在雨中坦然等待警察的来临。小说到这里，与第一章合拢，形成情节的闭环，就此戛然而止。

* * *

自从《野草在歌唱》之后，莱辛就以这种一夜成名却又饱受争议的方式踏入文坛。这位从来没受过正统学院教育的女作家开始了她的"开挂"之旅，宛若一台写作永动机。纵观莱辛数十年的文学生涯，有三个特点值得注意：其一，体量庞大。据不完全统计，莱辛出版图书总计七八十种，平均每年都有一两种，这个过程从未间断。其二，种类繁多，几乎覆盖了所有文学门类，除了最重要的二十余部长篇小说之外，莱辛还出版了近二十部短篇小说集，此外还涉足戏剧、童话、诗歌、非虚构甚至有关宠物猫的散文集。仅就小说而言，莱辛也不满足于在同样的题材里兜圈子，从现实主义到后现代文体实验再到科幻小说，跨度之大，在世界文坛并不多见。其三，莱辛的作品并不总是评论界的热点，但几乎在每一个时代都会有比较重要的作品出现在人们视野中，一次次地证明莱辛永远是个让人无法忽视的作家。比如《野草在歌唱》在1950年代大获成功；而1962年出版的长篇小说《金色笔记》则被认为是女性主义的经典文本；七八十年代，莱辛一连写了五大卷的《南船星系中的老人星座》，从宇宙空间的不同视角审视地球，借科幻小说的框架阐发其天马行空的哲思；1986年的《好人恐怖分子》也因为切中政治热点而获得W. H. 史密斯文学奖。

2007年，当世界文坛快要忘记这位八十八岁高龄的女作家时，瑞典文学院把她一生的文学成就重新打捞起来，授予莱辛诺贝尔文学奖，颁奖词中宣称："莱辛以怀疑主义、火热的激情和丰富的想象力审视一个分裂的文明，她是女性经验的叙事诗人。"据说消息传来的时候，莱辛正在杂货店里买东西。等她拎着大包小包回到家门口时，看到了一大群从四面八方赶来的记者。这位有史以来最年长的诺奖得主说："哦，上帝。这下我算是把欧洲所有的奖都拿遍了，一个都没错过，我很高兴。这是个漂亮的同花顺。"六年之后，这位文学巨人在英国去世，享年九十四岁。然而她一生的传奇并未真正结束：2015年，英国军情五处和军情六处公布了五卷有关莱辛的秘密档案。这些档案显示，从20世纪40年代开始，由于莱辛较为鲜明激进的反种族主义政治立场，而且曾先后加入非洲及英国的共产党组织，所以被情报部门监控了二十年之久。这份档案如今被保存在英国的国家档案馆里，与莱辛本人留下的海量作品相映成趣，拼接成一部完整的个人与时代的史诗。

在我看来，如果一定要在《野草在歌唱》中找出奠定了莱辛一生文学风格的特质，也许最重要的并不是她坚定的批判力度，也不是对结构和节奏的控制力，而是那种仿佛要挣脱纸面的格外强烈的表达欲望，贯穿小说始终。正如出自艾略特诗句的书名——野草在歌唱——所表现的那样，这部小说的文本时时传达着或悲伤、或愤懑的情绪，听来如泣如诉。如此具有感染力的激情，是一个极度热爱创作的小说家才会有的。莱辛的创作力在这样的激情支撑下燃烧了整整六十年，留下了一座连绵起伏的山脉。

艾丽丝·门罗：人造丝与白孔雀

坐着的时候，身体最可耻的部分就消失在他的视线之外了……我的屁股在光滑的椅子上发出了声响。不过，精致的咖啡杯和咖啡碟在他年老体衰的手中咔咔作响，把这响声几乎淹没。

——《温洛岭》

艾丽丝·门罗暗示我们，短篇《温洛岭》里的那个女人进门前，甚至在接到那个奇怪的邀请时，并不是毫无预感的。所以，当长着一头冷酷的银灰鬈发的温纳太太领着她穿过一扇又一扇门，最后在一个四面墙上钉满挂钩却没有镜子的房间里停下来时，她顺从了。温纳太太看着她脱掉外衣，然后说："现在，其他的。"

女人觉得外头的门不可能上锁，找回去的路也费不了什么力气。可她还是脱了。靴子，袜子，衬裙，胸罩，然后涂上乳液。就是她的舍友妮娜身上的那种味道。路过镜子时，她尽量不去看。

不出她所料，屋里的普维斯先生穿戴齐整。深蓝夹克，白衬衫，灰裤子，还有领带。普维斯先生跟她握手的时候就好像根本没发现她没穿衣服似的，似乎她只是"妮娜从学校带回来的朋友"。妮娜说起过这位朋友学哲学，于是普维斯先生就跟她聊柏拉图、空洞理论、伯罗奔尼撒半岛，毫不理会她脸上一阵阵发烫。

在艾丽丝·门罗的作品中，这一大段充满色情意味的描写相当罕见，但这个用第一人称叙述的女主角，倒是她笔下最常见的类型：来自安大略的某个在城镇化进程影响下越来越凋敝破落的农场，亲戚众多，关系也算紧密。略谙世故后，她进入更大的天地——伦敦，虽然那只是安大略省的伦敦市。她在大学里读英语和哲学，业余还要在餐厅打工。对那个显然是被"城里的男人"（他们每天都穿西装，把指甲修剪得那么干净）包养并送来念书的舍友妮娜，她既颇为鄙夷（"她不懂维多利亚时代，也不懂浪漫主义"），又怀着某种异样的感觉——无论对她身上散发的香味，还是那辆一直来接送她、监控她的黑色轿车。这种感觉是恐惧是好奇还是艳羡，"我"不会坦白。"我"只是在妮娜谎称发烧时，仿佛顺理成章地接受普维斯先生的提议，"代替"妮娜去看望这位孤独的富翁。人们喜欢随随便便给只写短篇的门罗贴"惜墨如金"的标签，但她在该铺陈的地方一个字也不会省俭。"我"走向那个房间的过程，每一步都被处理成了慢镜头。所有这些铺陈都是为了达到这样的效果：当"我"如同中蛊般自己脱掉衣服、自己走进房间，甚至自己赤身裸体地站在普维斯先生面前背诵《西普罗郡少年》时，读者既被这一幕震撼，为之不安，又觉得格外自然。

接下来怎么写？玛格丽特·阿特伍德或者安吉拉·卡特大概会在地板下打开一道暗门，通往蓝胡子公爵的地窖，萨拉·沃特斯或者珍妮特·温特森也许会在千钧一发之际，安排妮娜出场，让男人与女人之间的战争演变为两个"同仇敌忾"的女人的愤怒逆袭；当然它也可以成为真正的色情小说——椅子上包着的毛皮，墙上的镜子，凡此种种，从符号到道具不过一步之遥。落到《五十度灰》的作者手里，餐盘上的那只被普维斯先生"演示如何将肉从骨头上剥下来"的康沃尔鸡，应该就不仅仅是一只鸡了。

诺奖得主当然能抵挡常规程式的诱惑，同时悬空读者的期待。于是，正当女人一首接一首念下去，渐渐"羞耻感消隐"时，普维斯先生一挥手抽走书本。他的评语是"不错，你的乡音非常合适。现在是时候送你回家了"。门在她身后关上。衣服一件件穿回来，羞耻感也跟着卷土重来，分量是原来的好几倍，而且这回是毫不客气地烙下了印戳，灵与肉各领一份。普维斯先生一个指头都没有动她，却一举击溃了她所有赖以自欺的信念。而且这一幕的象征意味将越过"我"，直抵妮娜本人。至此，习惯门罗写法的读者应该能隐隐猜到，妮娜的私奔只是昙花一现，她终将自愿回到普维斯先生昏暗的房子里去，而曾与她一起逃离的情人，也必将带着"干涸的饥荒表情"，以那种看起来非常理解她的口气说，"改变心意是女人的特权"。

真正对妮娜感同身受的那个人还是"我"。"我"造访普维斯先生的那个晚上，是这两个女人彼此心照不宣的秘密，也构成了她们某种辛酸的和解。在此后的岁月里，"我"终日沉浸在图书馆里，写论文，得无数个A，可是她知道，这一切都不重要，那把椅子上的毛皮还在刺痛着她（"那是挥之不去的刺痛之耻"）。她确定："归根结底，他还是对我做过些什么的"。

到底做了什么呢？普维斯先生老练的手腕轻轻一翻，就仿佛打造出了桑塔格所谓的"色情社会"的微缩景观，他是否借此让女主人公认定，哪怕接受再多的教育，她也跟妮娜毫无二致 —— 都只能扮演那种社会给女性指定的角色？或者说，普维斯先生将她打回原形，成为又一具"第二性"理论的鲜活标本，并且带给她（以及读者）这样的警示：女性主义一直努力追求的目标其实从未实现，也许归根结底只是个幻觉 —— 甚至你越是努力奔向它，就离它越远？不过，艾丽丝·门罗并不是桑塔格和波伏娃，给出这样的结论，或者指出这样的阐释方向，并不是她的任务和本分——她在文本中流露的态度，远比"哀其不幸，怒其不争"更为复杂也更为暧昧。"我不是一个女权主义者，我确实认为做个男人也挺不容易的。"与当代很多大作家一样，门罗在访谈中的这番表态与其笔下的小说文本互相嘲弄，某种程度上也可视为其作品的组成部分——更明确地说，是一种文本之外的叙事策略：其欲盖弥彰的姿态，本身就对1970年代以后女权主义陷入的困境构成反讽。

在《温洛岭》的结尾，"我"把妮娜忘在私奔男友那里的胸罩放在信封里，扔进普维斯先生家的信箱。"我"知道她一定在那里。赶去上课的学生、出门抽烟的人，都从"我"身边路过。"我"想："他们要做的事，他们自己也不知道。"刹那间，门罗转过一个更大的角度审视这个世界，因为这个"他们"里，甚至也包括了男人。

* * *

《温洛岭》选自短篇集《幸福过了头》，出版于2009年。而写作书中篇目的那两年，她正在经受癌症的折磨，一直活在"即将不久于人世"的设定中。这些峰回路转、技术已经非常纯熟的故事，一旦被抽象提炼，其可信度就会大打折扣。但门罗却有足够的自信和气势，通过她的叙述，将读者引导得如临其境。评论家都注意到，这些小说比之前的作品略微多一些情节剧的元素，而刻意的反戏剧化本来是门罗作品中较为鲜明的特质。这很难不让人揣测，作者将她自己对时日无多的焦虑，隐隐施加到了人物身上——她需要用更快的速度推进故事，更简洁的方式揭示命运，更大的密度展示技术。作家的冲动在字里行间闪烁：谢幕时刻，对于那些她写了几十年的母题，也许真的到了总结陈词的时候。

将《幸福过了头》与门罗的处女作《快乐影子之舞》（1955）对照起来看，她的创作脉络会显得更为清晰。比方说，你完全可以将《幸福过了头》里的这篇《温洛岭》和《快乐影子之舞》中的名篇《办公室》放在一起看，看出它们之间深层次的呼应关系。《办公室》确实是那种只能写在1970年代之前的作品，小说里的"我"显然是响应弗吉尼亚·伍尔夫的号召（"女人应该有一个自己的房间"），在城里租一间办公室用来写作。房东麦利先生的形象颇具漫画特征，有一张"轻而易举地就让人想攻击的胖脸"。他锲而不舍地骚扰新房客，试图用绿色植物和茶壶将她的办公室改造成温馨寓所——因为女人就应该待在"家"里。无论"我"如何坚辞或婉拒，麦利先生始终认定"淫荡与写作，有一种暧昧的美妙关系"，所以对于一个在外面租房子写作的女人，他有权要求她听他讲猥琐的笑话，有权窥伺她在"写什么"，有权在房门上贴恶毒中伤她的便条。小说结尾，"我"只能落荒而逃，退租搬走，但是，"等到那幅情境渐渐淡化时"，"我"还是准备再找一间办公室。比起绵延在《温洛岭》结局的那种羞耻感与宿命感搅拌而成的悲凉来，《办公室》传达的情绪要简单得多——愤怒，质疑，抗议，这些强烈的情绪里终究还承载着希望，调子大体是乐观的。这正是五六十年代女权运动方兴未艾时的普遍现象。

我不明白那些把门罗作品归纳为"不谈政治"的人，究竟将"政治"这个词定义在怎样狭窄的范围里。那些散文化的、关于加拿大乡镇变迁的篇目，记录经济与自然的角力，传递作者对全球化和城镇化的疑虑——尽管表达得婉转而恬淡。其中，不足万字的短篇《亮丽家园》则干脆直面"加拿大式强拆"，将人类社群用"集体利益"的名义逼个体就范的过程，写得既准且狠。当然，这些在门罗作品中的比重最多不超过两成，其余的，也是门罗作品中最出彩的部分，几乎都可以嵌入标准（甚至大部分已经过时）的性别政治的范畴。性别政治算不算政治？鉴于总有人在讨论女权算不算人权，所以"性别政治算不算政治"居然成为问题，也就不足为奇了。老实说，哪怕真的存在纯粹的"为艺术而艺术"的那类作家，门罗也绝对不属此列。

在《幸福过了头》中，被书评家谈及最多的两个短篇，不仅性别冲突最为激烈，而且不避开暴力和杀戮，略微脆弱一些的读者，会被其中涉及的六条人命，震撼得难以入睡。《多维的世界》里的多丽，没有觉察到丈夫的控制欲已经强烈到极度病态的地步，更没想到她只不过一言不合、出门与闺蜜多待了一会，回家就目击丈夫手刃三个孩子的人间惨剧。丈夫进了监狱，再也无法将自己拼成一整块的多丽仍然像木偶一样等待着丈夫手里的那根提线——她不愿意承认，唯有丈夫从狱中写来的那些"仍留有他过去夸夸其谈痕迹"的信，才能须臾麻醉她的痛苦。他替天堂里的孩子代言，说他看到了他们，说他们过得很好。一如既往，他的话在多丽心中具有一锤定音的效果，"牢牢地盘踞在她心里，就像是一个秘密"。另一篇《游离基》中透视两个女人之间竞争关系（当然是为了男人）的角度，刁钻到了彻底刷新我阅读经验的地步：一个上门打劫的亡命之徒，告诉身患绝症、新近丧偶的寡妇自己刚刚枪杀三个家人（又是三个）。半是恐惧催生的急智，半是某种深埋于潜意识的倾诉欲，让她"编"出了一个流畅的故事——关于妻子（她自己）如何毒杀即将上位的小三——作为与凶手交换的"秘密"稳住他，帮助自己脱离险境。小说最后，作者不动声色地告诉我们，这个故事至少有一半并不是编的，只是角色错位——寡妇自己，才是那个曾经的小三。两个女人之间的战争，在经过那么多年之后，以这样的方式了结（或者延续），简直惊悚之至。劫匪夺门而出之后，寡妇心里一阵绞痛，她的结论是：现在才明白失去那个男人的滋味，仿佛空气离开了天空。

仿佛空气离开了天空——这已经不仅仅是爱的问题

了。女性自我的迷失，对控制的甘于臣服，以及背后的深层痼疾，这些东西始终萦绕在门罗数十年的作品中，她不厌其烦地重复着，柔韧地在这块被宏大主题挤到角落的方寸之地上耕耘着。起初的故事，处置人物（尤其是将其推往绝境）、揭开伤疤时，她下笔是略显犹豫的，但需要作者表明态度时倒从不怯场，那时的门罗甚至偶尔并不掩饰一个斗士的姿态。到了后期，情况正好倒过来，人物和情节趋向惨烈、不留余地，门罗自己的态度倒越来越柔软，对笔下女性及其环境的悲悯和理解溢于笔尖。甚至，《幸福过了头》的标题作品，那个篇幅接近中篇（novella）、框架足够吞吐长篇（fiction）的短篇（story），索性以历史上真实存在的俄国女数学家索菲娅·柯瓦列夫斯卡娅为蓝本，塑造了门罗写作史上最丰满也最接近"完美"的女性（当然境遇也足够悲惨）。她的完美难免让她身边的世界显得很不完美，即便如此，作者叙述的语气仍然是和缓的，温情的，没有廉价的、无语问苍天的愤懑。我不能再剧透这个故事，因为它几乎集中体现了门罗的技术高度，其中的每一道精心设计的褶皱、每一次将时间线打乱之后再回来的瞬间，都是无法被重述的。也许，随着阅历增长，门罗更愿意引导读者相信，没有什么样的人和事是不能被直视、不能被理解的，只要你乐意转一个角度，从侧面或者从反面看，世界就可能是另一个样子。

＊＊＊

　　我没有回到餐厅而是上楼去脱掉了衣服。我穿上了母亲的黑色人造丝晨衣，有粉红和白色的花点缀着。一件她从来不穿的不实用的礼物。在她房间里，我浑身起了鸡皮疙瘩，挑战地看着三向镜中的自己。我把布料拉下肩膀，束在胸前，刚好可以塞进宽的空圣代冰淇淋锥型纸卷。我把梳妆台旁边的灯打开；柔和温暖的光穿过奶油糖果色的玻璃支架，在我的皮肤上投下光泽。我看着自己高而圆滑的额头，粉色有雀斑的皮肤，我的脸像鸡蛋一样天真无辜，眼睛在努力改变着，让我变得狡黠和呈奶油色，把我浅棕色的灌木丛般的头发，变成金色而不是泥土色的丰富的波浪。张伯伦先生的声音在我头脑里回响，"比黛尔大不了多少"，这声音作用在我身上，像人造丝抚摸着我的皮肤，包围着我，让我感觉到危险和渴望。我想着那些佛罗伦萨的女孩，罗马的女孩，男人可以买的和我年龄相仿的女孩。她们胳膊下的黑色意大利毛发。嘴角有点儿黑。热带地区的人早熟。罗马天主教徒们。一个男人花钱和你做那事儿。他会说些什么话呢？是他脱掉你的衣服，还是会等你自己脱？

　　……

上楼睡觉时我真的开始写我的诗了。

朦胧的夜晚，是什么在树上鸣叫？
是孔雀的歌喉，还是冬天的幽灵？

这是我最满意的部分。

——《女孩和女人们的生活》

女孩名叫黛尔，是个高中生，正是会对生活中出现的所有男人都产生好奇和恐惧的年纪，正是会跟闺蜜半真半假地谈论性的年纪。那个跟他半生不熟的成年男子叫张伯伦，是家里女房客的男朋友，他有一双白皙的手，和一堆从战场上带来的故事。此刻，他就站在楼下的客厅。女孩和这个男人之间，横着她的母亲，她跟张伯伦随口闲聊着那些热带的早熟的女孩，却又警觉地打发女孩上楼。在这个名叫"女孩和女人们的生活"的故事里，"女孩"总是自觉地与"女人们"拉开距离——她认为自己的人生目标，就是要从她们的模板中突围，她相信她的生活会跟她们截然不同。在黛尔眼里，哪怕是母亲，也只是那些"女人们"中的一个而已。

在听到张伯伦和母亲的对话之后，黛尔脱掉自己的衣服，换上了这一件母亲的晨衣。这是下意识的行为。在感受到危险和渴望时，女孩黛尔觉得只有把自己的肉体，装进"女人们"程式化的外壳才是安全的，哪怕它是人造的、廉价的、哪怕它只是提供某些假象。

《女孩和女人们的生活》写于上世纪60年代末。那时，年轻的门罗就已经能娴熟地在细节里使用这样尖锐的意象。这一篇同样可以拿来跟《温洛岭》放在一起对读，因为在《女孩和女人们的生活》里，黛尔也一直以为张伯伦会对她"做点什么"。黛尔期待的那种性接触是矛盾而混乱的，似乎既有浪漫化的男权意志，也有那么一点抽象的女性自我意识。用她自己的话说，那应该摒弃"父亲或同志式的友好"，必须"像闪电一样野蛮，疯狂的闪念，对体面的表象世界的一次梦幻般的、无情的傲慢入侵"。入侵的究竟是她自己，还是这个虚假的世界，她也说不清楚。而书外读者的疑虑，被作者的叙述一次次悬置。我们都知道有事要发生。作为一个老于世故的读者，我们担心年轻女孩的叛逆被无耻的男人利用。当张伯伦开着车来、对着黛尔按喇叭、让她双腿发软的时候，我们的心都提到了嗓子眼。

然而，我们担忧的性侵，以及更可怕的恶性事件，都没有来。门罗善于让读者的预计落空，然后猝不及防地给你另一种震惊。我们渐渐发现，张伯伦要黛尔做的是两件事：首先，把他女朋友弗恩的信偷出来，因为他曾经在信上许诺过娶她，而现在想违背诺言，远走高飞；其次，到僻静的小河边，以一个重度露阴癖的姿态，来了一场匪夷所思的个人表演。这一段门罗写得极其耐心，从黛尔的视角审视这个男人是何等的自大，又是何等的虚弱，写他"在静静的花枝的环绕中，整个表演似乎是被迫的，怪异而意料之中地夸张，像印度舞蹈"。如是，门罗把讽刺力度推到了最高级，这根弦一直不松劲，直到最后张伯伦用一句台词把一切都变成了一个寒冷彻骨的笑话：

"'你真走运，呵？'他对我笑着，虽然他还没有完全喘过气来。"

"你真走运"——《温洛岭》里的富翁虽然一言不发，但很可能也是这么想的。在他们的定义里，这种肆意宣泄性别优越感的姿态，对女性并没有造成什么肉眼可见的伤害——这简直是他们道德节制的体现，女人有什么理由要求更多呢？在门罗冷峻的笔下，这两个世界之间的鸿沟委实令人气馁。小说里有一处与主要情节关系不大的闲笔，写黛尔在路边看见一只躲在树上的白色孔雀，从它的叫声里听出"疯狂、责骂和杂乱"。但是转述这件事给张伯伦时，对方的反应却是马上唱起歌来："去看孔雀，去看美丽的孔雀。"黛尔的闺蜜很快就跟着赞叹孔雀的"漂亮"，却引来黛尔的反感。于是，上楼睡觉时，黛尔才写下了那句关于孔雀的诗。

* * *

短篇小说发展到门罗的年代，作者和读者都已经习惯于不在文本中追索标准答案。孔雀代表什么，"美丽"代表什么，黛尔的反感又代表什么，我们不必落到实处。我们需要感知的是，当女性和孔雀都只能负责"美丽"时，女孩和女人们的世界，会变得多么荒芜。同样的，在这样的世界里，男人们最终也沦为一个粗糙的符号，所以黛尔无法清晰地想象张伯伦先生，她说："他的在场很重要，但总是模糊不清；在我白日梦的角落，他没有特征，但很强大，然后像蓝色日光灯般嘶嘶作响着消失。"

在《女孩和女人们的生活》的末尾，张伯伦果然嘶嘶作响着消失了。他的女朋友弗恩叹息着当初为什么要扔掉那些谈婚论嫁的信。黛尔的母亲当着她的面说，幸好她逃掉了一场糟糕的婚姻，背着她却说，"我为弗恩的生活感到难过"。我们甚至在字里行间隐约看到了对弗恩怀孕的指涉，但并不那么确定。确定无疑的是，经过这些故事的洗礼，黛尔长大了，而且，对于那些并不确定的东西，她已经"决定反抗它"。这也是《温洛岭》中的女大学生最终的选择。

《女孩和女人们的生活》同时也是门罗的一本短篇小说集的标题。除了这个同名的短篇以外，其他所有的篇目也都以黛尔作为女一号叙述者。其他人物的名字、身份，以及他们所处的环境（加拿大一个叫诸伯利的小镇），都保持一致，故事的情节虽然各自独立，彼此间却也有一定的连续性，因此这本书曾一度被认为是门罗唯一的长篇小说。不过，如今学院里一般把这一类作品称为"系列短篇"（story sequence），或者更形象的"短篇故事环"（short story cycle）。

整本书也确实像一个看不见的环。通过黛尔的视角，小镇上各色女性的故事被串在一起，占据舞台的前景；稍远处，仿佛是舞台的后方，则是属于男人的那个环。在诸伯利，男人与女人当然常有交集。但在黛尔的观察中，这两个世界各行其是，各有一套难以打破的规则，从未平等而和谐地交融在一起。

考虑到六七十年代女权运动风起云涌的语境，这样的叙事倒也不能算特别异类。不过，时隔多年以后，中国的读者拿起来重读，却会时不时地被某些细节震撼，体会到某种年代错乱的荒诞感。比如下面这句："我读了或跳读了人口增长的统计数据，各个国家通过的支持或反对人口控制的法律，因宣传计划生育被抓进监狱的妇女。"世界太大，样本太多，我们以为早就洞悉秋毫的一面，翻过来就是另一面。

书里的黛尔所经受的，就是被当时各种来自报纸上、书本上、生活中的样本重重包围的过程——当然，这同时也是她从中寻求突围的过程。她信仰知识，喜欢阅读，热爱观察，不希望被任何一种意识形态彻底说服。无论是遵守传统观念的姑妈，还是她那个从小就梦想着出嫁的闺蜜，或者离经叛道、热爱艺术却最终把自己变成祭品的女教师，都不是她的理想模板。哪怕是她自己的母亲，这个被小镇妇女当成疯子来嘲笑的女人，虽然对黛尔的成长影响最大，最终也成了她需要抵抗的对象。因为她敏锐地感到，母亲的女权言论常常是空洞的，教条的，缺少策略的。当她对着黛尔热情地宣告"女孩和女人们的生活开始改变了……我们需要自己的努力实现这种改变"时，黛尔却在想："她对我的了解就仅限于此。"

在门罗的作品序列里，《女孩和女人们的生活》之所以被认为特别重要，很大程度上是因为评论家在其中看到了太多门罗自己的影子。黛尔的成长轨迹、家庭背景，与门罗本人精确重叠。在作为这本书尾声的短篇《摄影师》里，黛尔像门罗一样当上了小说家，因为市政厅图书馆里所有的书都不能满足她，她说："我要有自己的书，我想我唯一能把生命派上用场的就是写小说。"

不过，仅仅以自传体的性质来解释这本小说的出色，是不够公平的 —— 即便大部分取材于真实的生活，一个优秀的小说家还是能把熟稔的事物写出陌生感，写出某种刹那间浮出日常生活表面的质地。见证小镇风物的女孩和女人们有很多，门罗却只有一个 —— 在她的笔下，人造丝或者白孔雀，都会出现在它们应该出现的地方。

阿特伍德：走过岔路口

　　她走进厨房，双手端着盘子走了出来；她小心翼翼，几乎是毕恭毕敬，似乎捧在她手上的是某种宗教仪式上的圣物，或者是某一出戏剧中放在丝绒垫子上的圣像或王冠。她跪下身来，把盘子放到彼得前面的咖啡桌上。

　　"你一直在想方设法把我给毁掉，不是吗？"她说，"你一直在想方设法同化我。不过我已经给你做了个替身，这东西你是会更喜欢的。你追求的其实就是这个东西，对吗？我给你拿把叉子来。"她又干巴巴地加上一句。

　　彼得看看蛋糕，又看看她的脸，接着把眼光又转到蛋糕上去。她并没有笑。

　　——《可以吃的女人》

玛丽安端出来的蛋糕是她自己做的。阿特伍德耐心地写玛丽安做蛋糕的全过程，写她烘焙蛋糕胚子然后在冰箱里冷却，然后将蛋糕捏成凹凸有致的女人形体；写她如何在铝制喷嘴里灌上粉红色的糖浆，在身体上刷比基尼，最后变成了一条连衣裙；写她用巧克力糖浆做头发，用绿色素和银色的小圆片做眼珠填在眼眶里，于是"这个女人就像是一个古董店里造型优美的瓷娃娃"。动作越是写得慢，越写得细致入微，到揭晓谜底的那一刻再回想起来，就越是透着隐隐的暗黑色彩。

阿特伍德的成名是从典型的"女性写作"开始的——写在1960年代的《可以吃的女人》(*The Edible Woman*)一向被认为是当时方兴未艾的女权主义运动的标杆文本，显然不仅仅是因为发表时间凑巧。在小说中，快要结婚的女人感觉到自己即将堕入周围大部分女性的命运——被传统女性的"职责"挤压掉独立和自由。解决问题的办法很极端：她把自己做成蛋糕，让蛋糕代替女人"嫁"给了男人，请男人吞咽、消化，而女人得以全身而退……这种近乎断然宣告两性之间不可能实现沟通的判决，其实也差不多是当时激进女权运动状况的真实写照。

这是一个写得非常聪明非常好读的小说，你能看到很典型的有天赋的处女作的基因。评论家从消费主义、女性生态主义等各种角度解读它，但其实这个文本的线条很简单，从一个动机、一个意象开始，然后为这个动机构建情节、人物。最终的成品，从小说的题目到其中的各种要素，都围绕它展开。作家本人在谈到小说动机的时候，是这么说的："记得有天我注视着糖果橱窗里一排排的杏仁蛋白糊做的小猪时想到了它。也许那是在伍尔沃斯那放满了米老鼠蛋糕的橱窗前面，无论如何，当时我心中一直在苦苦思索一个具有象征意义的可以吃的人的形象。装饰有糖做的新郎新娘形象的结婚蛋糕，是很合适的载体。"

哪怕是在这部大半靠灵气推动的小说里，阿特伍德在文本结构上的自觉意识还是清晰可见。在端上蛋糕将小说推向高潮之前，她用了一条完整的线索来铺垫。彼得对玛丽安造成的压力，那种粗暴而傲慢的拒绝了解的姿态，既有日常生活中的事件加以强化，也透过玛丽安的心理变化，通过她的抗争从反面加以渲染。这种反抗最鲜明地反映在她跟食物之间的关系上。起初是胃纳欠佳，担心自己是不是"吃得下鸡蛋"，到后来，盘子上的鸡蛋或者削皮器底下的胡萝卜都好像长出了一张生动的脸，成了有生命的东西，吓得玛丽安落荒而逃。

玛丽安对食物的渐进式厌弃，与她对性、情感、男性乃至人生的失望情绪，构成直观（甚至有时候显得过于直观）的对照。有趣的是，这样的神经性厌食症最终依靠具有象征意味的食物来拯救，依靠一个极度反讽的献祭姿势来化解。只有在虚构的"旧我"被吃掉，"新我"才能重新建构，玛丽安才得以渐渐恢复享受人生的功能。

＊＊＊

有些重要的作家适合挑一两本代表作反复读——扔在书堆里，它们会自动发光，并且照耀得周围其他作品（也包括其本人的其他作品）黯然失色。但玛格丽特·阿特伍德不属于这一类。她的那一长串作品——十八个长篇、十七部诗集、十个短篇集、八部非虚构、八部童话——彼此呼应，互相注解，构成不可或缺的整体。闪闪发亮的，是将它们连缀在一起、不断向前生长的那条轨迹。

阿特伍德说过："若将文学比之于藏在石块下面的动物，则诗所表达的，便是人们观赏完这些动物之后再把石块搁上去的那份儿心态和情调；而小说刻画的，则更像是人与动物之间在特定场合下的矛盾：人用小棍子去捅它们，那些处境危险的可怜虫，或奋力自卫，或束手待毙……"

小说是动态而不是静态的，它需要呈现一种应激反应。越是矛盾的、复杂的、混乱的局面，越是小说作者感兴趣的东西。阿特伍德显然对于那种白描生活式的作品不感兴趣，所以她说要用棍子（情节、人物、时间线）去捅它们，逼迫它们去碰撞。斯蒂芬·金有一句话表达得更通俗："将人物放到困境中,观察他们如何脱身而非帮助他们。"其实他们都有个潜台词,当你把人物逼到极限,其实也就是把自己逼到极限。在极限中,在几乎无路可走的绝境中,作家思考如何把不可能变为可能,如何突破"俗套"破茧重生。这种"突围"意识不仅反映在阿特伍德每一篇小说的构思中,也反映在她的整个创作轨迹中。

* * *

从阿特伍德生平去追溯她的作品的"基因"的来源,大致有这么几点:一、她出生于加拿大渥太华,家里大部分成员都从事与科学相关的职业。她的父亲是一名昆虫学家,母亲是营养学家,哥哥后来成了一位神经生理学家。直到她上小学以前,这家人大多数时间都生活在加拿大北部荒野与世隔绝的昆虫观察站里,因此,"荒野""生态""科技"都一再成为她后来写作的关键词。二、六岁开始写诗歌和剧本,十六岁决定以写作为生,第一本出版的不是小说而是诗歌。我们在她小说的文字质地里应该很容易看到诗歌的影响,尤其是早期的。三、受过良好的正统文学教育,有哈佛拉德克利夫学院的文学硕士学位,她读过两年博士,但是最后没有完成论文,所以并没拿到学位,但是成名以后她积累了丰富的在学院里教学的经验,写专著,做演讲,以一种非常积极的态度介入学术。阿特伍德在文学界的崛起恰恰对应了"加拿大文学"成为一个学术研究类别的过程（在此之前，英美是英语文学中毫无疑问的绝对主流），而她本人身体力行地建立了"加拿大文学"的研究方向。1972年，她在一本名为《生存：加拿大文学主题探究》的作品中提出加拿大文学的主旨是"生存"，指出"讲述这个故事的，是那些从可怕的经历里存活下来的人，北部的荒野、雪暴、沉船，所有没能说出它的人最后都没有活下来"。

值得注意的是，阿特伍德之所以在很长一段时间里成为"加拿大文学"的第一代言人，与她本人的个性有很大关系。她介入学术的方式要比一般的学者型作家更注重与实践的结合，更"社会"。你可以在各种关于环境和动物保护之类的活动上见到她，你甚至可以用她在2006年参与研发的远程签名系统longpen跟她进行音频视频签名之类的互动（前提是如果你能确定她什么时候有空）。总体上，她的言论和行事的风格，与其作品的风格是一致的：深具洞察力，强调由作者掌控全局的主体性。试想，刚才那段用棍子捅动物的隐喻，换了门罗是不是会这样讲？大概率是不会。她甚至不一定赞成去惊动那些小动物。

四、查一查阿特伍德的作品年表，很可能会倒吸一口凉气。不仅数量惊人，而且题材变化多端。不断向外拓展疆域，不愿意局限在舒适区，正是阿特伍德创作生涯中积极"突围"的表现。

在阿特伍德早期的很多小说，尤其是中短篇里，我们都能看到与她处女作非常类似的气质：格外敏感的女性视角，跳跃的诗意，轻灵的想象力，简单的线条，单刀直入的果决。如果我们翻翻《跳舞女郎》，能充分地感受这些特点。靠直觉创作的阶段非常宝贵，也比较舒服，但此时对于虚构能力的开发还谈不上有多充分。小说家往往在这个阶段走上一个岔路口。沿着原来的路线往前走，平坦，明亮，路上全是熟人，而且你也不是没有机会流芳千古。杜拉斯是个经常重复自己的作家，但这并不妨碍她成为杜拉斯，塞林格凭一部《麦田里的守望者》就可以不朽。但是，也有一些作家，他们更乐意从一条未知的岔道走出去，看看有没有可能把天地走宽。阿特伍德显然是后者。

* * *

我还记得那些从不用讲，但个个女人都心知肚明的规矩：不要给陌生人开门，哪怕他自称是警察。让他把身份证从门缝下塞进来。不要在路当中停车帮助佯装遇上了麻烦的开车人。别把上锁的车门打开，只管朝前开。要是听到有人朝你吹口哨，随他去，不要理他。夜里不要独自一人上自助洗衣房。

我想着自助洗衣房。想着我走去时穿的衣服：短裤，牛仔裤，运动裤。想着我放进去的东西：自己的衣服，自己的肥皂，自己的钱，我自己赚来的钱。想着自己曾经是驾驭这些东西的主人。

如今我们走在同样的大街上，红色的一对，再没有男人对我们口出秽言，再没有男人上来搭讪，再没有男人对我们动手动脚。再没有人朝我们吹口哨。

自由有两种，丽迪亚嬷嬷说。一种是随心所欲，另一种是无忧无虑。在无政府的动乱时代，人们随心所欲、任意妄为。如今你们则得以免受危险，再不用担惊受怕。可别小看这种自由。

——《使女的故事》

《使女的故事》是阿特伍德的综合实力的第一次大检阅。那些她引以为傲的单项——想象力、掌控力、深入至"毛细血管"的虚构能力、广知博闻、文字兼顾诗意与准确性，在这部小说里非但都有发挥的空间，而且彼此交融得颇为自然。

它可以被归入广义的科幻，在我看，最重要的价值是观念，是洞察力，而不是像一般的小说那样长于人物塑造。作为阅读者，你往往很难直接代入科幻小说的人物，因为环境差异很大。不过，《使女的故事》可能在这方面稍稍不同一点。阿特伍德一向更愿意把她笔下的"科幻小说"称作悬测（speculative）小说。这个文学类别是由"美国现代科幻小说之父"罗伯特·海因莱因首次提出的，逐渐演变为一个横跨科幻小说、幻想小说甚至恐怖小说的类别。而阿特伍德又赋予了这个定语特别的含义，认为它是一种"没有虚构的火星人"的科幻小说，也就是说，"其中描写的一切都真的有可能发生"。也就是说，你在读这样的科幻时，代入感会更强一点。不过，我觉得，即便《使女》中塑造的人物已经是同类人物中最血肉丰满的，但这部小说最动人心魄的仍然是它的观念，它撕开表象直指实质的洞察力。

事实上，这本写在1984年的书在这两年重新旋风般地席卷全球，也恰恰是因为近几年全球的社会状况（孤立主义，Me Too女权运动），让人们得以"后验"其洞察力。这大概是属于"悬测叙事"的最大的光荣：那些"看起来不会发生的事"似乎"真的要发生了"。人们在深重的危机感中，感觉到《使女》的每一页都扑面而来。随着《使女的故事》的续篇《证言》刚刚出版就夺得布克奖，作为"先知"而非仅仅作为作家的阿特伍德几乎被架上了神坛——对此阿特伍德本人也有点无可奈何。我想我完全能理解阿特伍德的无奈——如此狂热的褒奖，除了把小说技术神秘化之外，并没有别的意义。但小说不是巫术，它是素材的累积，是风格的练习，是琐碎枯燥的选择和权衡。

我们当然可以首先看到小说中鲜明的女性立场。所谓的"使女"形象，实际上延续了《可以吃的女人》里困扰着女主角的梦魇——"自我"被男权话语彻底吞噬。只不过，"使女"借助未来的背景，让梦魇具象化、符号化了。电视剧把小说的大量符号都忠实而鲜明地加以视觉化呈现。各种人群被贴上使女、夫人、马大、嬷嬷、眼目等标签，他们穿着不同颜色的衣服，被严格禁锢在狭窄的活动范围里。相比《可以吃的女人》，阿特伍德下笔更为冷峻超然，让人读来触目惊心。

此时的阿特伍德已经不是那种只需要一个动机、一个意象就能洋洋洒洒写出一个长篇小说的作家了——她不甘心重复自己。《使女的故事》具备远比《可以吃的女人》更复杂的技术支持，背景也不再局限于当下时空，它穿透岁月，虚拟了一个被极度"净化"、不存在中间地带的二元世界——基列共和国。曾经被视为理所当然的自由、平等，所有六七十年代的女权运动取得的成果，在小说设定的未来中，仿佛在一夜之间就被推翻。《使女的故事》的宏大架构，早已超越了传统意义上的"女性题材"，集权社会中的种种高压细节，均有逼真呈现，这些因素使得生活在这个共和国里的男性，也处在极度压抑的状态中。各种人群在这个环境里有什么样的心态，如何反抗，他们之间的矛盾和渐渐在黑暗环境里拉在一起的手，都被叙述得既熟谙世故，又充满激情。

小说在临近结尾的时候，叙事发生了奇妙的反转。我们发现自己置身于公元2195年的一场学术会议上，学者们在"第十二届基列研究专题研讨会"上聆听一位皮艾索托教授的重大发现，即这部《使女的故事》的书稿。随着演讲的深入，我们逐渐意识到，之前奥芙弗雷德讲述的一切都是经过这位教授和他的同事编辑的文本。尽管奥芙弗雷德此前就一再提醒过我们，她的讲述并不可靠，在反复的回忆、重述、引用和时间的作用下陷入层叠的叙事的罗网，但我们始终以为自己听到的是一个主观的、来自女性叙事者的声音。最后的转折却给我们听到的这个故事打了一个大大的问号：由于口音、指称不清和古语使用的问题，文字转述过程中必然会出现一定的损耗；尽管书稿被命名为《使女的故事》，可显然教授们更关注的是文稿中涉及基列国父权体系的部分，奥芙弗雷德的个体经历只是无关紧要的"历史的回声"。此外，从这位男教授的发言和台下观众的反应来看，在公开场合用双关语开女性的下流玩笑，这一做法在两百多年后依然盛行。奥芙弗雷德们在基列国时代面临的种种困境，到底有了多少进步，我们似乎很难给出乐观的回答。

经过这样的设置，小说结构的复杂性大大增加。所以你在阅读整部小说时一定要注意它的时间感。1980年代的读者在小说中站在未来回顾现在，又在最后那段突然被拉到较远的未来，回顾较近的未来。当我们在恍然大悟之后回过头来重读阿尔弗雷德的叙述时，会发现她总是有意识地指向某个未来的读者，在一个被抹去了身份和过往的世界里保留自己作为个体的意识。时间的魔术在阿特伍德笔下，不仅搭建了炫目的文本结构，而且格外凸显出这类小说最重要的特质——洞察力。我们无法在现实中将过去、现在和未来并置，但小说可以。当时间被巧妙并置在一起时，我们能格外清晰地看到同样的悲喜剧在其中反复上演。这种循环往复，这种强有力的对比，就构成了小说的张力。我们在阿特伍德后来更为宏大的科幻三部曲（《羚羊与秧鸡》《洪水之年》和《疯癫亚当》）里，能看到《使女的故事》的这些特点，得到了更大的发挥空间。

* * *

亚历克斯走了一周之后，劳拉来到了我的房间。"我想这个还是由你来保存。"她说道。这是一张我们三个人的合影，是埃尔伍德·默里在那天野餐会上拍摄的。但她把自己的像剪去了，只留了她的一只手。她不能把这只手也剪去，否则照片的一边就缺损一块了。她没有给照片上色，却把她的那只手涂成淡淡的黄色。

"天哪，劳拉！"我惊呼道，"你从哪儿弄来的？"

"我印了一些照片，"她说，"那是在埃尔伍德的报社干活时印的。我还拿回了底片。"

我不知道该生气还是该吃惊。把照片剪成那个样子是一件很怪的事。劳拉的那只淡黄色的手，像一只闪光的螃蟹，爬过绿草，伸向亚历克斯。这个景象让我脊背一阵发凉。"你究竟为什么要这么做？"

"因为这是你想铭记在心的东西。"她说道。她说话如此放肆，我倒抽了一口冷气。她直视着我；这种眼光出自任何人都会是一种挑战。但这就是劳拉：语气中既没愠怒，也没嫉妒。她只是在叙述一个事实。

"没关系，"她说，"我还有一张，是留给我自己的。"

"那么我不在上面吗？"

"没错，"她说道，"你不在。只有你的手。"这是我所听到的她对亚历克斯·托马斯最明显的表白。直到临死，她甚至都没用过爱这个字眼。

——《盲刺客》

但阿特伍德真正的爆发，当然是在《盲刺客》。在这部由四层故事构成的小说里，每一层都可以独立成章，但又互相嵌套——不是随手组合起来那么简单，而是互为因果，互相牵制。能将一个类似于俄罗斯套娃式的结构经营得如此出色，是《盲刺客》辨识度最高的文学成就。能将一个高端大部头的阅读口感打磨得如此精致，让类似猜谜破案的愉悦和亢奋始终弥漫在阅读过程里，在真相大白、谜底揭晓之际，又能给读者以当头猛击般的震撼，这也是《盲刺客》叫人欲罢不能的原因。不过，在我看来，更难能可贵的，是阿特伍德在这部小说中的结构游戏，不仅难度空前，而且与情节和人物结合得异常紧密。形式和内容完全不可分割。在这个问题上，《盲刺客》不仅超越了阿特伍德之前的所有作品，而且也远比莱辛的《金色笔记》处理得更为自然。

《盲刺客》的四层故事，主客观叙述交替，各司其职：小说核心事件——妹妹劳拉的车祸——暴露于世人的表层，通过新闻剪报展现。姐姐艾丽丝的主观回忆，提供了对事件的一种残缺的（这种残缺是出于叙述者有意无意的主观局限）解释，我们从这叙述里依稀看到了艾丽丝的冷酷的富商丈夫，看到了典型的男权家里两个不幸的女性受害者，看到了姐姐的柔弱和妹妹的抗争，但我们也隐隐感觉，这并不是事情的全貌；用劳拉名义出版（并不意味着作者必然是劳拉）的小说，写一个富家千金与情郎私奔的往事，则提供了对事件的另一种具有补充意义但虚实参半的说法。我们有理由怀疑，这小说是否记述了劳拉本人的经历。而劳拉的小说本身也有"戏中戏"，小说中的一对男女共同口述的那个发生在遥远宇宙里的传奇故事《盲刺客》，发挥了开掘人物潜意识的功能。如是，整个故事便愈显立体丰满——立体丰满得就如同这大千世界本身，这样的效果是单线条叙述难以达到的。借由设计的巧思，四个层次之间的逻辑关系，直到最后才拼接完整。

读者要到最后才发现：真正的叙述者，那个坚持到最后揭示真相的女人，并不是故事开头展示的那样简单。她的柔韧，她的两面性，她的圆滑变通，她那埋藏在心底深处，如暂时休眠、侯机爆发的火山般的激情，都使得她具备了比书中其他角色更长久、更强大的生存能力。我无法分析得更多，无法在全面拆分结构元件的基础上为这种分析提供证据，因为"剧透"对于这部小说实在是太残忍了。我只能说，小说里的两姐妹之间的关系，差不多可以看作是书里那张被剪成两半的照片，她们合在一起，才构成了所谓女性宿命——被割裂、被遮蔽、被压抑——的真实图景。饶有意味的是，在《盲刺客》里，这种宿命被阿特伍德空前清醒地表述，不再仅仅作为困境让女性万劫不复，让她们失去希望，而是也被视为一种生存智慧——这对压抑着她们的那个外部世界，既是有力的嘲弄，也是无声的和解。你会发现，只有通过这样特殊的结构，只有通过读者自己参与拼接的过程，你才能更深地体会到作者对于女性处境的深入骨髓的理解。残缺的叙述何以残缺？女主人公不愿言说、无法言说的是什么？她又是怎样参透了男权社会的游戏规则，进而在被遮蔽被压抑的命运中生存到最后的？当你像破案一样终于把这些问题全部解决之后，才会真正领悟《盲刺客》的文本意图。你会发现，从《可以吃的女人》一路走到《盲刺客》，阿特伍德的虚构能力，经历了怎样令人惊叹的华丽蜕变。

加缪：第二遍铃声，以及黄昏的囚车

今天，妈妈死了。也许是在昨天，我搞不清。我收到养老院的一封电报："令堂去世。明日葬礼。特致慰唁。"它说得不清楚。也许是昨天死的。

养老院是在马朗戈，离阿尔及尔八十公里。我明天乘两点的公共汽车去，下午到，赶得上守灵，晚上即可返回。我向老板请了两天的假。事出此因，他无法拒绝。但是，他显得不情愿。我甚至对他说："这并不是我的过错。"他没有答理我。我想我本不必对他说这么一句话。反正，我没有什么须请求他原谅的，倒是他应该向我表示慰问。不过，到了后天，他见我戴孝上班时，无疑会作此表示的。似乎眼下我妈还没有死。要等到下葬之后，此事才算定论入档，一切才披上正式悼念的色彩。

——《局外人》第一部

这是《局外人》的著名开篇，第一人称叙述者默尔索的特殊性格从第一句的语调里便可略见端倪。冷静，就事论事，隐隐冒犯的是人们的"司空见惯"。当我们等待着默尔索悲伤、缅怀、抒情时，他却在按部就班地向老板请假。不等老板将不满表达出来，他就愣头愣脑地替自己辩白。

程式化的致哀方式充斥于默尔索周围，但他的反应总是出人意料。在小说之后的情节里，默尔索几次想起自己的母亲，但是，在那个"法定"的哀悼时间里，他却不愿意面对母亲的遗体，也不肯解释理由；他没有在葬礼上流泪，但是守灵时他觉察到在场的人其实并不关心躺在他们中间的死者——这种"什么意义也没有"的寂静让他难受。显然周围的人对他的表面上的冷漠是有所觉察的，默尔索接收到了他们无声的指责。因此，他突然产生了一个滑稽的印象："这些人似乎是专来审判我的。"这是"审判"这个词第一次出现在这部小说里。

随着故事的进展，我们渐渐发现，默尔索的特别是一以贯之的。表面上，他看起来平平常常、安分守己，平时甚至大体上是讨人喜欢的，因为他的老板在葬礼之后不久就问他愿不愿意被派往巴黎工作，而他的女朋友玛丽也一直在热烈地期待他求婚。但是，他的回应却始终"不识时务"地忠实于自己的内心。他拒绝了老板的升职，因为觉得"实在没有理由改变自己的生活"；同样，虽然他挺喜欢玛丽，也表示什么时候结婚都可以，却并不能确定这种感情是不是到"爱"的地步，于是诚实地回答她"也许不爱"，让玛丽很伤心。

简而言之，那些人们不假思索地遵守的东西，默尔索似乎总是出于本能地加以怀疑，拒绝像加入合唱那样应声附和。他对于体制、滥情、程式化，对于很多"必须"，都有一种与生俱来的排斥。不过，默尔索并不是浑浑噩噩之人，更不是缺乏共情能力的反社会人格。从小说一开始，我们就能发现他对于周遭事物有很强的感受能力，对于泥土的清香、带着咸味的风、玛丽的身体都体察入微。比起工业化的、像机器一样运转的社会系统来，他显然对大自然，对直觉性的、身体性的东西更敏感。某种对于自我的诚实态度，让他无法在适当的时间和地点，在人群中采取合适的、有利于自己的态度。举一个例子，默尔索几乎从来不懂怎么讨好人，在他的词典里，较高级别的赞扬，只不过是"有趣"两个字。

* * *

在默尔索眼里，邻居雷蒙就是这样的人，因为他经常会讲几个"有趣"的故事，所以默尔索有兴趣跟他交往。小说故意没有清晰勾勒雷蒙这个人的背景，我们只是从后来的审判中隐约知道，此人以给妓女拉皮条为生，对外谎称"仓库管理员"。作为社会的边缘人物，雷蒙似乎较少受到束缚的行事作风要比那些一成不变的老板和同事更吸引默尔索，但他并没有意识到，雷蒙是多少带着一点目的来跟默尔索交朋友的——雷蒙希望默尔索能帮着自己"教训"一下不忠的情妇。

整个事件的线索始终处在混沌不清中。默尔索替雷蒙代笔写信，引诱那个女人过来挨了雷蒙一顿打，还惊动了警察。事后，默尔索跟着雷蒙一起去海滨木屋玩，一路上不时发现有人跟踪——雷蒙告诉默尔索，跟踪他们的那两个阿拉伯人，其中有一位是他的情妇的兄弟。海滩上，两拨人互相窥视，不时过招，雷蒙的身上还给划开了口子，场面剑拔弩张。

这里有两点值得注意。首先，在当时的法属殖民地阿尔及利亚，居住在那里的法国人与本土穆斯林之间的矛盾由来已久，小说中的斗殴和对峙含蓄地指涉了这样的背景。理解了这一点，就能明白海滩上的火药味从何而来，为什么牵涉在其中的雷蒙和默尔索，从一开始就严阵以待。耐人寻味的是，在雷蒙与默尔索之间，本来默尔索的头脑一直都比雷蒙更冷静。当雷蒙嚷嚷着要拔枪把对方崩掉的时候，默尔索为了劝阻，把枪接过来放到自己身上，并且指出，只有当对方以多打少或者首先亮出凶器时，他才会拿出枪来帮忙。在默尔索把枪主动接过来的一刹那，读者都预感到了某种不祥的气息。

其次，我们要注意到，小说中反复描写当时的阳光是如何炽烈，对于默尔索的生理和心理造成怎样的影响。加缪写太阳照得默尔索头昏，睁不开眼睛，写强光照在默尔索脸上，就像打了他一耳光。随着情势越来越危急，阳光仿佛成了命运的推手，在每个关键时刻都愈发扰乱默尔索的情绪和判断力，诱惑他向荒诞的世界宣战。这样写，一方面是生长在阿尔及利亚的作家对环境特点的精准捕捉，另一方面也将气氛渲染得格外紧张、充满宿命，同时还为后面的审判做好了铺垫。

* * *

我想，我只要转身一走，就会万事大吉了。但整个海滩因阳光的暴晒而颤动，在我身后进行挤压。我朝水泉迈了几步，那个阿拉伯人没有反应。不管怎么说，我离他还相当远。也许是因为他脸上罩有阴影，看起来他是在笑。我等他作进一步反应。太阳晒得我脸颊发烫，我觉得眉头上已聚满了汗珠。这太阳和我安葬妈妈那天的太阳一样，我的头也像那天一样难受，皮肤底下的血管都在一齐跳动。这种灼热实在叫我受不了，我又往前走了一步。我意识到这样做很蠢，挪这么一步无助于避开太阳。但我偏偏又向前迈出一步。这一下，那阿拉伯人并未起身，却抽出了刀子，在阳光下对准了我。刀刃闪闪发光，我觉得就像有一把耀眼的长剑直逼脑门。这时聚集在眉头的汗珠，一股脑儿流到眼皮上，给眼睛蒙上了一层温热、稠厚的水幕。在汗水的遮挡下，我的视线一片模糊。我只觉得太阳像铙钹一样压在我头上，那把刀闪亮的锋芒总是隐隐约约威逼着我。灼热的刀尖刺穿我的睫毛，戳得我的两眼发痛。此时此刻，天旋地转。大海吐出了一大口气，沉重而炽热。我觉得天门大开，天火倾泻而下。我全身紧绷，手里紧握着那把枪。扳机扣动了，我手触光滑的枪托，那一瞬间，猛然一声震耳欲聋的巨响，一切从这时开始了。

——《局外人》第一部

加缪曾经公开承认，创作《局外人》受到过美国作家詹姆斯·M.凯恩的小说《邮差总按两遍铃》的影响。如果将这两部同样短小精悍的小说放在一起对比，你会发现，这种影响可能渗透在人物设置和语调上，但最集中地还是表现在《局外人》的前半部分对于事件节奏的把握上。在《邮差》中，杀人案的多处关键细节都出现了"两次"，在读者都以为人物将会逍遥法外的时候，上帝的邮差总会按响第二次门铃。而在《局外人》中，海滩上从双方对峙到阿拉伯人退缩，就好像有惊无险地躲过了第一次门铃，但是，紧接着，读者刚刚放下的心又给提上来。因为在叙事中，阳光的强度骤然增加，默尔索想逃避太阳的炙烤，找一片阴凉的地方歇歇，却发现阿拉伯人把那块地方占了。

就像好多电影里那种一触即发的场面一样，小说在这里的每一个动作都不是多余的。两个人同时把手伸向口袋，进退不过在一念之间，但灼热的阳光最终按响了第二次门铃。默尔索前进了一步，阿拉伯人马上亮出了刀子，于是默尔索扣动了扳机。他意识到，"一切从这时开始了"，意识到自己打破了这一天的平衡，也打破了海滩上的不寻常的、本来给他制造过幸福幻象的寂静。默尔索开了四枪，他觉得，这就像是在他的"苦难之门上急促地扣了四下"。

《局外人》第一部分对于整个杀人事件的刻画，示范了一个好故事的写法。我们从一开始就感觉到有什么重大的事情要发生，哪怕是流水账式的日常生活里也蕴含着某种异样的、山雨欲来的感觉。在文本中，我们可以看到很多精心安排但又处理得非常自然的标记，看到细微的转折，最终一步步导向爆发。最终，当读者的注意力暂时处于松弛状态时，本来已经平静的局势突然又紧张起来，那个致命的动作迅疾发生。整个文本在行进的节奏、速度、控制力上的精心拿捏，使得最后一击充满强大的震撼力。

* * *

加缪1913年生于阿尔及利亚，在阿尔及尔的贝尔库贫民区长大。加缪的祖上原是法国穷人，为谋生计跟随法国的殖民统治者移居阿尔及利亚。父亲从小在孤儿院长大，一战中入伍并战死沙场，留下孤儿寡母，以政府发放的抚恤金和母亲凭着帮佣得来的微薄薪水为生。这是一个典型的底层家庭，加缪在艰难拮据的生活中完成阿尔及尔大学的学业，而且终其一生都没有真正建立对于富裕的、文雅的阶层的归属感。成名之后，他声称"我过去是，现在仍然是无产者"。这样的生活状态和自我意识，对于加缪的创作当然影响至深。

有趣的是，在另一个层面，加缪的英俊形象、传奇经历和出众的体育文艺才能，却使其"脱离"底层，被长期消费，成为世界文坛上最具有时尚感的偶像符号——这种错位当然并非加缪的本意。哪怕从未读过加缪作品的人，都很难不注意到他那些宛如电影海报的肖像。加缪终身热爱足球，在大学里是校队主力，据说具有相当职业的水准，后来因为染上了肺结核而被迫放弃足球生涯。据说有朋友曾逼问他更喜欢足球还是戏剧，他毫不犹豫地选择了前者。这位又酷又帅的文坛偶像生前差点出演根据杜拉斯小说改编的电影，后来因为时间错不开才改由法国影星贝尔蒙多出演。与其风流倜傥的形象匹配的，是加缪对婚姻制度的悲观和排斥态度。不过他本人还是结过两次婚，有一对双胞胎女儿，婚内多次出轨。显然，对于婚姻，加缪也多多少少保持着"局外人"的视角。

谈论加缪的任何作品，都不可能离开他同时作为哲学家、思想家的身份。在加缪的作品清单中，主要承载其哲学思想的随笔比他的小说数量更多。在其创作早期，加缪的名字通常与荒诞主义和存在主义联系在一起，他的著名随笔《西西弗神话》通常被认为是这两种思潮的重要文献。加缪一度与存在主义代表人物萨特交往频繁，萨特还为《局外人》写过分量很重的评论，但是随着时间的流逝，他们之间的分歧越来越严重。1945年，在一次访谈中，加缪宣称："不，我不是一个存在主义者。我和萨特的名字总是联系在一起，这事让我们俩都惊诧莫名。"

事实上，终其一生，加缪似乎都在努力保持某种"局外"感，努力把贴在他作品上的各种意识形态的标签撕下来。他曾在1935年加入法国共产党，又在1937年被法共视为"托派"而驱逐出党。加缪没有宗教信仰，但他又宣称自己"既不相信上帝，也不是无神论者"。与这种精神上的"局外"形成鲜明对照的是，在行动上，加缪却从不排斥被"卷入"革命实践。他总是主动地投入各种形式的抗争，发动过工会运动，也组建过欧洲联盟的法国委员会。他很早就持坚定的反法西斯立场，在二战中是地下抵抗运动的重要人物，不仅在文章里态度鲜明，而且在地下战线出生入死。他一直纠缠在法兰西和阿尔及利亚错综复杂的关系中，常常发表独到的反殖民主义言论，但由于深谙其历史复杂性，所以他的言论常常在两头都不讨好。简而言之，加缪从来都不是那种只会空谈的哲学家，他短暂的一生身体力行地参与了那段历史时期里几乎所有的政治运动，但他的抗争的本质还是个人化的。他力求忠于自己的内心，因而难以被持久纳入各种阵营，反而容易被曾经的盟友视为异己。

1957年，瑞典皇家科学院决定将诺贝尔文学奖授予加缪，据说当时正在吃饭的加缪接到消息以后惊得脸色煞白。一方面，这个决定并没有经过任何团体的推荐，瑞典皇家科学院直接就把加缪推选出来，而当时还在诺奖大门外排队的法国著名作家至少还有八九位；另一方面，那年加缪实在是太年轻了，四十四岁的年龄让他成为历史上第二年轻的诺贝尔文学奖得主，仅次于四十二岁得奖的英国作家吉卜林。

然而，仅仅三年之后，命运开了一个黑色的存在主义玩笑：加缪口袋里揣着从普罗旺斯到巴黎的火车票，却在最后一刻被好朋友、法国出版家伽利玛说服，搭了他的顺风车。时间定格在1960年1月4日，两人都在车祸中去世，当时加缪的包里还放着一部尚未写完的长篇小说手稿。

* * *

下午，巨大的电扇不断地搅和着大厅里混浊的空气，陪审员们手里五颜六色的小草扇全朝一个方向扇动。我觉得我的律师的辩护词大概会讲个没完没了。有一阵子，我是注意听了，因为他这样说："的确，我杀了人。"接着，他继续用这种语气讲下去，每次谈到我这个被告时，他都自称为"我"。我很奇怪，就弯下身子去问法警这是为什么，法警要我别出声，过了一会儿，他说："所有的律师都用这个法子。"我呢，我认为这仍然是把我这个人排斥出审判过程，把我化成一个零，又以某种方式，由他取代了我。

——《局外人》第二部

《局外人》与《邮差总按两遍铃》最大的不同在于：《邮差》写到杀人犯归案伏法就戛然而止了，而《局外人》继续写下去，并且把同等篇幅给了后面发生的故事。如果说，小说的前半部体现了近乎完美的叙事技术，那么后半部就给了整个故事以发酵和回味的空间，让前半部的荒诞意味有了结结实实的重量。

从整个案情看，这其实并不是一桩复杂的案子。双方有纠纷和斗殴在前，默尔索也缺乏谋杀的动机，所以，从现代法律的角度看，将其定义为激情杀人或者防卫过当致死，都要比蓄意谋杀，离事实更近。但是，我们刚才说过，默尔索特立独行，他那种对于自我的诚实态度，让他总是显得那么不合时宜，甚至在生死关头都不愿用妥协来换取自我保护。而这种态度本身，就对人群、对秩序井然的外部世界，构成了潜在的威胁。人们或有意或无意地认为，消灭这样的来自异端的威胁，是有必要的。这样一来，整个案子就注定向越来越荒诞的方向发展。

默尔索的经济状况当然请不起律师，所以他接受了法庭指定的律师。从这位律师，到预审法官，再到公审时的检察官、陪审员，他们对案情的细节并不关心，相反，他们几乎所有的注意力，都放在如何用僵硬的、程式化的标准来衡量默尔索这个人的品行。他们嘴里说的是似是而非的法律词汇，实际上却是在试图定义，默尔索究竟是世俗意义的"好人"还是"坏人"。

由此，本案的焦点奇特地落在了默尔索为什么在"母亲的葬礼上没有哭"这个问题上。进而，之前叙事中出现过的细节——比如默尔索把母亲送养老院，他在殡仪馆里一时说不清母亲的具体岁数，他不愿意看母亲的遗容，他在葬礼之后还跟女朋友去看电影——都成了重要罪证。在检察官的指控中，默尔索成了一个冷血的、处心积虑的谋杀犯，他"没有灵魂，没有丝毫人性，没有任何一条在人类灵魂中占神圣地位的道德原则"。在法庭上，"巨大的电扇"和陪审员手里的那些"朝着一个方向摇动的小扇子"，构成了隐喻鲜明的画面——默尔索面对的是整个世界的强大惯性的审判。默尔索异常敏感地观察到，对他的审判实际上是抽象而僵化的，他的在场被这些小扇子取消、抹杀，化成一个零。

　　　　　　　＊　＊　＊

　　审讯完毕。出了法庭上囚车的一刹那间，我又
闻到了夏季傍晚的气息，见到了这个时分的色彩。
我在向前滚动的昏暗的囚车里，好像是在疲倦的深
渊里一样，一一听出了这座我所热爱的城市、这个
我曾心情愉悦的时分的所有那些熟悉的声音：傍晚
休闲气氛中卖报者的吆喝声，街心公园里迟归小鸟
的啁啾声，三明治小贩的叫卖声，电车在城市高处
转弯时的呻吟声，夜幕降临在港口之前空中的嘈杂
声，这些声音又在我脑海里勾画出我入狱前非常熟
悉的在城里漫步的路线。是的，过去在这个时分，
我都心满意足，精神愉悦，但这距今已经很遥远了。
那时，等待我的总是毫无牵挂的、连梦也不做的酣
睡。但是，今非昔比，我却回到自己的牢房，等待
着第二天的到来，就像划在夏季天空中熟悉的轨迹，
既能通向监狱，也能通向酣睡安眠。

　　　　　　　　　　　　　　——《局外人》第二部

　　在这个过程中，默尔索并不是没有求生的机会。不断
有人提示他，只要根据世俗的、体制的需求，夸张地表达
对母亲的哀悼，或者向上帝忏悔，在宗教中寻求庇护，他
就有可能获得人们的谅解，他就有可能从"坏人"被救赎

成"好人"。但是默尔索拒绝预审法官让他皈依基督教的提议。当律师追问他对母亲的看法时，他说："我可以绝对肯定地说，我是不愿意妈妈死去的。"但是律师听了这话并不高兴，他说："这么说是不够的。"

我们可以看到，整个外部世界对于"怎样才是足够的"，答案是千篇一律、高度趋同的。就连律师的辩护里也充斥着与检方异曲同工的刻板言辞，把重点放在研究默尔索的灵魂，说他是一个循规蹈矩的职员，"一个正经人"。在公众眼中，一条严密而荒诞的证据链已经构建完成。对于陪审团而言，轻松地做出一个已经"众望所归"的裁决，进而通过此案教化社会风气、维护既有的公共秩序，远比卷入错综复杂的民族矛盾的可能性，更为容易。因此，结局可想而知，默尔索被判处死刑。

从法学的角度看，《局外人》讲述的这个故事，以及其中对审判过程的翔实逼真的描述，完全可以成为揭示现代司法制度悖论和弊病的经典案例。我们能看到，在审判过程中，概念是怎样被一点点偷换的，真相是怎样被渐渐模糊的。而加缪在1955年美国版《局外人》的序言中，将小说的深刻涵义又向前推进了一步。他说："在我们的社会里，一个人在母亲葬礼上没有哭，他就会有被判死刑的危险……从这个意义上说，他是他所生活的这个社会的局外人……默尔索不愿意简化生活，他怎样想就怎样说，他拒绝为他的情感戴上种种面具，于是社会立刻觉得受到了威胁……他远非麻木不仁，有一种深层的激情让他充满活力，因为这激情是一种具有否定性的真实，存在和感受的真实。"

加缪的这些话对于理解《局外人》，尤其是它的后半部至关重要。正是由于默尔索那种"深层的激情"，我们才在后半部分里看到两条线同时并行。一方面，审判在外部世界按部就班地推进，默尔索被人们推向死亡。但是，另一方面，沿着跟外部世界完全逆反的方向，默尔索的内心反而越来越平静。从肉身走进监狱的那一天开始，他的心灵反而进一步摆脱了桎梏，渐渐从牢笼中走出去，他的思想要比很多在监狱之外的人更为自由。在这里，加缪借一个将死之人的视角，从心理学和哲学层面探讨死亡时刻、生命长度、生存意义这些终极问题，这条哲学思考的线索完全不受外界影响，是高度个人主义的。

在监狱里，默尔索觉得时间连成了一片，他在这片时间的海洋里感知生命的意义。当马路上的大部分人都过得浑浑噩噩、整齐划一时，他却在滚动的黄昏的囚车中，闻到夏季傍晚的气息，听出这座他所热爱的城市，听到在这个曾让他心情愉悦的时间里所有那些熟悉的声音，享受着独特的感受力带给他的幸福感。他观察着那些审判他的人，冷静地等待他们的宣判，深切地体察到所有这些流程的荒诞。而我们这些书外的读者，目睹小说的主人公，面对不公正的判决，仍然维持着巨大的勇气和思考的能力，从几近迟钝麻木的消极状态中奋起。当他拒绝上诉，拒绝神甫的怜悯，甚至把神甫气得发抖时，我们很难不被人物的这种坚决而执着的状态震撼。在那一刻，也许每个只能在生活中随波逐流的人，会感到默尔索其实正在天空中自由飞翔，而真正被关进囚牢的，反而是监狱外的芸芸众生。

这种巨大的、具有深刻哲学内涵的反差，在小说文本的末尾达到了最大强度，变成了一声有力的呐喊："现在我面对着这个充满了星光与默示的夜，第一次向这个冷漠却未温情尽失的世界敞开了我的心扉。我体验到这个世界如此像我，如此友爱融洽，觉得自己过去曾经是幸福的，现在仍然是幸福的……我期望处决我的那天，有很多人前来看热闹，他们都向我发出仇恨的叫喊声。"以如此充满尊严的、特立独行的方式实现了个体意志对群体意志的反抗，并且在戛然而止的人生中反而获得了许多完整人生都难以体会的幸福感——这是荒诞的，也是蕴含着巨大力量的。在一个短短的、结构如此精美的故事里，将这种荒诞和力量表现到极致，这样的作品当然是永恒的，不朽的。

库切：逆行的鲁滨孙

> 　　没人知道他从哪里来。他身上没有文件，连一张绿卡都没有。在案情记录上他被列为"迈克尔·维萨吉—有色人种男性—四十岁—无固定居所—失业"，他的罪名是不经批准擅离所属管辖区，没有身份证件，违反宵禁，酗酒以及妨碍公共秩序。
>
> 　　　　　　　　——《迈克尔·K的人生与时代》第一部

　　这是小说里唯一出现的主人公的社会身份，用标准的档案格式列出。原文中，"有色人种男性"用字母缩写CM（colored male）标示，"无固定居所"用NFA（no fixed abode）标示。身份的不确定性，是迈克尔·K的特征，其实也可以看成作者库切的某种淡淡的自我指涉。

　　在文学世界里，库切是公认度最高的国际作家之一——这个"国际",并非仅指其文学声誉卓然到跨越疆界,或者两次布克奖和诺贝尔文学奖的加持(这个纪录迄今仍是绝无仅有),而且,库切的人生轨迹、写作生涯以及文学理念,也切切实实地诠释了真正的"国际化"要旨。试图以文字突破藩篱,不受一时一地以及某种意识形态的制约,紧贴地面而又飞升于空中,不寻求依附性和归属感……凡此种种,皆是典型的库切。

约翰·马克斯韦尔·库切是荷兰裔移民后代,1940年生于南非开普敦,在南非种族隔离政策逐渐成形并盛行的年代生活了二十年之后离开,远赴伦敦,在电脑软件设计行业干了五年。从1965年开始,库切的人生历经几次大幅度转折,先是弃理转文,到美国攻读文学博士。1971年,由于在美国申请永久居留权时饱受挫折,库切回到南非,在开普敦大学英文系任教。无论在南非的生活存在多少艰辛与不安,库切最重要的作品几乎都诞生在这段时间。2002年,库切终于决定移居澳大利亚,并且在次年获得诺贝尔文学奖。动荡的经历和多元文化的影响渗透在这位文学大师的作品和观念中,经年累月地塑造着这位"有道德原则的怀疑论者"(引自诺奖的授奖词)。人们喜欢根据库切的履历,偷懒地贴上一张"后殖民"标签(具有在殖民地出生,然后去英美等国求学并从事文学创作的经历),与奈保尔、莱辛合并同类项,试图从中寻找文学奖的偏好。显然,这样粗暴的归纳法无助于理解库切。

如果要在典型的库切作品中，寻找最为典型的库切式人物，迈克尔·K是不可能被忽略的奇峰。库切大约从1980年5月开始创作《迈克尔·K的人生与时代》，最初的故事线索和人物设置都要比成品更为复杂，也尝试过第一人称叙事，又中途放弃。这部字数并不多的小说先后写了六七稿，直到1983年才最终完成。小说出版之后获得了欧美评论界的一片赞誉，迅速入围布克奖。据说当年布克奖的"潜规则"是所有入围作家都必须参加现场公布的晚宴，如果缺席就有被取消获奖资格的可能。即便如此，库切还是私下跟朋友表示，"我想象不出还有什么比让我进入布克奖马戏团更灾难的事情了"。在朋友的劝说下，库切以"开普敦大学考试周期间不准请假"为由婉拒出席晚宴，只答应配合BBC录一个访谈。

1983年10月26日，在没有库切参加的晚宴上，库切被授予了布克奖。评委费伊·韦尔登说："这是一本简洁有力的小说，具有非凡的创新性和控制精当的想象力。"

* * *

这部小说的"简洁有力"，首先表现在它简化了对时空的限定。早在我们能对人物所处的时空有一个稍许明确的概念之前，人物已经开始了他孤独的旅程。

小说分成三个部分，第一部和第三部采用第三人称叙事，占据全书大半篇幅，第二部改用短暂的第一人称叙事，为迈克尔·K的故事提供一个更为切近、融入更多主观情绪的观察视角。对于地点，我们可以确定的是故事的开端显然在开普敦，但此后迈克尔走上的旅程——那些农场和营地就需要加入更多的"创新性和控制精当的想象力"。时间标志被淡化到几近于无，库切的研究者倾向于认为故事的直接背景是1976年索韦托起义导致的南非社会解体，因为小说中频繁出现的戒严、限制自由迁徙的通行证、无处不在的军队、尽管从不说清原委但不言自明的忧虑和恐怖的气氛等，都是那段时期的常见现象。

　　不过，无论生活在什么时代，主人公迈克尔·K应该都会过得比较艰难。他生下来就是兔唇，长着"一张残缺的面孔"，找不到愿意接纳他的常规学校，少年时代只能寄宿在政府救济的特殊学校里，"身边的其他孩子也都遭遇种种不幸与疾患"。毕业后迈克尔在园林部门里当上了园丁，每个礼拜去探望一次母亲。

　　整部小说都没有提过迈克尔的父亲究竟去了哪里，他的出生与成长似乎只与母亲一个人有关。在K回忆童年生活时，曾有一段关于他对"父亲"（显然也可以视为对体制的隐喻）这个词的想象：

　　　　我的母亲就是我带回来的那一堆骨灰的主人，他想，而我的父亲是休伊斯·诺伦纽斯学校。父亲是宿舍门上贴着的条例——那二十一条规定的第一条是"在宿舍中务必时刻保持肃静",父亲是那个只要我没把线切直就会用缺了手指的手来拧我耳朵的木工老师,父亲也是那些礼拜天的上午——我们穿上卡其布衬衫、卡其布短裤和黑鞋子,并排向帕培盖街上的教堂进发,求上帝的宽恕。这些都是我的父亲,而我的母亲已经入葬,尚未复活。所以说,我这个没有什么东西可以传下去的人,如今在这个与世隔绝的地方打发时间,倒是件好事。

迈克尔的母亲原来一直给人帮佣,在迈克尔三十一岁那年病倒。面对日益加重的病情、医院的混乱和冷淡以及对未来的巨大恐惧("她知道,一旦处在战争时期,整个世界会用怎样冷漠的态度,对待一个身患恶疾、情状惨淡的老妇人"),母亲唯一的心愿就是"离开这个让她几乎没有一点盼头的城市,回到更为安静祥和的、她在少女时代生活过的乡村"。

于是,母子俩开始踏上显然不切实际却能给他们提供唯一希望的旅程。局势越来越紧张,公共交通几乎瘫痪,他们没有通行证,根本无法出城。迈克尔以他唯一擅长的手工劳作,打造了一架手推车,千辛万苦地混过两个关卡,母亲还是死在了路上。迈克尔没有停下脚步,他抱着骨灰盒继续向前。如果说,此前的故事还具有某些现实主义文学的特征，那么，迈克尔在母亲死后的经历，则越来越偏离庸常的轨道 —— 我们在他的形象中能找出某些熟悉的影子，但故事的走向又总能让他从那些"原型"中破茧而出，焕发出神奇的新意。

* * *

他把母亲的钱拢成两卷，塞进袜子里，直奔火车站，来到主干线售票处。售票员告诉他，他倒是很乐意卖给他两张去阿尔伯特王子城或者主干线上离那里最近的站点的票（"阿尔伯特王子还是阿尔弗雷德王子？"他问道），不过，如果K指望上火车，不但得预订到车上的座位，还必须拿到一张离开开普半岛公告警戒区的通行证。他能给出的最早的预订座位在八月十八号，那是两个月以后的事了；至于通行证，只能找警察要。K求他让他们早点走，却毫无用处 —— 售票员说，母亲的健康状况是不能当成特殊理由的；相反，他倒是建议他压根就不要提她的事儿。

—— 《迈克尔·K的人生与时代》第一部

最直观的联想来自迈克尔·K的名字。卡夫卡的《城堡》和《审判》里那位著名的约瑟夫·K显然是库切想要在这里致敬的对象。迈克尔一次次去领通行证却始终批不下来的情节就很像永远在城堡外兜圈子的约瑟夫。在小说的第二部分里，甚至直接出现了"城堡"（the castle）这个词，提醒读者，库切的K和卡夫卡的K一样，都挣扎在强大体制的边缘和缝隙中。

比起始终不曾采用任何物理方式进入城堡、到最后甚至连身份都无法确认的约瑟夫·K来，迈克尔·K的行动能力似乎要强得多。库切细致地写他如何做出一辆手推车，如何在风雨交加的坏天气推着母亲长途跋涉，如何在母亲去世之后终于走到那家农场，然后寻找水源，种植南瓜。此时的农场，已经因为战乱成了无人区，迈克尔·K被取消了社会性，必须依靠大自然存活——就像被扔到孤岛上的鲁滨孙。

* * *

在做这件事的时候，我并不是对其他事情就完全不管了，我那为数不多的一群羊是我颇为关切的；它们无论在什么情况下，已能为我提供现成的食物，而这种供应已开始能满足我的需要，何况既不必花费弹药，也不必像猎杀野羊那样费劲；养它们的好处很多，我自然不愿失去它们，也不愿以后再重新驯养起来。

为了能保住它们，我考虑了很久，但只想出了两个办法：一是另找个比较方便的地方，挖个大洞，每天晚上把羊群赶进去；二是再圈出两三块彼此间相隔很远的地方，要尽可能地隐蔽些，每个地方养上五六只小羊；这样的话，即使我的羊群遭到很大的意外，我也可以凭一些小羊轻而易举地繁殖成一群羊，而且花的时间也少。当然，要照这办法做，也需要花很多时间和劳力，但我觉得，还是这办法合理。

——《鲁滨孙历险记》

在此之前他从来没有清洗过什么动物。除了那把小刀，他手里也没什么可以用的工具。他划开羊肚子，把一只胳膊伸进切口；他本来以为会摸到热血的温度，但遭遇到的还是类似于沼泽淤泥的阴冷黏湿。他用力拧，羊的内脏滚出来，落在他脚边，蓝色的，紫色的，粉色的；他只能拖着死羊走几步，直到他有地方继续干下去。他尽量剥掉羊皮，但是没法把羊蹄和羊头砍下来，于是他又在棚屋里搜寻了一番，总算找到一把弓锯。最后，他把这具剥掉皮的尸体挂在配餐室天花板上，其余的内脏之类的杂碎弄成一堆卷进袋子，埋在假山顶上。与那堆东西相比，尸体显得很小。他的双手和衣袖里满是淤血，附近也没有什么水；他用沙子把自己洗刷了一遍，可是走进那栋房子的时候，身后还跟着一群苍蝇。

他把炉子刷干净，生起一堆火。没有什么可以用来做饭的工具。他砍下一块腰腿部的肉，悬在明火上烤，直到表面焦黄，油汁滴落。他吃得毫无快意，心里只想着一件事：等羊吃完了我该怎么办？

———《迈克尔·K的人生与时代》第一部

事实上，库切对于鲁滨孙有持久而强烈的兴趣。在该书出版之后，他紧接着又写了一部名叫《福》的小说，将《鲁滨孙历险记》的作者笛福（笛福原来的姓氏是"福"）和他笔下的鲁滨孙、礼拜五以及新增的女性人物苏珊·巴顿写进同一个故事，颠覆性地改写了这部名著。这部作品完全可以看成是对迈克尔·K的延伸与补充，一次意犹未尽的尝试的回声。《福》和《迈克尔·K的人生与时代》在某些层面上是可以互为注解的。比如说，《福》中的鲁滨孙并不像笛福笔下的鲁滨孙那样，具有荒岛殖民者的积极、乐观和自信，反而不时出现消极而荒诞的情绪——迈克尔·K也同样如此，甚至，大步走向了反面。

于是，在小说的很多段落里，我们实际上看到的是一个"逆向"的鲁滨孙。在《鲁滨孙历险记》里，鲁滨孙捕猎野羊并加以驯化，从而成为其主要食物来源，整个过程秉承着理性和科学的精神，一步一个台阶向上攀升。而在

《迈克尔·K的人生与时代》里，K与羊之间的缠斗是重场戏，但K在追杀、肢解、烧烤并食用（实际上只吃掉了一半）的过程，并不是高歌猛进的凯旋，心理曲线反而是大幅度下降的。在K的视角中，这件事艰辛而肮脏，充满血淋淋的真实，耗尽了他对弱肉强食的最后一点兴趣。他不仅"吃得毫无快意"，而且很快发起了高烧。恢复元气之后，K再没有碰过一头羊，而且越来越远离荤腥。他的胃口似乎被杀戮永久性地败坏了——我们甚至将在小说的第二部分里，看到厌食症如何一点点侵蚀他的躯体。

在这部充满苦难的小说里，K仅有的高光时刻都与他开掘的水源、种植的南瓜有关。唯有在那时，他才会觉得"他的生活依循日升日落的节奏，仿佛住在时代之外的一个口袋里。开普敦也好，战争也好，他如何一步步来到这农场的记忆也好，都越飘越远，归于遗忘"。K不是鲁滨孙，他在他的"荒岛"上维持着最低限度的物质生活，既无意在这里复制小型人类社会，也拒绝获得身外世界的拯救。

但是，K的幸福总是维持不了多久，身外的世界不断向他伸来侵略或者"拯救"的手。先是农场主维萨吉的孙子当了逃兵，偷偷回到农场，撞见了K。维萨吉的孙子企图让K为其所用，雇佣他干活供养自己在农场苟且偷生——在这个无人区里，K似乎是最适合充当"礼拜五"这样的奴隶角色的。但K连鲁滨孙都不愿意当，又怎么会甘愿当俯首帖耳的"礼拜五"？他毅然放弃正在破土而出的南瓜，又踏上了逃亡之旅。

此后的情节，就是K在逃亡路上反复被人纳入某个群体，又反复挣脱的故事。无论是劳工营地、慈善救济，还是为对抗种族隔离而斗争的"自由军"游击队，都无法用任何形式羁押、收容或者施舍K，哪怕以"博爱"的名义也不能。在这部小说里，K懦弱而卑微的形象里包裹着无比固执而坚硬的内核。唯一能让K舒适的状态是：

> 现在我一定是到了人迹罕至的地方；一定没人会疯狂到穿过这些平原，爬上这些山，再翻遍一块块石头来找我的；现在整个世界肯定只有我才知道我在哪里，我可以认定我已经失踪了。

* * *

这种绝对化的拒绝被怜悯被救济被解放的姿态，带有超现实的隐喻性，使得整部小说更像一则遁世寓言，也构成了这部小说最让人争议的地方。南非文学代表人物、另一位诺奖得主纳丁·戈迪默对此就坦率地表达了惋惜之情，认为作品"反感于所有政治与革命的解决方案"，这种态度是不足取的。对于作家隐藏自己的态度、人物放弃任何解决方案的作品，现实主义文学的爱好者通常很难接受。而库切一如既往地对这些非议不置一词——就像迈克尔·K那样，能用无声的行动来代替言论的时候，他一定选择前者。

而在库切的支持者看来，恰恰是这样的态度，构成了库切本人最大的魅力，也让他的作品始终闪烁着"冰冷的美感"。在库切获得诺奖以后，英国有一篇评论恰如其分地回应了当年库切受到的责难：

"自1969年塞缪尔·贝克特得奖之后，诺贝尔奖第一次授予这样一位作者：与任何事业都毫无联系，对救赎的可能性如此悲观，对人类的进步和道德行为的能力如此怀疑。20世纪80年代的南非，似乎整个国家都陷入了压迫者和解放者之间的可怕战争中，库切拒绝让他的主角迈克尔·K加入到自由军中。不同于纳丁·戈迪默笔下的人物：无论遭受过何种失败，他们通常选择加入解放部队（虽然都会经历内心深处的斗争），迈克尔·K选择照看他的蔬菜。《迈克尔·K的人生与时代》这样的小说仿佛发生在戈迪默作品中怀疑的裂缝里，她选择弥补这一裂缝，而库切的作品里裂缝仍然存在，甚至扩大，就这一点他饱受抨击……

库切无情解构我们的自我妄想，包括我们对拥有知识和技能的伪饰，通过换位思考重新发现了我们人类的基础。"

什么是"人类的基础"？库切本人并没有正面回答过。不过，我们在《迈克尔·K的人生与时代》的第二部分里，或许可以找到一点线索。小说的叙述视角在那里陡然转换，叙述者从跟着K视角的第三人称换成了军医的第一人称。K因为身体极度虚弱被收入那家医院康复治疗，他既不肯说话也几乎不愿意进食，挣扎在饿死的边缘。作为他的医生，"我"渐渐发现他"并不想死。他只是不喜欢这里的食物。彻彻底底地不喜欢。他连婴儿食品也不肯吃。也许他只吃自由的面包"。

有趣的是，作为一个旁观者，"我"渐渐被卷入了K的人生，"我"的态度从好奇、怜悯，慢慢变成了不由自主的关切、羡慕和迷恋。"我"对K的暗中救助实际上也成了维持"我"自己心灵平衡的一种手段——"我"和"我"的病人一样被关在墙内，意识却跟着K孱弱的身躯在墙外狂奔，"我"渴望的也许正是那种需要被"重新发现"的"人类的基础"：

> 让我告诉你，那个神圣而诱人的、在沙漠中心枝繁叶茂、为生命创造食物的菜园具有什么样的意义。你正在奔赴的菜园既无处可寻，又无处不在（唯有营地除外）。那是你唯一归属的地方的别称，迈克尔斯，在那里你不会感到无家可归。它不在任何一张地图上，没有一条简单纯粹的路能通向它，只有你才知道怎么走。
>
> ——《迈克尔·K的人生与时代》第二部

莫拉维亚：自我的碎片

．

如今我可以肯定地说，婚后头两年，我与妻子的关系很和美。我是想说，那两年之中，我们深厚和融洽的感情带有某种朦胧的色彩。说得直白一点，在那种处境中的人，头脑比较简单，对任何事情都不做分析判断，对所爱的人只是一味地爱，顾不上加以品评。总而言之，当时埃米丽亚在我眼里是十全十美的，我觉得我在她眼里也是这样。

——《鄙视》第一章

莫拉维亚的小说，总是格外容易进入。你被故事带着走，沿路没有艰涩或者坚硬的段落硌到你。《鄙视》的开头也这样。读完几段以后，你会以为在眼前展开的是一幅反映家长里短的风俗画卷，大约要读完几章以后，某种异样的感觉才会在字里行间浮现出来。然后你回过头来再看这第一段，会发现，这三言两语之间，有人物关系，有表象的平衡和内部隐约可见的危机，还有被悬置的欲望——该有的，都有了。

将莫拉维亚定义为意大利的"国民作家"，不仅是因为他获得过包括意大利最高文学奖——斯特雷加奖在内的多种荣誉，也不仅因为他的作品多次被拍成电影，是大导演贝托鲁奇、戈达尔等人很喜欢合作的对象；更重要的是，莫拉维亚的作品与意大利人的现实生活始终有紧密的联结，他的"国民度"很大程度上体现于他的作品在意大利人内心深处唤起的普遍的共鸣。对此，莫拉维亚的粉丝之一、意大利著名作家卡尔维诺的概括堪称恰如其分。他说："莫拉维亚是意大利唯一就某个角度来说我愿意称之为'风俗派'的作家，他定期交出的作品中有我们这个时代时光流转间对道德所下的不同定义，与风俗、社会变动、大众思想指标息息相关。"

莫拉维亚之所以会形成这样的风格，与意大利文学注重讲故事的传统有关，与他曾经从事的记者职业有关，也与他所处的时代以及独特的个人经历有关。1907年，莫拉维亚生于罗马一个富有的犹太中产阶级家庭，从少年到中年经历两次世界大战。他曾说过，对他的一生影响最深的是两件事：第一件事是九岁那年身患骨结核，为此被迫卧床休息了五年之久；另一件就是二战时期在意大利肆虐的法西斯主义。因为这两者都让他深受其苦，让他承受了其他任何事都不可能带来的体验。在莫拉维亚看来，"塑造我们性格的，并不是那些由着我们的性子做成的事，而恰恰是那些我们被迫做的事"。或许正因为如此，在莫拉维亚的文本中，对于苦难与困境的思考都具有很高的质量，时时闪现着存在主义的锋芒。

莫拉维亚非常看重虚构与现实之间的张力，在这个问题上他的观念是相对传统的。在他看来，作家如果致力于反映现实，那么"就必须站在一定的道德立场上，具有能够清晰感知的政治、社会及哲学态度"，但与此同时，作家又应该注意不被各种信仰所控制，文本应该独立于观念之外。稍后我们可以通过小说文本来仔细体会他是如何在两者之间求得平衡的。1959年到1962年间，莫拉维亚担任国际笔会组织的主席。因此，无论是从作品还是从倡导的理念来衡量，他都是那一代世界文坛上极具威望的作家。

* * *

《鄙视》出版于1954年，与莫拉维亚一贯擅长的题材和风格一脉相承。主人公里卡尔多·莫尔泰尼是个小有成就的电影编剧，小说从他的第一人称视角展开。他的表层叙述几乎在小说的一开始就定下了基调，如果我们完全相信他的立场，那么他讲的大致是这样一个故事：

莫尔泰尼与妻子埃米丽亚的婚姻堪称郎才女貌，妻子原先是个打字员，文化程度不高，但美丽动人，在莫尔泰尼的叙述中仿佛总是占据中心地位。为了让埃米丽亚住上新房子，过上优渥的生活，莫尔泰尼勤奋写作，甚至不惜搁置他的戏剧理想，替俗不可耐的制片人巴蒂斯塔卖命，根据他的要求写下大量商业价值远高于文学品质的电影剧本。如今他们有了新房新车，有了替他们做饭、保洁的仆人，还有替他打字的秘书，然而，他渐渐发现，埃米丽亚对他的感情却在悄悄变化。显然，制片人巴蒂斯塔对埃米丽亚的美貌很感兴趣，总在有意无意地接近她。莫尔泰尼对埃米丽亚充分信任，同时也不愿意得罪金主，因此每当巴蒂斯塔接近埃米丽亚时，莫尔泰尼并不阻拦 —— 他相信埃米丽亚对他的爱情足以让她保持定力，可以应对得游刃有余。然而，莫尔泰尼渐渐看到，事态正在向失控的方向发展。巴蒂斯塔请莫尔泰尼担任商业电影《奥德赛》的编剧，并以此为理由邀请莫尔泰尼夫妇到这部电影的主要外景地卡普里岛住上四五个月，与大导演赖因戈尔德讨论剧本。巴蒂斯塔提出，在此期间，他们可以住在他本人的别墅里。

在卡普里岛，这一组三角关系变得越来越尖锐。当莫尔泰尼终于亲眼看到妻子与巴蒂斯塔在客厅亲吻时，他知道自己再也不能装聋作哑。他试图与埃米丽亚沟通，却发现此时的妻子已经冷若冰霜，不仅明确表示已经不爱他，而且还在某种程度上鄙视他。莫尔泰尼痛定思痛，认为自己之前软弱而暧昧的态度让埃米丽亚对他产生了误会，正是这种误会才会导致"鄙视"的发生。莫尔泰尼试图挽回，提出宁愿撕毁合同，推掉这个剧本的写作，也要与妻子重修旧好。然而，埃米丽亚似乎已经义无返顾，留下纸条以后跟巴蒂斯塔出走。莫尔泰尼因此陷入了极大的困惑和痛苦。在小说的结尾部分，莫尔泰尼在恍惚中与埃米丽亚相见，那个美丽温柔的埃米丽亚仿佛又回到他身边，告诉他误会已经消除，鄙视烟消云散，爱情从未改变。然而，幻觉很快消失，莫尔泰尼从恍惚状态中醒来。真实的现状与他的幻觉同时发生，但情节正好相反：当时，埃米丽亚跟着巴蒂斯塔出走，途中遭遇车祸。小说前文就写到巴蒂斯塔喜欢开快车，这个伏笔在小说结尾果然起到了决定性的作用。一辆牛车从旁边的一条岔道上冲出来，巴蒂斯塔来了一个急刹车，然后继续驱车疾驶。坐在他旁边的埃米丽亚正在座位上打瞌睡，而与此同时，她的形象却出现在莫尔泰尼的幻觉中。埃米丽亚的脑袋左右摇晃，一声不吭，也不回答巴蒂斯塔的问题。车子一个急转弯，她就歪倒在巴蒂斯塔身上。原来，在刚刚的急刹车中，睡梦中的埃米丽亚扭断了脖子，当场窒息死亡。

小说写到这里戛然而止，莫尔泰尼的叙述在忧伤哀婉的笔调中结束。他试图通过叙述来追问这场悲剧的原因。在他看来，能否在叙述中"重新找到她，能否以平静的方式继续我们的对话，这取决于我，而无须靠一场梦，或是一种幻觉。唯有这样，我才能得以解脱，从感情上解脱，才能感到她似乎永远依偎在我的身旁，宽慰我，并给予我美的享受"。

在这个表层的故事里，莫尔泰尼对自我的设定是一个正直而敏感的人。尽管他为人懦弱，但似乎不乏道德感、正义感以及文学理想。他被"鄙视"的原因主要是巴蒂斯塔的软硬兼施，以及埃米丽亚在巴蒂斯塔的欺骗与诱惑中无法保持初心。他对埃米丽亚之死的哀伤与怀念里也隐含着对她的惋惜与困惑——直到小说最后，莫尔泰尼也认定自己是这场悲剧的无辜受害者。

那么，事情是否果真如此呢？如果你是一个有较多小说阅读经验的读者，大约在读到小说四分之一时，可能已经在莫尔泰尼的叙述中捕捉到一丝异样。那么，我们不妨怀着这种警觉，把这本书从头再梳理一遍，看看莫尔泰尼通过叙述的障眼法，有没有隐藏着什么无法言说的真相。

* * *

于是，我看了看她，见她镇定自若，而且还以挑衅的方式迎接我的目光。当时，我准是让她看出我的局促不安了，总而言之，我是无言地回答了她的目光，因为，此后很长的一段日子里，我们总是脉脉对视。说得确切些，是她总死皮赖脸、厚颜无耻地看着我，每次我避开她时，她就追逐着我的目光，当她追寻到我的目光，就轻佻地妩媚作态，当我凝视沉思时，她就在我的视线中搜寻。这种目光开始时不常有，后来就屡见不鲜了；后来，我真不知该怎么回避她的目光了，就只好在她身后踱着步口述剧本。但是，这位卖弄风骚的多情女子却找到了逾越障碍的办法，从挂在对面墙上的一面大镜子里看着我，这样一来，每当我抬起眼睛时，就会在镜子里遇上她凝视我的目光。

——《鄙视》第八章

我们在莫尔泰尼的一次轻描淡写的回忆中，发现早在埃米丽亚对他的情感发生变化之前，莫尔泰尼就有过一次出轨的嫌疑。当时莫尔泰尼还没有买房子，在出租屋的客厅里口述电影剧本，由他雇佣的一位女打字员记录下来。在工作过程中，他们渐渐熟悉，耳鬓厮磨之间，情不自禁地吻在了一起。然后，像很多通俗电视剧表现的那样，门一开，这一幕被正好走进来的埃米丽亚撞见。

我们需要特别注意的是，莫尔泰尼在描述这一段时的措辞。他细致地刻画女打字员的一颦一笑，说她的眼神"厚颜无耻、死皮赖脸"，将她所有的表情都解读为"卖弄风骚"。甚至，当他自己努力回避时，打字员小姐很快"找到了逾越障碍的办法"，设法从"挂在对面墙上的一面大镜子里看着我"。总而言之，在莫尔泰尼的笔下，这个事件完全是打字员刻意勾引导致的——至于他本人，不仅纯洁无辜，而且事后积极补救，将打字员飞快地解雇，再也没有见过她。埃米丽亚为此事非常生气，甚至表示如果莫尔泰尼真爱那个姑娘，自己可以同意分居，但莫尔泰尼却从她的表情里看出她在"默默地暗示我反驳她"。也就是说，事情本来明明是莫尔泰尼在苦苦哀求妻子的宽恕，他却用这样的主观揣测，认为妻子并非真正在乎他的背叛。在他看来，妻子对他的依赖是天经地义的，从妻子眼里看到的自己，一定是完美而无辜的。

莫尔泰尼的这种隐蔽而狭窄的、不时"夹带私货"的第一人称视角，在整部小说里极具典型性。正是秉承着同样的思路，他在情节推进的每一个节点上，都在悄悄地为自己开脱，把自己塑造成纯情的无辜者。与此形成鲜明对照的是，莫尔泰尼在小说中反复提及自己对于这个家庭的付出乃至牺牲是多么巨大——他之所以要放弃戏剧理想，与巴蒂斯塔紧密合作，全都是为了要替埃米丽亚买大房子，还清分期付款。他不仅时刻这样暗示自己，而且在与别人谈论时，也把所有对物质的追求全推在埃米丽亚身上。事实上，我们也能在小说的很多对话中发现，埃米丽亚本人对房子的态度并没有莫尔泰尼所说的那么夸张，她甚至在争吵中还斩钉截铁地表示过自己完全可以搬出新房子，一切都可以重新开始。

* * *

　　渐渐地，我们在文本中越来越发现莫尔泰尼的第一人称叙述与他记录的对话之间存在矛盾，这让我们越来越怀疑他的主观视角有没有歪曲埃米丽亚的形象。比如说，埃米丽亚从认识巴蒂斯塔的第一天起，就表达出明显的不适感。在巴蒂斯塔主动邀请她坐他的车时，在巴蒂斯塔提出要夫妇俩双双住进他本人的别墅时，埃米丽亚都曾表达出强烈的抗拒，但最终为了讨好巴蒂斯塔而要求埃米丽亚委曲求全的，却是莫尔泰尼本人。在这些细节中，即便莫尔泰尼竭力含糊其辞，找借口掩饰，读者还是能清晰感受到他对于巴蒂斯塔的仗势欺凌，是毫无还手之力的。进而，我们也能渐渐确定，真正离不开优渥的物质诱惑，真正沉溺于名利光环里无法自拔的那个人，并不是埃米丽亚，而恰恰是莫尔泰尼自己。

　　随着故事的逐步推进，埃米丽亚的怒火超越了临界值。埃米丽亚究竟为什么会离开莫尔泰尼？她多次表达的"鄙视"究竟针对的是什么？你可以把这种愤怒理解成对莫尔泰尼的恨铁不成钢，对他的软弱无能的控诉，对他无力保护妻子的控诉；然而，如果再往深处想，在这个世界上，每个人都在叙述自己的故事。打字员埃米丽亚面对男性职业作家莫尔泰尼，无论是在性别上、身份上还是在叙述能力上，都处于弱势地位。她的声音必然被莫尔泰尼强势的第一人称所遮蔽，她的形象也必然会被歪曲。埃米丽亚就像这部小说的读者一样，渐渐意识到了莫尔泰尼的叙述与真相之间存在多么大的反差，莫尔泰尼本人的人格又存在多大程度的割裂。因此，与其说埃米丽亚鄙视的是莫尔泰尼的虚弱，倒不如说是他的虚伪。她的离开，她的所谓移情别恋，更可能是一种对于莫尔泰尼的压迫性的叙述的反抗。

有趣的是，自始至终，《鄙视》都恪守第一人称视角，从没有跳出这个框架去直接质疑莫尔泰尼。因此，上述种种分析，我们都只能通过在阅读中捕捉作者留下的蛛丝马迹才能达成，这不仅大大提高了写作难度，也对读者的阅读理解能力提出了一定的要求。不过，如果作者和读者能达到"棋逢对手"的境界，那么在这部作品里，现在这样的设计，就远比第三人称的上帝视角更有效也更深刻。当你通过隐藏的蛛丝马迹一点点接近真相时，你对人性的复杂，对第一人称的欺骗性，对于表象与实质之间巨大的心理黑洞，就会有更深切的感悟。

* * *

"那好，"我愤怒地接着说道，"乔伊斯以现代派的手法阐释《奥德赛》……在使作品适合现代的格调，或者在减弱、亵渎、贬低原作的做法上，都走得比您更远，亲爱的赖因戈尔德……他把奥德修斯写成了一个被妻子背叛的丈夫，一个手淫者，一个游手好闲的人，一个空想者，一个无所作为的人；把珀涅罗珀写成了一个十足的妓女……他笔下的埃俄罗斯成了一家报社的编辑，把下冥界写成了去一位酒肉朋友的葬礼，造访喀耳刻成了逛妓院，把奥德修斯返回伊塔卡的历程写成深夜沿着都柏林大街的回家之行，在半路上他居然还停下来在楼房墙角撒尿……不过，乔伊斯至少是撇开了辽阔的地中海、太阳、天空和古代人迹罕至的地方……整个故事都展现在北方的一座城市里，描写的是泥泞的道路、肮脏的小饭铺、下流的妓院和龌龊不堪的厕所……没有太阳，没有大海，也没有天空……一切都是现代的，或者说，一切都被丑化或贬低了，降低到现代人可怜的道德标准……可您却连乔伊斯这样的审慎态度都没有……我跟您直说了吧，如果要我在您和巴蒂斯塔之间做个选择的话，我更喜欢巴蒂斯塔那样没有个性的人……真的我宁愿要巴蒂斯塔……"

——《鄙视》第十九章

在这部小说中，除了第一人称视角的欺骗性之外，另一个给阅读造成难度的是《奥德赛》在小说文本中起到的特殊作用。《奥德赛》是古希腊最重要的两部叙事史诗之一，相传为盲诗人荷马所作，与另一部《伊利亚特》并称为《荷马史诗》。《奥德赛》的情节是顺着《伊利亚特》的故事讲下去的，描述的主要是英雄奥德修斯在赢得特洛伊战争以后如何经历千难万险、终于回到故乡希腊的事情。《奥德赛》及其叙述的希腊神话故事是西方古典文学的根基，是很多文学作品的母题。对于西方读者而言，其中的典故、人物和情节都是耳熟能详，可以信手拈来的。乔伊斯的《尤利西斯》当然是其中最具有代表性的。因此，莫拉维亚在这段对话里借着莫尔泰尼之口，捎带脚儿地调侃了一下老乔，也算顺理成章。

在《鄙视》的下半部分，改编《奥德赛》的过程成了推动情节发展的核心事件。一方面，所有的人物都因为这个事件聚在一起，矛盾冲突被推到了顶点；另一方面，关于《奥德赛》这个剧本究竟要改成什么样，在小说中被反复讨论，构成了一条不可或缺的副线，与主线交织在一起，互相映射。因此，《鄙视》的下半部分，呈现了某种类似于"戏中戏"的复调结构。

莫拉维亚为什么要这样写？我们不妨稍加分析，看看小说里展示了几种《奥德赛》的改编方式。作为制片人，巴蒂斯塔对于《奥德赛》的设想显然是好莱坞式的，是纯粹商业化的，他强调的"戏剧性"就是"绝对能使观众喜欢"。奥德修斯在归家途中邂逅美女的戏,在巴蒂斯塔眼里就是"美女沐浴"的刺激场面,而奥德修斯大战独眼巨人的戏可以拍成《金刚》那样的大制作。导演赖因戈尔德不愿意走如此庸俗化的路线,希望用现代主义心理学的观念来建构这个故事,没想到在跟编剧莫尔泰尼讨论的时候却遭到了后者的激烈反对。

赖因戈尔德的兴趣点主要在《奥德赛》中通常被忽略的那个部分:奥德修斯与他的妻子珀涅罗珀的感情问题。在史诗中,他们两是典型的正面人物,对珀涅罗珀的爱是奥德修斯义无反顾回归故里的主要精神动力。奥德修斯回到故土以后,曾对珀涅罗珀的忠贞百般试探,但后者全都顺利通过了考验。珀涅罗珀还告诉奥德修斯,在他离开的日子里,曾有不少狂蜂浪蝶来骚扰她,都被她一一拒绝,于是奥德修斯再现英雄本色,将这些人一一诛杀,捍卫了妻子的尊严。作为具有相当艺术造诣的著名导演,赖因戈尔德希望在电影中注入现代性,颠覆传统的人物设定。在他的想象中,奥德修斯和珀涅罗珀的关系就像所有平凡的家庭一样,看上去和和美美,实则千疮百孔。他认为,奥德修斯之所以毅然出征,主要是因为他与妻子的关系很不好,不惜"以打仗为借口躲开妻子"。甚至,早在那时,珀涅罗珀就不乏追求者,而奥德修斯却故意装聋作哑,甚至暗示让妻子与他们维持这种暧昧的"钓鱼"关系,好换取各种有形无形的利益。为此,珀涅罗珀越来越在精神上鄙视他。这个深层原因直接导致夫妻失和，奥德修斯出征；然后，又因为同样的原因，奥德修斯在回家路上消磨光阴，迟迟不归；回到故乡以后，为了重新赢得妻子的尊重，他阴郁而暴戾地杀死了所有的求婚者。

读到这里，我们已经可以想象，当赖因戈尔德把这个设想告诉莫尔泰尼时，必然会大大激怒后者。这个版本的奥德修斯，戳中了莫尔泰尼的所有心事，将他割裂的自我、虚伪的叙述全都从阴湿的角落里挖出来，扔在太阳底下暴晒。莫尔泰尼当然要奋起反击。他与赖因戈尔德激烈争论，说这样的改编是对史诗的玷污和亵渎。接下来，莫尔泰尼发表了一大通他自己对这个人物的理解："奥德修斯的确被描绘成了一个机敏、理智、精明的男人，但他始终没有逾越名誉和尊严的规范……他始终是一位英雄，或者说，是一位英雄的斗士，一位国王，一位完美的丈夫……"显然，莫尔泰尼不仅仅是作为一名编剧说这番话的，他在捍卫的并不是奥德修斯，而是他自己的尊严。通过《奥德赛》的改编，莫拉维亚不仅为我们提供了对奥德修斯的另一种解读，其实也清晰地辟出了一条解释主人公莫尔泰尼行为逻辑的路径。尽管这条路径，莫尔泰尼本人是不愿意承认的——非但不承认，而且莫尔泰尼不得不"直说"，在自我剖析和向巴蒂斯塔的庸俗化妥协之间，他宁愿选择后者。

* * *

《鄙视》在一组并不复杂的人物关系里挖掘出复杂而多变的心理深度。作者耗费了最经济平实的笔墨，却总能探查到困境的深处，精准地抓住最实质的问题。小说里有一段话，很值得玩味：

> 编写《奥德赛》的电影剧本，房子、分期付款、我牺牲了的文学创作的抱负、我对埃米丽亚的爱、巴蒂斯塔和赖因戈尔德，总之我生活中的一切方面和一切人，都搅和在一起，通过我的嘴语无伦次地连珠炮似的说了出来，就像被狂怒之下的人摔坏的万花筒底部的彩色玻璃碎片似的。

用这一段来形容整部小说给人带来的阅读感受，也是大体合适的。在城市化进程中，传统的家庭伦理和男女关系都相应地受到冲击，外部压力对于内部结构的影响，就有点像那些纷繁紊乱的"彩色玻璃碎片"。对于人物而言，当这些因素"搅和在一起"时，他一厢情愿搭建的结构必然会风雨飘摇；小说的任务就是把这满地的碎片展示出来，提供更多的思考维度给读者。比如说，我们可以从性别意识的角度，思考一下小说中埃米丽亚那句击溃莫尔泰尼的经典台词："你算什么男人？"

时至今日，我们还是能在各种各样的文艺作品里看到这样的指责，它之所以总是在关键的情节里充当杀伤力巨大的武器，很大程度上与人们对男性与女性的刻板印象有关。在莫尔泰尼看来，理想的男性形象不仅应该充当家庭的经济支柱，也得同样具备奥德修斯式的英雄气质，能用理想主义来包装一整套可以自圆其说的话语体系。而女性的角色应该像史诗中的珀涅罗珀一样，美丽而隐忍，安于享乐，对于男性气概则一概欣然接受，甚至顶礼膜拜。至于在现代性的进程中，女性思维的复杂程度是否正在与时俱进，当平视替代仰视，当女性要求在精神生活上也能与经济状况相匹配时，男性需要做怎样的调整——这些问题似乎从来就不在莫尔泰尼的考虑范围之内。在碎了一地的玻璃碎片中，莫尔泰尼依稀看到自己被割裂的身心。他无法兼顾文学理想与经济责任，就只能靠自我欺骗来勉强维持话术。因此，当埃米丽亚忍无可忍地揭穿这种男性形象的虚妄与苍白时，那一刻的莫尔泰尼是格外迷惘的。从这个角度看，在男权意识过于强烈的环境中，男性同样是这种无形压力的受害者。他们背着太过沉重的历史包袱，拼尽全力，却依然像莫尔泰尼那样，无法阻止悲剧的发生，无法捡起自己的碎片，拼出一个完整的、理想的"男人"。

达里奥·福：闹剧的古典光泽

　　在诺贝尔文学奖的名人堂中，达里奥·福是相当特殊的一位获奖者。他生于1926年，2016年病逝，长达九十年的人生与舞台密不可分。达里奥·福不像另两位诺奖获得者——彼得·汉德克或者耶利内克那样同时是小说家或者评论家和诗人，他的其他社会角色几乎都与舞台有关：戏剧导演、演员、歌手、舞台设计师以及政治活动家。最后一项身份，他也主要是以戏剧作为武器，以戏剧界的巨大影响力，参与政治活动。直到21世纪，达里奥·福仍然活跃在戏剧舞台和社会舞台上，直到生命最后一息。

　　达里奥·福出身于平民阶层，青春期正逢二战，一度被征入墨索里尼的法西斯军队。不过，在那段短暂的岁月里，达里奥和他的父亲都曾暗中帮助反法西斯抵抗组织秘密运送难民和盟军士兵去中立国瑞士。战后，达里奥回到专科学院继续被战争中断的学业。他原先的职业规划是当个建筑师，却在眼看着将要毕业时饱受精神崩溃的困扰。医生建议他做一点能真正给自己带来快乐的事情。于是他扔下毕业文凭，开始到米兰的小剧场试着表演独幕剧，从此为他的狂放不羁的基因找到了释放的渠道。

达里奥一生创造的戏剧不下五十部，执导八十余部，1997年获得诺贝尔文学奖。他的作品，大多直接取材于市井生活和时政风云，有深厚的群众基础，但他显而易见的左翼立场和辛辣的讽刺力度，不仅常常使得意大利当局颇为难堪，甚至连美国政府也曾多次限制过他的剧目在美国上演。在戏剧理念上，达里奥主张继承中世纪喜剧演员的精神，看重即兴表演和临场发挥。因此，他的剧作往往在不同时期、不同地域都有不同的表演版本。

＊　＊　＊

《一个无政府主义者的意外死亡》1970年在米兰首演，此后历经多次修改，出版的剧本采用的是该首演版的最终版，也是最为权威、最接近达里奥原意的版本。与达里奥很多作品一样，《一个无政府主义者的意外死亡》并不是凭空编造的故事，而是与当时意大利的社会状况密切相关，有真实的新闻事件作为虚构的基础。因此，在进入这个故事之前，我们有必要先把时间切换到20世纪60年代末，看看那时的意大利究竟发生了什么。

1960年代末社会革命运动几乎席卷整个西方世界，但这股革命风潮在意大利的蔓延时间特别长，过程也格外激烈而复杂，一直持续到1970年代末，这在西方各国中可谓绝无仅有。人们常常用"意大利漫长的1968年"来指代这长达十多年的整个时间段，研究这段历史的专家和专著也层出不穷。在描述这段特殊时期时，各方势力各执一词，在很多问题上至今也没有达成共识。其中有一个概念，英文是strategy of tension，中文可以翻译成"紧张策略"，就是典型的特殊时期的特殊产物。

所谓的紧张策略，是指当局放任甚至暗中鼓励社会暴力的发生，以达到权力制衡的目的。在那段时间里，意大利社会矛盾激化，人们饱受左右翼发动的恐怖袭击的困扰，爆炸、绑架、纵火、谋杀等恶性事件不断发生，最后常常以政府实施围捕、大量异见人士落网而告终。然而，事情并非像表面看起来那么非黑即白，不少左翼人士提出，有些暴力事件实际上是极左激进分子在政府的纵容甚至授意下发生的，目的是以此为借口逮捕左翼人士，同时借助极右翼新法西斯主义分子采用法外私刑的方式铲除左翼势力。对于"紧张策略"的概念，史上争议颇多，很难得出定论，但唯有对这个背景的复杂性有充分的认识，才能理解《一个无政府主义者的意外死亡》以及与其相关的真实事件，为什么会呈现如此混沌而喧嚣的面貌。

直接激发这个剧本灵感的事件发生在1969年的一起爆炸案之后。有八十多人因此被捕，其中一名叫皮内利的铁路工人被指认为嫌疑犯。此人被定义为"无政府主义者"，关押期间从警察局四楼的窗口坠亡。警察局声称皮内利是在审讯中跳窗自杀的，但审讯记录前后矛盾、漏洞百出。参与审讯的一共有三名警官，其中还包括特派专员卡拉布雷西。在舆论的压力下，他们在1971年都接受了相关调查，却最终被宣判无罪。公诉人的说法是，皮内利在经过三天的高强度审讯之后昏倒，失去平衡，于是从窗口跌落下去。如此显然不合逻辑的说法当然无法服众，于是极左翼组织决定以血还血，派人谋杀了特派专员卡拉布雷西。

整个事件惊心动魄，疑点丛生，意大利社会为之哗然。达里奥将这个热点事件迅速搬上舞台，可谓直接击中了当时的痛点。但是，究竟应该从什么角度切入，用怎样的方式来表现，才能让这出剧不仅仅流于新闻事件的表面，获得超越性的视角，使其哪怕在五十年后的今天仍然具有生命力，这是剧作家达里奥需要在短时间内解决的问题。

* * *

贝托佐警长：噢，为他好？这也是一种治疗手段吗？

疯子：正是这样……如果我不接受他的两万里拉，您想，那可怜的病人，尤其是他的亲属会满意吗？如果我只收五千里拉，他们定会心里嘀咕："这家伙不怎么样，也许压根儿不是个教授，可能刚从医学院毕业，初出茅庐。"相反，我的要价一高，他们就会大吃一惊：这医生是何许人也？怎么如此了得？……他们就会像过复活节似的，高高兴兴地回去……甚至激动得要亲吻我的手……"多谢了，教授！"……他们激动得泣不成声。

——《一个无政府主义者的意外死亡》第一幕

剧本第一幕的第一场在米兰中央警察局的一间普通的办公室里展开。警察甲和贝托佐警长正在审问一名男子，剧本上直接提示这个男人是个"疯子"。在整出戏里，这个角色都没有确定的名字，直到落幕，"疯子"这个身份都是他唯一的代号。警察局的档案上说这个疯子总是乔装打扮，两次冒充外科医生，一次冒充上尉，三次伪装成大主教，一次自称造船工程师。由于这种疯狂的行为，他先后十一次被捕，警察却从来没找到可以给他判刑的罪名。作为被医生确诊的精神病人，临床诊断证明成了他天然的保护伞。这一回是疯子的第十二次被捕，起因是有人指控他扮演精神病医生，声称自己是大学教授，看完病还要收费。

面对这样的指控，疯子胸有成竹，警长的所有质询他都振振有词地反驳。达里奥将疯子的台词设计得相当精彩，雄辩、生动而有说服力，引经据典且言之凿凿，令人难辨真伪。连警长都忍不住说："真该死，你的叙述太动人了……"我们渐渐发现，疯子引人入胜的叙述几乎是在牵着警长的鼻子走，警长从他这里得不到任何有价值的信息，反而要忍受他把整个司法系统，从官僚社会的文字游戏、警察对民众的镇压迫害到法官的昏聩无能，挨个嘲讽一遍。当警长想把疯子撵走时，疯子靠近窗口，威胁说要跳窗，警长慌忙阻止。我们不妨做个标记：这是这出戏里第一次出现"跳窗"这个情节。

警长刚把疯子从门口推走，警察甲就拉着警长去开会，于是疯子再度潜入已经空无一人的房间，随意翻看摆在桌上的审讯档案。此时，电话铃响，疯子镇静地拿起听筒。在接听电话的过程中，疯子尽情展示他的表演天分，虚拟有两个人对话的现场，成功地骗过电话那头的政务警长，让他以为贝托佐还在这个房间里，并且对他态度很不恭敬，甚至扬言要揍他。而疯子非但挑拨了两人之间的关系，而且从这个电话中了解到关键信息：为了调查前不久的一个无政府主义者的"意外"坠楼事件，有个政府的特派法官，不久之后即将赶来。看到这里，我们应该很快就能联想到这出戏排演时震动意大利社会的皮内利坠楼事件。我们完全可以想象，舞台上"现挂"当时的新闻热点，会在台下引起多么强烈的共鸣。

挂掉这通电话之后，贝托佐警长回到办公室，疯子警告他，待会儿政务警长只要碰到他，就会揍他。接着，疯子迅速离开，顺便悄悄带走了与这起案件相关的几份文件。政务警长果然立马出现在门口。贝托佐说："啊，最亲爱的，正巧方才我跟一个疯子还谈起你。他竟然说，你一看见我……你就会给我……"说时迟那时快，从侧幕迅速伸出一只胳膊，贝托佐被打倒在地，倒地的同时嘴里还在讲着后半句："一记拳头！"人物揍拳的动作和台词的"拳头"正好重叠，而恰在此时，从门外闪进疯子，他嘴里在高声嚷嚷："我对他说了，要低头弯腰！"第一场戏在这个精确的喜剧节奏中戛然而止。

* * *

警察乙：您想跳楼，法官先生？

警察局长：不，他推我们。

疯子：没错，没错，我推了你们。差一点儿你们就当真跳下去了……你们已经绝望了。当一个人绝望的时候，什么都无所谓了……

警察乙：啊，是的，"什么都无所谓"！

疯子：嘿，您瞧瞧他们，现在还是一副绝望透顶的模样……您瞧他们，那两张哭丧着的脸！

警察局长：您讲得很对……处在我们的位置上……我向您承认，方才有那么一阵子……我差一点儿，当真要跳楼了！

警察乙：您打算跳楼啦？您？

穿运动夹克的警长：我也是这样！

——《一个无政府主义者的意外死亡》第一幕

第一幕第二场，呈现在观众面前的是一间相似的办公室，但室内陈设的摆放位置不同。办公室的主人就是在第一场揍了贝托佐一拳头的政务警长。此时，警察乙带着一个人进来，说此人派头很大，看起来像是个大人物。读到这里，你应该已经能猜出，这个所谓的"大人物"又是疯子扮演的。疯子对政务警长声称自己是马里皮埃罗教授，是最高法院的首席顾问。他谎称自己就是政府的特派法官，提前来调查无政府主义者的意外死亡事件。由于疯子演技逼真，政务警长很快就对此深信不疑。他告诉疯子，现在他们身处的这间办公室，就是当初发生坠楼事件的现场。

紧接着，政务警长慌忙叫来了警察局长，他们俩很快就被假冒成法官的疯子指挥得团团转。在疯子的要求下，他们一边回忆，一边分角色把事发当天的情景演出来。这场戏非常精彩，台词火花四溅。疯子暗示只要跟着他的指挥，就能想出办法来帮助警察局脱罪，进而一步步诱导几位警察的陈述接近真相。警察承认，米兰火车站发生爆炸案之后，他们在并没有掌握证据的情况下就草率推断是扳道工。扳道工提出自己有不在场证据，警察不予理会，反而对其不断恐吓，并且骗他说他的"舞蹈演员同志已经招供"。扳道工顿时脸色发白。在说到这些明显侵害公民权益的逼供、诱供细节时，警察局长也不得不吞吞吐吐地承认："我想……我们犯了错误……"

在理解这场戏的时候，我们不妨注意以下两点：其一，从观众的角度看，此时舞台上呈现出绝妙的"戏中戏"效果。疯子从演技无敌的演员变成了导演，警察完全在他的控制之下表演。疯子一度把堂堂警察局长逼到窗口，局长后来也承认，刚才在疯子的诱导之下，他也"差一点儿当真要跳楼了"。这是这出戏里第二次出现"跳窗"的动作。接着，疯子还让警察相信，在如此不利的局面下，唯有装作与群众打成一片，装作理解无政府主义者们的言行，才有可能赢回人心。于是，警察们开始学着喊无政府主义者的口号，甚至一同唱起无政府主义者的歌——《全世界是我们的祖国》。场面喧嚷、混乱，极具讽刺意味。其二，疯子冒充特派法官来调查案子的情节，很容易让人联想起俄国戏剧大师果戈理的名作《钦差大臣》。在《钦差大臣》中，以俄国某市市长为首的一群官吏听到钦差大臣将要前来视察的消息，惊慌失措，将一个过路的彼得堡小官员当作钦差大臣，对他极尽奉承，百般行贿。

《一个无政府主义者的意外死亡》对这种具有强烈喜剧效果的模式有一定程度的套用，但在此基础上做了淋漓尽致的创造性发挥。疯子的主动性大大增强，他的精心布局使得司法官僚系统的荒唐可笑暴露无遗。

* * *

整个第一幕就在这荒唐的歌声中结束。第二幕开始，刚才的那四个角色仍然在继续唱歌，在灯光亮起的一刹那，歌声也随之停下。警察局里的表演还在继续，对于跳窗的讨论第三次出现。警察声称那位扳道工是自杀，他在往下跳的时候，警察还试图抓住他，但最终只抓住了一只鞋，但疯子马上指出，根据当时的报道，死者的两只脚上都穿着鞋，因此这种说法是不能成立的。表演眼看着陷入了僵局，此时报社记者玛丽亚登门来访。局长起初对此颇有顾虑，但疯子说，这正是利用记者洗清罪责的好机会。鉴于特派法官的身份不宜暴露，所以疯子自告奋勇地假扮成来自罗马的警察局科技处领导人皮奇尼上尉，声称要帮着他们跟玛丽亚周旋。

玛丽亚提出了很多疑点，比如档案中缺少对死者坠落抛物线的分析，也没有事发后警察局向急救站求助的录音带——甚至，种种迹象表明，早在档案上记录的死者从窗口飞出的时间之前，急救站就接到了求助电话。疯子忽而巧舌如簧地帮着警察开脱，忽而又在警察们得意忘形之时突然冒出金句，揭穿种种政治阴谋的实质。他一层层地挑破伪装，直指围绕此类事件所展开的政治游戏的要害。当警察局长说"密探和奸细是我们的力量所在"时，疯子接口说"挑唆人们去作案，然后以此为借口进行镇压"。进而，玛丽亚受到启发，得出了她的结论，"当没有丑闻的时候，就需要制造出丑闻来，因为这是让被压迫者宣泄自己的情绪，维护政权的最奇妙手段"。

正当疯子越来越激动时，贝托佐进了办公室，并且很快认出了这个人既不是皮奇尼上尉，也不是什么特派法官，而是此前他刚刚打过交道的那个疯子。起初一屋子的人都不相信贝托佐，直到他后来拔出了手枪，还拿出了相关的证据，他们才如梦初醒。戏逐渐走向高潮，疯子取出一枚炸弹，这是之前贝托佐拿来的，被疯子悄悄藏起来。当时贝托佐声称这只是上一次银行爆炸案的炸弹的仿制品，而疯子却对玛丽亚说过："这样的炸弹极其复杂，完全可以隐藏第二套定时爆炸装置，谁也发现不了。"疯子埋下的这个伏笔，此时派上了用场。他说他的包里有这样的声控装置，装上以后炸弹就能正常工作了。

* * *

《一个无政府主义者的意外死亡》在不同的演出版本

里，常常呈现不同的结局。在最初的版本中，疯子声称要启动炸弹之后，整出戏就结束了。而有的版本干脆让疯子给现场观众演示了两个结局：其一是爆炸发生，警察丧命；其二，爆炸没有发生，警察反而将女记者玛丽亚绑在窗口边，因为生怕她把警察局里发生的事披露出去。随后疯子走下舞台，任凭观众根据自己的理解选择结局。

在我们今天解读的这个权威版本中，结局则具有一定的超现实色彩，蕴含着强烈的隐喻性和讽刺性。疯子威胁要引爆炸弹，同时带着记录着警察局整个事件的录音带离开。众人惊呼想阻止他，混乱拉扯间突然灯光熄灭，只听到疯子在大声嚷："是谁？不要开玩笑……把手放下！不……救命！"与此同时，舞台以外传来一声大喊，接着是一声爆炸。灯光再亮起时，疯子不见了。女记者从窗口望出去，发现他躺在外面的地上。谁也没想到，这出剧里第四次也是最后一次出现跳窗这个动作发生在疯子本人身上，而且这回真的跳成了。

屋内的人迅速达成默契，认为疯子是自杀的，是"被出其不意的黑暗吓到，窗户是唯一的光源，所以他是朝着窗户扑过去，像一只疯狂的鲸鱼一样冲了下去！"——也就是说，大家一致认为，"屋里的人没有任何责任"。然而，恰在此时，又有人敲门，扮演疯子的那个演员再度出现，这回扮相又变了：他的胡子又黑又硬，挺着大肚子，试探着问这里是不是警长办公室。众人惊呼"又是你！"，想把他的伪装卸下来，却惊讶地发现，胡子是真的，肚子也是真的。此人自我介绍说他才是真正的法官，名叫加拉辛提，到这里来重新调查无政府主义者的意外死亡。话音刚落，四个警察跌倒在地，舞台一片黑暗，闹剧终于告终。

显然，从现实逻辑看，这个结局还存在很多悬念没有解开。疯子到底有没有死？他究竟是自杀还是被推下去或者是产生了幻觉导致跳窗？最后进门的究竟是真正的法官还是疯子的又一个角色？剧本不提供答案，但给我们留下了思考的空间。如果从隐喻性的、富有黑色幽默风格的角度考量，则这些悬念是否落实，其实并不是最重要的。当饰演疯子的演员像幽魂一样再度出现在门口时，观众最直观的感受就是：历史是循环上演、没有尽头的，只要内因不发生改变，"紧张策略"的矛盾根源没有消除，这样的闹剧就不会停下来。

* * *

《一个无政府主义者的意外死亡》首演就获得轰动效应，当然与其紧扣时事、文本中时时处处的"现挂"密切相关。当时街头巷尾正在讨论的问题，被如此迅速地搬上舞台，因此，热烈的剧场效果首先是对剧作家敏锐的现实针对性的呼应。对于当时所谓"紧张策略"的前因后果，引发这种动荡的意大利社会深层矛盾，以及持续动荡带给人们的割裂与创伤，这出戏都作出了充分的、意味深长的诠释。

达里奥并没有简单地全盘照搬新闻事件，而是通过"疯子"这个绝妙的人物获得了超越性的视角，从而大大拓展了这部作品的深度和艺术魅力。自始至终，我们都不知道这个横空出世的疯子究竟来自何方，动机如何，也能很清楚地意识到这个人物的荒诞性；但是，这不妨碍我们观赏他用炫目的手法，将当时混乱腐败的司法官僚系统、新闻舆论系统的内幕层层解剖。疯子戳中了所有人的痛点，以虚构的权威达到了要风得风、要雨得雨的效果，操纵着原本以为在操纵他人的权力机关——这样的情节本身就具有极其强烈的反讽色彩。在这出戏里，疯子实际上通过扮演多个角色，打破了单一的视角和单一的立场，使得观众深入整个系统的毛细血管，洞察事件的核心。

尽管紧扣当代时事，尽管戏中不乏荒诞元素，但《一个无政府主义者的意外死亡》整个的戏剧结构其实是非常古典的。我们知道，古典戏剧结构的经典法则就是三一律，即要求戏剧创作在时间、地点和情节三者之间保持一致性，严格的"三一律"要求整出戏所叙述的故事发生在一天之内，地点在同一个场景，情节服从于一个主题。《一个无政府主义者的意外死亡》就是非常典型的严格遵循三一律的作品。此外，"戏中戏"的经典套路，对《钦差大臣》模式的巧妙化用，都使得这部戏焕发着古典主义戏剧久经打磨的光泽。它成为达里奥·福最具影响力、久演不衰的剧目，并不是偶然的。

精心设计的戏剧结构为演员的尽情发挥和台词的出彩提供了良好的基础，而达里奥出色的文字功力也没有辜负这个精美的结构。整出戏金句不断，在疯子与警察和记者的攻防转换过程中，迸发出大量让人回味无穷的台词，而这些台词反过来又对于人物的塑造起到了至关重要的作用。比如第一幕中贝托佐警长指出疯子伪造履历，"曾任职帕多瓦大学兼职教授"纯属子虚乌有，疯子马上回答在"曾任职"与"帕多瓦大学兼职教授"之间应该有逗号的，紧接着便开始说了一大串关于语法和标点的理论，把警长绕得晕晕乎乎。警长气得直嚷嚷："停止无理取闹！您竟然扮演起精神病人来……我敢打赌，其实您比我还要健康！"疯子抓住他这句话，马上一语双关地揶揄警长："显而易见，您的职业会导致多种精神失常的毛病……来，让我瞧瞧您的眼睛。"诸如此类的精彩对话，贯穿全剧，整出戏看下来几乎全程高能，直到落幕。

菲利普·罗斯：野蛮的玩笑

　　一九九八年的夏天，在新英格兰应该是酷暑加骄阳，而在棒球场上，则该是一个白色本垒打战神和一个褐色本垒打战神之间所进行的神话般比拼，然而那个夏天席卷全美的却是虔诚与贞洁的大狂欢，因为突然，恐怖主义——早已成为国家安全的主要威胁——被吮吸所代替，一位精力旺盛、面相年轻的中年总统和一个举止轻狂、神魂颠倒的二十一岁雇员在椭圆形办公室里，像两个十几岁孩子在停车场上似的调情，这使得美国最古老的公众激情得到了复兴，从历史的角度来看，也许是它最为不可靠、最具颠覆性的快感：伪君子的狂喜。国会里、报纸上、网络中，随处可见满腔正义、哗众取宠、渴望指责、哀叹和惩罚的小爬虫，四出游说，唇枪舌剑，大肆说教：全都处于霍桑（十九世纪六十年代他住在离我家门口仅仅几英里的地方）早在建国初期就指认为"迫害精神"的处心积虑的狂热之中；全都热衷于颁布严峻的净身仪式，割除官员们的勃起，从而使利伯曼参议员十岁的女儿能够重新舒适安全地和她窘迫的爸爸一道观赏电视。不，如果你没有经历过一九九八，你是不会明白什么叫作伪道德的。

——《人性的污秽》第一章

　　仅仅到小说的第三个自然段，菲利普·罗斯已经无法遏制他挥洒长句的偏好。词语的集束轰炸，对于政治现象的全景横扫，直接诉诸感官的讽刺快感——罗斯的标志性特征都在里面。你很难不被吸引，但也很容易对这种即将（也许是正在？）失去节制的状态心生反感。

　　罗斯的风格异常鲜明，他坚定清晰地知道自己要写什么样的作品。尤其是从1970年代末开始，一个叫内森·祖克曼的人物进入了罗斯的小说，成为罗斯此后大部分小说的鲜明标志。祖克曼的身份和经历通常与罗斯本人有诸多相似之处，他有时候是小说的第一主角，直接参与小说的中心事件，有时候是旁观者和见证者。打一个不一定贴切的比喻，这个角色的功能以及与作者的关系，有一点像美国著名导演伍迪·艾伦常常会出现在其自导自演的电影中。在实现叙事功能的同时，祖克曼也使得罗斯的小说往往带有强烈的自我表达的意味。有些评论家将罗斯的小说视为"半自传体"小说，这一点是很重要的原因。

在这些有"祖克曼"出现的小说中，被罗斯本人命名为"美国三部曲"的三部小说显得尤为重要。这三部小说的人物和情节并没有联系，但是都聚焦美国不同历史时期社会关注的重大问题，比如《背叛》中涉及的麦卡锡主义，《美国牧歌》中涉及的越战问题，都是在美国历史中留下深深伤痕的事件。

因此，回过头看，小说开头的这一段并非可有可无。与三部曲的前两部一样，《人性的污秽》选择了一个发生了重大政治事件的时间点——1998年夏天。男主角——七十一岁的雅典娜学院古典文学教授兼院长科尔曼亲口说，自己正在与三十四岁的清洁女工福妮雅私通。1998年，时任美国总统的克林顿与莱温斯基的性丑闻震惊全美，由此引发的政治动荡和伦理争议余波不绝。在罗斯的设定中，小说主人公科尔曼受到的道德指控与克林顿事件同步发生，显然是有意让两者形成对照的。

小说从作家祖克曼的第一人称叙述开始，但从第一句话就引入这部小说真正的男主角——祖克曼的邻居科尔曼·西尔克。接下来的故事，都是祖克曼在叙述科尔曼的故事，但时间顺序是打乱的，科尔曼的过去和现在交替进行，中间还不时插入祖克曼与科尔曼结识、交往的过程，揭示他是如何渐渐洞悉科尔曼的秘密。也就是说，整本书的主线是科尔曼的一生，顺叙、倒叙和插叙始终并存，而副线则是祖克曼怎样追寻线索、组织材料，把这部小说搭建起来——这条副线使得《人性的污秽》具有明显的"元小说"的意味。

在《人性的污秽》中，主线和副线时而平行，时而相交，时而互相追逐，到最后，一旦把前因后果全部拼接完整以后，会发现逻辑严丝合缝。这样写，读者的视角实际上就被大大拓宽，你会不知不觉地不断调整与人物的时空距离，从多个角度观察他，探索他的内心世界。不过，与此同时，这样的写法对作者的技术提出了很高的要求，换一个写作者，很难设想能像罗斯那样驾驭自如。在《人性的污秽》里，一直处于疯狂边缘的是人物的状态，是紧绷到极致的情节的弧线，而不是内在的结构，更不是罗斯的控制力。

* * *

那个班由十四名学生组成。科尔曼在头几次讲课前都点名，以便了解每个学生的名字。到学期的第五周，仍然有两个名字没能引起任何回应。于是，科尔曼在第六周，一上讲台便问道："有人认识这两个人吗？他们究竟是实有其人，还只是幽灵？"

——《人性的污秽》第一章

在一个成熟的故事里，后果越严重，起因往往越是微不足道。作者构建情节的难度，就体现在如何将微弱的节拍发展成有力的强音。

随着叙述的进展，我们很快发现，与福妮雅的私情，只是造成科尔曼人生危机的原因之一。真正引发这场危机的，是一场近乎乌龙的意外事件。在科尔曼的课堂上，连续五周点名都有两个学生缺席，第六周仍然如此，他就当场开了个玩笑，说究竟这两个名字是真有其人呢，还是spooks。Spook这个英文词，用在科尔曼的玩笑语境中，显然应该解释成本义"鬼魂、幽灵"。然而，科尔曼没有想到的是，这两个他从未见过的学生实际上是黑人，而早在四五十年代，spook有时可以用来作为指称黑人的贬义词。两个学生据此以种族歧视为由向学校告发，学校要科尔曼解释，科尔曼说自己早就忘了这个词还曾经有过这样的含义，因此"这项控罪不仅是子虚乌有 —— 而且是弥天大谎"。

然而，事情非但没有结束，反而迅速发酵。因为早在科尔曼接手院长工作时，他的"典型犹太式"的改革，那些引入竞争机制的举措，就给科尔曼的人际关系埋下了定时炸弹。原来支持科尔曼改革的老校长已离职，新任校长的态度与前任大不相同，于是一股反对科尔曼的势头便出现了。"这股势头究竟有多强大，他一直不明白，直到他一个系一个系地计算出究竟有多少人对眼前的局面幸灾乐祸时，他才恍然大悟。"

在这场实质是学院内部斗争的"种族歧视"事件中，科尔曼不仅声誉严重受损，被迫主动辞职，而且结发妻子艾丽斯在受到强烈的精神刺激后不幸去世。系主任德芬妮·鲁斯是一个外貌出众而又野心勃勃的女人，她对科尔曼既怀着某种被扭曲被压抑的、无以言说的欲望，又对他的位置觊觎已久。于是，在这个节骨眼上，鲁斯发出一封匿名信，指控科尔曼与清洁女工福妮雅的私情，让科尔曼再次声名狼藉，他与儿女的关系也降到了冰点。

科尔曼的满腔愤懑无从倾诉，于是主动与邻居祖克曼接触——因为他知道祖克曼是作家，希望借助他的笔把自己的冤屈写出来。祖克曼在与科尔曼的交往中，渐渐把他的人生故事拼接完整，其中既有科尔曼乐意倾吐的，也有他刻意掩藏的。最让祖克曼惊讶的是，这位在履历上毫无瑕疵、表面上如假包换的犹太白人，实际上却是一个黑人。

科尔曼的祖上是逃跑的黑奴，由贵格会教徒通过"地下铁路"从马里兰带到北方。历经岁月变迁，很多当地的黑人通过与战死的士兵的遗孀通婚，使得后代的血统渐趋复杂。科尔曼就是这些后代中的一员，从他的外貌已经很难分辨是不是有色人种。科尔曼生在小康之家，父亲原先对他的人生企划也堪称周到完美：希望他学医，接受黑人能受到的最好的教育，在大学里遇见一个正派黑人家庭出身的浅色皮肤的女孩，结婚，安家立业，生儿育女，再将孩子们送入最好的黑人学校。父亲坚信，科尔曼必将凭借智力和相貌上的巨大优势迅速进入黑人社会的最高阶层，使他成为大家永远景仰的人物。

然而，随着年事渐长，尤其在父亲去世之后，科尔曼发现，黑人的最高阶层也难以得到社会真正的认同。小说写到这里，安排了好几个事件，促成科尔曼思想的转折。比如，在中学里的田径队里曾经有过一个白人运动员在车祸中受重伤，队员们争先恐后到他家献血，但那家人礼貌地拒绝了科尔曼的献血请求，显然是出于无法言说的种族偏见。于是，当科尔曼在十八岁服兵役填表时，他突然意识到完全可以借这个机会摆脱自己原来的身份。科尔曼填表时篡改了种族，服完兵役之后又用新的身份考入了纽约大学。从此，他拥有了理想的学校，用过人的体力当上了地下职业拳击手，还赢得了那些懂得如何走路、如何着装、如何摆动的女孩子的青睐。

科尔曼一度与其中一个具有纯正北欧血统的女孩情投意合，几乎到了谈婚论嫁的地步。这一切在他带着女朋友回了一趟家以后戛然而止。尽管家里人小心翼翼地提前做了准备，女朋友还是在回去的火车上大喊一声："我做不到！"她没有再做任何别的解释，痛哭流涕，独自一人冲下火车，似乎后面有人追杀，自此便杳无音信。

* * *

痛定思痛的科尔曼在最终完成婚姻大事时做出了违背人性的决定。首先，他之所以选择犹太人艾丽斯，最大的原因是艾丽斯的头发"宛如灌木丛似的纠缠盘绕"，远比科尔曼的头发更像黑人的头发。这样一来，万一将来他们生下的孩子的发质看起来有点像黑人，艾丽斯的相貌也能帮他洗脱嫌疑。更有甚者，科尔曼在结婚前回了一次家，把一个残忍的计划扔给了寡居的母亲。这一段母子俩的对话构成了这部小说中最让人难忘的部分，我们来看看罗斯是怎么写的：

> "她相信你父母双亡，科尔曼。你是这么对她说的。"
>
> "对。"
>
> "你没有哥哥，你没有妹妹。没有欧内斯廷。没有瓦特。"
>
> 他点点头。
>
> ……
>
> "你永远不会让他们见到我，"她说，"你永远不会让他们知道我是谁。'妈，'你会关照我，'妈，你到纽约火车站，坐在候车室的那条板凳上，上午

十一点二十五，我会带着穿戴得跟星期天一样整齐的孩子走过你面前。'那将是五年后我的生日礼物。'坐在那儿，妈，别做声，我会慢慢走过去。'而你深知我是一定会等在那儿的。火车站。动物园。中央公园。不论你说哪里，我当然就去哪里。你告诉我唯一能让我抚摸我孙子的办法是，你雇用我以布朗太太的身份看护孩子，照看他们睡觉，我会照办。叫我以布朗太太身份给你打扫房子，我也会照办。我肯定会做你吩咐我做的一切。我别无选择。"

"没有吗？"

"有选择？是吗？我的选择是什么，科尔曼？"

"跟我脱离母子关系。"

几乎是以嘲弄的态度，她假装考虑了一下。"我想我可以对你如此绝情。是的，这可以做到，我想。但你认为我到哪儿才能找到对我自己如此绝情的力量？"

在罗斯的小说里，以剧场感强烈的情节将人物逼到死角的情况并不少见。然而，每次重读这一段，我还是会被台词的力量震到需要停顿一下才有勇气继续。母亲给自己的未来想象的画面越是生动，读者感受到的残忍就越是清晰——那是多少个不眠之夜才能积攒起撕裂自己、重塑"布朗太太"的勇气？然而，科尔曼甚至连她这点微茫的希望都断然否定。"布朗太太"的可能性被瞬间击碎，母亲的"假装考虑"里跑过千军万马，种种悲恸与麻木最后只能归于"嘲弄"。罗斯下笔之凶狠，台词推进力度之坚决，在这一段体现得淋漓尽致。

* * *

七十一岁上你当然不再是二十六岁那头易怒好斗的野兽。但兽性的残余，自然天性的残余仍然存在——他与之相接触的正是这种残余。其结果是他很快乐，他对能和残余兽性相对接心存感激。他不仅是快乐——他热血沸腾，而且由于热血沸腾，已无法与她分开，已牢牢地与她结为一体。

……

在床上没有一样东西逃得过福妮雅的眼睛。她的肉长着眼睛。她的肉看得见一切。在床上她是个强大的、连贯的、统一的人，她的快感在于超越界限。在床上她是个深不可测的东西。

——《人性的污秽》第一章

性是罗斯几乎每一部作品的原动力，在有些作品里甚至是唯一的动力（比如《波特诺伊的怨诉》）。詹姆斯·伍德曾以厄普代克的性描写为反例（"之于厄普代克，性的存在无异于草或空调外机的金属光泽，完全没有哲学性，而不过是一种相当无聊的多神正论，在一切事物上都能找到同等程度的声色官能"），表扬罗斯笔下的性"绝对通往虚无主义"。这话对厄普代克不够公平，而且"通往虚无主义"是否一定比"声色官能"高级，本身也是个问题。但伍德对于罗斯的这种概括，在《人性的污秽》里也能找到贴切的例证。

科尔曼彻底抛弃了原生家庭，虚构了犹太人科尔曼，以为这样就能把黑人科尔曼的历史轻轻抹去。但是，身份认同的错乱，以及对于被揭穿的恐惧，始终没有放过他。早在当年在海军服役时，科尔曼就曾经因为在白人妓院里被人认出是个黑人而受到极大的羞辱。当时，保镖将他扔出开着的大门，甩过人行道边的台阶，丢在了马路当中。那天晚上，他找人在自己身上留下了"美国海军"的文身，把这个文身视为"一个唤起潜伏在狂乱背后之一切的标记"。在科尔曼看来，这是他全部的历史，他的英雄主义与羞耻的不可分割的缩影。镶嵌在那个文身里的才是他的真实、完整的自我形象。早在那时，他已经知道，无论此后做出怎样的努力，他的无法磨灭的身世和根深蒂固的原型，不可预知的未来，一切暴露的危险，以及一切隐藏的危险，甚至生命的荒谬性，都隐含在这个小小的、傻乎乎的蓝色文身里。

"幽灵"事件的爆发，终于把科尔曼一生积压的屈辱、愧疚和惶惑翻到了台面上。他对于种族的背叛，仿佛以一种宿命的、极具反讽意味的方式，得到了"报应"。坠入谷底后的科尔曼，唯一的寄托——无论在肉体上还是在精神上——便是福妮雅。祖克曼渐渐了解到，福妮雅的身世曲折而凄惨，她的"身份"也存在吊诡的错位。

福妮雅的原生家庭其实很富有，但内部千疮百孔。福妮雅五岁时，父母离异。有钱的父亲发现美丽的母亲和人私通。母亲爱钱，又嫁给了有钱人，但继父对这个漂亮的女孩没安好心，屡次企图性侵。母亲不愿相信福妮雅，她只是用上层阶级的那套方式处理问题，带女儿去看心理医生。在就诊了十次以后，连医生也站到了继父那一边——因为给诊所付账的人是继父，而心理医生的情人正是福妮雅的母亲。福妮雅别无选择，只能离家出走，逃到南方，刻意地与她原本从属的阶层划清界限，刚满二十岁就嫁给一个比她年长的、当过越战老兵的农民莱斯特。然而，刚从上流社会的噩梦中惊醒，她便坠入了底层的深渊。莱斯特既没钱也缺乏技能，农场很快破产。更严重的是，莱斯特在战争中患上了创伤应激综合征，有严重的暴力倾向。面对极度贫乏、伤痕累累的生活，福妮雅只能通过与别的男人出轨来释放压力，在外出偷情时无人照看、不慎失火，两个孩子因此丧生火海。

科尔曼与福妮雅的关系，与其说是单纯为了寻求生理刺激，不如说是两个同样遭遇身份错位、最终都困在悖论里的"天涯沦落人"在抱团取暖，苟延残喘地寻求一点心理慰藉。更形而上的说法，他们唯有通过这种方式才能"通往虚无主义"。当文学教授科尔曼在床上感受到福妮雅的"强大、连贯、统一"时，他为自己搭建的哲学庇护所也算是暂时完工了。

读者应该可以从整部小说的基调判断出他们不会在小说结尾得到救赎，事实也果然如此。对于科尔曼与福妮雅最终意外死亡的事件，在小说里并没有正面叙述。表面上，夺去他们生命的是两人驾车外出时发生的一场车祸。人们发现他们的时候，他们已经连人带车都栽进了河里。然而，菲利普·罗斯在情节上做的两处安排却让这次"意外"显得意味深长。

首先，就在车祸发生的同时，小说正面叙述的是系主任德芬妮·鲁斯。当时，处于单身寂寞中的鲁斯正在犹豫是否要给《纽约书评》的分类广告栏目发自己的匿名求偶广告。在神不守舍、心烦意乱、百感交集的状态下，她把广告草稿群发给了以前自动设定的邮件地址，刹那间就抵达了雅典娜学院文学系的十名教师。更糟糕的是，这份广告里勾勒的理想男性，无论是相貌还是学识水准，她的同事们一看就会知道是按着科尔曼的模版来写的。科尔曼一直是鲁斯在学院里权力斗争的敌人，是当年录用过她，后来却被她用匿名信算计过的前领导。鲁斯眼睁睁地看着这封表明她其实一直暗恋着科尔曼的邮件被直接发往同事手中，顿时崩溃痛哭。恰在此时，科尔曼与福妮雅双双遇难的消息传来，鲁斯顺势虚构了科尔曼在出事之前闯进她办公室、用她的名义群发出邮件的狗血情节。为了自保，为了保住她在众人眼中的形象和"身份"，鲁斯不惜在科尔曼死后又在他的名誉上泼了一道脏水。

第二处安排更为隐晦。在小说末尾，祖克曼与福妮雅的丈夫莱斯特有一大段玄妙的、心照不宣的对话。莱斯特在说到自己战后创伤时，有意无意地提到了战友们都担心他会死在车祸里。在祖克曼的追问下，莱斯特承认自己经常一边开车一边酗酒；在被问到"你有没有撞到过别人？"的敏感问题时，莱斯特并没有否认，只是以故作轻松的态度说"就算出了事，我也不会知道"。他已经学会驾轻就熟地用创伤后应激障碍症来为所有潜在的罪责开脱。关于科尔曼的车祸究竟是怎样发生的，小说到最后也没有给出确凿的答案，但一切已尽在不言中。

* * *

在菲利普·罗斯的所有作品中，《人性的污秽》的批判力度未必是最大的，但故事深邃的悲剧性以及人物动人的复杂性，却让这部小说光彩夺目。当我们重新把结构梳理一遍之后，会发现整部小说中的人物的痛苦根源都与身份有关，他们那些难以言说的秘密，都是因为在塑造自己的社会角色的过程中，发生了强烈的甚至是畸形的错位。科尔曼终身被囚禁在种族困境中，伪造身份之后终被"身份"反噬；福妮雅在贫富悬殊的两个阶层中都找不到自己的位置；德芬妮·鲁斯满嘴标榜的女权主义与她内心深处的欲望形成强烈冲突；莱斯特则将自己封锁在战争创伤中，从受害者变成了施暴者。小说背景中不断出现的克林顿性丑闻事件的进展，以及小说中各种人物对这一事件的评论，则构成反讽意味强烈的背景音乐，始终萦绕在文本中，为小说人物的命运提供意味深长的注脚。罗斯几乎用一本小说的容量，深深触及了美国社会的所有痛点。

美国建国的历史并不长，它并没有经过长期的历史演变，某种程度上倒更像是基于理想主义的人类社会实验田。美国的种族、阶层和价值观都是多元的，要将这么复杂的社会构成统一起来，必须以一种共同的信念、一个美好的"故事"作为团结的基础。这个故事，就是我们经常说的"美国梦"。在这个故事里，人与人之间、身份之间、性别之间、种族之间、阶层之间是生而平等的——只要你足够努力，都能梦想成真，实现自我价值。"政治正确"在美国之所以显得如此重要，就是因为这些准则都是支撑这个故事得以成立的基础。然而，罗斯犀利的笔触，总是毫不迟疑地揭开华美的袍子，指出袍子底下暗藏着多少虱子。小说中有一段是直接点题的。福妮雅在看到一只家养的乌鸦飞到外面的树林就被野生乌鸦骚扰欺负的时候，说了这样一段话：

> "这就是接受人工喂养的结果，"福妮雅说，"就
> 是他一辈子老跟我们这样的人待在一起的结果。人
> 性的污秽。"她说，语气里既无反感，也无轻蔑，更
> 无指责。甚至连悲哀都没有。……我们留下一个污
> 秽，我们留下一串踪迹，我们留下我们的印记。在
> 每个人的身上。存储于体内。与生俱来。污秽先于
> 印记，没有留下印记之前便已存在。污秽完全是内
> 在的，无需印记。污秽先于反抗，包围反抗，并使
> 一切的解释与理解陷入茫然。这就是为什么所有的
> 净化行为纯属玩笑。而且还是个野蛮的玩笑。纯洁
> 的幻想是极其可怕的。是疯狂的。对纯洁的追求，
> 其实质倘若不是更严重的不纯洁，又会是什么呢？

对于"纯洁"和"净化行为"的过分追求，会导致矛
盾和污秽被暂时掩藏或压抑，却也同时意味着此后更强烈
的反弹，甚至崩溃。罗斯力图通过这部小说，这场活生生
的悲剧，来揭示这种人为的、极端的"净化"，指出这个
"野蛮的玩笑"对于人性的原生态会造成多大的扭曲和伤
害，也会使得整个社会的道德标准越来越虚伪。从这个角
度理解《人性的污秽》，就会发现这部小说的立意，远比
单纯批判种族主义或者阶级鸿沟要复杂得多，深刻得多。

伊恩·麦克尤恩：十三个细节

好天气

伊恩·麦克尤恩抵达首都机场十分钟之后，刚刚坐上我们的车，就用小说家的笔调口述了他对中国的第一印象："我推着行李出来，先是看见几个愁眉苦脸的司机举着牌子，以为里面有一个是冲着我来的。没想到再走几步就看见一个新世界：有花，有好多lady和她们的笑脸。我觉得我的运气太好了。"

"就是天气……不太好。"我瞥了一眼车窗外灰黄的雾霾。

"如果这次看不到著名的霾，我也会觉得遗憾的。"麦老师轻轻地笑。

那天是10月25日，足足刮了一夜的风。第二天起来，霾散云开，空气清澈冷冽，阳光亮得晃眼。

半小时

给一位七十岁的英国作家张罗活动，时常让我觉得自己的这份工作有点不近人情。整整一个星期，日程表总是满的，而麦老师也总是挣扎在时差反应中。白天跟他确认第二天的行程，他总是说好好好；晚上送他去酒店，他微笑，拥抱，然后眼里闪过一丝为难。

"再晚半个小时开始怎么样？你看，北京时间十一点，伦敦还在半夜里……"

后来几天，我干脆就提早计算好这半个小时的差额，把后面的活动安排得紧凑一点，等着满足他对自己的"最后一分钟营救"。事实证明这个固定节目还算有效，最后那张日程表上的项目全都打卡成功。麦老师有四十多年与媒体打交道的经验，他知道怎么控制时间，知道怎么活跃气氛，也知道怎样竭尽所能，把那些讲了几百遍的题目翻出一点新花样来。有记者功课做得厉害，挖掘出他早年偶尔当过一次清洁工的历史，要他讲讲这对他日后的写作有什么意义。

"我真的已经忘记那是什么时候的事情了，但我还是回答了。我说，意义很重大，可能意味着我后来写的都是垃圾。"

只有在一位女记者呆呆地对着稿子、不停追问他的小说是否写的都是欲望时，他才表现出一丝不耐烦来。

"不是，那不是我的主题。"

女记者开始结巴，因为她稿子上的一半问题都跟"欲望"（lust）有关。于是她继续追问，麦老师继续否认。周围的空气像刷了一层胶水。女记者不明白的是这个词在英文中的分量——那差不多是在指控麦老师一辈子都在写色情小说。

吃饭的时候，麦老师突然沉下脸，严肃地问我："你认为我的小说都是写欲望吗？"

"不是。"

"那为什么她要这么问？"

这回轮到我结巴了。好在，及时上桌的烤鸭救了我。麦老师把鸭肉、山楂条和关于欲望的困惑，都卷进了面饼，若有所思地塞进嘴里。

老问题

"你的写作灵感从哪里来？"麦老师所到之处，总有人这么问。

"这是个……老问题。"

按照麦老师的说法，英国作家们私下会面，常常会拿这个"老问题"来对一句暗号，交换一下眼神。"怎么样，有人问你这个问题了吧？说说你是怎么回答的？"如果把这些答案编一本集子，那么，麦老师的回答大概属于特别实诚的那种。

他开始回忆，一本小说一本小说地列举。最近的那个名叫《我的紫色芳香小说》的短篇，是因为要完成一场艺术展览的约稿，眼看着要截稿时突然染上了流感。于是，文字在高烧中舞蹈，四个小时就冲到终点。《儿童法案》源于法官朋友讲述的一个真实案件——这是麦克尤恩写作生涯中为数不多的、一听故事就知道是个现成小说的特例。《切瑟尔海滩》原先写一个有关古巴导弹危机的故事，但是写着写着就觉得不对劲，于是推翻原先花哨的技巧，改成了契诃夫式的切入方式。《赎罪》的动机离成品十万八千里，罗比原先是一个未来的科幻故事的主人公，脑子里被植入了某种高科技产品。麦老师写到灵感枯竭之后才决定回归英国文学的伟大传统——"奥斯丁的叙述笼罩在伍尔夫的微光中"（厄普代克语）。至于《坚果壳》，灵感起源于与怀孕八个月的儿媳的谈话，他突然意识到每句话都会被倒挂在子宫里的胎儿听见……

"这样解释一下也是有好处的。"我听到麦老师自己咕哝了一句。

"什么好处呢？"

"比方我到美国去，才发现那里的读者认为我写《坚果壳》是为了反堕胎。你看，美国人太奇妙了……"

写作课

不止一次，有人翻出伊恩·麦克尤恩的履历，指出他的处女作《最初的爱情，最后的仪式》其实是他硕士就读的创意写作专业的成果——这项成果确实有让人艳羡的理由，因为一出手就拿到了毛姆奖。但是麦老师却拒绝将这本书作为全世界"创意写作专业"的成功范例。

"其实在大学里，我的课程只有一小部分跟写作有关，等我毕业了以后那一小部分才被扩展成了整整一个专业。问题是，我的声音，比起学校公关部的声音，还是太微弱了，所以……"麦老师耸耸肩。

总体上，麦老师似乎对"写小说能不能被教出来"这个问题，持相当审慎的态度。不过，只要是有关写作技术的问题，麦老师总是回答得格外认真。他聊起文学观来也许不像纳博科夫或者卡尔维诺那样华丽而绝妙，他不会突然击中你，让你眼冒金星、呼吸困难。但他的话总是很实用。

我告诉他，如果没有翻译他的经历，我很难想象我会开始写小说。当面表白偶像多少有点尴尬，好在偶像只是淡定地微笑，很快就把话题岔开。我说我正在犹豫着怎样从中短篇过渡到长篇，他马上给出一条具体的建议："寻找一个同样也适合短篇小说表达的题材，一个小规模的故事，看看有没有办法扩展到更长。"看我还在发愣，他又继续补充："也可以是两个短篇故事，你看看是否有办法能将它们捏在一起。"

他喜欢强调错误、犹豫和"什么也不写"对于写作的意义。在他看来，所有灵感滞涩的空白、信步走上的歧路，抑或神游天外的思绪，都不是浪费时间。你得通过在尝试、中断、调整、继续尝试之间反复盘桓，才能在黑漆漆的隧道里找到出口。这种对"错误"的珍惜，甚至延续到了小说出版之后。麦克尤恩一直记得收到过一封读者来信，指出他在《只爱陌生人》中写到的某个细节不够准确——"在那个季节的夜晚，你在威尼斯的夜空里是看不到猎户座的"。

这个认真的读者指出的细节，被麦老师认真地记录下来。"我有一个文件夹，"麦老师告诉我，"里面装满了我的错误。我有事没事都会打开看看。"

好奇心

麦老师每天都必须做的事情是看报纸，他把自己描述成嗑报纸成瘾的重度新闻依赖症患者。他接受采访，文学的话题多半回答得中规中矩，但是一讲到国际政治形势就两眼放光。在上海的活动，嘉宾小白提到他的长篇小说《无辜者》中的分尸情节，他马上就把这桥段与最近沙特驻土耳其领馆里那桩骇人听闻的事件联系在一起——"只是那个事件里没有狗而已"。

那只在《无辜者》中围着装满碎尸的行李箱流连不去的狗，确实是"恐怖伊恩"写得最揪心的黑色细节之一。小说家对于节奏的控制，对于细节的执念，对日常生活的近乎贪婪的好奇心，在那一刻高度凝聚。

麦老师自己也喜欢把"好奇心"挂在嘴上，用来回答诸如"你为什么写作"这样的大问题。他的好奇心常常溢出文学的疆界，蔓延到千奇百怪的领域。《追日》之于理论物理，《甜牙》之于冷战间谍史，《儿童法案》之于宗教和法律，都是这样的例子。他很享受深度浸淫于陌生领域的调查过程，这一点跟我常见的中国当代作家很不一样。写《星期六》的时候，为了写好男主人公，他每周都要见一位神经外科医生。"让我算算，"他低下头想了一会儿，"一共坚持了一年半。"

机器人

麦克尤恩的第一台电脑，是1985年买的。那时他打心眼里欢呼，因为在他看来，人类最糟糕、丑陋、笨拙的发明是打字机。他用打字机当了十年的作家，终于等到了升级换代的机会。

然而升级的魔匣一旦打开，速度便超越人类的想象。

时至今日，麦老师已经不得不在手机上装个App来强制自己每天断网一段时间了。虚拟对于真实的入侵，既对他构成刺激，也让他时时警惕。如果在他开始用电脑的那个年代，机器人已经通过了图灵测试，那么历史会怎么改写？这个念头最终变成了一部长达二十多万字的长篇小说——《我这样的机器》。小说的草稿已经完成，麦老师打算在访华结束后再改最后一稿。在这部小说的开头，麦老师用狄更斯式的上帝视角说，"那（人工智能）是科学的圣杯"。

如是，也难怪他此行至少有一半心思都在围着机器人打转。活动现场，上海人工智能专家张峥跟他聊机器人搞文学的可能性，英文专业术语飞来飞去。我们在旁边听得一头雾水，麦老师却是瞬间进入舒适区，兴致勃勃地讲了他新小说里的段子：

"有个电机工程师跟着未婚妻去见未来的丈人，身边跟着一个满腹经纶的机器人。那老头是个莎士比亚专家，他跟机器人聊得一见如故，错把他当成了女儿要嫁的人。工程师不想打破老头的美梦，只好扮演机器人，对他说'我到楼下充充电'。如果未来是这样，我希望自己不要活到那一天。"

弄脏手

在维基百科上，麦克尤恩有两个身份：小说家和影视编剧。

问他为什么要"触电"，他说写小说太封闭太自我太"干净"了。"我需要定期走出这种状态，与他人接触、合作。我需要把我的手弄脏。"

这是麦克尤恩式的平衡。在我看来，麦老师从早期的叛逆青年慢慢走向成熟的标志，就是达成了这种平衡。在他看来，在娱乐圈的染缸里把手弄脏并不是一件多么可怕的事，因为他知道自己能把握住分寸。好莱坞不是觉得《甜牙》的剧本太复杂吗？那就搁两年再说。不是有人想把《追日》拍成四集电视剧吗？那就让别人来编吧，因为"编四集的时间可以用来写两部小说"。

很少有人知道，麦克尤恩"弄脏手"的历史，其实跟他写小说的历史一样长，第一个完成的剧本在1976年被拍成电视剧。他甚至跟我们提到了他在1988年作为编剧参与的一部喜剧电影《酸甜》。"演女主角的是一位香港女演员，很有特点，眼睛里有特别的东西。"

我在网上查到了这部电影，在剧照上看到了张艾嘉棱角分明的面孔和倔强的眼神。我告诉麦老师，Sylvia Chang 在中国很出名，不仅是好演员，后来也当上了导演。麦老师一个劲地点头，说："知道这个消息真是太好了，太好了。"

小鼓女

难得闲下来，跟麦老师提起英剧，从《唐顿庄园》说到《王冠》，他微微点头；说到今年的《保镖》，他频频点头，还插了一句，嗯，这个好看；再说到《黑镜》，他就干脆把话抢过去，开始复述第三季第一集的剧情。

"那个要买房子的年轻女人，被别人打的分数活活逼疯……嗯，非常聪明的想象力，但又不是天马行空、离我们很遥远的那种。"

然后他向我推荐《小鼓女》（*Little Drummer Girl*，网上很多人译成"女鼓手"，但真是不如"小鼓女"那样既忠实又摇曳生姿）。"我出门前这个剧刚刚开始，好看，你一定要看。"

临回国前，我告诉麦老师，我已经看了两集《小鼓女》，他嚷起来："哎呀你的进度居然超过我了。我回去马上补。"

麦老师告诉我，《小鼓女》的剧本是勒卡雷的儿子写的，所以"味道很正"。"勒卡雷写的，是最有趣也最知识分子的间谍故事，没有那么多暴力或者太过炫目的人物。实际上，他笔下最有趣的部分是办公室政治。在他的故事里，最大的敌人并非来自对方阵营，而是你的老板或者同事。"

听着他侃侃而谈勒卡雷，我忍不住在心里默念：没错，这才是写得出《甜牙》的那个人嘛。在《甜牙》里，军情六处和中情局之间的钩心斗角，办公室楼上楼下的微妙关系，同样写得栩栩如生。

我发愣的时候，麦老师已经开始讲那个著名的间谍段子：俄国派了四个间谍去荷兰侦查关于毒气的情报，却被警察扣住。警察在车上不但发现了一系列用来搞情报的电脑设备，还在钱包里找到了一堆写着莫斯科总部抬头的发票收据。

"因为他们要回去报销啊哈哈哈，"麦老师眉飞色舞地说，"而且他们的护照都是连号的。所以说，俄罗斯人也是很奇妙的……"

老马丁

好多年以前，麦克尤恩跟马丁·艾米斯在一个派对上初次相逢，原本以为不过是圈子里的泛泛之交，不料马丁当时的女朋友突然挤过人群来告诉他——"马丁不喜欢你"。

"所以我当即决定，我也不喜欢他。"

当然会有喜剧性的转折：马丁向麦老师澄清，他只是得罪了女朋友，被她报复而已。在这个故事里，马丁是迷人而无辜的英国文二代，麦老师是闯入伦敦文学圈里的敏感而宽厚的外乡人。他们成了好朋友。

这对好朋友要比《我的紫色芳香小说》里的那两位作家更经得起时间的考验。在读书会上，上海作家孙甘露要麦老师推荐一位好朋友的作品，他毫不犹豫地说："那就按字母顺序排吧，艾米斯（Amis）在巴恩斯（Barnes）前面。"

不过，事实上，在整个访华期间，马丁也确实是他提起最多的朋友的名字。私下里，他为马丁的小说改编的电影《伦敦场地》首映后收到的负面评论而担心，也在吃饭的时候提起二十年前的往事。

"那年我拿到布克奖，马丁正好从外地回来。机场上，他看到我这条新闻，当时有点发愣。他问自己开不开心，最后想清楚了——其实他不开心。"

"你看，我们就是这种朋友——他会把这样的真实想法告诉我。"

孩子们

麦克尤恩的代表作《赎罪》使用了很多素材，其中有一则是这样的："我父亲是军人，在二战时受过伤，他养伤的时候发现，他住的医院，就是我祖父打一战时住过的那一所。后来那所医院，就出现在《赎罪》的第三部分里。"

"重点是，"麦老师的语速突然慢下来，"我在写那家医院的时候就在想，你看，这两场大战之间相隔得似乎并不远，人类好像总是在重复这样愚蠢的错误。我写《赎罪》的部分动机，可能就是想知道这背后的原因。我们还要让儿孙们再来到这同一家医院吗？"

"恐怖伊恩"是从什么时候开始变得不恐怖的？麦老师在回答这类问题时，常常会说到孩子们。他会轻叹一口气，说他很早结婚生育，生活的每个阶段总是会被孩子们fascinate。这个词不太好译，有那么点迷恋，也有那么点困惑，好像词语一说出口，便有某种被捅到软肋的感觉弥漫在空气中。他写过一个叫"梦想家彼得"的童话，那个叫彼得的孩子，躲进猫的身体，让别人挠它毛茸茸的肚皮。

饭桌上，第一次见面的麦老师和阎老师（阎连科）相互客套了好久。酒过三巡，不知谁第一个提到了孩子，两位爷爷的脸上顿时生动起来。他们都有刚满四岁的孙辈，手机里都装满他们的照片。他们一张张点开，交换记忆和欢笑，完全不需要翻译。

要有光

"现在的我，学会让更多的光透进来。爱情、政治、科技、法律，种种元素都可以在我的书里找到。持续四十五年的写作生涯，不可能只写阴暗的东西，不然的话我大概就被关到精神病院了，也不可能坐在这里。"

记不清多少次听他说这样的话，连我在旁边都替他不耐烦。婚床上的尴尬瞬间（《在切瑟尔海滩上》），物理学家家里的桌角引发的血案（《追日》），深夜失眠的医生目击窗外坠毁的飞机（《星期六》），谁能说这样的情节不够黑色？在他近二十年的作品中，他的批判力度并没有减弱，只是视角更多变，立场更中性，在事物的复杂性和尖锐性之间，他更关注前者。与其说他变得柔软了，不如说他变得宽阔了。

在透进他世界的光谱里，一定也有音乐的位置。麦老师吹过长笛，很为自己对音乐的悟性而骄傲。他喜欢去威格莫音乐厅听室内乐，把《在切瑟尔海滩上》的女主角设置成四重奏乐团里的小提琴手。在《阿姆斯特丹》里，他大段大段铺陈作曲家的专业音乐知识，据说得到了真正的作曲家的赞赏，这让他得意了好久。

"其实我听很多音乐，除了古典乐之外也听民谣、布鲁斯、爵士乐和摇滚。实际上我并没有一个清晰的关于'音乐意味着什么'的概念，我想音乐最好的特质就是它其实'不意味着任何事'。"

坤宁宫

"伊恩，你知道这地方为什么叫紫禁城（Forbidden City）吗？"

"因为要买票才能进来嘛。"

麦老师第一天来就说要去看看故宫，还点名要看坤宁宫（Palace of Earthly Tranquility）。太太在旁边温和镇定地说："伊恩，你不能抱太大希望，毕竟名叫tranquility（"宁静"的名词）的地方不一定是真的tranquil（"宁静"的形容词）。"

坤宁宫里果然游人如织，人声鼎沸。从麦老师抵达北京第二天开始就刮起的大风仍然没有停下的意思，站在路上简直能被风带着跑。我们说，故宫里的房子都差不多（similar）。麦老师探头望望坤宁宫里的摆设，说："嗯，其实是分毫不差（identical）。"

再问下去，原来麦老师对故宫的情结里还包含着一件陈年往事。上世纪80年代，他和贝托鲁奇一起合作搞个剧本。辛辛苦苦工作了两年之后，贝导约他去咖啡馆摆挑子，那电影拍不成了——"因为他说他要去中国"。

后来的事情全世界都知道了。麦克尤恩当然去看了那部让他两年的心血付之东流的《末代皇帝》，并且记住了坤宁宫。在故宫里转悠的大部分时间里，麦老师都在跟太太讲这部她没有看过的电影，讲中国最后一个皇帝如何在历史的缝隙里安放自己的命运。临出门前，他们在一处路标前合影，麦老师手指"文华殿"（Hall of Literary Brilliance），说："我想要的可不就是'文华'（literary brilliance）吗？"太太反应很快，马上指着"文渊阁"

(Pavilion of Literary Profundity)，说："那我就要'文渊'吧。"在英国人看来，brilliance意味着"华美"，profundity则指向文本的深度。一不小心，在纯文学的语境里，太太仿佛赢了一局。

绿裙子

麦太有个好听的名字叫安娜丽娜。安娜丽娜是资深记者，近年来也全力投入写作，出版了好几部长篇小说。当著名的伊恩的太太不是一件容易的事，同时还要展开自己的写作生涯就更不容易。平时，他们互相不看对方正在写的稿子，只有在大家都完成得七七八八时，才会挑选"某些特别的日子"，隆重地打开那个近在咫尺的秘密，像履行某项仪式。

麦老师很喜欢讲他们俩初次邂逅的故事，兴致好的时候还会多加两个转折："那时我正陷在跟前妻离婚之后的沮丧中，你知道，就是那种动不动要在电话里讨论什么时候能看到孩子的状况。一地鸡毛。那时我出了一本书，跟我的经纪人说不想接受任何采访。他说，这样吧，就安排两个行吗？半天就能解决。在这个决定命运的时刻，我同意了。"

"第一个进来采访的是《金融时报》的记者。你当然猜出来了，那一定是安娜丽娜。半小时过去，我的经纪人进来告诉我下一个记者已经到了。我说，不存在下一个了。请替我取消后面的采访。"

我一直都想问问后面那个倒霉的记者到底是哪家的，直到麦老师离开中国都没有找到机会问。

但是安娜丽娜实在值得麦老师做出那个决定。才见了几面，她的温柔得体就征服了我们所有人。好几次，我陪着安娜丽娜坐在观众席里，多少带点歉意地问她："这些话你听过几百次了吧？"

"但是伊恩每次都回答得不一样。"

有记者提出采访安娜丽娜，麦老师哈哈大笑，说你终于也有一项工作要完成了。安娜丽娜耐心地跟记者聊了大半个小时，后来我悄悄问她："你们聊点什么呢？"

"其实我知道她并不是想采访我，只是因为没排上单独采访伊恩的机会，所以想跟我打听他……不过，我理解，真的，这是个甜美的姑娘。"

1988年夏天，记者安娜丽娜来过中国，在两个星期里跑了九座城市。在火车上，她教了中国口译员一首苏格兰民谣，换来对方教会她唱《东方红》。她至今都能把旋律完整地唱出来。我的同事告诉她，上海外滩的钟楼就是用《东方红》的旋律作整点报时的。麦老师在旁边飞快地接口："好吧，这下你每个小时都能唱这首歌了。"

站在天安门广场上，麦老师说："这地方比我想象得还要大。安娜丽娜三十年前来的时候，说到处都是自行车，现在自行车都去哪儿了？"

谁都看得出麦老师对安娜丽娜的关注和依赖。来中国之前，安娜丽娜的身体状况出过一点问题，一度曾让麦老师考虑放弃中国之行——这个悬念整整煎熬了我们一周。在上海的诵读晚会开始之前，麦老师突然坚持要我们派车送安娜丽娜回宾馆。"我没事啊。"安娜丽娜小声抗议。"你已经陪了一天了，现在你得休息。就这么定了。"

偶尔，安娜丽娜也会跟我们说起他们在英国的生活。作为英国人，他们当然都看足球。不过，也许是因为都有苏格兰血统，所以他们更关注的是苏超而不是英超。一家人几乎都是苏格兰凯尔特人队的拥趸，只有麦老师除外——他更喜欢格拉斯哥流浪者队。

在离开伦敦一百二十多公里的乡间，麦老师家的花园在整个英国文学界赫赫有名。园里有湖，湖中有岛，岛边有船。像所有典型的英国人一样，安娜丽娜是热烈的园艺爱好者。"说起来，我们家也是有中式建筑的呢，"安娜丽娜兴致勃勃地说，"那是个亭子，是那园子的前一个主人——一位来自斐济的女士叫人建造的。"

在那个没有安娜丽娜陪伴的朗读之夜，麦老师突然拿起一本新版的《赎罪》中译本，注视着塞西莉亚在封面上抽烟。塞西莉亚的裙子，在灯下闪着明亮的绿光。"你知道吗，"麦老师问我，"电影里的绿裙子，所有的细节，都是严格按照小说的描写订制的。"

"我知道，这裙子实在太好看太有名了。在中国，它也是这小说和电影最鲜明的符号。"

"但你知道这裙子是谁给我的吗？我在写的时候，需要一条让人记忆深刻的裙子，你知道是谁告诉我它应该是这个式样、这个颜色的吗？"

我猜出了答案，但还是摇摇头。我想听麦老师自己把那个名字说出来。

"安娜丽娜。"

希拉里·曼特尔：猎鹰的眼睛

　　他凝视着河水，时而褐黄，而当阳光照在上面时又变得清亮，但是一直在流动；在河水的深处，有鱼，有水草，还有淹死的人，枯瘦的手在随水摆动。在泥地和卵石滩上，扔着皮带扣，玻璃片，以及一些变了形的、国王的面孔已经被冲蚀掉的小硬币。小时候，他曾经捡到一只马蹄铁。马掉进河里了？他觉得捡到这东西很运气。但是他父亲说，如果马蹄铁也算运气，小子，我就会是安乐乡的国王了。

　　他先去厨房把消息告诉了瑟斯顿。"哦，"厨师随口说道，"反正那份工作本来就是您在做。"他呵呵一笑。"加迪纳主教一定会怒火中烧。他的五脏六腑会在自己的脂肪里烧得咝咝响。"他从盘子里拿起一块沾有血的抹布。"看到这些鹌鹑了吗？一只黄蜂的肉都比它们多。"

"用玛姆齐酒？"他说，"来煮它们？"

"什么？三四十只？浪费那么好的酒。您喜欢的话，我可以给您做一点。是加来的李尔勋爵送来的。您写信的时候，告诉他如果他准备再送，我们就要壮一些的，要不就干脆别送。您不会忘吧？"

"我会记着的，"他一本正经地说，"从现在开始，我想我们有时可以让枢密院来这儿开会，如果国王不出席的话。我们可以让他们先用餐。"

"好的。"瑟斯顿扑哧一笑。"诺福克那两条小细腿上可以再长点肉。"

"瑟斯顿，你不必弄脏你的手——你手下的人已经够了。你可以戴一条金链子，走来走去地发号施令。"

"您会是那样做吗？"他湿漉漉的手在鹌鹑上拍了一掌；接着瑟斯顿抬头望着他，一边擦掉手指上的鹌鹑毛。"我想我还是别歇着。万一到时候倒了霉。我不是说一定会倒霉。不过，还记得红衣主教吧。"

他记得诺福克：叫他去北部，要不然我会赶到他那儿，用我的牙齿把他撕碎。

我能不能改成"咬"这个字？

他想起一句话，homo homini lupus，人对人
是狼。

——《狼厅》第六部

　　这是典型的希拉里·曼特尔的写法。译文无法体现
原文用的是一般现在时态，这样的做法完全违反了小说用
过去时叙述的常规。曼特尔非但这样写了，而且，在长达
六百多页的小说里，她将这种贴身的、近乎压迫式的现实
感贯彻始终。

　　在英国，要把亨利八世的故事写出新意和高级感，难
度可能就跟在我国写雍正皇帝一样大。曼特尔的写作方法
有时候简直类似于一台高度灵敏的机器，吃进去的材料与
吐出来的文字之间经过很多道复杂的工序 —— 但奇妙的
是，这些工序在最终的文本里几乎全无痕迹，你触摸到的
是一个将材料烂熟于心、下笔全然放开、隐藏视角缩小到
不易觉察的作者。走进《狼厅》，其实是走进一组快速转
换的场景，进入对都铎王朝的沉浸式体验。曼特尔很少在
交代前情往事和历史背景上多费笔墨。在她的设定中，这
本书的读者不仅应该对这段历史具备基本概念，而且有耐
心跟着曼特尔的笔在场景之间灵活跳跃，有能力补足她故
意省略的部分。

　　在上面这一段里，主人公托马斯·克伦威尔经过大
半本书的步步惊心，终于得到来自亨利八世的垂青，即将

被提拔担任秘书官和案卷司长——官虽然看着不大，手里掌握的却是实权。克伦威尔很清楚，他即将替代失宠的红衣主教在皇帝心里的地位，他即将在权倾一时的同时如履薄冰。亨利八世需要与天主教教皇支持的凯瑟琳王后离婚，需要借这桩震惊欧洲政坛的离婚案发动一场自上而下的英格兰宗教改革，进而从势力强大、盘根错节的教会中夺走更多的权和钱。亨利八世需要克伦威尔当一把趁手的工具，一条没有历史包袱、勇猛钻进池塘的鲶鱼，一个善于察言观色、揣摩圣意的亲信，以及，一头随时都能献祭的替罪羊。我们站在当下回望历史，可以从从容容地条分缕析，但处在当时环境中的人物，却如同蒙起双眼卷入一圈又一圈未知的漩涡中。曼特尔刻意营造的，正是这种让我们暂时忘却历史结论、代入人物细微感触的"现场感"。

于是，我们跟着克伦威尔在河水的倒影里审视自己的现在和过去，穷苦童年的记忆在鱼、水草和硬币中闪回。你好像看不到克伦威尔在想什么，但又好像什么都看到了。然后，我们跟着克伦威尔走进厨房，把这条足以改变欧洲政治格局的消息首先通知一名厨师。厨师与克伦威尔的对话简洁生动，那些惊心动魄的字眼——怒火，烧得啪啪响，血，脏手——在厨房的环境中显得那么自然，贴切，信手可以拈来，挥手便可拂去。

厨师熟悉克伦威尔，也熟悉他即将取而代之的红衣主教。话题自然引向落魄的主教。仍然是曼特尔那种无缝切换的写法，没有时间标志，没有完整提示，人称代词令人困惑。她仅仅用一个冒号就把当年的一句台词嵌进了现实里。我们需要往前翻几百页，才能发现当年红衣主教前途未卜时，与他钩心斗角的诺福克公爵确实曾经让克伦威尔带话给主教："叫他去吧。告诉他诺福克说他必须启程离开这儿。要不然——这一点要告诉他——我会赶到他那儿，用我的牙齿把他撕碎。"克伦威尔一鞠躬，想给他的主子留一条后路："大人，我能不能改成'咬'这个字？"

只有翻回到那一页，我们才能把当时的情景完整呈现出来：

> 诺福克走近他。站得非常近。他双眼充血。每一根筋都在跳动。他说，"不许改任何字，你这窝囊——"公爵用食指戳着他的肩膀。"你……这家伙，"他说；然后又吐出一串，"你这个从地狱里出来的无名小卒，你这个杂种，你这个恶棍，你这个律师。"

> 他站在那儿，一下一下地戳着，犹如面包师在一条白面包上按出小窝。克伦威尔的肌肉很结实，无法戳破。公爵的手指被弹了回去。

历史在黑暗中微笑。克伦威尔的回忆被时间切成碎片，纷纷扬扬地落在我们眼前。有趣的是，当这段闪回重复出现在书中时，中间不仅隔了万水千山，而且克伦威尔的思绪似乎刻意回避了其中最残酷的部分。当年将公爵的手指"弹回去"的结实肌肉是否已发生质变？他有没有意识到自己终将重复主教的命运，还是明明意识到却又身不由己？曼特尔不提供标准答案。她的笔触直接跳到了下一句，那是全书的点题之语：人对人是狼。

阅读《狼厅》的难点正在于此。为了最大程度地贴近人物的真实心理状态，曼特尔的叙述从来不会迁就读者的粗心或迟疑，不会照顾你记不住人物的名字和关系。克伦威尔的思绪在飞驰的时候不会把一个句子的所有成分都写完整，曼特尔的任务是将这样的速度忠实地记录下来。她要你跟上她的速度，跟不上她也不会停下来等你；她要你体会人物的有意无意的省略，要你在前后对照中探究历史的真相。她是一个骄傲的作者，她要求她的读者也同样骄傲。

* * *

先想象一下她咽下最后一口气的那条街。那是条安静的街，沉着稳重，老树遮阴：街上满是高房子，立面光滑如白色糖霜，一水儿的蜜色砖墙。有些房子建于乔治王朝，正面平整。其余的是维多利亚年代的，有亮闪闪的凸窗。对于现代家庭而言，这些宅子都太大了，所以大多都给分割成了若干套间。但这些老宅匀称优雅的风范并未因此而流失，那些漆成藏青或暗绿、有黄铜包边的镶木大门上泛出的深邃光泽也并未因此而减损分毫。这一带唯一的缺憾是车辆要比车位更多。居民们炫耀着自己的停车证，把车停得车头贴车尾。通常那些自家有固定车道的只能陷在它们的包围圈里。不过这些住家都是有耐心的人，这条气派的街让他们颇为自豪，情愿受罪也要住下去。抬头往上瞥一眼，你会注意到一扇精致纤巧、乔治王朝时代的气窗，一道弧状的暖色陶瓦，或是一角熠熠闪光的彩色玻璃。春天，樱树摇曳，花团锦簇。风起花落，花瓣汇成粉色的激流，替人行道铺上一层花地毯，这情形就像是一对巨人正在当街举行婚礼。夏天，音乐从敞开的窗户飘出来：维瓦尔第，莫扎特，巴赫。

——《刺杀撒切尔夫人：1983年8月6日》

哪怕单看标题，《刺杀撒切尔夫人：1983年8月6日》（出自短篇集《暗杀》）注定成为新闻焦点，更何况开篇第一句就是："先想象一下她咽下最后一口气的那条街。"执笔为枪，瞄准离世不久、生前毁誉参半的政治风云人物，在虚构中让其"偿还血债"，这不是一般的小说家会干的事——他们会觉得这样的表达方式不够含蓄不够微绝，也算意料之中——事实上，对这个问题，大多数英国文化界人士都持类似看法，程度或多或少而已。不过，时隔三十年，这股怒火仍然在字里行间熊熊燃烧，这一点显然超过了某些人的承受范围。撒切尔的前公关顾问甚至呼吁警方对她开展调查，因为她公开承认了谋杀的动机和意愿。对此，曼特尔的回应简直一剑封喉："让警方来调查，哪怕让我自己做主，我也难以设计、不敢期盼这样的好事儿，因为真要来这一出，那大伙儿立马就能看出，他们有多么荒唐。"

话说回来，这篇小说之所以闹出一段风波，除了因为英国报章素来喜欢煽风点火，也确实与曼特尔本人的这种泼辣风格在英国文坛独树一帜有关。不绕着圈子说话，不低调行文，不屑在厚厚的泡沫塑料里藏软刀子——就这点而言，曼特尔其实很不英国。

* * *

与态度同样鲜明的，是技术，这是曼特尔之所以是曼特尔的另一个要素——而这一点，又恰恰很英国。在窗口"目测距离"之后，曼特尔迟至三十年后才动笔，不是为了等撒切尔夫人去世，而是要解决技术问题——毕竟，虚构艺术不是靠一腔怒火就可以成立的。

尽管灵感来自真实的场景和感受，但曼特尔真正下对真实人物实施的虚构暗杀，最终将通往何处？彻底落实或完全虚化都不是最佳选择。曼特尔把结局设置在开枪之前，悬念定格于半空，但同时又在此前突然荡开一笔，安排女主人领着杀手找到一扇通往隔壁大楼的门，开出一条虚拟的逃生通道。这实在是神奇的一笔，视角骤然从"我"向上抽离，使现实心的视心心。真实与虚构的心道"看不见的门"里共存，文本也因此跳脱表层情节，被赋予更为深刻的意义：

> 谁不曾见过墙上的门？那是残疾儿童的慰藉，是囚徒的最后一线希望。它是濒死者最便捷的出口——他的死，不会是被死神捏在手中，喘着粗气发出尖利的惨叫，而是在一声叹息中辞世，如一片坠落的羽毛。它是一扇特殊的门，不会遵守任何支配木材或者钢铁的法则。没有哪个锁匠能挫败它，没有哪个看守能踹开它；巡警会从门前绕过，因为这扇门虽然有形，却只有信徒才能看见它。一旦穿过了这扇门，你回来时就成了天使与空气，火花与火焰。刺客宛若一枚火星，这你知道。走出防火门他就熔化了，所以你永远不会在新闻里看到他。所以你不知道他的名字，他的面孔。所以，正如你所知，撒切尔夫人一直活到终老。然而，记住那扇门，记住那堵墙，记住那扇你从来看不到的墙上的门有

多大的力量。记住你打开一条缝时从门里吹来的寒风。历史永远会有别的可能。因为有时间，有地点，有黑色的机遇：那一天，那一刻，灯光斜照，远处，靠近辅路，冰淇淋车叮当作响。

✦ ✦ ✦

历史永远会有别的可能，这是历史小说家曼特尔的典型口吻。事实上，短篇小说并不是曼特尔经常涉足的领域，只有在创作大部头历史小说的间隙，她才会应《卫报》或《伦敦书评》等报刊的邀约，写几个短篇。不过曼特尔出手往往不同凡响，常常入选各种"年度最佳"，质量确实远高于数量。

翻译曼特尔的短篇集《暗杀》的时间，几乎与我本人开始学习中短篇小说写作的过程同步，这样的安排里当然藏着私心，希望多少能学到一点东西。交稿之后回想，当然不敢说有什么立竿见影的效果，但曼特尔的风格之独特，一定会在记忆里留下不易抹去的痕迹。纵观她的短篇小说，题材迥异，长短不同，但都跟《刺杀撒切尔夫人》一样，属于态度和技术异常鲜明的作品。或许可以这样讲：如果说从20世纪下半叶开始，以卡佛、门罗等为代表的简约、含蓄、冲淡是世界短篇小说的主流，那么曼特尔在一定程度上是反潮流的。

说曼特尔态度鲜明，是因为她始终在不抹杀人性多面和社会关系复杂性的基础上，从不回避自己的立场。对于触目惊心的阶层鸿沟、社会矛盾和家庭黑洞，曼特尔不装糊涂，不和稀泥；对中产阶级的改良愿望的幻灭，对于他们的矛盾、纠结和虚弱，哪怕以第一人称叙述（作者本人显然就属于这个阶层），曼特尔也不会放过任何一道豁口，该撕碎的时候毫不留情；对于底层社会的艰辛和粗鄙，乃至其中仍然蕴含的潜能，曼特尔亦能真正做到贴身叙述——她笔下的劳动阶层，较少带着知识分子刻意审视的痕迹。在她笔下，无论是一场失败的族裔融合（《很抱歉打扰你》），一桩令人不寒而栗、"故意杀人"的交通事故（《寒假》），一个被社会"潮流"异化吞噬的家庭（《心跳骤停》），还是一位处于事业瓶颈、追问写作如何干预生活的女作家（《我该怎么认你》），都很难归入既有的类型，也都逼真地展现了几十年来社会政治问题如何渗入英国的日常生活。

　　曼特尔的小说，对话往往异常简洁却具有攻击性，下笔堪称凶狠。她擅用词语双关来造成阶层之间的误会，抓住"词语"在英国人生活中定义各种微妙关系的特点，极具反讽意味，同时也给翻译造成了很大的困难。此外，曼特尔在铺陈气氛和设计细节上都是高手，喜欢在优美奇诡的描写中突然撕开伤口，暴露生活中最残忍的那一面；相应地，她也善于在阴郁、黑色、教人窒息的情节中悄然打开那扇"看不见的门",门里汩汩涌出的优美而诗性的描写与前者形成惊人反差——于是,光愈显明亮,暗愈显浓黑,作品愈显其异质的美感。

* * *

他的孩子们正从天而降,他坐在马背上看着她们,身后是绵延的英格兰国土;她们张开金色的翅膀,暗着充血的眼睛,俯冲而下。格蕾丝·克伦威尔在明净的天空中盘旋。捕获猎物时,她悄无声息,就像飞到他手上时一样默然无声。但她此刻发出的声音啊,又扑扇羽毛又叫唤的,双翼叹息着,拍打着,喉咙里叽叽咕咕,那是认出他来的声音,亲热,撒娇,几乎有些不满。她的胸脯上有划伤,爪子上还沾有碎肉。

事后,亨利会说,"你的女儿们今天飞得不错"。那只名叫安妮·克伦威尔的猎鹰在雷夫·赛德勒的防护手套上跳跃着,雷夫骑行在国王身边,两人在轻松地寒暄。他们累了;太阳正在西沉,他们让缰绳搭在坐骑的脖子上,返回狼厅。明天,他的妻子和两个姐姐会出去。这几个逝去的女人,尸骨早已融入伦敦的泥土,但如今已经转世。她们轻盈地在高空中翱翔。她们没有怜悯,不回应任何人的呼求。

她们生活简单。俯瞰地面时，她们的眼中只有猎物，以及猎手们借来的漂亮服装：她们看到的是一个飘忽、移动的宇宙，一个堆满午餐的宇宙。

整个夏天都是如此，在喧嚣嘈杂中，遭到肢解的猎物皮毛四散，猎犬被赶进赶出，疲惫的马儿受到悉心的照料，侍从们处理着各种挫伤、扭伤及水泡。至少有好几天来，阳光已照到亨利身上。中午前不久，乌云从西边飘来，洒下清新而豆大的雨点；但后来又云开日出，晒得人热烘烘的，此时的天空一片澄澈，你简直可以望及天堂，一窥圣人们在履行何种天职。

——《提堂》第一部

一阵无聊过去，《旗帜晚报》也看完了，此时尿意袭来。她有一个塑料花瓶，装到半满时，她站到椅子上，小心翼翼地把瓶子摆稳，然后打开阁楼窗户。如果此时有人待在屋顶上，比方说，一只鸟或者一个正在修排水管道的男人，比方说，一只从遥远海面上飞来的海鸥；它会看见一只黄黄瘦瘦的手冒出来，沿着窗框摸索；它会看见有个瓶子在小心翼翼地倾斜，接着，一股细细的水流沿着石板淌下去。

——《英文学校》

作为《狼厅》的续集，《提堂》和前者一样也拿到了布克奖，创下了空前（也很可能是绝后的）纪录。按照布克奖评委会主席的说法，这同一个系列的两部作品之所以值得两个布克奖，与其"叙述时潇洒驰骋的语言以及场景的设置"密切相关。

《提堂》的第一章就示范了曼特尔的语言是如何驰骋的，场景是如何设置的。第一个马背上的"他"指亨利八世，而"他的孩子们"则是宫廷豢养的、翱翔于天上的猎鹰。从第一句到第二句，叙述的内在视角就从人的眼睛转到了猎鹰身上；到了下一段，用一句"事后会说"，时态短暂地从现在时转换成将来完成时，再迅速转回来。到了这一段的末尾，镜头又聚焦于猎鹰的眼睛，然后我们从猎鹰的眼睛往下看，"一个飘忽、移动的宇宙"就此展开。

时空的壁垒、虚实的界限在曼特尔这里完全不是问题。仿佛她的手轻轻一扬，墙上就能开出一道看不见的门。在短篇小说《英文学校》（出自短篇集《暗杀》）里，我们再次看到来自天上的"潇洒驰骋"的目光。这一回，猎鹰换成了"一只从遥远海面上飞来的海鸥"。海鸥的视角没有猎鹰那么大开大合，却更为细腻，注入了饱满的情感。在视角和意象的转换上，曼特尔总是能做到迅疾而奇特，总是能在日常生活描写中，突然绽放出超现实的火花来。

托卡尔丘克：时间无所不能

太古是个地方，它位于宇宙的中心。

倘若步子迈得快，从北至南走过太古，大概需要一个钟头的时间，从东至西需要的时间也一样。但是，倘若有人迈着徐缓的步子，仔细观察沿途所有的事物，并且动脑筋思考，以这样的速度绕着太古走一圈，此人就得花费一整天的时间。从清晨一直走到傍晚。

……

上帝在太古的中央堆了一座山，每年夏天都有大群大群的金龟子飞到山上来。于是人们把这山丘称为金龟子山。须知创造是上帝的事，而命名则是凡人的事。

——《太古和其他的时间》"太古的时间"

这是小说《太古和其他的时间》的开篇。

在这里，托卡尔丘克虚构了一个名叫"太古"的地方。我们从这个名词本身，就能体会到作者在其中寄寓的"回归原初和本真"的含义。太古位于宇宙中心，四面都有守护天使庇佑，远离城市，边缘有森林，呈现典型的波兰村庄风貌。太古的规模并不大。需要注意的是，从第一句开始，作者就在这个方寸之地上叠加时间概念，整个空间因此陡然增大 —— 并不是指面积，而是指维度。

整部小说分成八十多个小节，每个小节的标题都统一格式：由一个名词加上"时间"，比如"太古的时间"、"米霞的时间"和"恶人的时间"。也就是说，"太古"这个地方的故事由八十多段"时间"构成，每段"时间"的主人都不相同，大部分是生活在太古里的人，也有植物、自然现象、日用物品或者人们想象中的鬼魂、神灵、天使。还有一些是非常抽象的概念，比如"游戏的时间"其实是一套虚构的支配天地万物的游戏规则。甚至，小说中还几次出现了"上帝的时间"。"上帝"在这些段落中，既"创造了一切可能的事物"，但他本身又同时是那些"根本就不可能发生，或者很少发生的事物的上帝"。与《圣经》里的"上帝"相比，这部小说里的上帝虽然着墨不多，却要具体得多，也生动得多。我们知道，在小说叙事中，"上帝视角"是个很常用的术语，专指全知全能的第三人称视角，但在小说中，上帝本人一般是不会出场的。而在《太古和其他的时间》里，上帝常常会忍不住打破沉默，在小说中的人物行动或者思考的时候跳出来评点一番，似乎总在提醒你，这部小说始终存在着一个近乎平行的上帝视角。

"时间"在这部小说里，几乎是一种无所不能的存在，一种神奇的能装下一切的容器。在这八十多段"时间"里，作者既描述事件，也阐释概念、捕捉情绪，精神层面和客观实在都容纳于其中。段落的排列顺序基本按照时间先后，并没有把时间线打乱。不过文本中常常故意模糊时间，很少出现清晰的时间标志，比如在全书进行到大约四分之三的位置，出现了这样一句话："他走到栅栏的小门旁，又对帕韦乌说，在黑市可以弄到抗生素。这个词听起来带有一些不可思议的意味，就像童话中的活命水，于是帕韦乌骑上了摩托车。在塔舒夫他听人说，斯大林死了。"我们可以根据这个标志推断，当时正是1953年，而书中描述的这段时间，正是苏联主导的波兰人民共和国时期。

把书中的所有时间标志连起来，我们大体上能理出一条时间线，可以看到小说里的故事基本上对应了波兰从第一次世界大战到20世纪80年代的历史进程。但是，在大部分时间里，历史的风云变幻只是作为一个遥远的背景，透过含蓄的描述，你可以看出第一次世界大战、大萧条、第二次世界大战、纳粹占领波兰，以及二战之后的苏联统治的影子。那些在历史书上浓墨重彩的重大事件，那些烙在民族记忆里的深深的伤痛，在这部小说的文本中，总是用异常简洁而恬淡的口吻娓娓道来，就像是不经意间随口提起的。

* * *

　　他们没打算驻扎在农民家里。他们征用了海鲁宾的果园，自己动手搭建简易木头房屋。其中的一栋要用作厨房，由库尔特管理。格罗皮乌斯上校用地方上的小汽车载着他去耶什科特莱，去地主府邸，去科图舒夫和附近的村庄。他们买木材、奶牛和鸡蛋，以他们自己定的非常低的价钱付款，或者根本就不给钱。那时库尔特便从近处看到这个敌对的、被征服的国家，跟这个国家的人民面对面站在一起。他看到从储藏室里拿出来的一篮篮鸡蛋，奶油色的蛋壳上还带着鸡粪的痕迹。他看到农妇们不怀好意的凶狠的眼神。他看到那些笨拙、瘦骨嶙峋、孱弱的奶牛，他惊诧人们竟以如此的温情照料它们。他看到在粪堆上觅食的母鸡，在阁楼上风干的苹果，一个月烤一次的大圆面包，赤脚、碧眼的孩子，他们尖细的叫喊声使他想起自己的爱女。然而这一切对他都是陌生的。或许是由于人们所操的纯朴、刺耳的语言，或许是由于面部线条的陌生。有时格罗皮乌斯上校叹着气，说该把这个国家夷为平地，再在这个地方建设新秩序。库尔特觉得上校言之有理。若是果真如此，这里或许就会更干净，更漂亮。有时，他脑子里也会产生一种令人难堪的想法，以为他该回家，不要去打扰这片沙质的土地、这些人、这些奶牛和这一篮篮的鸡蛋，让他们过上安生的日子。夜里他常梦见妻子白皙、光滑的胴体，梦中的一切都散发着习惯、自如、亲切、安全的气息，与在这里感受到的大不相同。

——《太古和其他的时间》"库尔特的时间"

小说里讲到一个叫库尔特的军官来到太古，我们从他在对话里直接使用的德语判定这是个纳粹军官，进而判断此时已经进入了第二次世界大战。库尔特出生于德国的大城市，起初来到这个波兰的乡村，他心里牵挂着故乡和亲人，眼前的日常生活让他不无亲切之感，惊诧当地的人们"竟以如此的温情照料奶牛"。他听到上级叹息，说应该把这个地方夷为平地，然后再建立新秩序。他有时觉得这个说法有道理，有时又觉得自己应该回家，不要去打扰这片宁静的土地。他多次帮助党卫军镇压犹太人，将抓获的犹太人装上汽车，为此而闷闷不乐，却又说服自己相信那些人"去的是对他们更好的地方"。

小说文本循着舒缓的节奏向前延伸，突然间，布尔什维克的炮弹落了下来，库尔特的士兵开始射击。节奏骤然加快，在一系列轰炸和射击之后，库尔特的精神状态走向疯狂。他觉得自己身为指挥官，理应结束这种愚蠢的射击，但有个突如其来的念头困扰了他。"他想，这是可怕的，但必须如此。他想，已经没有退路了，这个世界注定要灭亡。"于是，接下来发生的一幕，便是库尔特枪杀了一个老妇人，而且，他还清晰地记得以前"那老太太见到他时总是咧开没有牙齿的嘴巴，默默无言地冲他微笑"。

寥寥数笔，一个有血有肉的正常人如何被搅进战争机器、在瞬间变成魔鬼的过程，便令人信服地跃然纸上。紧接着，那个平行世界的上帝视角插入文本，上帝之眼见证了库尔特的突然死亡。因为肩负着监视太古的任务的库尔特每天都要观察这里的一草一木，他怀着愉快的心情做这件事，甚至开始憧憬有朝一日能带着家人到这里定居。于是，"上帝像看地图一样看到了库尔特的思想，而且也允许他永远留在太古。上帝从那些一颗又一颗的偶然巧合的子弹中给他选定了一颗。人们常说，这种子弹是上帝送来的"。这是这部小说典型的写法。在别人可能会反复渲染的地方点到即止，不纠缠在具体的现实细节中，以简洁、漂亮的而且往往带有强烈的反讽意味的笔触转过历史的旋涡，跳出平常的视角，选择新的切入角度重新审视历史。读托卡尔丘克，会不断感叹：为什么她可以把复杂的事情写得那么简单，同时并不损失深刻？

* * *

托卡尔丘克生于1962年，除了是个小说家之外，还是在波兰很有影响力的左翼公共知识分子、女权主义者、素食主义者。在攻击者眼里，她的这些政见等同于不够爱国，反基督教，以及倡导生态恐怖主义。托卡尔丘克对此当然坚决否认，并且宣称自己是一个"真正的爱国者"。总体上看，托卡尔丘克的小说创作之路稳定而自信，一步一个台阶。数量上，她二十多年写了十几本小说，算得上比较高产；质量上，国内国外都有很拿得出手的得奖记录，并且逐渐确立了稳固的市场地位——她并不是那种彻底走曲高和寡路线的作家。不过，最重要的是，这是一个很确定地知道自己要什么的作家。从第一部作品开始，她的个人风格就异常鲜明。诺奖的授奖词里特别提到了她在叙事上的想象力。这种想象力表现为"怀着百科全书般的激情，穿越种种边界"，甚至说，她把"穿越边界"变成了一种生命的形式。

怎么理解这句话？我们只要稍稍翻翻托卡尔丘克的作品，就能发现她的小说里充满了各种各样的奇思妙想，各种神秘主义元素。她在现代心理分析与古老的神话之间，在科学与宗教之间，在碎片化叙事与理智的思辨之间，在现实与梦境之间，总是能做到穿梭自如。也就是说，从这个选择中，我们可以看出，诺奖仍然追求高超技术与具有

"理想主义倾向"的主题的统一。对于托卡尔丘克小说主题的解读，通常指向这些宏大的词语：时间，世界的理智和秩序，生命，对抗父权，等等。虽然她一直是波兰本土叙事的代表人物，下笔却常能轻盈地升腾起来，超越地域与民族的界限——不得不说，这正是诺贝尔文学奖一向重视的特点。

比如出版于2006年的《世界陵墓中的安娜·尹》借用了苏美尔人的神话，却把时空放置在未来世界，形成了既具有叙事难度又极具审美新鲜感的张力。在《太古和其他的时间》里出现了很多新鲜而陌生的意象：触摸世界边界的少女、沉溺于解谜游戏的地主、寂寞的家庭主妇、咒骂月亮的老太婆，等等。但是，很多波兰读者却从中读出了熟悉的历史和生活。所有的隐喻都具有独立的生命力，你可以把它们仅仅看成是美丽的梦话，也可以思索梦话背后隐藏着什么样的暗码。

在整个20世纪，波兰这个国家的经历之跌宕、苦难之深重、历史原因之复杂，一向都是作家笔下经久不息的话题。我们略微翻翻波兰的历史，就能得到一些粗线条的印象，看到各种一以贯之的尖锐矛盾。比如，波兰境内主要生活着斯拉夫人，世界上大部分斯拉夫人信仰东正教，但波兰有90%以上都信仰天主教，所以"上帝"这个角色在《太古和其他的时间》中显得那么特殊，那么微妙。再比如，在波兰历史上曾影响深远的"贵族民主制"，导致国王与贵族之间的关系非常纠结，长期处在谁也不服谁的矛盾中，由于重大议题委决不下而错过了不少国家发展的机遇。此外，更为直观的是，由于地理位置正好夹在德俄两大强国之间，一度自己也曾称霸一方的波兰逐渐沦为四战之地，近代一直在悲剧性地重复着从被占领到独立到再度被占领的命运。民族之间的矛盾冲突，战火蔓延带来的生灵涂炭，意识形态的长期混乱和割裂，都成为波兰人苦难的根源。在上世纪90年代之前，波兰的现实主义文学往往具有强烈的政治意味，受冷战时期意识形态斗争的影响很深。无论是代表官方意志的作品，还是反对派的文学，作者所持的政治立场往往过分鲜明地体现在文本中，非黑即白，难免削弱其文学性。而以托卡尔丘克为代表的年轻一代，希望另辟蹊径，力图淡化刻板的、符号化的历史，不再纠缠于清算波兰历史的功过，转而从神话和民间传说中汲取养料，进而创造出自己的一套亦真亦幻的语言体系，并通过这种新的方式来书写波兰人历史。

在这样的文本意图下，《太古和其他的时间》仿佛始终笼罩在一层神秘而暧昧的薄雾中。种种原本熟悉的凡俗事物，都被优美地陌生化。在这部小说里，一栋房子有其灵魂，衣服有其记忆，动物有其梦境，蘑菇被描述成在地下有一个壁垒森严的王国。这不仅仅是将生物或者非生物拟人化的手法，也不是在纯粹模仿拉美的魔幻现实主义。某种程度上，托卡尔丘克打通几乎所有事物界限的努力，是要在她的文本中营造出一个仿佛"众生平等"的幻象。在这样的世界里，上帝也会有烦恼，而凡夫俗子倒不时焕发某种神性，人类和动物植物甚至很多没有生命的物体，共同分享着太古的空间和时间。作者试图通过这样的平等的叙述方式，恢复人类对这些司空见惯的事物的感受力，强调"体验"本身的重要性——无论那是对物质的，还是对精神的。怀着这样的态度，这部小说对于历史的叙述就获得了某种格外平静而超然的口吻，那些在战场上、官场上轰轰烈烈展开的历史，似乎既残酷地控制着太古众生的命运，又始终被隔离在太古之外。历史成了倒影，成了梦境，成了虽然强大却始终发生在别处的背景音乐。

* * *

然后，他走到镜子前面，反复观察自己。他看到的是个不认识的陌生人。

他围着水磨走了一圈，抚摸着转动中的巨大磨盘。他拈了一小撮面粉，用舌尖尝了尝味道。他把手浸到水里，将一个手指头顺着栅栏的木板儿溜了一遍，又闻了闻花的香气，发动了铡草机。铡草机吱吱嘎嘎地响了起来，把一饼压缩的苘麻叶子切碎了。

他走到磨坊后边高高的草丛中，撒了泡尿。

他回到住屋，大着胆子冲格诺韦法瞥了一眼。

她没睡，望着他，说道：

"米哈乌，没有任何男人碰过我。"

——《太古和其他的时间》"米哈乌的时间"

从战场上归来的男人与妻子的对话，总共没有几个字，却充满了无法言说的隐衷与冰山下涌动的暗流。

即便是与其他生物、非生物交织在同一个层面上，人类的命运终究还是在这部小说中占据最大的篇幅。发生在太古中的人类的故事，大致历经了三代人，这些人物主要集中在两个家庭中。作者对每个人物出现时的身份和前情往事并没有太多的交代，我们往往需要根据人物的某些细微的行为和心理活动推测各种相关信息。小说一开始，出场的第一个人物是青年男子米哈乌，他在1914年被沙俄士兵抓去参加第一次世界大战，留下正在怀孕的妻子格诺韦法。不久，格诺韦法生下女儿米霞。在暗无天日的战争年代，格诺韦法一度与米哈乌失去联络，并与一个叫埃利的犹太小伙子互生情愫。米哈乌最终在战争结束后奇迹般地回来了，但格诺韦法此时已经怀上了埃利的孩子，两个人只能在心照不宣中继续把原本的家庭模式延续下去。儿子伊齐多尔很快在这种暧昧的局面中降生。

另一个家庭的状况要清贫得多。老博斯基一生都在别人的屋顶上安装木瓦，他的儿子帕韦乌却不甘心子承父业，从小想当个"有地位"的人物。他努力上进，想用知

316

识改变命运，也想通过追求富裕的米哈乌家的长女米霞走上捷径。米哈乌眼看着女儿逐渐成为"帕韦乌雄心勃勃的生活计划的一小部分"，也只能接受他成为自己的女婿。两个家庭因此联系在一起。

时光流逝，先是德国军队来了，接着俄国军队也来了。二战带来的一系列灾难席卷波兰，也裹挟着小小的太古村。战争中的米哈乌收留过被德军追杀的犹太人，而战后的帕韦乌努力在人民共和国的机关里谋生——昔日的雄心勃勃变成实用主义和浑浑噩噩的寻欢作乐。他在外面跟各种各样的女人混在一起，与给他生了好几个孩子的米霞渐行渐远。这些人物一个接一个衰老，死去。小说的最后一幕，是帕韦乌的女儿阿德尔卡从远方回到家乡太古村，看望垂垂老矣、行将就木的父亲。阿德尔卡喃喃地说："若是需要我留下……"但帕韦乌把脸转向窗口，透过肮脏的窗玻璃望着果园，说："我已经什么也不需要啦。我已是什么也不害怕了。"

* * *

麦穗儿是个已长大成人的健壮的姑娘。她有一头淡黄色的秀发，白皙的皮肤，她那张脸太阳晒不黑。她总是肆无忌惮地直视别人的脸，连瞧神父也不例外。她有一双碧绿的眼睛，其中一只略微斜视。

那些在灌木丛中享用过麦穗儿的男人，事后总感到有些不自在。他们扣好裤子，带着通红的面孔返回空气浑浊的小酒店接着喝酒。麦穗儿从来不肯按一般男女的方式躺倒在地上。她说：

"干吗我得躺在你的下面？我跟你是平等的。"

她宁愿靠在一棵树上，或者靠在小酒店的木头墙上，她把裙子往自己背上一撩。她的屁股在黑暗中发亮，像一轮满月。

麦穗儿就是这样学习世界的。

有两种学习方式：从外部学习和从内部学习。前者通常被以为是最好的，或者甚至是唯一的方式。因此人们常常是通过旅行、观察、阅读、上大学、听课来进行学习——他们依赖那些发生在他们身外的事物学习。人是愚蠢的生物，所以必须学习。于是人就像贴金似的往自己身上粘贴知识，像蜜蜂似的收集知识，人们有了越来越多的知识，于是便能运用知识，对知识进行加工改造。但是在内里，在那"愚蠢的"需要学习的地方，却没有发生变化。

麦穗儿是透过从外部到内里的吸收来学习的。

——《太古和其他的时间》"麦穗儿的时间"

除了两个被卷入历史漩涡的家庭之外，太古村里还有很多让人过目难忘的人物，其中"戏份"最多的人物有两个。一个叫麦穗儿，在某个夏天从远方流浪到太古。她漂亮性感、桀骜不驯，性格里含有某种朴素的对平等自由和独立思考的追求。她与太古的男人谈情说爱，却又不愿意受到任何束缚，连躺在地上的姿势都要挑战既成的秩序。麦穗儿几乎成了太古所有妻子的敌人，她们发现她怀上了不知哪个男人的孩子，就劝说她生下孩子之后送到"收养院"，却被她断然拒绝。麦穗儿宁愿永远背负着伤风败俗的骂名，带着孩子终日游荡在森林和田野。在整部小说中，麦穗儿的反叛性格，她那仿佛与天地共生、傲视世俗观念的形象，具有特殊的魅力。

另一个有趣的人物是地主波皮耶尔斯基。1910年代，他的宅院横遭哥萨克洗劫，他本人在虚无悲伤中患上了忧郁症。小说中写道"1918年，百废待兴"，实际上指的是一战以后的波兰社会民主党人建立的波兰共和国。波皮耶尔斯基一度热情地投身于社会变革，希望通过工作和行动，"有效地治疗忧伤"。然而，在他生了一场肺炎之后，第一次走出门，就重又看到了"丑陋的灰色世界"。他发现，"去年重新建设一切的努力付诸东流"。这部小说里充满了这样语焉不详的陡然转折，不铺陈事实，而是着力调动隐喻、捕捉情绪。不过，如果我们查一下史料，就能发现1919年波兰又被推入了苏波战争。总而言之，波皮耶尔斯基的梦想再度破灭，他顿悟"青春时代最大的骗局是乐观主义"。此后，我们再见到这个人物时，他就成了一个巨大的矛盾体，时而在疯狂的性中寻求寄托，时而又一头扎进书房，在浩瀚的知识海洋中麻醉自己，在永远没有答案的哲学思考中打发漫漫人生。

诸如此类的一段段被分割开的时间，各种排列得错落有致的人和物，风格化的史诗和寓言，以及将它们包裹在一起的那团迷雾，便构成了《太古和其他的时间》。作者搭建结构和拿捏文字的能力是那么突出，使得阅读这部小说的感受相当奇妙，画面和音乐总是会恰到好处地在脑海中自动呈现。也许描述这部小说，引用托卡尔丘克本人的说法是最为准确的："我总是想写一本这样的书。一本能创造和描述一个世界的书。这个故事关乎这个世界的出生、成长和死亡 —— 一如所有生命体。"

石黑一雄：迷雾与微光

我无意让人觉得，那时候的英国就只有这些东西，以为当辉煌的文明在世界其他地方蓬勃发展之时，我们这儿的人还刚刚走出铁器时代。假使你能够在乡间漫游，定会遇到有音乐、美食和高超竞技技巧的城堡，或者有饱学之士的修道院。问题是没法到处旅行。就算有一匹强健的马，天气晴好，一连走上好几天，你也可能看不到绿林中露出城堡或修道院来。你碰到的很可能都是我刚刚描述过的这种村落；而且，除非随身携带食品或衣物作为礼品，或配备令人生畏的武器，否则未必会受到欢迎。很遗憾我描绘了当时我们国家的这么一幅景象，但事实就是这样。

——《被掩埋的巨人》第一章

当小说叙述者强调"事实就是这样"的时候,一个成熟的读者多半要在心里打一个问号。当这位小说家是石黑一雄时,问号也许还应该再加一个。

石黑一雄并不是诺贝尔奖历史上常见的那种以作品规模和体量取胜的作家。如果作量化分析的话,石黑成名比较早,作品却不算多。对于那些需要写学术论文的学生而言,好消息是作品部分你只需要看八部长篇,一部中短篇集,坏消息是石黑的文字里充满不确定性,你试图从里面抓住确凿的适合分析的线索,可能比想象的更难。因为从表面上看,他的这些作品涉及的题材很广泛,你基本上看不到身份认同困境之类的移民作家典型话题,甚至看不到与当下现实生活有强烈关联的内容——他宁愿写历史故事,写未来世界,宁愿拉开一段距离,为他想表达的东西寻找遥远的背景。

毫无疑问,石黑迄今最重要的作品是1989年获得英语文学最高奖布克奖的《长日将尽》。你会从小说男主人公——英国管家的自述中读到典型的英国式的人物、景物和思维。这位管家的一生都在骗自己,徒劳地坚守日不落帝国的昔日荣光。石黑也写过他本人成年以后就几乎不去的东方,但他笔下的东方都是碎片化的、雾蒙蒙的。它们既与整个西方社会对神秘东方的想象大致合拍,又带着石黑本人朦胧的童年记忆和血缘归属。归根结底,这些都是表象,石黑本人谈及自己的作品总是说"精髓不在背景"。

那么精髓究竟在哪里？诺奖的官方说法很值得参考：小说具有强大的情感力量，揭示了我们与世界虚幻的连接感之下的深渊，作品中反复出现的主题是记忆、时间和自我欺骗。这话听着有点玄乎，但你在系统读完石黑的所有作品之后，会觉得这个概括相当精准。尤其值得注意的是，在代表作《长日将尽》之后，石黑开始明确把自己的小说定位在"全球性题材"的"国际化写作"上。他试图为这种写作定义规则，最终把它形容成"梦的语法"。这种国际化的努力，为他的最终获奖，起到了举足轻重的作用。这也就可以解释，为什么他的作品，越是晚近，越是充满幻想和隐喻。《被掩埋的巨人》近二十万字，出版于2015年，在此之前石黑有整整十年未曾发表长篇小说。无论从什么角度看，这部小说都体现了石黑后期作品的典型特征，上面提到的那些关键词，我们可以在文本中一一验证。

* * *

"先生，我要提醒你，我是亚瑟王的骑士，不是你们布雷纳斯爵爷的走卒。我不会因为谣传或者对方是外国人，就对陌生人动武。在我看来，你拿不出对付他的充足理由。"

——《被掩埋的巨人》第五章

小说以亚瑟王传奇故事为基础，整个文体都是对奇幻历史故事的戏仿。也就是说，如果你是奇幻故事爱好者，完全可以把它看成是亚瑟王故事的续篇。小说在表面上也遵循奇幻故事的某些基本法则。当然，往深里看，你又能发现很多溢出框架的东西，逼你展开更深层次的思考。中国读者在阅读这本书时，会碰到的一大障碍是：西方读者对于亚瑟王传奇的故事是耳熟能详的，石黑一雄在小说中可以不必多做解释。有这点默契在，无论石黑对于这些典故做怎样的引用、改造甚至颠覆，西方读者都比较容易领会。但在中国，我们还是需要首先交代一下什么是亚瑟王传奇。

从大约公元9世纪起，欧洲就开始流传以英王亚瑟为中心的传奇故事，但仅有零零碎碎的只言片语，见木不见林，散见于各种游吟诗、口述文学作品或者编年史中。真正让这些故事连成一体、广为流传，完成正统化、经典化过程的是英国作家马洛礼根据这些材料整理并撰写的《亚瑟王之死》。这本书在1485年被大量印制，甚至成为英国印刷史上的一件大事。15世纪的英国，由内而外，正在变得日益稳定而强大。相应地，自上而下，都迫切期待来自本土的英雄故事和开国神话。马洛礼在《亚瑟王之死》的前言中说："那些贵人雅士迫切要求我印行这部书，因为他就出生在英格兰，而且是我们英格兰人自己的国王。"

《亚瑟王之死》的文本，确实提供了当时的君主和民众所需要的一切：在故事里，亚瑟王拥有正统不列颠王族血统，先是流落民间，再是神奇地拔出石头里的宝剑，认祖归宗，建功立业。在故事里，他率领不列颠人民击退北方的撒克逊人的入侵，造就了不列颠王朝的空前繁荣。在此之后，故事的重心开始转向亚瑟王身边的圆桌骑士，他们争夺圣杯的故事不仅好看，而且也吻合基督教在英国日趋兴旺的传播轨迹。基督教新教最终之所以成为英国的国教，其广泛的民间基础也直接反映在文本中。可以这么说，亚瑟王的故事，作为英国传奇故事的正典，是天时地利人和的产物。

不过，这个轰轰烈烈的故事，究竟能在何种程度上对应英国历史，却是一个有点棘手的问题。历史学家只能告诉你，以现有的历史材料看，这些故事源自何处如今已经无处可考，是否以某个历史人物为基础也不能确定。普遍认为，传说故事发生的年代在公元5到6世纪，对于这段历史，如今可供追溯的史料并不多。然而，无论如何，并没有迹象表明，这段时间里出现过一个统一、发达、强盛的与亚瑟王朝相似的不列颠政权。自从罗马帝国在5世纪初衰落，进而撤离不列颠群岛之后，这片土地基本上就陷入生灵涂炭中。盎格鲁、撒克逊、朱特人等等，从5世纪中叶起陆续侵入不列颠，打打杀杀一直到7世纪初才建立起七个相对稳定的政权，各自割据一方，即所谓的"七国时代"。在这个漫长的动荡时代里，本土大量不列颠人被杀戮或沦为奴隶，或被入侵者同化，形成后来的英吉利人。当然，可想而知，从外来到在本地定居再到互相争夺地盘和资源，撒克逊等外族移民也同样承受过不少无妄之灾。总体上，在语焉不详的英格兰正史上，这是一幅惨淡、复杂、混沌的画面。

两相对照，我们不难看出其中的微妙甚至尴尬之处。传奇故事当然不必与正史亦步亦趋，但是像这样形成巨大反差的，还是能让人玩味良久。在历史难以言说之处，文学往往就大有用武之地。石黑一雄敏锐地抓住了这一点，将小说《被掩埋的巨人》放置在这个特定的时空环境里，从一开始就对英国的叙事传统构成了反讽。一个历史学家无法定义却被辉煌的神话故事照亮的时代，到了石黑笔下，只用了一个词、一个意象就准确勾勒出来了。这个词就是：迷雾。

* * *

"对啦，迷雾。可真是个好名字。比特丽丝夫人，我们听说的话，谁知道是不是真的呢？我想，刚才我说过，去年有个陌生人骑马经过，在这儿过夜。他是从东边沼泽来的，和今天这位勇敢的客人一样，不过说话的口音很难懂。我请他在这个旧房子里休息，和你们一样，晚上我们谈了很多事情，也谈到了迷雾，你们用的这个名称倒很贴切。他对我们这个奇怪的毛病非常感兴趣，一遍一遍提了很多问题。然后他提了一个说法，我当时没在意，但后来一直在考虑。陌生人认为，可能是上帝本人忘记了我们过去的很多事情——遥远的事情，当天的事情。如果一件事情上帝不记得，我们这些凡人怎么可能还记得呢？"

——《被掩埋的巨人》第三章

　　这团诡异的迷雾，从小说一开头就压在所有人物的头顶，据说是导致英格兰山谷中的人们失忆的原因。这团雾既是奇幻小说的典型情节，又像我们刚才说到的那样，与那段历史本身的混沌状态大致吻合。本土的不列颠人和异族撒克逊人生活在一起，彼此相识，比邻而居。然而，虽然双方没有明火执仗地兵戎相见，空气里却弥漫着莫名其妙的敌意，小范围冲突和猜忌不断。然而记忆似有若无，谁也说不清究竟之前发生过什么。我们在看开头几章的时候，可能会有点晕，因为小说跟着人物的叙述走，从不同人物的视角分别切入，并没有一次性交代前因后果。这些处在记忆混沌状态中的人物，所有的交代都是碎片式的，所以你很难一下子搞懂他们之间的关系。

　　小说的核心情节是奇幻小说的经典套路：各怀使命的五个人结伴，一同踏上艰辛旅程，他们的活动范围似乎一直在临近的村落、树林、修道院里，在不列颠人和撒克逊人各自的聚居区来回穿梭。首先出场的是一对不列颠老夫妇埃克索和比特丽丝，他们在村里地位低微，甚至被剥夺了晚上用蜡烛的权利。凭着残存的记忆，他们认定眼下唯一的目标是往东走，到某个村子里去寻找他们的儿子，尽管儿子如今到底是什么状况、当初为什么会离开，他们一点也想不起来。

在经过一个撒克逊人的村子时，夫妇俩目击村民遭受所谓食人兽的攻击 —— 这似乎也是奇幻小说的标配情节。有人不幸丧生，还有个叫埃德温的小男孩被绑架。一位撒克逊武士维斯坦充当了英雄，救下埃德温，并且希望带着埃德温跟埃克索夫妇一同上路。他提出的理由是：撒克逊村民认为埃德温身上的伤口是被食人兽咬伤，而按照当地的迷信，这样的伤口会祸害别人，所以男孩留在本村里可能被杀死，只有被不信这一套的不列颠人带到自己的地盘才可能保住性命。而维斯坦自己虽然有任务在身，还是可以陪他们走一段路，这样可以保证各位的安全。从读者的角度看，维斯坦这种说法多少有些可疑。而维斯坦自己也曾交代，他的血统虽然是正宗的撒克逊人，却是在不列颠人的区域里长大的。这个从一开始就似乎具备了某种"无间道"性质的人物，其立场和目的都是一个谜。

* * *

无论如何，四个人一起上了路。翻山越岭的时候遇上不列颠布雷纳斯爵爷的守军，维斯坦最后只能杀了他才能过这一关。在此过程中，第五个人物登场，他是一位年迈的骑士。此人似乎对布雷纳斯爵爷的飞扬跋扈心存不满，认为这位实权人物正在毁掉来之不易的和平；但同时，他也对维斯坦心存顾虑。维斯坦声称他此行的真正目的是杀掉一直在这个国家游荡的母龙魁瑞格，因为那团迷雾其实就是她持续喷出的气息，这一点当然也符合迫切想追回回忆的埃克索夫妇的利益。老骑士听了此话反应激烈，表示杀死母龙应该是他的工作，因为这是已经去世的亚瑟王亲自授予他的任务。

现在可以介绍一下这位老骑士的身份了。他名叫高文，是亚瑟王传奇里的一个重要角色，亚瑟王的亲外甥，圆桌骑士中最风度翩翩的一位，据说"白马王子"这个词儿最早就是形容他的。有关高文的事迹我们可以在各种各样的民间传说里看到，不过其形象基本一致，高大全，完全找不到道德污点。因其完美无瑕，他甚至受到太阳的恩赐，在正午的阳光下力大无敌。尽管对女人彬彬有礼，但高文不像另一位著名的圆桌骑士兰斯洛特那样多情善感，高文的情史简单到几乎等于空白，没有什么女色可以影响到他的行为轨迹。说实话，这个过于完美的形象在原来的民间故事里多少有点苍白和无聊。

然而在《被掩埋的巨人》中，垂垂老矣的高文从一出场就开始显露出凡人的弱点。他力不从心，首鼠两端，更多的时间都是在观察正值壮年的撒克逊武士维斯坦冲锋陷阵。我们明显能感到高文想阻止维斯坦去杀死母龙，但他吞吞吐吐不肯透露原委，也没有能力捆住维斯坦的手脚，只能先跟上大部队监视他们的行动。从高文口中，我们得知亚瑟王已经在多年前死去，当权的布雷纳斯爵爷从来就不是那种秉持理想之人，如今真正在守护着骑士荣耀的只有高文和他的那匹老马。与此同时，高文、埃克索和维斯坦似乎在若干年前都有交集，隐约的记忆在三人之间萦绕盘桓，但没有人说破。故事进行到后面，我们还会发现，高文不再是传说中的那种浑身充满正能量的行动派，而是常常只能无奈地浮想联翩，甚至还会想起他年轻时错过的美丽女人。

不管怎么说，至此，这一行五人的"屠龙队"算是凑齐了。在一般的奇幻故事里，接下来的艰辛历程应该是重点，各种曲折的转折、奇特壮丽的意象都应该堆砌在这里。但石黑一雄显然无意在一般框架里流连，那些本来可能洒足狗血的怪物，比如食人兽和母龙，在小说中都是类似于纸老虎那样的存在。他的笔墨，更多地倾注在人物的心理活动中。值得注意的是，所有的人物都处在记忆若隐若现的状态，因此叙述都是散漫的、不完整的，在过去和现实之间来回穿越，增加了理解的难度，却也增加了阅读的韵味。

* * *

好像有人对他们同时发出了信号一样，两人之间的距离消失了，刹那之间，他们已紧紧抱在一起。事情在电光火石之间发生，在埃克索看来，两人似乎抛开了剑，张开臂膀以复杂的动作锁住了对方。与此同时，两人略微旋转了一下，像跳舞一样，这时候埃克索看到，两人的剑似乎融在了一起，也许是因为两柄剑撞击的力量太大吧。这让两人都觉得尴尬，正尽最大努力，要把武器拉开。但这可不是容易的事情，老骑士拼尽气力，脸上表情都扭曲了。维斯坦的脸这时看不见，但埃克索看到他的脖子和肩膀都在颤抖，显然他也在尽全力扭转这一僵局。可是，他们的努力似乎都白费了：时间越久，两柄剑似乎就粘得更牢，看来没别的办法，只好抛开武器，重新开始战斗了。不过，两人好像都不愿意放弃，尽管这样拼命，简直要把力气耗光。

——《被掩埋的巨人》第十五章

随着一行人离母龙越来越近，随着他们在相处中互相刺激回忆，历史的阴影在雾霭中逐渐现出轮廓。我们慢慢拼接出以下的信息：首先，维斯坦认定，在当年的战争中，不列颠人手上沾满了撒克逊人的鲜血，其中包括很多无辜的百姓，受伤男孩埃德温的母亲就在其中。维斯坦把埃德温带来，就是看中这个男孩身上的优良禀赋，希望在他心中唤起仇恨的种子，栽培他成为未来撒克逊人报仇雪恨的首领。其次，高文实际上是母龙的守护者，他虽然并不赞成当初的阴谋，但是认定只有抹去记忆，两个民族才能和谐共处。在他看来，守护母龙就是捍卫和平。最后，埃克索曾经是高文的战友，在当年的战争中就是个主和派，一度甚至与撒克逊族达成和平协议，并且赢得了他们的信任，所以维斯坦会对他似曾相识。而这种暂时的虚假和平，恰恰曾被亚瑟王利用，成为后来一举击溃撒克逊人的计谋。如此背信弃义之举，也让埃克索心灰意冷，所以后来离开亚瑟王，到乡间隐姓埋名。所谓的"被掩埋的巨人"，在小说中其实是个隐喻，指黑暗血腥的往事，巨大的、不可见光的阴谋。

其实说到这里我们已经不难猜测，母龙被杀死将是大势所趋，因为衰落的亚瑟王政权和所谓王者之师的代表高文难以阻止一个经过卧薪尝胆之后重新崛起的撒克逊族。按照维斯坦的说法，如今"每个山谷、每条河流都有撒克逊人的村庄，每个村庄都有强壮的汉子和即将长大的男孩"。守护母龙的高文明知无力回天，还是披挂上阵，黯然殉职。母龙被处死，迷雾散尽，英格兰人的记忆渐渐恢复，一场以复仇为名义的杀戮在所难免。而且，显然，这一次获胜的会是撒克逊人。而这个节奏倒是与英格兰的历史档案比较合拍，就好像，石黑一雄先从现实进入神话，再从神话回到现实。

高文与维斯坦的决战写得异常悲壮。两人都知道结局，也都对对方怀有某种惺惺相惜的情感，所以他们过招时，就好像"刹那间紧紧抱在一起"。实际上，高文与维斯坦也确实是同一种人，他们比埃克索更能看清权力斗争的实质，更相信和平是一种虚妄的幻象，只不过维斯坦站在本民族的立场上寻求复仇，进而谋求政治野心，而高文站在现政权的立场上"守护"和平、巩固江山而已。高文的形象是石黑一雄很擅长塑造的那类人，他对于虚幻的、已经消逝的过往的坚守，很像《长日将尽》里那位忠诚、压抑、自欺欺人的英国管家。

* * *

"我们到岛上再继续谈吧，公主。"他说。

"我们就到岛上谈，埃克索。迷雾一散，我们要说的话会很多。船夫还站在水里吗？"

"是的，公主。我现在就去，和他握手言和。"

"那就再见啦，埃克索。"

石黑一雄：迷雾与微光　333

"再见啦，我唯一的挚爱。"

我听见他涉水过来。他打算跟我说句话吗？刚才他说要握手言和。可是，我转过脸，他却没有朝我这边看，只是望着陆地，还有海滩上的落日。我也没有去看他的眼睛。他从我旁边经过，没有回头看。在海滩上等着我吧，朋友，我低声说，但他没听见，继续涉水而去。

——《被掩埋的巨人》第十七章

《被掩埋的巨人》最后一章耐人寻味。埃克索夫妇作为失败的和平倡导者，在迷雾消散之后黯然出走，试图坐船去一个宛若天堂的小岛。夫妇俩失去的记忆也渐渐恢复，他们回想起他们的关系曾经因为互相欺骗而面临崩溃，而他们的儿子因为受家庭的困扰而离家出走，最后死于瘟疫。恰恰是因为当初失去记忆，才让他们一度相敬如宾。现在记忆的恢复对这个家庭究竟是不是好事？石黑一雄没有直接回答，而是给他们安排了一个玄妙的结尾。船夫说按照规矩，夫妇俩必须各自回答一些问题，如果答案一致则可以一起上岛。他们顺利通过了考试，然而船夫又说风浪大，每次只能载一人上岛，所以他们必须先分开，稍后在岛上重聚。夫妇俩接受了这个建议。

记性好的读者会想起，就在小说开头，埃克索夫妇也曾遇上船夫，并且同时碰上一位老妇人。老妇人不停地指责船夫，说正是船夫造成了她和丈夫的分离。老妇人直到今天也不明白船夫是怎么骗取了他们的信任，明明岛近在眼前，船却带走了丈夫，丢下妻子在岸上，从此两人再也没见面。

就在记忆全面复苏的时候，埃克索夫妇却似乎忘记了老妇人的控诉，忘记了这个潜在的圈套。这样的忘记是无意疏忽，还是有意为之，作者没有点明，读者亦无从判断。更大的可能，是他们盲目相信彼此的感情真诚无欺，以为通过假象就能获得特殊豁免，相信自己有能力超越或者欺蒙命运。总而言之，结尾处，夫妻俩一个在船上，一个在船下，小说至此戛然而止。命运，无论是个人的、家庭的，还是民族的、国家的，都将进入新一轮的循环。

* * *

《被掩埋的巨人》在石黑一雄的作品序列里究竟处在什么位置，可能还需要时间来证明。不过，作为石黑获得诺贝尔奖之前最近的一部长篇，它在写作风格上的探索和突破，以及对主题的升华和扩展，成为石黑最终获奖的不可或缺的砝码。某种程度上，你完全可以把它看成石黑多年写作的一次阶段性总结。

首先，《被掩埋的巨人》的主题深刻而具有普遍性。个人与群体如何埋藏创伤记忆，如何以自欺构建叙事，而这种叙事又具有怎样的复杂性，如何改变权力结构、世态人心，这些都是可以无限放大的话题。它带来的思考，宛如石子投入水中激起的一轮又一轮的同心圆。批评家们在其中看到了几乎所有个人、家庭以及民族都难以卸下的历史重负，看到了当今世界上很多仍在不断升级的冲突和战争。实际上，石黑在小说中给我们提出的是个无解的问题：记忆是凝聚一个人、一个家乃至一个国的精神与传统的利器，仇恨的记忆有时候甚至会成为发展的动力，却也同时会成为"现世安稳、岁月静好"的障碍。要不要杀死那条母龙，在各种语境下有不同的理解，它永远不是一道简单的选择题。

其次，对神话的重述，对类型的继承与颠覆，是当代文学的常见技术，石黑一雄在《被掩埋的巨人》中娴熟地使用了这种技术。刚才已经讲过，石黑选择亚瑟王故事作为小说的"源头故事"，是别有深意的。它既像《长日将尽》那样抓住了英国人的痛点，也同样抓住了全世界的痛点。在叙事策略上，这部小说与其"源头故事"的关系处理得非常娴熟，比例合适、分寸得当。无论在情节发展、人物设置，还是在文体风格上，两者都既融为一体，又能在紧要关节处骤然脱钩，释放出巨大的张力。而这种张力使得整个叙述基调一以贯之地洋溢着微妙的反讽意味。举个例子，整个小说里的人物台词，口吻和语调都明显模仿古代神话，但又不同于一般意义上的照搬，读来整体上有一种滑稽的仿古效果。与失忆的情节配合在一起，你会觉得人物之间的对话犹疑不决，虚实难测，结局揭晓真相之后回过来再读，又能从中揣摩到人物内心含蓄的隐衷。

此外，石黑一雄在环境与气氛的铺陈上向来是高手，这一点在《被掩埋的巨人》中也有相当集中的体现。村上春树说石黑一雄的表达"亲切而自然"，并不是一句客套话。我们打开石黑的作品，能看到太多简洁细腻并且异常准确的描写。比方说，你如果去过英国，一定会对这样的描写感同身受："长屋和你在某些情况下亲眼见过的那种乡村食堂差不多，也有一排排长桌和板凳……和现代设施的主要差别是，这儿到处都是干草，头顶脚下都有草，桌上也有。长屋里经常有风，草被刮得到处都是，阳光从小小的窗户里照进来，你会发现连空气里都飘着细小的干草粒。"寥寥数笔，就轻巧地把历史和现实勾连在一起。石黑一雄的文字，总体上隐忍而克制，人物的情绪不太有直接的、大起大落的表达。他的抒情性，反而更多地体现在这些看起来无关紧要的闲笔中。

最后，在这部小说的大半情节中，人物都处在闪闪烁烁的、不确定的记忆状态。零散的回忆，不时如微光浮现，与现实中的进展紧密交织，这感觉格外迷人。石黑一雄的意识流手法在小说中运用得恰到好处，很有普鲁斯特写《追忆逝水年华》的风范。不过，据说石黑本人宣称他并不怎么喜欢普鲁斯特，他说："有时你会读到非常好的段落，但接着你要经历大约200页强烈的法国人的势利、上流社会的心机和纯粹的自我陶醉。"也许，石黑一雄的意识流，是他从普鲁斯特那些"非常好的段落"里学来的。

查尔斯·狄更斯 vs. 萨莉·鲁尼：从上等人到正常人

我深信他（乔）本来还要尽量拖长这个词儿的音调，好像唱歌唱到煞尾一样，偏巧这时他的帽子又快掉下来了，他不免分了心。说真的，这顶帽子非得他时时刻刻留神不可，非得眼快手快，拿出板球场上守门员的身手来对付不可。他表演得极其出色，技巧高明到极点；或则一落下来就冲过去干净利落地接住；或则来个中途拦截，一把托起，连捧带送地在屋子里兜上一大圈，把墙壁上的花纸都撞遍了，这才放心扑上去；最后一次他把帽子掉进了倒茶脚的水盆里，水花四溅，我只好顾不得唐突，在水盆里一把抓住。

——《远大前程》第二十七章

> 他（马格韦契）说他想睡了，要我把我的"上等人的衬衣"拿一件给他，明天早上好换。我拿出一件替他放在床前，于是他又握住我的双手，和我道晚安，弄得我全身的血液又都冰凉了。
>
> ——《远大前程》第三十九章

虽然从现在的眼光看，狄更斯常常像19世纪那些具有照相式记忆的文学巨人那样，下笔极尽铺张，有时难免失去分寸，但你也不得不承认，他的镜头对焦技术总是那么稳定，那么精准。他的人物形象确实有点失控的漫画感，但他们随手一抓，就是一件最合适的道具。

《远大前程》，我最爱的狄更斯小说。儿时读，眼前全是庄园大火中被烧着的婚纱和艾丝黛拉扬起美丽的面孔等待一个少年的吻；中年再读，目光就落在掉进水盆的帽子，以及放在床头的"上等人的衬衫"。

帽子属于男主人公匹普的姐夫，铁匠乔。乔把孤儿匹普养大，善良而又辛酸地看着他突然交了好运，被匿名的有钱人资助去伦敦当一个"上等人"。匹普在伦敦学会大手大脚地花钱，学会心安理得地欠债，与家乡的铁匠铺子的距离越来越远。乔上门探望，尽管匹普以礼相待，但是乔的装束、举止与周围环境格格不入。他进屋以后，先是把帽子放在壁炉架上，但是"帽子却从壁炉架上掉了下来，他连忙离开座位，走过去拾起来分毫不差地放在原处，好像有意要让它马上又落下来，否则就不合乎良好教养的最高准则似的"。就这样，人与帽子的别扭上演了好几个回合。在这里，狄更斯娴熟地向我们示范，环境如何构成无形的压力，附身于一顶帽子，最终逼迫着人物落荒而逃。乔匆匆离开伦敦。而匹普尽管心里非常不安，也只能暗自承认：要成为"上等人"，就意味着与过去的自己，与他出身的家庭渐行渐远。

小说中反复出现的"上等人"，在原文中就是我们通常译成"绅士"的gentlemen。"上等人"的译法（王科一），准确地表现出这个词在这部小说中蕴含的多重意义——它既是高人一等的阶层，是财富、风度和道德标准的象征，也是平民成长的终极目标。这个故事的行进路线，也正是一步步解构这个词的过程。

一个好故事不会不舍得折磨它的人物。匹普被抛向空中的一刹那，就注定他会沿着一道同样漂亮的弧线落下来。到小说的第二部末尾，谜底揭晓，匹普发现，他一心崇尚、追求、为自己虚构的"上等人"，不是心上人艾丝黛拉的教母郝薇香，不是被阴湿的哥特气息包装的没落贵族，而是他儿时搭救过的马格韦契——位于社会食物链最底层的死囚犯；他得到的资助也不是血统高贵的"老钱"，而是浸透了血汗同时又来历可疑的"脏钱"。

然而，三观已然崩塌的匹普暂时还不能垮掉。对于冒着生命危险来观摩他成为"上等人"的马格韦契，他负有最后的、无可推卸的责任。马格韦契的世故与天真神奇地凝聚在这件"上等人"的衬衫上。直到亲眼看见衬衫放在床头，仿佛向他承诺毕生的梦想决不会在明天破灭，马格韦契才安然睡去。这一刻，狄更斯写得克制而冷冽，冰凉的寒意渗入匹普的血液，也足以让书外的我们打个悠长的冷战。

* * *

过了一会儿，他听见她说了什么，他没听清。我没听见，他说。

我不知道我哪里有问题，玛丽安说，我不知道我为什么不能像正常人一样。

她的声音听起来莫名地冷静和遥远，仿佛这是一段她去世或离开后播放的录音。

怎么不一样？他问。

我不知道我为什么不能让别人爱我。我觉得我天生就有问题。

很多人爱你，玛丽安。你知道吗？你的家人和朋友都爱你。

她沉默了几秒，然后说：你不知道我的家人是什么样子。

——《正常人》

对话的双方，一个是当代小镇青年康奈尔，一出场就是高中的全优生；另一个也是全优生，聪明孤傲的玛丽安。康奈尔的母亲在玛丽安富裕的家庭里帮佣，家境悬殊的少男少女在悄悄约会。看起来，虽然发生在当下，这却是一个老套的故事。

　　当母亲觉察到两人的隐秘关系并且提出与阶层相关的疑虑时，康奈尔压制住心里隐隐的愤怒，反问道："她（玛丽安的母亲）不介意你给她家做卫生，却不喜欢你儿子和她女儿一起玩？太搞笑了。这简直像十九世纪的观念。"

　　康奈尔对于"十九世纪观念"的不屑可以理解。我们打开19世纪狄更斯的名著《远大前程》，几乎每一页的关键词都是"上等人"——无论是对穷小子、富家女，还是对律师、囚犯而言，"上等人"都是一个简洁直观、与阶层鲜明对应的标杆。千禧一代与此自动划清界限，但是他们同时掉进了新的、更为微妙的陷阱。在小镇的环境中，玛丽安这样的出身背景和思维方式是绝对的少数派，同学们都能隐隐感觉到她的未来将不会局限在小镇里——他们天然地不是一路人。因此，对玛丽安的排斥和孤立，是出于集体无意识的行为。她在富裕的原生家庭中遭遇的冷暴力或者热暴力，也不可能得到任何形式的理解和援助。在无形的压力之下，康奈尔甚至不敢邀请玛丽安一起参加毕业舞会。他可以轻易摒弃"十九世纪的观念"，却无法拒绝周遭环境的共识；她不屑当个"上等人"，却必须假装做个跟伙伴们打成一片的"正常人"——如此尖锐的二元对立，实际上比19世纪更19世纪。

一旦走出小镇的环境，成为都柏林圣三一学院的同学，康奈尔与玛丽安的权力关系立刻倒置。玛丽安所有与小镇格格不入的劣势都转化成了社交优势，她优渥的家庭条件也使她具备迅速赶上大都市时髦的资本（尽管她并不张扬这一点，甚至未必自知）。这一次陷入交往障碍、渴望"正常化"的人成了康奈尔。当然，我们从小说里也很清晰地知道，玛丽安并没有因此而获得太多的快乐，难以言说的创伤和孤独感并没有放过她——正如当年，带了别人去参加舞会的康奈尔，一点儿都不快乐。

* * *

当全世界的中年人都把"年事渐长就读不进小说"作为老于世故的标志，那些以青春和成长为主题的虚构文学便成了永恒的刚需。这种从未过时的类型在每个年代都需要寻找它的世界代言人。站在如今这个时间点上，没有人会质问为什么这个代言人曾经是歌德（《少年维特之烦恼》）、塞林格（《麦田里的守望者》）或者村上春树（《挪威的森林》）。但是，处于"现在进行时"的萨莉·鲁尼，只出版了两部长篇小说（《聊天记录》和《正常人》）就成为一种"现象"的萨莉·鲁尼，实在是太年轻了。对于围绕在她身边的这些问号，她无法逃避，也无须逃避。

当然，学生时代就成为"欧陆第一辩手"的鲁尼，一定也能从人们的追问中看穿整个文坛的微妙的焦虑。2015年，鲁尼的小说处女作《聊天记录》就收到七家报价。对于一部并非类型小说的严肃文学处女作而言，这并不是一件寻常事。全世界都在寻找年轻而独特的声音——既符合互联网时代的典型特征，又与文学传统产生某种意义上的承继关系。

第一次翻开《聊天记录》，我在轻微的不适应中，首先惊讶于鲁尼的直接。她把发生在社交网络上的对话、交锋、迷醉、背叛如此原生态地嵌入小说中，丝毫没有我们这一代可能会有的心理负担：这样写是不是太满了，太形式化了，会不会失去节制？回车键是不是敲得太多了？小说里的女人和男人，"旅行第一天总是心情不佳，试图寻找免费的WiFi"。他们约会的时候，女人先"把一条腿举向空中，再把它慢慢地放到另一条腿上"，然后随口说："我会想念在（网上）聊天的时候碾压你的。"一个回车键之后，男人在她身旁躺下，自然而然地回答："我猜你也会想念这一点。"

在《纽约客》的那篇关于鲁尼的特写中，作者对于《聊天记录》中出现的"读互联网"（而不是在网上"随便看看") 的说法颇为震动，觉得那才是"一个在数字语言里土生土长的人"。鲁尼语言中的那份清澈、锐利、准确，与互联网时代具有某种生理性的贴合，她的小说里不再有上一代刻意揣摩的"网感"——她的"网感"自然生发，渗透进对话的肌理和人物所有的行为逻辑。

在我看来，那篇特写的灵魂是这样一句话："我们这个时代是个伟大的书信体时代，尽管没有人全心认可这个判断，我们的电话凭着对电话功能的消解，又重新让文本变得无处不在。"饶有意味的是，在现代小说的早期历史上，书信体小说曾经大行其道，其中最重要的文本——英国的《克拉丽莎》和法国的《危险的关系》奠定了现代小说的复杂性的基础。一旦联想到这一点，那么《纽约客》的这个判断就是非常有趣而重要的。小说史会在这个"新的书信体时代"里开始某种轮回吗？鲁尼会不会是这个时代的代表人物？现在下这样的结论或许为时过早，但至少，我们因此获得了一个有趣的细读《聊天记录》的理由和角度。

值得安慰的是，如此直率而锐利的语言并不是空心的——至少，鲁尼避免让它空心化的努力清晰可见。《聊天记录》中的人物总是在自嘲与反诘中试图挑开（限于人物的身份，他们常常还没有"戳破"的勇气和必要）消费社会的真相。文本中对于阶层冲突的敏感甚至是相当老派的，以至于几乎所有对于鲁尼的评论都注意到她摩登的文本包裹的是19世纪的实质——毕竟，对于阶层、对于人际关系中的权力结构怀有如此强烈的兴趣，并且试图在文本中对它加以挑衅，这正是19世纪小说最重要的母题。

* * *

停了片刻，贾格斯先生说："匹普，现在假设有这样一种情况：假设有这么一个女人，她的处境正如你刚才所说的那样，起初她把自己的亲生孩子藏了起来，不让人知道，可是，一经她的法律顾问向她说明白，为了便于他考虑如何替她辩护，他必须了解那孩子究竟是死是活，于是她不得不把事实真相告诉了她的法律顾问。假设这法律顾问同时还受了一位脾气古怪的阔妇人的委托，要替她找个孩子，让她来抚养成人。"

"我懂您的意思，先生。"

"假设这位法律顾问所处的环境是个罪恶的渊薮，他所看到的孩子，无非是大批大批生下地来，日后一个个难逃毁灭的下场；假设他经常看见孩子们被带到刑事法庭上来受到严词厉色的审问；假设他成天只听到孩子们坐牢的坐牢，挨鞭子的挨鞭子，流放的流放，无人过问的无人过问，流落街头的流落街头，纷纷准备好上绞架的条件，到长大了就给绞死。假设他有理由把每天执行律师业务中所看到的孩子，几乎一律都看作是鱼卵，到孵化成鱼以后，迟早都要落入他的渔网之中——迟早要被告到官里，要请人辩护，要弄到父母不认，成为孤儿，总之就堕入了魔道。"

"我懂您的意思，先生。"

"匹普，假设在一大堆可以搭救的孩子当中，有个美丽的小女孩，她爸爸满以为她已经死了，而且不敢闹嚷，那妈妈呢，这法律顾问也自有降伏她的办法，他对她说：'我知道你干的好事，知道你是怎样干的。你去过什么什么地方，你为了摆脱嫌疑，作了如此这般的安排。我把你的行踪调查得一清二楚，所以一件件都说得上来。我劝你还是舍下这个小女孩，如果为了要辨明你无罪，非得她出头露面不可，那又另当别论，否则，我劝你还是舍了这孩子。你把孩子交给我，我一定尽我最大的力量来搭救你。如果你得救了，你的孩子自然也就得救了；万一你不能得救，你的孩子还是可以得救。'假设那个女人就照此办理，后来无罪开释了。"

"我完全明白您的意思。"

——《远大前程》第五十一章

21世纪的鲁尼有理由羡慕19世纪的狄更斯。无论她的小说里藏着多少19世纪的灵魂，她都不可能这样自信地塑造人物，不可能让她的人物表演得如此酣畅尽兴。我们仍然可以欣赏19世纪的书写方式，却不再具有同样的语境。

律师贾格斯是《远大前程》——甚至是所有狄更斯小说里写得最好的次要人物。狄更斯写律师特别出色并非偶然，主要原因有两条：其一，狄更斯之父曾因无力还债而坐牢，甚至导致全家陪绑，时年十二岁的狄更斯亦因此得到在监狱里"实习"的机会，从此便在相当长一段时间里，在司法界底层讨生活。狄更斯先后担任过律师助理（其实形同杂役）、庭审速记员和跑议会条线的报纸通讯员，在专事写作之后亦广交律师朋友，还当过一次陪审员。显然，从这些经历里，狄更斯积攒了大量不吐不快的写作素材。其二，狄翁本人因为《圣诞颂歌》屡屡被盗版，曾经投入大量金钱（诉讼费高达700英镑）和精力打版权官司，非但得不到期望的结果，而且给牵扯进了更为棘手的法律程序，以至于两年后再次遭遇盗版时，狄更斯干脆听之任之，因为"法律的傲慢与粗暴，已经让人恼怒到忍无可忍的地步了"。

但狄更斯并没有因为对法律忍无可忍，就把贾格斯往粗糙里写。事实上，虽然是个配角，但就情节的建构而言，贾格斯是《远大前程》第二部的中心人物。因为律师这个职业的特殊性，小说中的所有人物之间的关联往往需要通过贾格斯来穿针引线，因此所有的情节线最后都汇合到贾格斯身边。巧合的设置、情节的推进，都需要这个居于枢纽位置的人物来合理实现。可贵的是，狄更斯并没有仅仅把他写成一个功能性人物，而是花了不少笔墨铺陈他复杂的性格。贾格斯时而显得忠于职守、唯利是图，时而又流露出其深谙人性的那一面——我们渐渐发觉，在不对其个人利益造成损害的前提下，他对于底层生活的困苦是能够共情的。因此，这部小说最精彩、最值得回味的台词，有一半以上来自贾格斯。

狄更斯的所有人物，哪怕只有一点过场戏，都会有一个明确的职业。对于三教九流、各行各业的特点，以及人们如何安身立命的观察和探究，构成了狄更斯的一大爱好。这些人物总是说着一听就让人身临其境的行话，用符合其职业特点的思维方式考虑问题。这种对准确性的努力追求，是英国文学经验主义传统的一脉相承，在狄更斯身上达到了前所未有的高度。有时候看某些现代派小说，我真想按着作者（或许也包括我自己）的脑袋，去看看"过时"的狄更斯怎样写贾格斯，看看这个人物的律师身份如何与其言行高度吻合，看看他的台词里布下多少陷阱，包含着多少盘问。当他必须把真相和盘托出时，也一定要反复用"假设"来规避自己的风险。

甚至，在某一刻，我们在贾格斯滔滔不绝的时候，透过他狡黠地咬着手指闪烁着目光的表情，依稀看到了一点狄更斯的影子。"我提供的只是假设，完全不能作准。"没有比这句更像小说家欲擒故纵的宣言了。

* * *

这些形形色色的玩意儿，我并不是一下子就尽收眼底的，不过我头一眼看到的东西还是多得你意想不到。我看出了，眼前的这些理应是白色的玩意儿，当年固然都是白的，可是如今早已失去光彩，褪色泛黄了。我还看出，这位穿着新娘礼服的新娘，岂止身上穿的服装、戴的花朵都干瘪了，连她本人也干瘪了；除了凹陷的眼窝里还剩下几分神采，便什么神采都没有了。我还看出，穿这件礼服的原先是一位丰腴的少妇，如今枯槁得只剩皮包骨头，衣服罩在身上显得空落落的。

——《远大前程》第八章

《远大前程》里最有冲击力的画面，当然是匹普走进郝薇香的庄园，被这个古怪的老小姐一身行头震慑住的那一幕。这是个类似于蜡像、骷髅、干尸的活死人，仿佛置身于古墓，她身边所有的钟表都停在八点四十分。此郝薇香小姐过生日时，所有对她的财产有非分之想的亲戚都赶来假惺惺地庆贺，客厅里的情境更为荒诞：仿佛盛宴刚要开始，忽然举宅上下陷入停顿。长桌中央有一个物件上结满蛛网，老鼠在护壁板后面爬来爬去，郝薇香小姐告诉匹普，这个奇怪的物件就是她多年前的婚礼蛋糕。

偌大的庄园，孤独的鬼屋，一个让时间停止、婚纱终年不换的贵族新娘，一只存放了几十年的蛋糕。只差一点点，这些超现实的视觉元素就要失去控制，坠入哥特的黑洞。但狄更斯止步于此。郝薇香不是女巫或者幽魂，她只是在婚礼当天的早上八点四十分，被一个骗子卷走了资产和灵魂。这种极端的场景描写稍稍游离于常识之外，却又符合小说人物的行为逻辑，恰到好处地糅合了一点哥特元素，与小说里反复出现的来自监狱、刑场、囚车的各种传闻和声响遥相呼应，交织成如梦似幻的BGM。

＊　＊　＊

他什么也没说，这让她感觉更糟了。他漫无目的地踢向一只压扁了的荷兰金啤罐，那易拉罐一路滑向落地玻璃门。

这差不多是我家面积的三倍吧，他说，你觉得呢？

她觉得自己很蠢，居然没意识到他在想这个。大概吧，她说，不过我还没看过楼上是什么样。

四间卧室。

老天。

就这么空着，没人住，他说，要是卖不出去他们干吗不把这些房子分出去？我不是在跟你犯傻，我是真诚地在问。

她耸耸肩。她也不太明白为什么。

跟资本主义有关吧，她说。

对。什么事都和资本主义有关，这才是问题所在，是不是？

她点点头。他看向她，如梦初醒。

你冷吗？他问，你看起来冻得不行。

她微微一笑，揉了揉鼻子。他脱下黑外套，披在她肩上。他们站得非常近。只要他想，她可以躺在地上，让他从她身上跨过去。他知道的。

——《正常人》

康奈尔和玛丽安最初的约会，也在一栋来历不明的空置"鬼屋"里。没有前情往事，没有渲染与铺陈，但即将去都柏林攻读文学专业的康奈尔，思绪里有没有一秒钟闪过奥斯丁，或者狄更斯？这一代已经有太丰富的文本经验，被太多的历史和观念裹挟，他们觉得历史早已翻篇，但当下的生活甚至没有提供足够的新词语来定义眼前的世界。

资本主义，共产党宣言，马克思。这些久违的词语高频率地出现在《正常人》里，常常是猝不及防而又语焉不详。模糊的概念总是包裹在一团潮湿的雾气中。如果我们拿鲁尼跟曾经同样以文坛天才少女的姿势出道的扎迪·史密斯（史密斯本人对鲁尼盛赞有加）相比，会发现后者带有明显的"全球化一代"的特征。史密斯的文本信息量庞大芜杂，思维跳跃俏皮，注意给人物平均分配地域和肤色；她虽然乐于自嘲和反讽，但大体上愿意张开双臂，拥抱这个看起来正在努力抹平差异、弥合创伤的世界。反观从一出生就在享受全球化成果的鲁尼，她的笔触那么敏感、犀利，略带青涩却毫不含糊地撕开表象，捡回了前辈们大多认为已经过时的话题，严肃地提出：在当下的社会体系中，当一个在任何语境中都"正常"的人，究竟有多难？那些我们以为已经在一百年前就解决的问题，是否从未消失？

好在还有真正的青春、成长的伤口、货真价实的荷尔蒙以及破茧重生的爱情（"他们像两株围绕着彼此生长的植物"）填满文本的空隙，让这部小说不至于失去平衡感，没有被严肃的命题抽干一个好故事应有的湿度。当根据小说改编的剧集用耐心而稳定的近景、慢镜头张扬美好的身体时，你会觉得这画面本身的说服力胜过了大多数台词，你会相信唯有坦诚相见的肉身，才能与这个时常冷漠的世界抗衡。

麦克尤恩 vs. 石黑一雄：克拉拉这样的机器

　　麦克尤恩2018年访华时，白天宣传他以前写的小说，晚上被时差折磨得难以入睡时，就看他刚刚写完的书稿——《我这样的机器》，男主角是个机器人。我听他讲故事设定在20世纪80年代，但改动了关键的时代变量：英国在福岛战役（福岛又称马岛）中输给了阿根廷，撒切尔夫人提前下台，图灵没有自杀，反而一举提升了人工智能发展的速度，于是可以乱真的家政机器人在1980年代就进入了消费市场……这个把未来嵌入过去的设定，让我想起石黑一雄在《莫失莫忘》里也把专供器官移植的克隆人拉进了1970年代的背景。我向麦老师提起这本书，他一脸茫然："我好像记得这电影……但我在写这本书时完全没想到它，是的，我确定我没有想过。"

　　石黑一雄还在写《克拉拉与太阳》时，好朋友麦克尤恩刚刚出版了《我这样的机器》。他知道，这两本书的题材都与人工智能有关。在石黑自己完工之前，他刻意避开一切能读到《我这样的机器》的机会——他要抵抗任何有可能让他的克拉拉"变质"的可能。表面上，克拉拉和亚当确实都有相似的人设，都是那种兼具服务与陪伴功能的机器人。不过，只要你把这两本书全部看完，就能完全确定，克拉拉与亚当并没有撞型的危险——正如石黑一雄和麦克尤恩，他们就算是一个被另一个捏住了握笔的手，也永远不可能写成对方的那种样子。

* * *

这是看到了希望的宗教渴求，这是科学界的圣杯。我们雄心万丈——要实现一个创世的神话，要办一件可怖的大事，彰显我们对自己的爱。一旦条件许可，我们别无选择，只能听从我们的欲望，置一切后果于不顾。用最高尚的言辞来说，我们的目标就是摆脱凡人属性，挑战造物之神，甚至用一个完美无瑕的自我取而代之。说得实际一点，我们要给自己设计一个更完善、更现代的版本，享受发明的喜悦感和掌控的激动感，二十世纪入秋之际，这终于成为现实，我们迈出了第一步，从此一个古老梦想的实现可以期许，从此我们将开始那漫长的功课，逐渐认识到，虽然我们非常复杂，虽然我们哪怕最简单的行为和生存模式都无法轻易地正确描述，但是我们会被模仿，会被超越。而且，那时候我在场，还是个年轻人，在那料峭的拂晓时分，正急不可耐地要成为第一个吃螃蟹的人。

——《我这样的机器》

罗莎和我新来的时候，我们的位置在商店中区，靠近杂志桌的那一侧，视线可以透过大半扇窗户。因此我们能够看着外面——行色匆匆的办公室工人、出租车、跑步者、游客、乞丐和他的狗、RPO大楼的下半截。等到我们适应了环境，经理便允许我们走到店面前头，一直走到橱窗背后，这时我们才看到RPO大楼究竟有多高。如果我们过去的时机凑巧，我们便能看到太阳在赶路，在一栋栋大楼的楼顶之间穿行，从我们这一侧穿到RPO大楼的那一侧。

——《克拉拉与太阳》第一部

这是两部小说的开头。麦克尤恩笔下的"我"，是虚拟的上世纪80年代里的首批智能机器人用户，雄心勃勃的宣言里显然洋溢着反讽意味；石黑一雄笔下的"我"，则正好是那个"古老梦想"的对象。这位叙述者名叫克拉拉，我们跟着她的叙述获得了从商店橱窗里向外望的独特视角。我们很快就可以推断，克拉拉并不是在橱窗里忙碌的工作人员，而是被陈列在橱窗里——没错，克拉拉虽然在用平实的语言、平静的语气在跟我们讲故事，可她并不是一个人，而是橱窗里的一件商品。

从一开始，克拉拉就提醒我们注意她看待太阳的独特方式。她在橱窗里看着太阳在外面赶路，还尽可能把脸伸过去，好接受太阳的滋养，为此引起同伴的抗议，说她总想把太阳据为己有。我们由此可推断出，克拉拉和她的同伴都是依靠太阳能维持生命运转的机器人，他们陈列在橱窗里供人观看、选购，为人们提供服务。这些机器人有个统一的型号，叫AF。AF更新的速度很快，我们读到后面几章就会发现，克拉拉是第四代AF，也就是所谓B2型的。比起刚刚上架的第五代B3来，克拉拉和她的同伴们似乎已经有了滞销的趋势，他们的处境变得越来越艰难。

小说写得很慢。我们耐下性子，细细咀嚼，才能感觉出越来越多的异样。到橱窗跟前来挑选的大部分都是孩子和孩子的家长，可见AF的设计定位就是儿童的成长伙伴，某种程度上甚至是孩子释放负能量的渠道和工具。经理灌输给克拉拉的理念充满了善良、慈悲和同理心，她说："如果有时候一个孩子用奇怪的眼神看着你，带着怨恨或悲伤，透过玻璃说一些让人不愉快的话，你不要多想。你只需记住：一个那样的孩子很可能是满心沮丧的。"不过，克拉拉透过橱窗看到的世界却无法用经理说的那些真善美的道理来解释，她看到有的孩子对他的AF很粗暴，有的孩子并不需要陪伴，她还看到大人们在马路上暴力相向，在她眼里，这些大人们"打起架来，就好像世上最要紧的事情就是尽可能多地伤害彼此"。

克拉拉在橱窗里陈列了四天之后，一个叫乔西的少女走进了她的世界。乔西看起来很聪明，打第一眼照面就喜欢上了克拉拉，但是克拉拉从她的步态里就能看出乔西的身体很羸弱，而且她母亲的态度暧昧不明，似乎选购这个机器人不仅仅是为了哄女儿高兴，这个计划里仿佛藏着什么秘密，而母亲对此欲言又止。几经犹豫，在乔西的一再坚持下，母女俩终于把克拉拉买回了家。

* * *

母亲朝我探过身来，身体越过桌面，眼睛眯了起来，直到她的脸庞占满了八格空间，只留下边缘的几格给瀑布；有那么一刻，我感觉她的表情在不同的方格间变化不定。在一格中，譬如说，她的眼睛在残酷地笑着，而在下一格中，这双眼里又满是伤悲。瀑布、孩子和狗的声音全都渐次消逝，直至缄默，为母亲将要道出的话让路。

——《克拉拉与太阳》第二部

麦克尤恩 vs.石黑一雄：克拉拉这样的机器　　**359**

在乔西家，克拉拉就如同生活在一团精致的迷雾中。表面上看，尽管乔西的父母早已离婚，但家里生活富足，母女关系和谐，一切都是幸福的中产阶级生活该有的样子。然而，克拉拉从琐碎的生活细节中发现了一些令人不安的蛛丝马迹。首先，乔西与邻居的孩子里克青梅竹马，就像《呼啸山庄》里的卡瑟琳和希克厉那样从小立下誓言要永远在一起，但里克似乎并不属于乔西的生活圈层，他的母亲认为他绝无可能考上乔西要去的那所名校；其次，我们发现，他们之间之所以会有这样不可逾越的鸿沟，是因为他们各自的母亲曾经做过截然不同的选择：乔西从小经历过一种叫作"提升"（lifted）的程序，改善优化了她的基因，而里克却没有；更让人惊讶的是，这种"提升"的过程其实是存在风险的，而乔西的身体就承受了"提升"带来的巨大代价，她的健康受到了损害，正在一天天地衰弱下去。事实上，乔西的姐姐萨尔，当年也是因为同样的原因病入膏肓，几年前就已经不治身亡了。对此，母亲一直讳莫如深。

值得注意的是，故事进展到这里，所有这些线索都是我们透过克拉拉的叙述推断出来的。直到小说结束，克拉拉也不交代具体的时间地点。她把眼前的一切都视为理所当然，对于事物之间的深层关系或是语焉不详，或是点到即止。克拉拉恪守机器人的视角，给我们的阅读造成了大量留白。我们能感知到的是，这并不是描写当下现实的小说，它显然具有某些科幻小说的元素。但与一般科幻小说不同的是，它几乎没有在交代时空背景、解释科学道理、构建世界观框架上耗费笔墨。同样石黑也不会像麦克尤恩那样，精心设计机关，描述亚当如何迅速玩转人类的智力游戏，如何用他美好的初衷将他的主人一步步逼到尴尬的境地。一如既往，我们看着麦克尤恩凭着他强大的逻辑和丰富的背景知识直奔"麦克尤恩瞬间"。石黑一雄完全是另一种写法。直到读完《克拉拉与太阳》，我们仍然对这个特定时空所达到的人工智能水平，对于所谓"提升"是一种怎样的过程，没有清晰的科学概念。"提升"为什么会造成乔西姐妹的疾病，"提升"技术与在小说中反复出现的制造污染的"库廷斯机器"之间又有什么样的关系，这部小说都没有完整的解释。我们只能通过克拉拉断断续续的叙述，大致构建出自己的猜测。

我们在《莫失莫忘》里接触过相似的配方。石黑在处理《莫失莫忘》的时候同样将科技因素淡化到极致，科幻元素只负责提供简单的设定。石黑真正关心的是在这样的黑暗设定下，这些克隆人如何从懵懂到醒悟，如何从无忧无虑到直面命运的诅咒。不过，这部小说更动人的地方在于，令人恐惧和悲伤的设定与平凡琐碎甚至优美的现实奇妙地交织在一起，小说中用了大量缓慢而诗意的笔墨，耐心描写囚禁克隆人的寄宿学校里的日常生活，与残酷的真相形成令人震惊的对照。詹姆斯·伍德将这些优美的描写形容成"淡金色的散文",并且解释了这样写的妙处。伍德说:"这部小说将科幻叙事穿插在真实世界的肋骨缝之间,让它在呼吸中吐出令人恐惧的可能性,继而将科幻小说转向,反过来安置在人类身上,让它在恐怖的同时流露出平凡的感人气息。"也就是说,写克隆人的生活和感受,最终还是为了用他们的故事来隐喻人类自己的问题,当我们不由自主地代入克隆人的叙述时,他们的无助也就成了我们的无助。

我们在《克拉拉与太阳》中,尤其是前半部分里同样能读到这种"淡金色的散文"。无论是克拉拉在橱窗里看街景上的人世百态,还是到乔西家里不紧不慢地观察环境、推断人物关系,都写得那么生活化,节奏如田园诗一般舒缓而优美,间或才有恐惧和不祥的微风一丝丝渗进来。耐人寻味的是,克拉拉被人类预设的参数显然都是人们自己从来没达到的道德标准,比如善良、无私、强大的共情能力,因此克拉拉虽然对身边观察得事无巨细,但她对人们言行的判断却始终充满善意,对于任何人任何事都能看到好的一面。不过,克拉拉的视觉跟人类不同,所有景物在她眼中是分成一格一格的。有时她眼中的画面会出现奇特的分裂,而这往往与画面中人物的心理状态有关。比如,当乔西的母亲故意找到与克拉拉单独相处的机会,要求克拉拉模仿乔西、"扮演"乔西时,克拉拉眼中的母亲的形象就会发生裂变。

小说没有交代为什么会出现这样的分裂画面 —— 与之对应的是人格的分裂，还是对他人以及自我的欺骗？无论如何，我们至少可以看出，母亲当初把克拉拉带回家，不仅仅是为了陪伴病重的乔西。果然，此后小说的叙事节奏开始加快，此前埋下的各种若隐若现的矛盾终于浮出水面，并且纠缠在一起，而克拉拉成为这一切冲突的旁观者和参与者。当年是否参与"提升"，成为今日所有痛苦的根源。绝望的母亲把克拉拉当成了救命稻草，想让"高仿"的乔西的皮囊与智能机器人克拉拉合成一个乔西的替代品，用来"延续"乔西的生命。

小说最具有哲学性、最有思考空间的部分就在这里。替代项目的主导者卡帕尔迪先生振振有词，声称在人工智能发展到高级阶段，每个人的内核深处并没有什么独一无二、不能复制的东西，他实际上等于否定了人的精神层面的主体性和独立价值，将"万物之灵"分解为一连串数字编码。这种看起来有理有据的论调甚至对一向反对延续计划的乔西的父亲产生了强烈的冲击，他对克拉拉说："我想，我之所以恨卡帕尔迪，是因为在内心深处，我怀疑他也许是对的。怀疑他的主张是正确的。怀疑如今科学已经无可置疑地证明了我女儿身上没有任何独一无二的东西，任何我们的现代工具无法发掘、复制、转移的东西。"从这里我们可以看出，父亲的激烈反对，除了出于对女儿乔西的爱，实际上更大的动力在于捍卫自己对人类这个物种的信念。问题在于，当一种信念需要激烈捍卫时，恰恰说明它已经受到了严重的威胁。

事情到了这里，就出现了一个相当吊诡的局面。围绕在乔西身边的人们，都在痛苦而热烈地讨论着乔西能不能被延续、人类能不能被复制，众人的潜台词都是对乔西的康复不抱任何希望，他们实际上已经完全放弃了乔西。只有一个人没有放弃——她甚至不能被称为人。只有机器人克拉拉还在千方百计地思考怎样摧毁造成环境污染的库廷斯机器，怎样拯救乔西。

最终的解决方案既在意料之外，又在情理之中，我们不妨把这个小小的悬念留下来。可以略微提示读者注意的是，解开这个悬念的钥匙就藏在小说的标题——克拉拉与太阳——中。我可以负责任地说，麦克尤恩绝对不会接受这样的方案，但它一旦出现在石黑一雄"淡金色的散文"中，却又显得那么贴切自然。

* * *

我知道这是我最后一个可能打动他的理由了。我说："拜托，我们想想玛丽娅姆。戈林对她做过什么，又产生了什么后果。米兰达只有撒谎才能得到正义。可是，真相并不总是一切啊。"

亚当疑惑地看着我。"这话说得可不同一般。真相当然就是一切啊。"

米兰达疲倦地说:"我知道你会改变主意的。"

亚当说:"恐怕不会。你想要一个什么样的世界呢?复仇,还是法治。选择很简单。"

——《我这样的机器》

这是典型的麦克尤恩式的写法。矛盾在日常生活中堆积,越来越尖锐,人物的怒火像麻花一样渐渐拧在一起,事件即将迎来爆发的戏剧瞬间。在石黑一雄这里,人物从迷雾中走来,又消失在迷雾中;换作麦克尤恩,人物的"疲倦"常常意味着不可思议的一跃而起。

在机器人亚当看来,世界是非黑即白的,正义是绝对的,真相就是一切。当他质问主人"你想要一个什么样的世界"时,他的答案是唯一的:世界应该符合人类对他的出厂设定——那是设计者怀着对世界的美好愿望,输入的至美至善至真的道德标准。在这样的标准下,亚当当然不会像克拉拉那样忍耐人们的虚伪与善变,也不会在混沌的现实中默默地等待拨云见日,像美人鱼那样恰到好处地出现或者消失在人们需要她的地方。亚当自以为能拯救人类的方式就是不回避也不妥协,一条道跑到黑。当他自说自话地把替男主人挣的钱普济天下时,当他执着地要把女主人推向被告席时,机器人亚当的悲剧,那个属于他的"麦克尤恩瞬间",也就无可避免了。

借此，麦克尤恩再次把尖锐的笔触径直刺入核心——亚当的困境说到底是人类自己的困境。最能代表作者立场的是小说中那个在平行世界里并没有自杀、反而靠人工智能发了大财的图灵的总结性发言："他们不理解我们，因为我们不理解自己。他们的学习程序无法处理我们。如果我们自己都不理解自己的大脑，那我们怎么能设计他们的大脑，还指望他们与我们一起能够幸福呢？"

唯有在一个问题上，克拉拉和亚当是同一类（机器）人——他们的最高理想都是无限接近人类，是尽可能地成为真正的人。他们都是按照一个"完人"的道德标准来设计的。他们的宽容无私、自我牺牲完全发自内心，这样的境界是人类本身从未达到的。与此同时，人类自己却在忙于不择手段地将自身参数不断"提升"、优化，为此不惜损害环境、自我欺骗。在《克拉拉与太阳》里，得到提升却差点搭上性命的乔西曾向母亲表示，尽管身体弱不禁风，但她并不后悔接受了提升，而错过了提升的里克与母亲却为当年的决定后悔不迭。当机器人（自以为）在追求人性化、人格化、理想化的时候，人类自身却在非人化、机器化——我们拨开石黑一雄温柔的言辞，看到的正是这样绝妙的、强有力的反讽。

歇斯底里简史

一

在文学意义上，2000年是"歇斯底里"元年。

那一年，詹姆斯·伍德发明了一个文学新词：歇斯底里现实主义（hysterical realism）。这个词从未成为严谨的文学分类术语，却成为伍德本人批评史上最重要的标签之一。因其形象、耸动而意义含混，这块标签经常被好事者随手贴在相干或不相干的作品上——贴得越便利，意义便越含混。

让我们回到文本。这个词首先出现在美国的《新共和》杂志上，伍德应约撰文评论扎迪·史密斯的第一部小说《白牙》。《白牙》是那一年英语文坛的现象级作品，作者的年轻与其显露的才华似乎构成具有审美意义的反差，在销量与奖项上的成功都在意料之中。伍德的批评是当头一棒，因为他不只是在枝节问题上商榷，更是直接将《白牙》作为典型案（病）例，定义小说史演进到世纪交替时罹患的系统性综合征。对于一部处女作而言，突然背上这样大的命题，难免有过载之感。

但伍德显然对这个问题深思熟虑。他将《白牙》与鲁西迪的《她脚下的土地》、托马斯·品钦的《梅森与迪克逊》、唐·德里罗的《地下世界》、大卫·福斯特·华莱士的《无尽的玩笑》合并同类项，总结出以下几点共同属性。其一，这些小说都像是不愿静止、羞于沉默的永动机，故事套故事，不惜一切代价追求活力——而且是将嘈杂的生活的活力误认为戏剧的活力。其二，它们讲述的故事太丰富，太具有关联性，不同的故事、不同的人物互相纠缠，成倍数地自我繁殖。其三，这类小说不是"魔幻现实主义"，它们并不是违背物理法则的故事，指责它并不是因为它缺乏现实，而是因为它在借用现实主义的同时似乎在逃避现实。其四，逃避或者说试图掩盖的究竟是什么呢？伍德祭出他在该文中最有杀伤力的指控——掩盖的是在人物塑造方面的乏力。伍德说，"这些小说充满了非人的故事……人物不是真正的活人，不是完整意义的人"。

伍德的文字有清晰的逻辑。前两点论证"歇斯底里"，第三点界定"现实主义"，最后来一个全垒打，用一个漂亮的弧线直接把"这类小说"击出一流小说的赛场。

这个故事在2001年10月迎来续集。当时，"九一一"的阴霾真真切切地悬浮在空气中，连伍德也要收起戏谑的口吻，严肃地在《卫报》上的一篇题为《把你的感受告诉我》的文章中探讨劫难后的当代小说该往何处去。这回被拉出来当作解剖样本的依然是扎迪·史密斯，她在一次访谈中的言论成为伍德瞄准的靶心："作家的任务不是告诉我们某人对某事的感受，而是告诉我们世界是怎样运转的。"伍德认为，史密斯的这种说法不过是司汤达那句名言的变体。司汤达说，小说可以是摆在马路当中的一面镜子，精确地反射现实。但是，伍德说，如今，当你走在曼哈顿附近，司汤达的镜子，连同镜中万千映像，都会被炸弹击中，灰飞烟灭。

在伍德看来，"九一一"必然也必须是一道分水岭，它让鲁西迪的新书《怒火》中罗列的时事八卦迅速过时，让当时刚刚出版的弗兰岑的《纠正》中那个关于"大规模灾难似乎再也不会降临美国"的句子显得荒诞可笑，让德里罗曾经的论调——"如今的恐怖分子干的是小说家曾经干过的事，即改变文化的内在活力"显得轻浮愚蠢。伍德点这几位的名当然不是随性而至，因为他随即把自己前一年对歇斯底里现实主义的定义又重申了一遍，而这一回讨伐的立场甚至更为鲜明。他斥责德里罗的小说观遗毒深远，这种观念把小说家视为"某种法兰克福学派的表演者、文化理论家，以'辩证法妖术'与文化开战"。对于那些喜欢在小说中炫耀知识的作家（理查德·鲍尔、汤姆·沃尔夫），伍德已经不想在字里行间掩饰他的反感了。他连用了三个感叹号，讽刺他们居然知道如何在斐济做咖喱鱼，知道基尔伯恩的恐怖分子邪教组织，知道什么是新物理学。

饶有意味的是，伍德这一段批判的另一个靶子——德里罗，早在1997年就在《地下世界》里把世贸双子塔作为东西方对称式分裂的象征，他对于"九一一"惊人的预见性却被伍德在某种程度上视为冷漠、虚无的表现，这也许是伍德的个人批评史上为数不多的因为义愤填膺而导致"动作严重变形"的时刻。

"九一一"之后，痛心、惶惑乃至感情用事的气氛在美国知识界弥漫良久。不过，即便滤掉这层杂质，我们还是能从这篇文章里看到伍德对于"歇斯底里现实主义"的批判是系统性的——从技术层面直抵精神内核。伍德的反感，不仅仅是因为这些作家"知道"得太多或者对此太过沾沾自喜，他的谴责隐约指向小说文本中态度、立场以及道德感的缺失。仿佛在"九一一"这个特殊的时间点上，那些充斥于后现代文学中的反讽、虚无和颠覆终于让伍德忍无可忍。于是，在这篇檄文的末尾，他发出了这样的召唤：

"如今，无论是用歇斯底里现实主义错误的小丑做派蹦蹦跳跳，还是沿着简单地忠于社会现实主义的道路蹒跚前行，都会越来越艰难。这两类作品似乎都有些断裂。这样一来，也许反倒留出了空间，给审美，给沉思，也给那些不告诉我们'世界如何运转'却叙述'某人对某事的感受'的小说——准确地说，是各色人等对于各种事件的感受（我们通常称之为'关乎人类'的小说）。我们希望能有空间供这样的小说立足：它能向我们表明，人类意识是最真实的司汤达式镜子，无助地反射着近来愈显黯黑的时代之光。"

一周之后，扎迪·史密斯在《卫报》上以更长的篇幅回应伍德，文章标题是"这就是我的感受"。虽然标题针锋相对，但史密斯行文明显采取守势，笔下流露着被权威评论和政治正确围攻的错愕与委屈。在"歇斯底里谱系"中，她辈分最小，却要在匆忙间代表高傲的品钦和鲁西迪们作自我辩护，其诚惶诚恐可想而知。她说文学是一座宽阔的教堂，她不相信伍德本人会认定这座教堂里理应缺席《午夜之子》和《白噪音》这样伟大的作品，此其一；其二，谁都不可能成为所有时代的所有作家，作家不是写自己想写的，而是写自己能写的，史密斯曾经试图模仿卡夫卡，也曾大量阅读卡佛和卡波蒂，但一下笔，她却只能成为自己——一个在伍德眼里"歇斯底里"的自己。

这篇文章的主体部分，是史密斯在以上两点的基础上，对伍德的质疑提出质疑。比如说，那些她和伍德都认同的小说——梅尔维尔的《书记员巴特尔比》，纳博科夫的《普宁》——真的在精神气质上站在伍德所谓的"辩证法妖术"的对立面吗？这些作品同样充满巧妙的机关，它们的人道精神来自对语言的敬畏、下笔的精准、智力以及最为重要的幽默感。另外，在史密斯看来，伍德的指责其实暗示着一个"陈旧的观念"，即认为"灵魂就是灵魂"，一种类似图腾、信仰式的存在，不可能凭借技术设计、制造出来，不可能从不可思议的情节中杀出一条血路，也不可能被一个事件、一个套路召之即来挥之即去。一旦将"灵魂"与技术强行剥离，对"灵魂"的呼唤就显得似是而非。史密斯困惑地问伍德他到底在反对什么。"讲笑话是非人的？加注解是非人的？抑或那些长长的词语？术语？知识分子气的含沙射影？如果我在文本里安排一个孩子，会不会显得更有人性一点？"

不过，看得出来，在后"九一一"的语境中，所谓的"缺失人性"的指控还是对史密斯造成了困扰。一方面，她呼吁像她这样的小说家不要被近来针对"智力写作"的攻击所挟持，不要被"反讽已死、心灵回归"之类的口号所蛊惑，继续在小说中保持头脑与心灵的平衡（"在这些作家中，明明也有大量的'心灵'和'人性'"，史密斯的愤愤不平溢于言表）；另一方面，在该文结尾，她也诚恳地表达对卡夫卡、博尔赫斯和科塔萨尔那种"留白"式写作的倾慕，小心翼翼地追问，他们那种对文字的敬畏和关注、对自我的压抑是否就是伍德对小说家的期许。那时的史密斯刚满二十五岁，就像早慧的高材生突然被老师抓住小辫子，只好半真半假地表决心："也许我永远都成不了那种真正的作家，那种我喜欢读的作家——不过，还是那句话，也许我会试试。我拿不准这一点有多重要。不过，我们走着瞧吧。"

二

文学样式不是集中营，并不是把符合条件或曰"具备嫌疑"的作家圈进去，就算完成了历史使命。回过头来看，伍德发明的标签之所以值得再探讨，就是因为在时过境迁、消解了褒贬之后，它仍然提供了有趣的阅读和诠释的思路。正是在此意义上，追溯被划进"歇斯底里圈"的作家群在这个文学事件发生后的轨迹，才有其必要。

大卫·福斯特·华莱士在1996年出版被伍德判定为"歇斯底里"代表作《无尽的玩笑》之后，几乎在文坛销声匿迹。直到他在2008年自杀身亡之后，又过了几年，未完成遗作《苍白的国王》才出版，得到普利策小说奖提名，但没有得奖。总的来说，《苍白的国王》具备"歇斯底里现实主义"的典型特征：篇幅长，滔滔不绝的对话，对国税局雇员的繁琐事务的描述仿佛永无穷尽，还有大段大段华莱士标志性的让普通读者难以忍受的注解。

千禧年之后的鲁西迪，仍然保持着稳定的产量，一共出版了五部中等规模的长篇小说。题材没有革命性的拓展，篇幅略有收敛。他的"故事永动机"依然运转得乐此不疲——如果比较一下前期的《摩尔人的最后叹息》和后期的《佛罗伦萨的神女》，你会发现叙事的难度有所下降，阅读亲和力则相应地上升，但《午夜之子》那样的现象级作品似乎很难再出现。同样地，德里罗在近作《大都会》《坠落的人》和《欧米伽点》，品钦在近作《性本恶》和《放血尖端》（2020年11月中文版出版时名为《致命尖端》）里都显示了相似的迹象："百科全书"的框架还在，但不再有一千多页的厚度；反讽的惯性还在，但隐秘的怀旧情愫也绵延于字里行间。自然规律难以抗衡——"歇斯底里"尤其需要的旺盛体力，正在几位老作家身上日渐衰减。

但品钦毕竟是品钦——他的文本规模虽然缩小，但对于现实仍然保持着高度敏感性。在《放血尖端》中，他直面"九一一"（那几乎是这段时间里美国作家的同题作文），却坚决避开抒情，不把伍德提倡的"关乎人类"大写加粗地置顶于文本表层，而是立足于互联网视角，研究在恐怖主义语境中"世界是如何运转的"——没错，这一点又是伍德坚决反对的。但汉松在《恐怖之"网"》一文中对这部迄今尚无中译本的小说的论述，抓到了文本的实质："品钦显然是熟悉《地下世界》的。某种程度上说，他在'深网'和纽约'垃圾场'之间建立的换喻关系，是对德里罗的'双子塔'和'互联网'这套隐喻体系的进一步拓展与批判，让读者看见在互联网中同样存在着'地上世界'和'地下世界'的断裂。"

　　总之，德里罗也好，品钦也好，处理现实的手段确实对习惯于悲天悯人的19世纪叙事和不断向内测量人类心理深度的20世纪叙事的读者构成挑战，甚至是冒犯。问题在于，世界早已不再是19世纪的模样，离20世纪也渐行渐远。当虚拟空间与现实空间互相嵌套、互为表里时，我们的叙事方式和节奏，我们遵循的叙事伦理，我们在文本中把握的"头脑与心灵"之间的平衡，是不是理应有全新的面貌？对于这个问题，"歇斯底里现实主义"作家的答案，只是比其他作家更为坚决而已。

　　然而，伍德的态度同样坚决。继《白牙》之后，扎迪·史密斯的第二部长篇《签名收藏家》在情节的复杂性、人物的数量上明显做了减法，却还是收到了伍德的"打卡式"差评。伍德这篇题为《归根结底的非犹（太）性》的书评，与之前的论调一脉相承，没有展开赘述的必要。在他看来，史密斯的这部看上去围着犹太人和犹太性打转的作品，徒劳使用了一堆刻板的"卡通式"形象，到头来仍然像她的处女作一样，捕捉不到犹太人的灵魂。

　　伍德与史密斯之间的恩怨似乎在这本书以后告一段落。我们当然无法确定，这场辩论在史密斯此后的写作生涯中是转化为动力或者投下了阴影，但她的近作《西北》

和《摇摆时光》都不以压倒式的信息量取胜，而且显然缩短了句子的平均长度，把人物的情感表达变得更为直接，略显刻意地减少学院气。甚至，在仅仅一万多字的短篇小说《使馆楼》中，并不常写短篇小说的史密斯向我们示范了典型的《纽约客》式写作，简洁有力，留白宽阔，视角拉低，文本中隐约闪现着倔强的高材生仿佛在不经意间流露的骄傲——要心灵有心灵，要人性有人性，甚至还特别节制——伍德的高级配方，史密斯也是可以信手拈来的。

但我始终最喜欢史密斯2005年的长篇小说《美》。这部在气质上最接近《白牙》的小说，是那种你一边读一边可以想象作者在敲打键盘时如何大笑、冷笑或者含着眼泪微笑的作品。《美》赖以建立的核心，恰恰就是伍德最为反感的——"一切人和事都以某种方式与偏执和主题搭上关系……这些小说都迷恋人物之间的关系，就像互联网中的信息"。

《美》中的两个学术家庭的结构，几乎是完全对称的：新自由主义者贝尔西是个来自英国的白人，娶了一位在婚后迅速发胖的黑人太太，并且依靠她富庶的家庭在美国扎根；而新保守主义者基普斯一家子都是高大的黑人，先是住在伦敦，隔着大西洋与贝尔西在打笔仗，再是搬到新英格兰地区的某所不是藤校、但努力与藤校攀比的高等学府，与其共事。贝尔西和基普斯的研究领域高度重合，学术及政治观点针锋相对——可想而知，这样刻意的设定，人物甚至不用开口，就已经有天然的反讽效果了。

不过史密斯当然要让她的人物开口说话，而且个个妙语如珠，随便翻开一页都能找到足够编进情景喜剧的台词，比如形容一首诗，会说它"似乎将性高潮的所有不同要素都拆卸开来，就像机械师拆卸一台机器一样"。从伍德的眼光看，这样随时抖机灵的写法虽然"非常漂亮"，却也"让人沮丧"，因为她"甘心让作品中的段落堕落成卡通形式和一种贪婪而动荡的极端主义"。

被伍德有意无意忽视的至少有三点：首先，"贪婪而动荡的极端主义"，恰恰在某种程度上精准地反映了时代特征。对于当代社会人际交往的速度之快、活动范围之大、蝴蝶效应之微妙复杂，史密斯以一种夸张的卡通化的形式密集呈现，常常反倒是恰如其分的。其次，当代读者，至少是一部分读者，对于叙事速度和文本信息量的要求，超过伍德的想象，他们是"歇斯底里"的潜在受众。最后，史密斯的喜剧以悲剧衬底，只是被喧嚣的前景遮蔽，识别它需要某种更暧昧、更现代的审美力。在小说的后半部，随着闹剧如陀螺般越转越快，小说主人公的"卡通性"减弱，他感觉到自己不仅在渐渐失控，而且孤立无援，但他不知道能用什么方式挽回。于是我们看到，他"想象着他的家人像是希腊戏剧中的合唱团，为他颓丧，为他愤怒，却在他登台的瞬间从舞台上迅速撤走了"。

事实上，"合唱团"也是评论家在形容史密斯作品时，特别喜欢拿来打比方的词儿。史密斯是那种天生就能从大城市的喧嚣芜杂中听出交响合唱每个细微声部的作家。很少有人能像史密斯那样，在高度浓缩戏剧化情节的框架里，仍然能保持着文字的弹性和光泽，让你觉得她的"刻意"和"繁复"反而是她自然流露的天赋，那些曲折奥妙的长句才是她能焕发出最多光彩的舒适区。她对这个世界最深切的体察和最充分的善意，蕴含在汩汩不绝的嘲讽中。

三

以"歇斯底里现实主义"为关键词，你能在网上找到好事者列出的各种"歇斯底里"书单。除了上文中提到的作品，有人甚至把《尤利西斯》《大师与玛格丽特》和《第二十二条军规》都纳入其中，选书标准既宽泛又混乱。如果按照伍德的最初定义，至少需要厘清以下的典型误解：1. 写得长不等于歇斯底里，写得短不等于不歇斯底里。大信息量、近乎亢奋的节奏、人物与情节线的网状结构，都要比篇幅长短更重要。2. 不是写得越天马行空就越歇斯底里，文本指涉事件大体上不离开"现实主义"的框架是基本要求，你不能写着写着就让人物毫无道理地飞起来。3. 不是写得越难懂越高深就越歇斯底里——恰恰相反，如果你将这些小说分割开，往往会收获一大堆可读性很强的故事。不过，这类作品的难点之一，是文本涉及的面向大大拓宽了以往读者对于"文学"的认知。对于各种新技术新现象新知识，对于文学与其他学科的交叉，这一类作家往往有更为敏锐的触觉。

所有的书单都将2003年普利策小说奖得主、杰弗里·尤金尼德斯的《中性》推到了显要的位置——它的各项技术指标太符合"歇斯底里现实主义"了。然而，詹姆斯·伍德本人在关于《中性》的书评中，态度却有点微妙。一方面，他确实提到了"歇斯底里"，并且指出，乍一看，《中性》似乎又是一个企图囊括20世纪所有新闻事件的"记者式野心"的牺牲品。另一方面，在读完全书后，他也不得不承认，"这当然是小说而非报纸，它时常让人觉得这是一部动人的、好笑的同时又深具人性的作品"。

在这个问题上，伍德大抵不错。在我的阅读经验里，《中性》的迷人程度鲜有匹敌，它代表着"歇斯底里现实主义"在作者立场与读者立场之间所能找到的最佳位置——那个经过精确计算的平衡点。尤金尼德斯多半对于对称和均衡有深深的执念，因为像《美》那样的对称结构，在《中性》里不是一个，而是一打。

在小说将近正中心处第一次出现完整的书名。那一章的题目就叫Middlesex，直译过来是"米德尔塞克斯"，那是美国底特律的一条街，小说里叙述的那个美国籍希腊裔家族，正是从这一页开始迁居此地的。鉴于该书主人公的双性人身份，谁都看得出这个地名语带双关。无论在结构还是在内涵上，这里都是《中性》的中点。在此之前，"我"的双性基因，通过一系列历史的偶然，终于合成完毕。这些偶然包括上世纪20年代土耳其对希腊的入侵，主人公的祖父母从希腊逃亡美国的既艰难又浪漫的旅程（正因为去国离家，伦理才能被遗忘，姐弟才能变成夫妻），还包括第二次世界大战、经济危机、禁酒运动、底特律种族骚乱——所有这些历史事件里都包含了赋予那个特殊基因"生存权"的因子，因子与因子互相勾连，构成了"我"得以降生的条件。而在中点之后，"我"的成长正式展开，自然悄悄退场，文化取而代之，时而推动着，时而阻滞着"我"对自身性别的认同。以那一章为中轴，站在米德尔塞克斯街上，瞻前则可见浩浩荡荡的社会变迁、家族传奇，顾后则重在窥探个人心理之演进。

其他大大小小的对称还包括：从希腊到美国的迁徙促成最古老的文明与最现代的产业碰撞；科学之面无表情对照人文之曲折暧昧（"如果说荷马是这个故事的老祖先，达尔文就是另一个"——《纽约时报书评》）；史诗的宏大叙事（那些仿荷马的华丽排比甚至被用来整段整段地歌咏底特律的汽车流水线）对照隐伏于个人体内的微观视角（显微镜下男精子与女精子的诙谐对话）；主人公最后的落脚点选在柏林，因为那也是一个"一分为二的城市"；甚至，在"我"将要面对医生裁决（决定"我"必须按照哪种性别生活下去）的那天早晨，"我"的父亲特意戴上了一副"吉祥"的袖扣，一个代表悲剧，另一个代表喜剧，显然秉承了希腊的悲喜剧传统。评论界据此又找到了一把分析文本的钥匙："《中性》有两个层面，一面是喜剧，一面是悲剧，小说把卡尔的成长故事演变成一首喧嚣的史诗，把性别错置和家族秘密处理得既有趣又凄婉。"

不过，《中性》的悲喜剧特质，最集中地反映在其中的情爱描写上。这些在世俗意义上被冠以"乱伦、不伦、畸恋"——乃至根本找不到现成词语形容——的感情，既要"异质"得震撼感官，又要掌握好冒犯的分寸，换句话说，它们必须写得匪夷所思，但仍然符合现实的基本法则和人类对"爱"的认定。

于是，我们看到了晚霞中的甲板，看到"我爷爷奶奶"假装初次相逢，以至于"渐渐地，他们真的相信起来了，他们编造记忆，他们临时安排命运……当他们头一次在甲板上转悠的时候，他们还是姐弟，第二次，他们就是新郎和新娘了，到了第三次，他们就成为夫妻了"。我们还看到，"我"的身为表兄妹的父母亲，男人以一支单簧管对着女人的皮肤吹，"让她的体内充满音乐，她感到单簧管的震颤渗入肌肉，一阵阵直往里涌，最后她的骨头发出嘎拉嘎拉的响声……"。

翻开书之前，最担心的莫过于作者如何处理主人公的爱情——须知，"我"的所谓兼具两性特征，是要确确凿凿地落实到生理状况上的。如何处理得既"真实"又"优美"——读者期待的、文学化的优美，是个棘手的问题。然而，这一笔又是主人公最终确定自身性别取向的关键步骤，非但省略不得，连淡化都不足取。当小说在"中性街"（Middlesex）上跨过中点之后，"我"的视野里果然出现了以"那朦胧的人儿"为代号的恋爱对象。她是"我"的女同学，在外人看起来，她们只不过是一对要好的小女孩。顺理成章地，"我"走进了女伴的家，被女伴的哥哥一眼相中。"我"在情感上依恋妹妹，理智上却要用与哥哥的虚与委蛇来平衡内心的负罪感。与此同时，"那朦胧的人儿"自己也有了一个男性追求者。

行文至此，尤金尼德斯已经搭好了他用来解决难题的框架，又是他驾轻就熟的对称关系。他安排四个情窦初开、各怀心事的少年到树林里野营，荷尔蒙的浓度在夜间升至顶点。小木屋里空间逼仄，大麻又创造了那么点恰到好处的幻觉，于是，"那人儿"和她的新男友，"我"和"那人儿"的哥哥，就几乎是在面对面的情况下肌肤相亲。说实话，哪怕仅仅因为以下的神来之笔，尤金尼德斯也没有辜负普利策的表彰：

"我觉得自己正在融化，正在变成水汽，我的灵魂有如教堂里的香烟，正朝着我的脑盖顶上升起——随后冲了出去。我飘过那片地板，在那个轻便的炉子上飘浮。经过那些波旁威士忌酒瓶，我开始在另一张帆布床上空盘旋，朝下看着那人儿。接着，我突然明白了自己所有的神通，便悄悄地钻进雷克斯·里斯的身体。我像一个神灵那样进入了他的躯壳，因此亲吻她的是我，而不是雷克斯。"

通过雷克斯的身体，"我"与那人儿耳鬓厮磨，同时，"我"也清楚地意识到，她哥哥的身体正在向"我"进攻……意识进入"她"，而身体被"他"进入。在男性与女性这两面镜子的夹攻下，"我"的"中性"被置于灼灼强光中，成了一个不折不扣的"怪物"。其间，生理上的撕裂（千真万确，作者既没有绕过这个尴尬的问题，却也没有伤害自始至终萦绕在小木屋里的诗意）与心理上的觉醒彼此交缠，这般独一无二的阅读感受一旦化作文学评论，也不过是兑换一些诸如"魔幻、戏剧感、复调"之类的词儿吧。那是浓酒之于白水的落差，不说也罢。无论如何，尤金尼德斯有一种神奇的能力，似乎他只需稍稍调整几个参数就能打造一个无形的声场 —— 在那里，歇斯底里的尖叫听起来就像歌剧咏叹调。

四

在"歇斯底里"的狭窄光谱中，新作并不多见，最近能写进文学史的是2015年布克奖得主，马龙·詹姆斯的《七杀简史》。六十多万字的篇幅，七十多个角色的轮番叙述，五段体唱片结构，各个阶层与族裔在有限空间里的高频率碰撞，以及数量、类型（方言，俚语，花样翻新的粗话）和强度都远远超过平均水准的对白，这一切都让文本的外观呈现显著的，甚至是夸张的"歇斯底里"基因。它的理想读者最好对于现代音乐，尤其是牙买加雷鬼乐有感性认识，听鲍勃·马利唱歌会忍不住摇晃，或者习惯于盖·里奇那种既粗粝又精巧的黑帮喜剧叙事，喜欢看卡通化的人物依靠戏剧性的弹簧一个接一个从故事的魔术箱里蹦出来。

年轻的马龙·詹姆斯不像扎迪·史密斯那样瞻前顾后，不再害怕暴露"歇斯底里"的自觉意识，乐于随时大张旗鼓地从细节观照整个世界。在很多片段，这部小说让我想起《奥斯卡·瓦奥的短暂而奇妙的一生》（朱诺·迪亚兹）——它就像是《奥斯卡》的膨胀升级版，好像同时有很多个奥斯卡在放声歌唱。所以我们在《七杀简史》里常常能看到黑帮小混混在吐出一大串脏话之后突然冒出一句直奔主题的史诗，比如："我想去录音室录歌，我想唱热门金曲，乘着那节奏逃出贫民窟，但哥本哈根城和八条巷都太大了，每次你走到边界，边界就会像影子似的跑到你前面去，直到整个世界变成贫民窟，而你只能等着。"

其实在那一年（2015）的布克奖短名单上，十万字的小长篇《撒丁岛》也具备"歇斯底里"的体征，只是表现形式更为高冷。英国人汤姆·麦卡锡属于那种几乎被读者忽视、而整个评论界都不知道该拿他怎么办的作家。他的早期作品《记忆残留》被导演诺兰确认"启迪"了他的编剧思路，此后麦卡锡一直维持低产量、高难度的模式。《C》和《撒丁岛》两度进入布克奖短名单，最后都输给那些更像小说的小说。人们提起麦卡锡，常常拿不准应该把他当成小说家，还是一个现代装置及行为艺术家。他在艺术界最出名的事迹是创立了一个半虚构组织，宣扬"假"与"复制"，比如在《泰晤士报》买下版面发表宣言："死亡是一种空间，我们要勾勒它，进入它，殖民它，最终在其中定居。"麦卡锡自己，恐怕也没把小说家这个头衔太当回事，因为，在回复某年上海国际文学周邀请他出席的邮件里，他说："如果上海有哪个现代艺术展有兴趣让我来，我倒是十分乐意。"

麦卡锡的确把《撒丁岛》写成了一个庞大而古怪的装置。主人公U在一家"如同玄奥之城、能吸纳多重世界的炼金之所"的大公司的地下室里上班，职位是"一家咨询机构派往企业内部的人种志研究者"，为公司的神秘工程提供人类学方面的咨询，他的终极目标是撰写一份"大报告"，用包罗万象的数据把我们这个时代吞吐其中。这种关系有点像卡夫卡笔下的土地测量员k之于城堡，你读完全书都无法说清这是怎样的公司，怎样的职位，怎样的任务。然而，U那种每天都好像干了惊天大事但又好像什么都没干的感觉，那种荒诞的、好像掌握着所有的信息却又对真相一无所知的感觉，那种明明置身于人群、四周却把你隔离成一座孤岛的感觉，每一天都在我们居住的城市的角角落落里浮现。

与阅读其他小说最大的区别是，你必须先跨过麦卡锡设置的知识门槛，不被列维－斯特劳斯或者德勒兹的名字吓退，你还得先摒弃伍德式的对"知识炫富"的偏见。在这样的基础上，再看《撒丁岛》，你会觉得，麦卡锡这种不顾一切搭建新装置的企图，至少能帮助你在看待那些司空见惯的事物时，获得一个崭新的、才华横溢的视角。比如，我从来没有看到有人能把一次堵车事件，写得如此神奇、异质而又紧贴现实：

> 好几串巴士的链条，每串都有大概七八辆，像几条明黄色的河流，正拼命朝对它们来说实在过窄的渠道中挤进去，而旁边独立的色块则想从侧面打断它们，塞入链条。当这些色块得逞之后，颜色交替的色带又在行进中逐渐成形，如同那种染色体的螺旋图。最疯狂的地方，丹尼尔说，是在这么些卡车和巴士之间，都是人。从这个高度你看不到，但他们的确就在那里。他们不会被压扁吗？我问（车辆之间完全没有空隙）。照理肯定被压扁了，丹尼尔说——但他们就能从车子中间、底下钻来钻去，就像蠹虫一样。而且他们还说，这些人还在拆卸这些

汽车——一边拆，一边组装，所以整个拥堵就成了无数个旧车市场或者赛道旁的加油维修点。你看到公路旁边那些小弧，他说着指向几排分支，像是蕨类植物的叶子，那是公路的出口，但车子根本开不出去，因为这条干道本来是设计给另外一个城市的，那个城市的车辆靠左行驶，而不是靠右——这套设计方案被拒之后，尼日利亚交通部就低价买入，居然没有将左右反转过来；所以你就看到在这些无用的出口坡道上，摆满了拆下来的汽车零部件，而且是按颜色排列的。我顺着他的手指看到，在这些通往虚无的小弧线上，有一片片的色彩彼此相连，红色转入黄色，黄色转入棕色，棕色转入黑色。就像挑选颜料的色盘，像不像？他问。这整个城市就像一幅画，在你眼前一笔笔地画着自己。我点头；他说得没错。我们沉默地坐了好久，看着投影。

五

在为这份所谓的"简史"作总结陈词之前，让我们倒拨时钟，回到"前歇斯底里"时代。

文学场域从来不缺名词。"歇斯底里"出现之前，这类小说通常被归入"极繁"（maximalism）门下。从字面上看，所有容量巨大、细节繁复、富含衍生文本的小说都可以算进极繁的范畴，所以如果你把《尤利西斯》《百年孤独》和《大师与玛格丽特》纳入其中，也说得过去。直到伍德从这个大篮子里挑出几个样本，将其与魔幻现实主义严加区隔，赋予其更强烈的时代特征，并且贴上"歇斯底里"标签之后，还是有很多人会将"极繁"与"歇现"（歇斯底里现实主义）混为一谈。实际上，"极繁"的概念要比"歇现"更大更笼统，它的触角遍及文学、艺术和生活方式。即便单单在小说界，两者也有微妙不同。打个比方，说波拉尼奥的《2666》属于"极繁"似乎顺理成章，但它是否属于"歇现"，则尚有商榷的空间。我很难说清区别在哪里——也许仅仅因为，当我阅读《中性》和《七杀简史》那样凶猛而迅疾的文字时，心跳速度会比阅读优雅淡定的《2666》更快一点。

说得再深入一点：两者的概念确有大面积交叉，但毕竟各有侧重。歇斯底里现实主义重在其看待、处理现实的态度与手段，与其形成对照关系的是"社会现实主义"；"极繁"则强调其文本容量，与之相生相克的概念是"极简"（minimalism）——如果失去与"极简"的对照，"极繁"也就失去了存在的意义。

作为在20世纪60年代形成高潮的文化运动，极简主义虽然早已降温，但其影响力实际上渗透至今。无论是《纽约客》《格兰塔》这样的高眉杂志的选稿标准，还是美式创意写作班的引导方向，都有助于"极简"的复制与继承。相对而言，"极简"似乎更容易适应版面，更容易被模仿（哪怕只是貌合神离的模仿），更适合作为短期内提高写作的样板，"少即是多"的口号也更能提供高级文本的幻象。在它的反面，接受和模仿"极繁"的门槛都更高一点，而其中的分支——歇斯底里现实主义——则几乎完全有赖个体的偶然。品钦远比卡佛难复制，尤金尼德斯九年才写一部《中性》，而麦卡锡，只能在文学和装置艺术之间的灰色地带游荡。

1986年，美国作家约翰·巴斯发表了一篇重要的文论《说说极简主义》。有趣的是，此文不仅对极简主义做了系统梳理，也提到了它的反面——极繁主义。他引用罗马天主教义中所宣称的两种走向上帝恩典的方式：一种如僧侣或隐士般隐忍苦修，走所谓的"否定神学"（否定世俗，甚至否定语言）之路；另一种不惧红尘，沉浸入世，走"肯定神学"道路。巴斯认为，以此来比喻极简主义与极繁主义的本质差别，是可以成立的。

如是，文学的繁简之争其实古已有之，巴斯在文中随手就举出了希罗多德VS伊索，以及乔伊斯VS贝克特的例子。再回到本文的主题，我们会发现，某种程度上，"伍德单挑歇斯底里"也只是这种分歧的变体。不过，在当下的语境中，我们也许还得考虑今年刚刚去世的菲利普·罗斯的警告。他说，不出几十年，必将摧毁小说的是大大小小的"屏幕"——"这些屏幕让获得信息和故事变得那么容易，那么支离破碎，以至于将来我们会再也找不到那样一个群体，能在一长段时间集中精力投入阅读"。

也就是说，在"歇斯底里史"行进到第十八个年头时，小说家们其实早已经被逼进了同一条战壕，都必须主动或被动地投入与其他传播方式争夺注意力的战争。小说写作是阅历、人性理解深度、知识模型建构和幻想能力的集合，但我们与其指望小说家个个都是全优生，不如相信其中任何一点都能因其发挥极至而弥补其余的不足。在这个让小说家越来越力不从心的时代，极简主义者怀着谦卑之心，将叙事空间让渡于无边无际的"脑补"，他们不失明智；极繁主义者则始终昂着骄傲的头，一边自嘲一边扮演已死的上帝，以歇斯底里的姿态俯瞰故事里的芸芸众生，他们几近悲壮。

戴维·洛奇访谈："我似乎听说过《围城》"

戴维·洛奇（David Lodge）1935年出生于伦敦，早年就读于伦敦大学，后获伯明翰大学博士学位，英国皇家文学院院士，以文学贡献获得不列颠帝国勋章和法国文艺骑士勋章。从1960年起，洛奇执教于伯明翰大学英语系，1986年退职专事创作，兼伯明翰大学现代英国文学荣誉教授。

迄今洛奇已出版十二部长篇小说，包括"卢密奇学院三部曲"：《换位》（*Changing Place*，1975年，获霍桑登奖和约克郡邮报小说大奖）、《小世界》（*Small World*，1984年，获布克奖提名）、《好工作》（*Nice Work*，1988年，获星期日快报年度最佳图书奖和布克奖提名）以及《大英博物馆要塌啦》《治疗》《作者，作者》等，其中以"卢密奇学院三部曲"最为著名。他还著有《小说的艺术》（*The Art of Fiction*，1992年）和《意识与小说》（*Consciousness and the*

Novel, 2002年）等多部文学批评理论文集。此外，《小世界》在1988年被改编为电视连续剧，而洛奇本人担任编剧的《好工作》，获得1989年英国皇家电视学会最佳电视连续剧奖。洛奇的作品已用二十五种语言翻译出版。文学批评大家安东尼·伯吉斯认为，洛奇是"同代作家中最优秀的小说家之一"。

能在伦敦见到戴维·洛奇纯属小概率事件。我到现在都不太明白为什么当初在确定伦敦采访名单时第一个就想到了戴维·洛奇——尽管有人告诉过我，洛奇一年中的大部分时间都是在伯明翰度过的。要感谢"老伦敦"恺蒂提供了洛奇的邮件地址，也要感谢伦敦的某某机构恰巧在今年深秋安排了一场洛奇先生必须出席的派对。总而言之，当我敲响这位以《小世界》闻名的大作家在伦敦租的寓所大门时，心里确实在念叨："这世界，果然是小的。"

坐在洛奇的客厅里，我想起以前在某篇关于他的访谈中看到，洛奇很忌讳别人在文章里泄露他的地址，也不希望描述他的居室环境。我只能说，这不太像是个一年到头住不了几次的临时住所，它在细节上的一丝不苟，应该多少可以反映主人的真性情。我一边接过他递来的红茶，一边细细打量他：个子不高，算得上慈眉善目那一类，但不容易抓住特点；听力障碍并不像传说中那样严重，至少，我没有发现助听器的痕迹。看得出来，这位七十一岁的老作家有的是应付媒体的经验，非但主动问我们需不需要录音、录音设备放哪里比较合适，而且干脆利落地许诺：假如在规定时间里没有问完所有的问题，敬请在电子邮件中追访。见我和同伴拿出两个MP3，他笑得脸上的皱纹全都舒展开。于是，我录下的第一句话就是："嘿，这些玩意看上去可真够高科技的。"

黄：洛奇先生，听说您当年把小说处女作投到出版社时，有位编辑认为您很有才气，但是建议您不要匆忙出版，是否确有其事？时至今日，你是否仍然记得他们提出这项建议的具体理由？

洛：对，没错。当时我十八岁，还在念大学，那位编辑确实说过，他认为我很有前途，但是那本书没有到达他们期望的水准，他们希望我能再写一部小说。而我也确实写了，书名叫《电影观众》(*Picture Goers*)，那是我发表的第一部作品，不过我后来选择的是另一家出版社。至于处女作被拒绝的理由嘛，好像有个比较关键的人物说了什么话，说实在的我是记不得了，毕竟那是五十多年前的事啦。

黄：那么，十八岁那年，是什么原因让你开始写小说的？

洛：我当时在大学里学习的是英语文学。从小我就对那些数学呀科技呀外语呀都不是那么在行，所以选择这个专业可谓顺理成章。而一旦开始学习文学，想当作家的雄心就在我心里越来越强烈。不过，在英国，很多念文学的学生会写一点短篇小说或者诗歌什么的，但是写长篇小说的人很少。而我居然也走通了这条路，挺幸运的。

黄：写了这么些年，你认为自己有没有实现那个最初的目标，那个梦想？或者说，你有没有什么遗憾？

洛：好多作家都有那么点不容易满足的倾向，我的意思是，大多数人的野心总是比他们到头来真正成就的东西要多。至于我本人，这么说吧，可以从两个角度看待我的写作生涯。一方面，我觉得自己非常幸运。我既得到了文学声誉，也收获了可观印数，在全世界范围拥有广泛读者，好几部作品都被翻译成不同的文字。能同时做到这些并不容易。比起英国大多数小说家来，我当得起这"幸运"二字。不过，另一方面，每个作家都有局限，经历方面的，能力方面的，我现在就感受到了这种局限。但也正是这局限在推动人进步吧。总体上讲，回首这些年的写作，我还是颇感欣慰的。尽管早期的那些作品，从某种程度上说是不怎么让我满意的。

黄：那么，你觉得在自己的整个文学生涯里，哪部作品称得上是"里程碑"，或者"分水岭"？哪一部是你最喜欢的？

洛：用一个俗套的比喻，作品就是作家的孩子，你没法说自己最喜欢哪一个。我只能同时举几个例子。比如说，我对于《换位》有比较特殊的感情，因为那对我是一个突破，是我第一次既在商业上也在批评界获得成功。而在《小世界》的写作过程中，我全身心地投入了这场"游戏"，达到了我所预想的效果，我想我现在是肯定写不出这么好玩的作品啦。而《好工作》让我很为自己骄傲，因为它涉及的是一个全新的领域，而我在此之前是对那个领域一无所知的。为了写这个故事，我做了不少调查，而且书中的一半篇幅我都是从女性的视角写的，这一点应该算是这本书比较突出的地方……呵呵，我对于每一本书都挺宠爱，只是角度不同。

黄：我完全可以理解这种"家长情结"，那么，过一会儿我们可以具体讨论一下这些小说中的细节。现在我想先插一个好多学者都关心的问题：在文学界，您的身份绝不仅仅是小说家，您在文学理论和文学批评方面，无论是作品数量，还是影响力，都不亚于您的小说。但是我们都有个疑惑，这两个方面其实常常是互相冲突的，因而有那么几个作家 —— 比如A. S. 拜厄特，最后就完全放弃文学研究而专事写作。那么，您是怎么做到让两者之间的冲突尽可能调和的呢？它们互相之间有没有积极的、建设性的影响？

洛：我在这两方面同时努力，首先是一种需要。光靠非虚构写作谋生是不够的，经济上似乎也不容许。我们这一代有相当数量的作家也采取跟我一样的方式。我在写作的同时还任教，这也就为撰写文学理论作品提供了充要条件。但是，这又不仅仅是一个与钱有关的问题，我一直很喜欢教书，喜欢搞研究，所以一直尝试着让这两种文体平行发展。确实有人因为无法忍受它们之间的冲突而选择了其中一项，但是我倒觉得它们也都能帮得上对方的忙。比如说，正因为我本人也写小说，很清楚写小说是怎么回事，所以我从事批评时就客观得多；而作为一个批评家，我对于小说在技巧层面的知识比较熟悉，我也知道别人可能会怎么分析它，这样我自己写小说时就更善于自我反省。不过，话说回来，冲突肯定存在。就我个人而言，这种冲突主要表现在社会心理方面，也就是教授和小说家这两种社会角色之间的矛盾。你本人在学术上取得的成就越大，你在小说里入木三分地描写自己本行业时就会显得越荒谬。在此过程中，我确实感觉到自己经受着某种人格的分裂。前一分钟我还是学校里受人尊敬的教授，严肃地分析文学理论，后一分钟我就要在小说里对学术圈冷嘲热讽，这样真的很难。学生们都知道我的小说，但我决不会在课堂上分析这些小说，所以我在自己的学校里从来没有教过写作课。幸运的是，当我承受这些困扰的能力达到极限时，我终于可以从学校里退休了。这真的让我松了口气。如果一定要比较的话，我想我还是更喜欢具有创造性的写作。教学经常需要重复，而写作，永远是新的。

黄：但我从你的很多作品中仍感受到你对校园的依恋。

洛：对。尤其是因为，我见证了六七十年代，那可能是上世纪英国校园里最美好的一段时光。那时候不少学校扩大了规模，许多出身并不高贵的学生获得了接受高等教育的机会。但是，在此之后，大学似乎就没那么有趣了，越来越像一座工厂。所以，也许我离开得正是时候。但是，再回到那个问题吧，我对于一生中在学术上花了大量时间并不后悔。那让我常常可以从小说中抽离出来，读更多的书，思考更多的问题，其实也是一件好事。何况，现在批评家也不单是为狭窄的学术圈写作，有许多作品是直接面对广大读者的，对我来说也很有趣味。

黄：当代文学史常常把您和马尔科姆·布拉德伯里（Malcolm Bradbury）的作品归入所谓"大学精英"撰写的"校园小说"门类，那您自己是否同意这样的分类？

洛：二战以后，英国确实在一段时期以内出现了许多在大学里专业教书、业余写作的作家，除了我和布拉德伯里以外，还有马丁·艾米斯。原因刚才我已经说过，确实有经济上的考虑，只依靠写作谋生是相当艰难的。像大多数作家一样，我们顺理成章地以自己熟悉的生活环境为小说素材，以喜剧的形式将其中矛盾、荒诞以及挫败的部分表现出来，所以才会有"大学精英""校园小说"这样的界定，但是我们自己并不觉得有这样归类的必要。近年来，英国的年轻作家虽然还时不时地在学校里打打零工，教授写作课程，但完全浸淫在学术圈里的现象已经越来越少，或许正是因为这个原因，如今的"校园小说"已今非昔比，难以成为英国当下文学界的主流。

黄：让我们说说《小世界》吧。这部小说的副标题叫"一场学术罗曼司"，可是大多数中国读者都把它看成一部不折不扣的讽刺小说。这个问题你怎么看？你是怎么把浪漫传奇的元素与讽刺小说的调子融合在一起的？

洛：当然，这确实是一部讽刺小说。当我开始构思时，我知道我想写的主题就是遍布全球的校园，以及那些整天坐飞机开学术会议、互相明争暗斗的学者。他们争夺荣耀、地位，当然其中也包括了一定数量的性冒险。我头脑中积攒了不少这样的细节、片段、巧合，它们都是这部小说的原材料。可是我在动笔之前盘桓良久，因为我需要某种结构把它们捏合起来。当我想到关于亚瑟王、圆桌骑士和圣杯的传奇时，局面就豁然开朗了。因为我所熟悉的学术环境确实与这些传奇不无共通之处，那些关于荣耀的诗篇，那些长着翅膀的马，那些巫师，都可以成为某种象征。而一旦套用到这样的结构里去，我就可以跳出现实主义的框架，大量运用巧合，并且加入不少现实主义小说不可能运用的夸张手法。而在西方语境中，"罗曼司"的另一重含义是"爱情故事"，这也是我想在文本中着力讨论的。所以，我无法抵挡用这种特定的"罗曼司"类型架构学术小说的诱惑。但是，落实到细节，它又常常是现实主义的。这确实是一项挺难完成的任务。

黄：这也正是我想问的。作为一个善于以批评家的眼光审视自己作品的小说家，您觉得在以《小世界》为代表的您的作品中，究竟哪种元素更多些？现实主义还是后现代主义？哪些作家的名字可以列入影响您风格的名单？

洛：如果一定要下定义的话，我愿意这么讲：我本质上是一名具有后现代自觉意识的现实主义小说家，当我需要摆脱传统的现实主义桎梏、达成某种喜剧及讽刺效果时，就会运用这种自觉意识。我想我的个人风格里并没有特别鲜明的其他作家的烙印，不是那种一看就能对号入座的，尽管亨利·詹姆斯、格雷厄姆·格林以及詹姆斯·乔伊斯等人都对我产生过影响，当我的写作有需要时，我也会从他们的作品里借鉴某些手段。

黄：再回到《小世界》。中国的许多知识分子都把您的这部小说与中国一部非常有名的现代小说——钱锺书的《围城》作类比，感觉到它们在精神气质上有很多相似之处。而且《围城》也被译成过英文，列入企鹅出版社的经典系列。您听说过这本书吗？

洛：哦？真的吗？我似乎听说过这个书名，但是我得承认，基本上我不了解它。也许我真的应该找一本来看看。很遗憾，我对中国文学和学术界的状况可以说是一无所知，无法给出任何恰当的评论。不过我对于那些当年在

"文革"中饱受折磨且顽强生存下来的中国知识分子，怀有极大的尊敬。

黄：您的坦率倒让我想起，在《小说的艺术》的序言里，您说过当您分析非英语文学时不是那么自信。你现在还这么想吗？主要原因在哪里？能否列举几部您个人最喜欢的非英语作品？

洛：没错，我现在仍然这样想。首先，我的外语能力不够强，所以阅读非英语作品主要是靠译作。但是作为一个小说家，我知道一旦通过翻译，作品中有多少东西会不可避免地流失——当然，比起诗歌来，小说的"可译性"已经是非常非常强了；另外一个原因就是我对异国文化的解读，始终不可能是那么自如的，有时候甚至是可能产生误导的，所以一旦要我对它们着手分析，就难免缩手缩脚。我在那篇序言中是想表达，之所以我选择拿来分析的文本都是英美文学——这样做显然是有局限性的，实在是因为我在这个领域里才是比较自信的。不过这并不等于说我不喜欢阅读非英语作品的译本。我个人很喜欢米兰·昆德拉的作品，还有翁贝托·艾柯的《玫瑰的名字》。如果说到古典文学，当然还有《安娜·卡列尼娜》和《包法利夫人》。应该说我的阅读中包含了一定数量的外国作品，当然，也许还没有达到应该达到的那个数量。

黄：我发现《好工作》里有一个巧合，主人公维克多·威尔考克斯（Victor Wilcox）的名字与E. M. 福斯特的《霍华德庄园》中的人物姓名完全一致，而且这两部小说的主题都是想探讨现代工业化与个人心智求索之间的冲突。这两部小说之间是不是存在刻意安排的互文？或者说《庄园》是不是激发了你创作《好工作》的灵感？

洛：说来可笑，这部小说我是写到一半，才发现此维克多跟《庄园》里的维克多重名的。而且，正如你所言，我们这两部小说其实在主题上遵循的是同一个传统。但是，除此之外，它们并没有更多的联系，《好工作》还是我自己的小说。我私下猜想，之所以福斯特和我会同时选择这个名字，也许是基于同样的想法：维克多（victor, victory）让人联想到"胜利、征服、在生意上获得成功"，威尔（wil, willpower）代表"意志"，考克斯（cox, cocks）在英文里又有男性生殖器的含义，所以加在一起，这是个非常阳刚、极端男性的名字，从而与人物本身的性格形成某种对照关系。

黄：我个人很喜欢您在1995年发表的小说《治疗》。我注意到您那时大约是六十岁，正好比您笔下的男主人公大几岁。而您笔下的人物性格刻画是如此成功，让我忍不住想问您，您本人是否也像那位男主人公一样，经历过一段时间的心理危机，并且最终在某种程度上得到了"治愈"？

洛：我得声明这故事不是自传，我的婚姻并没有像男主人公一样破裂。但我跟他的经历确实有一定的相似之处。我的心理也确实经受过一段很长的时间的沮丧和消沉。这部小说的灵感来源于我个人的心理低落期，不过这种低落是具有广泛意义的，某种程度上是蔓延在现代西方社会的一种普遍现象。在我写这本书的90年代，身边到处都是关于心理治疗的书籍和"百忧解"之类的忧郁症药物。另外一个可能比较直观的联系是，我也像这位主人公一样，膝关节有问题，而且当时恰好我也在电视界参与制作节目——这些都被直接用到了小说里。

黄：您前两年出版的小说《作者，作者》以大作家亨利·詹姆斯为主角，文本里少了很多调侃的意味，这跟您以前的作品是截然不同的？您能告诉我原因吗？

洛：其实《作者，作者》里仍然保持了一些讽刺的元素，只是藏得更深了一些。比如亨利·詹姆斯跟画家乔治·杜穆里埃的交往，比如詹姆斯生前的寂寞与他死后的赫赫声名之间的反差，都是具有喜剧效果和讽刺意味的。但是，总体而言，我确实是刻意减少了以前作品中那些惯用的讽刺手法，这很大程度上是由小说主题决定的。詹姆斯的故事里不是没有滑稽的成分，但我更想表达的是对他的理解和同情，表现他受到的挫折，他身上的女性倾向，等等。另外，《作者，作者》其实是一部"非虚构小说"，表现的是一个真实存在的人物，以那种狂欢式的喜剧腔调去表现这个主题是不恰当的。

黄：那么可不可以这样说，你近十年的作品在风格上其实是发生了深刻转变的？讽刺的成分越来越少？

洛：某种程度上确实如此。也许改变在十多年前就开始了。从《天堂消息》到《治疗》再到《思考》，虽然都包含了讽刺成分，但哲学思考的分量却在逐步加重，而且运用第一人称的篇幅也比原来大大增加。到了《作者，作者》，就变成一阕挽歌了。

黄：在中国，喜欢您作品的读者主要集中在知识分子圈里，也就是所谓"高眉"阶层。您觉得这与英国的情形有什么两样吗？

洛：不太一样。我确实是为那些受过教育的人写作的，那些整天玩填字游戏的人大概不会对《小世界》感兴趣。但在英国，我的这些读者似乎不能被概括为"知识分子"。当然，也许他们大部分上过大学。你知道，在英国，所谓"文学小说"和"娱乐小说"的界限是相当森严的，所以那些拿起文学小说的读者，肯定不会怀着单纯寻求娱乐刺激的阅读期待。他们一般是受过教育的，但我想，那个门槛应该会比你说的中国读者低一点。我猜，中国读者因为相对不那么熟悉英国的社会现状，所以喜欢我作品的读者需要具备足够多的这方面的背景知识，需要足够的理解力去跨越文化障碍……说实话，我自己就挺难想象他们是如何做到的。

黄：在中国，也有不少大学生喜欢您的作品。

洛：对，我确实听说我在国外的读者里有很多大学生。我想可能他们是受了老师的影响。教师比较能够认同《小世界》这样的小说，而且他们也熟读我的文学理论作品，所以他们就喜欢在课堂上分析我的小说。在法国、德国、意大利，都有这样的现象。

黄：说到您这些年在知识圈的影响，也许有一件事情您会很有兴趣知道：您在上世纪70年代写下的一些文章，其中有不少句子被收进了中国最权威的双语词典——《英汉大词典》，作为我们学习英语的规范例句。

洛：真的吗？哈哈，我自己也可以提供一个滑稽的小故事。英国有一部著名的词典叫《柯林斯COBUILD词典》，他们有个很大的词库，其中也用到了我的小说。有一回，我自己在写文章时想用一个短语ring off（即掐断电话），突然又觉得满腹狐疑，吃不准这个短语用得到底对不对。于是我拿起《柯林斯COBUILD词典》，赫然发现这个短语后面所跟的例句居然引自我本人写的小说《换位》。当时我大吃一惊，心里想，糟了，也许我把整个世界都给误导了。

黄：既然说到《换位》，我们就不能不说到美国。我们都知道，《换位》之所以诞生，是因为您两度作为交换学者旅居美国，我甚至在某些文章中看到，别人论述您的作品具有浓重的"美国情结"。您能不能简略比较一下英美两国当代文学以及日常生活之间的差别？这些差别真的像《换位》里那样戏剧化吗？

洛：从现在的眼光看，《换位》已经成了一部历史小说，它只能反映六七十年代的状况，如今这两个国家都已经发生了很多变化。先说文学。就六七十年代而言，当时的英国小说似乎远远不如美国小说那么有趣，那么生机盎然、雄心勃勃，那段日子正是索尔·贝娄、菲利普·罗斯、约翰·巴斯们不断涌现的时候。当时，包括我在内的很多英国小说家都得承认，我们受到的启发更多地来自美国而非本土。但是，到了80年代以后，在某种程度上，英国文学赶上来了，风格更多元，特别是此时出现了大量后殖民小说家，使得英国文学呈现出多种文化融合的繁荣景象，比如我们都熟悉的萨尔曼·鲁西、石黑一雄，等等。再说日常生活，我可以谈一谈在《换位》里形成鲜明对比的教育体制。我想这种对比如今已经不复存在，英国的学校已经大量采用了原来通行于美国的模块式课程体制，从而使得学术界的职业竞争与美国一样激烈。而当下的英国社会的各个层面，也越来越接近于美国式的生活富足、消费至上。

黄：宗教在您的小说中一直占据着重要而特殊的地位。然而我一直能从您的作品中感觉到，您对于天主教的态度是相当复杂的。一方面，您会在文本中批评某些严厉的、不近人情的教规，《大英博物馆要塌啦》里就讽刺了天主教不准避孕、不准堕胎带给教徒的困扰；而另一方面，您似乎又很喜欢替小说安排一个牧歌式的、具有宗教情怀的结尾,比如《治疗》末尾的那场朝圣。因此我很希望您能聊聊自己对于宗教信仰的看法,以及这种宗教观对于您的文学创作所产生的影响。

洛:这是一个相当复杂的问题,我知道中国读者对于基督教背景比较陌生,因此我会尝试回答得尽量简短些。首先,我受的教育有比较浓厚的天主教背景。我从小就被身为天主教徒的父母送到了教会学校,而我是他们的独生子。年轻时,我对那些探讨天主教问题的小说很感兴趣,比如格雷厄姆·格林和伊夫林·沃的作品,它们在四五十年代相当流行。我那时的倾向是颇为正统的,我觉得宗教是作家用来抵御凡俗世界的武器。不过如果你把我的作品按时间顺序排列,你就会发现我的怀疑倾向越来越重,虽然我从来没有达到完全离经叛道的地步。至少,我到现在也还是坚持做弥撒的。怎么说呢,我认为,宗教是一个人努力去回答那些终极问题的过程,谈论宗教永远不可能脱离其特定的文化和历史背景。背景变了,对宗教本身的阐释也会相应地发生变化,所以现在许多牧师可以结婚生子也就不足为奇了。然而,时至今日,大多数人仍然不愿意相信,天下只存在着一个物质世界,那种精神层面的维度似乎一直都在我们身边,而这个领域正是作家致力于探索的。这也许就是宗教对我的作品所产生的影响,这个主题在另外几部没有翻译到中国的作品 —— 比如《你能走多远》里面,开掘得更深。我是不是说得太抽象?

黄：我想我能明白你的意思。那么，探讨天主教问题的小说，在英国本土是否会引起争议呢？

洛：不，应该不会。与伊斯兰教的高度敏感不同，在这里，谈论基督教基本上是百无禁忌的。事实上，有不少牧师都是我的读者。

黄：您目前在写什么？

洛：我在写一本新小说。虽然我目前已经看到了完工的迹象，但仍需要大量的修改。不过我从来不跟任何人谈这个问题。事实上，我一直有个禁忌，从来不跟别人透露手头在写的东西。因为一旦别人做出反应，就会干扰到我的写作。所以我一直保着密。可是保守这个秘密真难啊，因为它是你日思夜想的东西，你始终会有开口谈论它的冲动。不过我可以透露一点，它完全不像《作者，作者》，如果一定要类比，它也许与《治疗》的相似度还更大一些。

黄：您是否介意谈论一下您的家庭和日常生活？这些部分对您的文学生涯是否产生过比较显著的影响？

洛：我不介意。作家不可避免地会将生活中的痕迹带入作品，但我相当敏感，尽可能避免作品对家庭成员和朋友造成伤害。对于那些简单将小说人物与真实人物对号入座的说法，我一般都是坚决否认的。大概只有一个例外，《换位》里的莫里斯·扎普的原型是我的朋友斯坦利·费舍，这一点全世界都知道，他自己好像也挺为此而骄傲。

哈哈。说到我的家庭，我只能简略提几句。我的婚姻美满，从一而终，虽然我写过不少婚外情、性冒险，但我本人的生活是比较单调的。我的妻子当了很多年的教师，她是个意志坚强的女人，不是那种概念化的充当作家秘书和内勤的妻子。她有她自己的事业和生活，在艺术方面有专长。我有三个孩子：长女是个生物学家，我们花了很长时间才弄清楚，她在科学上的天分要高于对文字的兴趣，这一点很让我们意外；长子是个律师，他同样是在经历过很多事情之后才决定了自己的职业归宿。我们总共有三个孙儿孙女。他们的住所都离我很近，因而我们的联系很紧密。我的小儿子先天患有唐氏综合征，虽然他的残疾不是很严重，有基本的生活自理能力，但仍然需要长期的照看……我想你明白我的意思，这件事对我们当然是一桩不幸。他现在过得不错，在社区的一家工厂里上班，他很喜欢007和利物浦足球队。情况不算太糟，不过，回顾这一生的经历，大概这可以算是我碰到过的最棘手的问题，尤其对我的妻子影响很大。她不得不将自己的教学从全职改为兼职……生活就是这样，对吗？

麦克尤恩讲述麦克尤恩

邀请伊恩·麦克尤恩的工作从两年前开始启动。然而，直到麦克尤恩在2018年10月24日登上从伦敦飞往北京的航班的一周前，他首次访华能否成行仍然是一个悬念。作为麦克尤恩十几个中译本的出版者和四部小说的译者，我记得两年来的所有琐碎细节，体验过所有的惊喜、跌宕和柳暗花明。我从没有想过，邀请麦克尤恩的过程也不乏"麦克尤恩式瞬间"。

好在结局就像《甜牙》一般完满。麦克尤恩在北京和上海的大部分时间里，天气都好得不太真实，他满心以为能见识到的北京雾霾也在第一天晚上便被大风吹散。酒店的会议室里，我坐在这位直接改变了我写作轨迹的七十岁老人面前，看他体贴地拿过我的手机放到自己跟前。

"这样录得更清楚一点。"

话题是聊到哪里算哪里的。但麦老师以他数十年接受采访的经验，在该讲段子的地方讲段子，在该说警句的时候说警句。在整个访谈还剩一两个问题就要结束时，他整个人笼罩在秋日午后的阳光中，慢慢地，一个字一个字地讲："无论如何，如果要我对自己讲一讲麦克尤恩的故事，我就会这么讲。"

Q：我翻译过你的两个标准长度的长篇小说（《追日》和《甜牙》，各二十多万字），一个小长篇（《在切瑟尔海滩上》，八万字），还有一个万把字的短篇小说。最新翻译的就是这个名叫《我的紫色芳香小说》（以下简称《紫色》）的短篇。在所有的翻译经历中，翻译这篇《紫色》的过程是最快乐的，因为它很短，相对轻松，易读，既具有巧妙的讽刺性，又洋溢着某种穿越时光的感伤。

A：关于这篇小说，我还真有个秘密。我有个朋友是策展人，我答应给他的展览的小册子写个故事，主题必须围绕"被偷走的影像（偶像）"。我答应了，但是我也几乎把它忘了——直到我在两年前染上流感。当时体温很高，我突然想起还有这份作业的期限将至，而我还一个字都没有写。然后，我穿着睡衣胡思乱想，那个故事就这么自动出现了。那么完整流畅，如有神助。我没法解释，只知道赶快抓住它。写那个故事只用了四个小时。

Q：哦……为什么我没有得过这样的流感？

A：实际上此后我再没有碰上过这样的好事。唔……我也在等。

Q：我注意到这篇的写作时间其实是在2016年，但你直到2018年才出版其单行本，而且以此庆祝自己的七十岁生日。其实我觉得，某种程度上，拿它来给你的写作生涯做一番概括，也算别有意味。它写一个作家偷走了另一个作家的作品和人生。虽然你用一场高烧来解释它的灵感，可我还是想追问一句：作为一个写作者，你担心过"被偷窃"吗？有过那样的梦魇吗？

A：庆祝生日是出版商的主意。算是他们送给我的一份礼物吧。某种程度上这个小故事确实有一种总结的意味，关于小说和小说家。那种感觉就好像，那场邪门的流感在送给我一个好故事之后，符合狗血的戏剧逻辑的结局，应该是我就这么顺势圆满结束生命了——那真是挺适合当遗言的故事（笑）。至于"偷窃"，我并不担心被偷窃，但我害怕被人指控偷窃——说我偷走别人的想法。你知道，或多或少地，每个小说家都是小偷。我们的写作都始于阅读，我们都站在很多文学巨人的肩膀上——但同时，我们的肩膀也承载着巨人们的重负，并不是耸耸肩就能把它们卸下来的。我们阅读，我们聆听，我们总在寻找某些可以触动、潜入、点燃思维的东西，为我所用。那条界限如此微妙模糊，以至于你会在潜意识里担心自己不小心逾越它，或者被别人判定失去原创力，只能拿出因袭模仿的成果。

Q：近年来你其实很少写短篇。自从早年有过那两个惊世骇俗的短篇集（《最初的爱情，最后的仪式》和《床第之间》）之后，你就基本没再出版过短篇集。

A：看看我这四十多年的写作，相比短篇小说，可能我更持久的兴趣在长篇小说和所谓的"小长篇"（short novel）——通常也被称为"中篇"（novella）上。我想特别提一提这后一种文体。早期的《水泥花园》和《只爱陌生人》，后来的《在切瑟尔海滩上》和《坚果壳》，都属于这一类。在我看来，卡夫卡、托马斯·曼、亨利·詹姆斯、康拉德，都是用这样的文体贡献了他们最好的作品。因为这样的篇幅需要你精打细算，把事件的起承转合用十分经济的笔墨展现出来，你的控制力要经受很大的考验。它可能会将你的极限逼出来。它就像是一出舞台剧，三幕。你知道一部真正的长篇小说是没有那种天然的结构的，你至少得看第二遍才能发现长篇小说的结构是怎样搭建的。但在中篇（小长篇）里，你能直接看到、感觉到结构，这是阅读的一大愉悦之处。

Q：既然已经说到七十岁了，那我不得不说说这个讨厌的话题。真实的七十岁，和你以前想象中的七十岁有什么不同？

A：呃，我依然可以打网球，但登山的时候，或者努力试图想起一件什么事情的时候，就觉得自己也许真的七十岁了。不过我想你其实想让我怀一怀旧。我得说，站在我现在这个年龄点上回首往事，我常常想起我母亲以前一直跟我念叨的事。她说她多希望回到四十五岁，那时我只有三十来岁，总是觉得这话很好笑——你为什么不想回到更年轻一点，比如，二十一岁？她说，不不，四十五是最好的。现在看起来，她是对的。你的体力和智力都在那时达到最佳，而且，从那时起终于不再有人叫你"青年作家"，你不用成天嘀咕鲍勃·迪伦那首《永远年轻》为什么一直能唱下去。这感觉还不错。

Q：哈，我今年四十三岁……

A：那你还有两年就可以庆祝人生最美好的时刻了。（笑）

Q：实际上在我翻译的这几本书里，我个人最喜欢的还是《甜牙》。我清晰地记得翻译最后一章，那封长信时的情景，我记得我居然忍不住掉下了眼泪。之前的叙述设定的前提，在最后一章中被推翻，而文本中隐藏的一些细节，因为这种推翻而获得全新的意义。其实类似的叙事套路在《赎罪》中已经用过一遍了，但我仍然觉得它在《甜牙》中的运用是独一无二的，充满新鲜的张力。你觉得，两者之间最大的不同是什么？

A：谢谢你的眼泪。我想，表层上的不同有很多。比如《赎罪》是一个看起来客观的第三人称视角，最终被反转；而《甜牙》则通篇都是塞丽娜的第一人称自述，最后一封信将真相复原。《赎罪》更沉重一些，它提出的问题是"如果小说家是上帝，那么谁来审判上帝"。《甜牙》则把小说家放在与间谍互相对照的位置。当（塞丽娜）以为她是一个带着任务来侦查小说家汤姆的女间谍时，她自己在无形中成了被"反侦查"的对象 —— 而所有出色的小说家的使命，也正是成为一个合格的"间谍"。

Q：这是《甜牙》最动人的部分。汤姆在那封信里说："为了在纸上重塑你，我必须成为你。当我把自己注入你的皮肤时，我就应该猜到会是这样的结果。我还爱你。不，不对，我更爱你了。"这是我近年来看到的情感力量最充沛的情书，尤其是，它居然出自你这样一贯冷静的、深谙反讽之道的作家。

A：我只能说，这是叙事的本质，也可能是爱情的本质。是的，《甜牙》与《赎罪》最大的区别是，它有一个看起来完满的结局，布里奥妮的罪孽在《赎罪》中是无法获得救赎的，但《甜牙》展现了虚构的另一种力量 —— 它可以破坏爱情，也可以拯救它。

Q：关于《甜牙》的元叙事层面，已经被讨论得足够多。我想暂时回到它的表层故事里。《甜牙》发生在所谓的冷战时期。无论在西方还是东方，谈论这段时期，都是一个复杂而吊诡的问题。比起几年前来，当下的国际政治环境更为严酷和复杂。有人说全球化已然崩溃，某种形式的新冷战可能在不远的将来会出现。我知道你是一个特别关心国际政治的作家，每天不看报纸就没法活的那种人。所以我想听听你的看法。在当今时代，一个像《甜牙》这样的故事似乎并没有过时？

A：在西方，人们曾经普遍认为，二战之后的人类有了很多层面上的共识。尽管仍然有战争，但在近五百年里，战后这段时光很可能是暴力最少的年代——哪怕始终有人在破坏规则，但你至少知道规则是什么。现在的这种"崩溃"有太复杂的背景，在欧洲，在我们英国，主要表现在移民问题上。我们可以列举很多问题，但我想最重要的问题是，那些不得不为新来的移民腾地方的人位于底层，而不是顶层。左派和右派永远在鸡同鸭讲。我们面对的是一场"完美风暴"。我并不认为现在的危机会在形式上简单重复当年的冷战，当年的冷战毕竟也达成了一种可怕的平衡。现在也许要比当年危险得多。我们这两天看到沙特记者的事件就充满恐怖的戏剧性。现在的问题是，能从大局考虑问题的成年人在哪里？也许欧洲最后一个成年人是默克尔，但是看看她现在因为移民问题遭到多少攻击。无论如何，我始终相信全球化是利大于弊的，来中国的老外越多，去国外的中国人越多，人们对于他者的恐惧就越少。我们需要互相理解，才能抵御人类面对的共同的问题，比如我在《追日》里写到的气候问题。一国治理气候问题是没有意义的，我们只有站在一起才有希望。

Q：我听说《甜牙》将被改编成电影，剧本也是你写的。在小说技术上的复杂其实反而会给电影改编带来不少难度吧？

A：其实剧本在两年前已经写好。你说的小说叙事上的招数确实是改编上的难点。比如说，小说是文本套文本的，男主人公汤姆本身是个小说家，《甜牙》里一共出现了他写的六部小说，都被不同程度地概述或者摘引。这其中，有三部在我早期的短篇小说集《床笫之间》里能找到原型——借此，晚年的我似乎可以跟早年的我达成某种对话，另三部出自新的构思，可以算是现编的。我把《甜牙》改编成剧本时，要做的第一件事就是尽可能地去掉这些部分，因为它们在影像中是很难被表现出来的。不过我终究还是完成了。但是，最大的问题在于，这样的故事的视觉呈现必然不是单一的，类似于"马赛克"的效果。塞丽娜的叙述汤姆是无从得知的，反过来也一样。中情局和军情五处开会的时候，他们俩也蒙在鼓里。好莱坞可能觉得这样写太复杂，他们想要一个女明星，想让她戏份更多，要让她控制整个叙述。所以这个剧本目前还搁置着，这事很让人心烦，但电影就是这样。

Q：啊，好遗憾啊，我还等着这片子呢。

A：当然还在努力推进中，说不定你会在四十五岁生日时看到它。（笑）

Q：说到写剧本，你近年来似乎花了很多时间在影视圈啊。主要是出于兴趣？

A：我对这个问题的标准答案是：我要给自己一个从孤独写作中走出来的机会，让自己与他人合作，把自己的手"弄脏"。

Q：用中文说那就是"接地气"。我看了最近上映的你的电影《在切瑟尔海滩上》和《儿童法案》。我更喜欢后者。并不是说《儿童法案》一定拍得比《在切瑟尔海滩上》更出色，我觉得主要原因是《在切瑟尔海滩上》的改编难度太大。

A：确实更难。那么多内景，一段短短六小时的婚姻，床上的孤岛。用文字撑开的空间没有边界，变成影像就受到很大的局限。不过这两部电影在同一天开始拍摄，无论是创作、拍摄和宣传，我都几乎要同时应付，有一阵子搞得非常忙碌。

Q：你在写剧本时有多大的自由度？我常常听中国的编剧抱怨，说最终出现在银幕上的片子已经跟剧本截然不同。

A：在英国，电视剧编剧的话语权相对大一点，电影的中心目前仍然是导演。就我而言，我至少能独立完成剧本，到目前为止对最终拍出来的作品都还算满意，没有发现面目全非的情况。但是，当然，一定有妥协。我不是莎士比亚，如果爱玛·汤普森告诉我哪几句台词她怎么念都不顺，我会很乐意修改。顺便说一句，我想你给《儿童法案》打分略高，很可能是因为爱玛的表演很迷人……

Q：千真万确！她看起来甚至比年轻时更美。（笑）其实，说到适合改编的小说，我觉得在近年的作品中，情节线最为曲折的是《追日》吧，为什么它反倒没有被改成影视剧？

A：确实有好多人谈起这部小说应该被改编成电影，但是一直没有实现，也许恰恰因为它太复杂了……我差点忘了，《追日》有个改成电视剧的计划，四集，我想它应该还在进展中。我不愿意写剧本，因为写个四五集电视剧的工作量可以用来写两个长篇。不过这样一来我就对进度一无所知了。你倒是提醒我了，回头我去问问到什么阶段了。

Q：说到《追日》，在我翻译的你的作品中，这无疑是最难的一次。男主角迈克尔·别尔德是个年轻时就得过诺奖的理论物理学家，所以翻译《追日》的感觉就好像一直在被各种各样的专业名词围追堵截。困难的不仅是我得把这些词查出来，而且我还得在一定程度上搞懂它。因为从别尔德眼里看出的世界，他习惯的那种科学家式的联想，一定与我们文科生是不同的。你很精准地写出了这种不同，所以我翻译的时候必须努力跟上你的步伐。我可以想象你为了写这部小说一定做了大量调查，那么写完之后，你真正搞懂量子力学了吗？

A：我有次去美国开会，那里有个科学家告诉我他看了我的小说以后非常惊讶。"那些关于量子力学的部分，明明就是我的工作啊。"我说："可不是嘛，我就是从你的论文里偷来的，你发表在《自然》杂志上的那篇。"不过我得承认，我还是没有真正搞懂量子力学，我能理解那些描述，我能想象电子要选择一条特定路径，它们时而消失时而出现自有其理由，但是我不知道为什么。我有一回跟一个理论物理学家聊起我的疑惑，他直截了当地告诉我："这是个错误的问题。"我说："那你给我个错误的答案吧。"直到今天我也没得到那个答案。（笑）

Q：在你中后期的作品中，几乎每写一部小说就要进入一个崭新的领域，科学、宗教、法律、间谍，你在小说中戏拟这些行业中的文件，在我这个外行看来实在是相当专业。我想问问你是不是很喜欢在开始写一部小说之前，投入大量时间调查？通常要花多少时间？

A：我已经记不清总共花了多少时间在调查上。在写《星期六》的时候，我是一边写一边调查的。我记得那时我常常要去见一个神经科医生。写《追日》的时候，情况也差不多，我要去见很多专业人士，跟他们聊天，做笔记，比较集中的调查时间至少持续了六个月，开始写之后还在不断地调查，可以说贯穿始终。《追日》的第三部分写到新墨西哥，所以那段时间我常常就跟太太两个人在那一带开着车转悠。其实调查这件事，我很难准确度量时间，因为有好多问题其实一直萦绕在我脑中，比如对人工智能的兴趣我很早就有，甚至最初写《赎罪》时我试图把它写成一个科幻故事，男主人公的脑子里植入某种芯片……幸好这些胡思乱想没有持续很久。我的意思是，我对于这个问题的兴趣是持久的，所以一直在做这方面的材料准备，很难说清我为新作《我这样的机器》准备了多久。比较明确的是《星期六》，写这部小说之前的准备工作长达一年半。

Q：通常会把《追日》看成是一部写温室效应、全球气候变化的小说。不过，在我看来，这小说中更重要的是人性。我想，在文本中，你对人的关注还是比对天气更多一点点。别尔德这个人物浑身都是缺点，很不讨人喜欢。但是，随着故事的进展，我发现他在某种程度上像一个滑稽的悲剧英雄。他没心没肺地饱食终日时，倒是基本可以保持岁月静好。但随着那个意外降临，他得到了一个奇特的机会，他的那种变形的英雄主义居然爆发。他以为自己能用一种极端利己的方式拯救世界，到头来却发现他连自己也拯救不了。

A：温室效应是一件多么抽象的事，你当然不能直接写一个勇士跟天气斗争。所以我写了一个机会主义者的故事。你说这是个"滑稽的悲剧英雄"，我懂你的意思，我愿意把这话说得更彻底一些 —— 他是个"反英雄"。所以美国人对这个人物很有意见，他们认为男主角理应是个正面一点的形象，这跟美国人深厚的宗教基础有关。他们不喜欢别尔德这么个"坏人"。美国人通常比较天真，他们曾经问过我："你的《坚果壳》里写一个胎儿在子宫中的自述，所以这部小说的主题是不是反堕胎呢？"说回《追日》，别尔德是个不讨人喜欢的"反英雄"，但他同时也是我们每一个人。他很贪婪，对饮食男女的贪欲没有止境，在他身上交织着很多我们这个时代的悲剧。不管是在中国，还是在欧洲，人类都是从很早开始就砍伐树木、破坏环境的。我们现在已经很清楚这有多么危险，但事情并没有什么变化，这就像有人已经很胖，知道自己不能再多吃，但就是停不下来。问题在于，我们节制自己的欲望是为了惠及后人，但我们见不到他们，他们也没有机会感谢我们。你可以看看现在特朗普对环境保护的态度，就会觉得我们对未来真是没办法乐观。我昨天在跟你一起吃饭，我们都喝了一碗非常美味的鸡汤，我当时就在想，也许为了保护环境我们应该放弃一点吃肉的乐趣，但实际上我放不下那碗汤，太好喝了……在那一刻，我觉得我和讨厌的别尔德并没有什么两样。

Q：你刚刚完成一部二十多万字的长篇《我这样的机器》。这一回你再次闯进了一个全新的领域。这些天你一直在各种媒体上聊人工智能，不过我最感兴趣的是这个故事设定在20世纪80年代，当时英国正跟阿根廷在福克兰群岛上开战，撒切尔夫人正在唐宁街搞权力斗争。在你的笔下，一方面，有关时代背景的细节是逼真的，另一方面，你把那时的科学发展状况做了很大的改动，与真实的历史形成反差。你知道，无论在过去，还是在当下，我们都买不到你在小说中描述的那种跟真人高度相似的机器人。所以，实际上，你用过去时写了一个未来的故事。我觉得这条时间线很奇妙，你为什么要选择这样写？

A：我很少看科幻小说，因为那通常发生在遥远的未来。我把这个故事设置在过去，是为了暗示，现在的科学发展水平，某种程度上也是拜历史偶然性所赐。谁也猜不到工业革命会在欧洲西北部的不起眼的海岛上兴起，然后改变整个世界。这种偶然性很迷人。所以我想在小说里做一个这样的游戏，改变一点对历史上科学、政治的设定，看看会发生什么。同时，整体氛围仍然是我们熟悉的，故事模式仍然是具有亲切感的，你会看到一个经典三角恋，看到复仇——一个女人如何向一个强奸了她朋友的男人复仇，而机器人在这里是个叙述者，他的视角当然也会引发我们对人工智能伦理的思考。

Q：你从早期的"恐怖伊恩"时期，转变成一个似乎"更具有同情心"的作家，这样的转折常常在访谈中被提起，我想你一定已经无数次回答这样的问题了。不过，我常常觉得，这样的问题本身也是片面的。我觉得在你中后期的作品中，黑色的那部分并没有消失。切瑟尔海滩婚床上的尴尬瞬间（《在切瑟尔海滩上》），物理学家家里的桌角引发的血案（《追日》），深夜失眠的医生目击窗外坠毁的飞机，谁能说这样的情节不是黑色的？在我看来，你最近十多年的作品努力呈现的是一个更丰富更复杂的世界，在这个世界里有暗色也有亮色。你的作品变得比以前更宽阔也更成熟老到（sophisticated）。不过，成熟老到的作品是不容易驾驭的，有时候也很难取悦评论家和读者。他们也许还在怀念你早期更外露的锋芒，希望你写得更极端一些？

A：所有的作家都得改变。随着年龄增长，兴趣的转移，或多或少会变化。我曾经想象过，如果为了取悦评论家，我继续写我早期的那些黑色短篇，但我觉得那样我一定会发疯。我得说当时写那些是有具体原因的，比如当时我初出茅庐时不知如何引起注意，比如刚刚成立家庭时面临的各种问题，那是没办法重来一遍的。如果我回顾自己的整个写作生涯，我想可以分成三个阶段。第一个阶段是那些黑色的短篇，还有两个阴郁的小长篇（《水泥花园》和《只爱陌生人》）；第二个阶段是从那以后一直到《儿童法案》；按照我现在的猜测，第三个阶段，我写作生涯的最后一幕，应该是从《坚果壳》开始的。在这第三个阶段里，我可能会让自己与现实主义小说、与现实本身的联结变得松弛一点。我仍然会关注现实问题，但不一定会限制在现实主义的框架中。我不知道这一阶段最终会通往何方，我也相信不同的人会用不同的方式定义我的写作，但是无论如何，如果要我对自己讲一讲麦克尤恩的故事，我就会这么讲。

Q：我注意到你在小说里常常写到音乐，主要是古典音乐，比如《阿姆斯特丹》和《在切瑟尔海滩上》。而你的小说结构也总是被精心设计、严谨铺排，就像缜密的古典音乐。音乐里有什么特殊的东西对你的写作产生影响？你最喜欢哪种音乐和哪位音乐家？

A：我的小说中出现那么多音乐，唯一的原因就是音乐对我很重要。我对音乐有很强的记忆力，总是能记住曲调。以前吹过长笛，不过后来停了，但我能熟练读谱。其实我听很多音乐，除了古典乐之外也听民谣、布鲁斯、爵士乐和摇滚。所以实际上我并没有一个清晰的关于"音乐意味着什么"的概念，我想音乐最好的特质就是它其实"不意味着任何事"。有时候音乐能帮我找到表现人物的方法，你知道《在切瑟尔海滩》上的男女主人公就有着截然不同的音乐口味。当然，有时候我纯粹是借人物之口表达我自己的音乐爱好。比如我特别喜欢室内乐，巴赫给我一生带来莫大的快乐和慰藉。

Q：我很好奇你对图书巡回宣传的真实态度。在当了那么多年的著名作家之后，你对这些单调的、折磨人的工作是不是已经受够了？你在中国已经待了大约一星期，据你的观察，在中国的图书宣传和文化活动跟别处有没有什么不同？

A：怎么说呢，如果关于自己的话题说得太多，那你就会渐渐讨厌自己，你会觉得不真实。我其实并不介意那些问题，那些问题通常都不错，都来自聪明的、富有教养的人，问题在于，如果这样的情况持续太长时间，你会觉得自己就像是一个幽灵，你在"假装成为自己"。所以重要的是节制。比方这次回国之后，我要确保自己有一段时间不做这些，也许到明年1月份再理会那些来自公关部的朋友。（笑）你真的不能把写作和宣传放在同一个时间段里。我喜欢到各国各地见到不一样的人，比如这次，但需要警惕的是不要让这些事情掏空你。我知道有些人特别喜欢并善于做这些事——我不会告诉你他们的名字——可他们真的能一直神采奕奕地面对公众，他们私下甚至会抱怨出版社没给他们安排足够的活动。如果我愿意，我可以一年到头都泡在这些活动里，总有各种各样的请柬从四面八方飞来，但我只能选择一小部分。这一回的时机真是非常好。我的新长篇刚刚完稿，在最后定稿之前我需要暂时放一放，这样改的效果会更好。访华的这一个多星期时间恰恰嵌在其中，真是完美的平衡。其实在中国的宣传，我不觉得有什么特别不一样的地方，也许中国的读者特别喜欢签名。（笑）我最高兴的是，我能像在别处一样，跟我的中国出版社建立长久的友谊。你知道，在英国，我从出道以来就没有离开过那个社（乔纳森·凯普），就像一个忠实的丈夫。

Q：你是我的文学偶像。我这话绝不是恭维。我从三年前开始学着写小说，我把每次阅读和翻译你的作品作为我最重要的写作课。在很多层面上你都直接影响了我的虚构写作。所以，我想把最后一个问题留给自己。截至目前，我写的都是中短篇，最长不超过三万字，常常在怀疑自己有没有做好写得更长的准备。对于像我这样处在这个特定阶段的写作者，你有什么建议？

A：给别人提建议总是非常困难的。我只能从自身经验出发说两句。我记得我初次写长篇的尝试野心太大，最后只能放弃，改写了一个规模小得多的故事。所以我的建议是，寻找一个同样也适合短篇小说表达的题材，一个小规模的故事，看看有没有办法扩展到更长。甚或是两个短篇故事，你看看是否能将它们交织、糅合在一起。你可以从这里开始，无论成功或失败都不会给你带来太严重的挫败。带着你在短篇小说中的经验向小长篇（或者较长的中篇）进发。在这之后，你就只管展开翅膀好了 —— 你会飞起来的。

附 录

本书引文版本信息（按先后顺序）

《劝导》，[英]简·奥斯丁著，裘因译，上海译文出版社，2008年。

《诺桑觉寺》，[英]简·奥斯丁著，金绍禹译，上海译文出版社，2010年。

《傲慢与偏见》，[英]简·奥斯丁著，王科一译，上海译文出版社，2016年。

《理智与情感》，[英]简·奥斯丁著，冯涛译，上海译文出版社，2020年。

《呼啸山庄》，[英]艾米莉·勃朗特著，方平译，上海译文出版社，2010年。

《基督山伯爵》，[法]大仲马著，韩沪麟、周克希译，上海译文出版社，2010年。

《包法利夫人》，[法]福楼拜著，周克希译，上海译文出版社，2011年。

《螺丝在拧紧》，[美]亨利·詹姆斯著，黄昱宁译，上海译文出版社，2018年。

《地毯上的花纹》，[美]亨利·詹姆斯著，黄昱宁译，中信出版集团，2020年。

《达洛卫夫人》，[英]弗吉尼亚·伍尔夫著，孙梁、苏美译，上海译文出版社，2011年。

《了不起的盖茨比》，[美]菲茨杰拉德著，巫宁坤等译，上海译文出版社，2009年。

《洛丽塔》，[美]弗拉基米尔·纳博科夫著，主万译，上海译文出版社，2005年。

《野草在歌唱》，[英]多丽丝·莱辛著，一蕾译，译林出版社，2017年。

《幸福过了头》，[加]艾丽丝·门罗著，张小意译，译林出版社，2013年。

《女孩和女人们的生活》，[加]艾丽丝·门罗著，马永波、杨于军译，译林出版社，2013年。

《可以吃的女人》，[加]玛格丽特·阿特伍德著，刘凯芳译，南京大学出版社，2008年。

《使女的故事》，[加]玛格丽特·阿特伍德著，陈小慰译，上海译文出版社，2017年。

《盲刺客》，[加]玛格丽特·阿特伍德著，韩忠华译，上海译文出版社，2012年。

《局外人》，[法]阿尔贝·加缪著，柳鸣九译，上海译文出版社，2010年。

《迈克尔·K的人生与时代》，[南非]J.M.库切著，黄昱宁译，人民文学出版社，2021年。

《鲁滨孙历险记》，[英]丹尼尔·笛福著，黄杲炘译，上海译文出版社，2010年。

《鄙视》，[意]阿尔贝托·莫拉维亚著，沈萼梅、刘锡荣译，江苏凤凰文艺出版社，2021年。

《一个无政府主义者的意外死亡》，[意]达里奥·福著，吕同六译，上海译文出版社，2016年。

《人性的污秽》，[美]菲利普·罗斯著，刘珠还译，上海译文出版社，2020年。

《狼厅》，[英]希拉里·曼特尔著，刘国枝等译，上海译文出版社，2010年。

《提堂》，[英]希拉里·曼特尔著，刘国枝译，上海译文出版社，2014年。

《暗杀》，[英]希拉里·曼特尔著，黄昱宁译，上海译文出版社，2017年。

《太古和其他的时间》，[波兰]奥尔加·托卡尔丘克著，易丽君、袁汉镕译，四川人民出版社，2017年。

《被掩埋的巨人》，[英]石黑一雄著，周小进译，上海译文出版社，2016年。

《远大前程》，[英]查尔斯·狄更斯著，王科一译，上海译文出版社，2011年。

《正常人》，[爱尔兰]萨莉·鲁尼著，钟娜译，上海译文出版社，2020年。

《我这样的机器》，[英]伊恩·麦克尤恩著，周小进译，上海译文出版社，2020年。

《克拉拉与太阳》，[英]石黑一雄著，宋佥译，上海译文出版社，2021年。

《撒丁岛》，[英]汤姆·麦卡锡著，陈以侃译，上海译文出版社，2018年。